中國語言文字研究輯刊

二二編

許學仁 主編

第 **12** 冊

秦簡書體文字研究
（第一冊）

葉書珊 著

花木蘭文化事業有限公司

國家圖書館出版品預行編目資料

秦簡書體文字研究（第一冊）／葉書珊 著 -- 初版 -- 新北市：

花木蘭文化事業有限公司，2022〔民 111〕

序 2+ 目 4+292 面；21×29.7 公分

（中國語言文字研究輯刊　二二編；第 12 冊）

ISBN 978-986-518-838-2（精裝）

1.CST：簡牘文字 2.CST：書體 3.CST：研究考訂

802.08　　　　　　　　　　　　　　　110022448

ISBN-978-986-518-838-2

9 789865 188382

中國語言文字研究輯刊

二二編　　第十二冊　　　　　　ISBN：978-986-518-838-2

秦簡書體文字研究（第一冊）

作　　者　葉書珊
主　　編　許學仁
總 編 輯　杜潔祥
副總編輯　楊嘉樂
編輯主任　許郁翎
編　　輯　張雅淋、潘玟靜、劉子瑄　美術編輯　陳逸婷
出　　版　花木蘭文化事業有限公司
發 行 人　高小娟
聯絡地址　235 新北市中和區中安街七二號十三樓
　　　　　電話：02-2923-1455／傳真：02-2923-1452
網　　址　http://www.huamulan.tw 信箱　service@huamulans.com
印　　刷　普羅文化出版廣告事業
初　　版　2022 年 3 月
定　　價　二二編 28 冊（精裝）　台幣 92,000 元
版權所有・請勿翻印

秦簡書體文字研究
（第一冊）

葉書珊　著

作者簡介

葉書珊，女，臺灣臺南市人。2020 年畢業於國立中正大學中國文學系，獲文學博士學位。曾任教於樹人醫護管理專科學校，現任國立臺南大學通識國文兼任助理教授、國立嘉義大學通識國文兼任助理教授、國立中正大學通識國文兼任助理教授。從事文字學、訓詁學、出土文獻的研究；講授通識國文、應用文等課程。著有《里耶秦簡（壹）文字研究》、《秦簡書體文字研究》、〈嶽麓秦簡「傷」字辨析〉、〈秦簡訛變字「鄰」辨析〉、〈古器物──豆、籩、登之研究〉、〈先秦宦官起源考察〉、〈里耶秦簡「當論＝」釋義〉、〈從出土文獻探討高本漢《漢語詞類》的同源詞〉、〈嶽麓秦簡「君子＝」釋義〉、〈浙江大學藏戰國楚簡真偽研究〉、〈不其簋器蓋組合研究〉、〈商周圖形文字研究──以職官聯係為討論核心〉等學術著作。並且榮獲中研院歷史語言研究所 2018、2019 年「文字學門獎助博士生計畫」。

提　要

　　秦始皇統一天下，採用李斯的建議「罷其不與秦文合者」，使用秦文字成為統一的文字，也成為中國文字發展的一個重要轉捩點。秦簡文字近年出土數量豐富，古文字學的進展迅速，卻少見對於秦簡文字全面的研究，若能以綜觀角度進行分析，應可以呈顯秦簡材料的寶貴價值。

　　秦簡中可觀察到小篆、隸書、草書的寫法，透過秦簡與同時代的文字相互比較，能夠認識各地域文字的書寫差異，以及展現秦簡文字特色。再者，文字演變的過程，往往由於書手趕急心理，造成寫錯字的狀況，於秦簡文字表現尤為明顯，針對具有代表性的誤釋字提出來加以考察，可以梳理簡牘文字錯亂的現象。因此，本文主要以「書體」為討論核心，釐清秦簡文字的書寫情形，以期更瞭解戰國秦國至秦代的文字演變脈絡。

序

  本論文從博一入學時開始構思，題目便逐漸確定下來，修課期間開始編排秦簡字形表，期間遇到新材料發表，必須適時更新補充，整理資料足足花費大約一年半時間，編整過程手部不斷進行機械式動作造成不適，每隔一段時間就得休息。歸納工作枯燥乏味，卻是不能偷懶的步驟，也更深化我對於秦簡的認知。

  論文能夠順利完成，首先要感謝兩位指導教授，莊雅州老師與黃靜吟老師。靜吟老師是我碩、博班的指導，在學業上會在旁督促著寫作進度，遇到瓶頸沒有靈感之時，跟老師聊完天後，總能重拾信心繼續奮鬥。老師總能清楚了解問題的癥結點，透過簡明方式，解開我埋藏許久的困惑。並且透過真實發生案件為例，提點做人處事的道理，無論在學習階段或是在職場，都是寶貴的建議。太陽西下，偶爾一起漫步於校園，與老師閒話家常，分享生活大小事，老師都樂於傾聽。常常寫論文廢寢忘食，會留意我吃飯了沒，邀同訂餐。

  從碩班認識雅州老師，老師不時寄上與小學相關的書籍與資料，論文老師看得很仔細，錯字、格式的不符、文句通順與否，皆逃不過他的法眼。可以再補充的資料，一一以紅筆標記，使論文修改更臻完善。臨近口考階段，提醒我放輕鬆就好，不必過於緊張，有老師在的地方，總是令人感到安心。生活照顧

更是溢於言表，印象最深刻當臺南發生大地震，造成樓房倒塌，老師特地打電話來，關心家中是否受到影響。

博班時加入成大古文字讀書會，認識高佑仁老師，每月一次舉行讀書會，與同學切磋交流，獲益良多。老師在讀書會請我分享自己的論文，藉此給予許多回饋，提出論述可以再深化的方向。當申請計畫急尋推薦人，楊晉龍老師馬上就知道我的想法，主動開口說要幫忙，真是感動萬分。在史語所獎助期間，受到顏世鉉老師照顧許多，新的秦簡圖版資料剛公布，老師很大方提供出來，有二手書的捐贈，老師甚至帶我一同挖寶。曾若涵老師、賴柯助老師是目前中正中文系最年輕的二位老師，從他們身上學習到許多新研究觀點，以及勇於拚的衝勁，著實大開眼界。

最重要是感謝口考委員許學仁老師、宋建華老師、洪燕梅老師、蘇建洲老師，誠懇點出論文不足之處，親切提供許多修改意見，筆者如沐春風。一段深厚恩情得來不易，求學過程，曾經教導、鼓勵過我的師長、朋友相當多，在此特申謝忱。

博班求學期間的同班同學，厚任學長、凱琳、徹利、少強、建國，研究領域不盡相同，但是與你們一同修課，同儕之間彼次切磋學問，是一段美好難忘的時光，系上辦研討會，你們成為強力後盾，不計任何報酬，二話不說便答應擔任討論人。春穎、恆毅學長，是約吃飯的好夥伴，寫論文過於煩悶，與你們吃飯有利於放鬆。以及謝謝每位所學會的成員，多虧你們支援，系上研究生活動才能夠順利進行。最後是感謝我的家人，有你們無私奉獻，才有現在的我。

葉書珊

謹識於中正大學中國文學系

民國 109 年 7 月 22 日

目次

表格目次

圖版目次

引用書目簡稱對照表

甲骨文	
簡　稱	全　稱
合集	甲骨文合集
金文	
集成	殷周金文集成
銘文選	商周青銅器銘文選
楚系文字	
信陽	信陽 1 號墓竹書簡
曾侯乙	曾侯乙墓竹簡
天星觀	江陵天星觀 1 號墓遣策簡
秦家嘴	江陵秦家嘴 1 號墓竹簡
包山	荊門包山 2 號墓竹簡
楚帛書	長沙子彈庫楚帛書乙篇
郭店	荊門郭店楚墓竹簡
上博（一）	上海博物館藏戰國楚竹書（一）
上博（二）	上海博物館藏戰國楚竹書（二）
上博（三）	上海博物館藏戰國楚竹書（三）
上博（四）	上海博物館藏戰國楚竹書（四）
上博（五）	上海博物館藏戰國楚竹書（五）

上博（六）	上海博物館藏戰國楚竹書（六）
上博（七）	上海博物館藏戰國楚竹書（七）
上博（八）	上海博物館藏戰國楚竹書（八）
上博（九）	上海博物館藏戰國楚竹書（九）
新蔡	新蔡葛陵楚墓竹簡
清華（壹）	清華大學藏戰國竹簡（壹）
清華（貳）	清華大學藏戰國竹簡（貳）
清華（叁）	清華大學藏戰國竹簡（叁）
清華（肆）	清華大學藏戰國竹簡（肆）
清華（伍）	清華大學藏戰國竹簡（伍）
清華（陸）	清華大學藏戰國竹簡（陸）
清華（柒）	清華大學藏戰國竹簡（柒）
清華（捌）	清華大學藏戰國竹簡（捌）
清華（玖）	清華大學藏戰國竹簡（玖）
秦系簡牘文字	
睡虎地	睡虎地秦墓竹簡·葉書
青川	青川木牘
放馬灘	天水放馬灘秦簡
龍崗	龍崗秦簡
嶽山	江陵嶽山秦漢墓
周家臺	周家臺秦墓簡牘
里耶	里耶秦簡
嶽麓（壹）	嶽麓書院藏秦簡（壹）
嶽麓（貳）	嶽麓書院藏秦簡（貳）
嶽麓（叁）	嶽麓書院藏秦簡（叁）
嶽麓（肆）	嶽麓書院藏秦簡（肆）
嶽麓（伍）	嶽麓書院藏秦簡（伍）
嶽麓（陸）	嶽麓書院藏秦簡（陸）
北大秦簡	北京大學藏秦簡牘
兔子山	益陽兔子山簡牘
漢代簡帛文字	
流沙	流沙墜簡
馬王堆	馬王堆漢墓帛書
張家山	張家山漢簡
銀雀山	銀雀山漢墓竹簡

北大漢簡	北京大學藏西漢竹簡
武威	武威漢簡‧雜占
尹灣	尹灣漢墓簡牘
孔家坡	孔家坡漢墓簡牘‧日書
敦煌	敦煌漢簡
居延	居延漢簡
羅布淖爾	羅布淖爾漢簡
陶文	
秦陶	秦代陶文
集證	秦文字集證
璽印文字	
秦印	秦印文字彙編
封泥文字	
秦封泥	秦封泥集
新封泥 A	在京新見秦封泥中的中央職官內容
封泥印	新出土秦代封泥印集
玉版文字	
秦駰玉版	秦駰禱病玉版的研究

第一章　緒　論

　　秦簡首度公開於世人面前為 1976 年於湖北省雲夢出土的睡虎地秦簡，有家書木牘 2 枚，與法律、日書竹簡約 1150 枚，相較於楚簡與漢簡，出土時間晚。截至目前為止，秦簡發掘的簡數亦遠不如楚簡、漢簡多，更顯得其材料的珍貴。

　　繼睡虎地秦簡之後，青川木牘、放馬灘秦簡、龍崗秦簡、關沮秦簡等陸續出土，距今已逾 40 年以上，雖則考釋的文字內容有限，研究熱潮、盛況逐漸消退。但是，經過漫長的歲月，科技日新月異，2014 年武漢大學簡帛研究中心與荊州博物館合作，由陳偉主編《秦簡牘合集》一共四冊，收錄 7 批早期出土的秦簡。以紅外線儀器重新掃描成圖版，簡牘影像相當清晰，當初模糊的墨跡，如今線條更為俐落可辨。雖然為同一批簡牘材料，但是文字的肉眼能見度相對提升，傳達出更多的訊息，很值得後人去解讀。

　　里耶秦簡、嶽麓秦簡二批皆尚未全部公布的簡牘，續集仍在出版，所以材料還是源源不絕，如果未跟緊時代的浪潮，很容易錯失寶貴的簡牘材料。當然，並非隨波逐浪就能凸顯研究的價值，學習如何掌握每階段公布的文字材料，才是更為重要的課題。因此，本論文命名為《秦簡書體文字研究》，研究範疇主要以秦簡文字為限，兼採戰國文字，討論主題包含字形演變、書寫風格，並加入考釋文字的部份，期望對於前人的研究進行補充，而能得到更豐碩的成果。

第一節　研究目的與動機

　　秦人的祖先本為商周王朝的後代子孫，具備王室宗族的身分背景。一般的觀念是秦人居於西戎，屬蠻夷之邦，但從《清華大學藏戰國竹簡（貳）‧繫年》內容打破此既定的觀念。《繫年》第三章記載秦人源起的史事，敘述周朝滅商朝之後，秦人祖先飛廉仍服侍於商朝，助援商的後裔反叛周王朝。周武王崩殂，飛廉參與三監之亂，周成王平定亂事後，飛廉逃往商奄，商奄為今山東曲阜縣一帶。周成王最終剿滅商奄，將飛廉殲殺，並將商奄人民遷移至西邊的朱圉，即今甘肅甘谷縣一帶，並命令人民抵禦西戎民族，由商奄被迫遷徙至朱圉的這批人，為秦人的祖先。李學勤《東周與秦代文明》云：「當西周覆亡時，秦襄公救周有功，平王封他為諸侯，始與列國通使聘享。此後，秦國在周人故居的廢墟上興起，迅速強大。」〔註1〕可能由此秦人使用的文字，有相當程度是源自西周與春秋此一系列下來，保留有殷商文化最古老與保守的書寫習慣。《史記》云：「孝公元年……秦僻在雍州，不與中國諸侯之會盟，夷翟遇之。」〔註2〕戰國中晚期，秦國與東方國家遠離的情形下，逐漸發展出自己的文化以及書寫特色。

　　秦簡文字保存有小篆的形構，與隸書的筆勢，表示秦簡文字處於過渡階段，亦凸顯出它的重要性。所以從字形角度切入，討論秦文字整體的演變，是值得關注的議題。雖然隸變的題目前人多有探究，但是相信隨著時代科技的進步，出土材料的不斷更新，能夠為秦簡隸變的過程，適時補足更多的例證與說法，是本論文的第一個撰寫構想。

　　近10年，嶽麓秦簡、里耶秦簡陸續公布新出的秦簡，並且出版成書，此外，北京大學的收購約794枚竹簡，〔註3〕湖南益陽兔子山遺址出土有字秦簡約579支，〔註4〕目前雖然僅公布少數幾支，依然提供許多關於戰國秦史或秦國的首見資料。若從字形與簡文內容去深耕，相信也能對戰國至漢代此段歷史的空缺，成為本文第二個撰寫目的。

〔註1〕李學勤：《東周與秦代文明》（上海：上海人民出版社，2014年），頁137。
〔註2〕漢‧司馬遷撰、宋‧裴駰：《史記》（臺北：藝文印書館，2011年），頁103。
〔註3〕參見北京大學出土文獻研究所：〈北京大學藏秦簡牘概述〉，《文物》2012年第6期，頁65～73。
〔註4〕參見湖南省文物考古研究所：〈湖南益陽兔子山遺址九號井發掘簡報〉，《文物》2016年第5期，頁32～48。

　　秦文字與商周的甲骨文、金文密切相關，王國維《觀堂集林》云：「秦居宗周故地，其字猶有豐鎬之遺，故籀文出之篆文，其去殷周古文反較東方文字為近。」〔註5〕秦位置處於宗周的舊有所在地，文字較之東方文字，保留更多商周的書寫風格。又叢文俊《中國書法史・秦代卷》云：「六國的戰亂動盪，與秦文化的相對封閉，則是造成東、西不同地域之書寫性簡化，存在巨大差異的社會原因。」〔註6〕國家社會發展趨勢的歧異，秦的國情保守許多，不若東方國家頻仍的互通交流，造成秦文字相對維持穩定狀態，形成東、西兩方發展不平衡的情況。加上從秦簡文字上，可以觀察到隸變的軌跡，逐漸向規範化發展，因此一般學者認為秦文字沒有過多討論的空間。

　　秦始皇 26 年（西元前 221）統一全國，秦的國祚短促，關於秦文化的資料本身就缺乏。再者，劉孝霞《秦文字編》云：「然而由於秦文字大批量出土的時間較晚，自上個世紀 70 年代睡虎地秦簡發掘以來，學界才較為集中地研究秦文字，相對於楚文字研究，被學界關注的程度還遠遠不夠。」〔註7〕早年出土文獻發掘並不多，秦文字的發現時間又較晚，學界缺乏關注，焦點集中在楚文字材料上。隨著近年秦簡文字出土資料更為豐碩，可一窺秦文字演變的節奏，劉釗《古文字構形學》云：「二十世紀七十年代以來，出土的大量的簡牘帛書，讓人們看到了許多秦漢時期的篆隸文字。這些篆隸文字中有許多保存有早期的構形，有些構形甚至比小篆還原始，在研究古文字構形上具有非常重要的意義。」〔註8〕學術界對於「古文字」的定義，主要是漢以前的甲骨文、金文、篆文，但是在秦簡中的篆隸文字，看到比小篆更為古老的寫法，放寬學界對於「古文字」概念的認識。

　　秦簡的年代，橫跨戰國晚期的秦國至秦代的秦二世，每批簡牘記載的年代早晚有差距，又書手個人運筆習慣形成獨自的特色，以及簡牘使用目的，皆會影響文字呈現的效果。前人對於秦簡的研究，多著重在單批材料的書寫風格，卻往往忽略了，站在一個宏觀的角度作檢視，比較各批秦簡之間的異同，其實更能突顯出土材料的價值。因此，本文的研究動機，主要擬從綜觀的視角，將

〔註5〕王國維：《觀堂集林》（石家莊：河北教育出版社，2001 年），頁 187。
〔註6〕叢文俊：《中國書法史・秦代卷》（南京：江蘇教育出版社，2002 年），頁 342。
〔註7〕劉孝霞：《秦文字編》（上海：華東師範大學博士論文，2013 年），頁 2。
〔註8〕劉釗：《古文字構形學》（福州：福建人民出版社，2006 年），頁 1。

零散的秦簡材料集中一起，全面性去探討其中具有的重大意義。

第二節　研究範圍與方法

　　秦簡目前出土以及公布的有睡虎地秦簡、龍崗秦簡、周家臺秦簡、里耶秦簡、放馬灘秦簡、嶽麓秦簡，以上六批簡數多足以出版成專書。其他猶有青川木牘、張家山秦簡、嶽山秦簡、王家台秦簡、北大秦簡、兔子山秦簡，以上五批，有的全部簡數僅一、二件，有的至今尚未公布全部的簡數，而僅見於期刊上。無論如何，凡是有公布的秦簡，皆為本文研究的焦點，資料也竭力蒐集，並適時的收入。

　　研究範圍主要涵括目前出土的秦簡，其中《嶽麓書院藏秦簡（陸）》的出版時間為 2020 年 3 月，接近本論文收尾完稿的階段，因此暫時沒有將此本書的材料納入研究的範圍，以及編入字形表內，有待日後進行更深入的探討。依據每章的討論主題，研究範圍的取材可再細緻分類如下：

1. 秦文字書同文

　　秦始皇統一文字的準則，《說文解字・敘》提及為「罷其不與秦文合者」[註9]而根據《史籀》大篆加以省改而為小篆，一般的認知就是以小篆作為統一的文字，但是秦時的文字歧異，推動文字統一政策的實情，非許慎所能完整說明，應需更詳細的去探討，因為於出土文獻中，秦簡文字以隸書書寫的情形其實較為普遍。由此，考察隸書的發展、起源、命名，成為值得先確立的觀念，本文即引用傳世文獻如《史記》、《漢書》、《說文解字》、《水經注》、《書斷》等，兼及秦簡、楚簡等出土文獻的文例，期清晰呈現秦隸書於中國文字史上的發展。

2. 秦簡文字書體風格探析

　　此章主要討論秦簡中小篆、隸書、草書的書體風格，透過與秦簡文字共時的材料，如秦金文、玉石文字、璽印、封泥、陶文等，以及與秦國時代最為接近並且材質近似的戰國簡牘，其中出土數量最為豐富就屬楚簡，成為最佳突顯地域差異的材料，大為提升比對的可信度。至於，與歷時的甲骨文、金

───────────

〔註9〕漢・許慎撰、清・段玉裁注：《說文解字注・敘》（臺北：藝文印書館，1992 年），頁 765。

文、楚簡、《說文》小篆、漢簡等材料相互印證，對於漢字的演變軌跡能有更深入了解，彰顯秦簡文字的書體風格，以及認識不同載體反映出來的書寫情況。

3. 秦簡的訛變字

隨著出土文獻不斷的公布，材料十分豐富，相對的有待釐清的疑難字大量存在，秦簡訛變字成為重要的考釋問題，訛變字可以分為「變形」、「形近訛混」二個部分加以探討。「變形」的部分，可透過古文字來理解演變的脈絡，並且以《說文》小篆作為比較的標準字，觀察形體結構出現的變化。另外，在「形近訛混」方面檢視整理者的釋文，發現「鄰」、「冗」、「予」三字於秦簡的隸定不一致，因此除了從字形觀察，猶需藉助文例作文義的疏通，則不致為形體的近似而混淆。

4. 秦簡重文例釋讀

從卜辭已可見重文符號「＝」的使用，降至西周金文、戰國文字，重文符號的使用漸增頻繁，至於如何解讀又是另一個難題。本文即提出秦簡中考釋有分歧的二則文例討論，一則為嶽麓秦簡的「君子＝」，一則為里耶秦簡的「當論＝」。首先收集先秦的傳世文獻，以及出土文獻包涵楚簡、秦簡之中關於「君子」、「當論」詞語的記載，再根據秦簡加上重文號的「君子＝」、「當論＝」，更深入分析其確切文意，作為釐清有疑義的文例的佐證。資料範圍盡量擇取於秦以前，以免有以今律古，違背語言文字歷史發展的規則。

研究範圍主要限定在秦簡材料，根據每章討論的議題，又研擬出具有疑義的字、詞出來分析，期凸顯秦簡文字在書體、結構、用字上的特色。

文字學有一套專屬研究的方法，大抵上較常用亦最為前人所認同的項目分為「統計歸納法」、「歷史比較法」、「文例校勘法」、「偏旁分析法」五類，細項如下：

1. 統計歸納法

本文撰寫首先透過出土類，以及有簡牘圖版的專書、期刊，運用統計歸納法，將分散的秦簡材料，做有規律的整理，以發揮其價值，並期有利於後人研究使用。彙整收集而來的簡牘圖版，依筆畫多寡編排，製成字形表，方便用於秦簡內部，以及秦簡與戰國簡牘、非簡牘的文字比較，對於戰國與秦代時期，地域間的文字差異也可做出清晰的歸納分析。

2. 歷史比較法

其次，依據歷史比較法，以秦簡文字與古文字甲骨文、金文一同作比較，並且觀察戰國至秦國，由小篆轉變為隸書的軌跡，深入考察秦簡文字使用情形，藉此釐清中國文字的發展流變。如此並採共時與歷時的研究方法，不但涵蓋同時代不同地域，又囊括不同時代的文字書寫情況，可謂漢字橫向與縱向的歷史發展都兼顧到。藉此可了解秦簡文字對古文的改造源由，以及呈現秦簡文字的特點。

3. 文例校勘法

隨著秦簡出土材料的日漸豐富，考釋文字的研究亦不斷深入，以往整理者的隸定，可能出現誤釋的情形。因此，可以根據整理者的釋文作為基礎，再透過王國維的「二重證據法」參考傳世文獻，如此的雙重材料做一綜合比對的工作，以期更確定釋文的用字。並且針對前人著作所提出的論點、問題，一些關於秦簡未釋字、疑難字，尚未有明確的隸定與闡釋，運用傳世文獻進行重新考釋，對秦簡文字中存在的問題，試圖加以考證解決。

4. 偏旁分析法

漢字的造字原則為象形、指事，會意、形聲，用字規律為轉注、假借，由最初的取象為形的部件，表示簡單具體的意義，後來為傳達豐富、抽象的語境，增添更多的部件與筆畫，使意義更為圓滿。部件是隨時間累加上去的，可知漢字的構形當然可以拆解，甲骨文、金文皆可分割成多個部件逐一解釋，甚至於秦簡文字亦可參酌同樣手法。此為運用偏旁分析法，以部件為最小的單位，字形中有共通的部件，羅列出來比較分析，從字形、筆勢的差異，能觀察書手的身分，以及書寫的習慣，判斷書手生前擔任的職官等級，與習字的年齡長短。

其他關於簡文的內容、格式、篇題等，屬於出土文獻的特點，鮮為人所重視，但是不侷限上述的方法，擬出一套的規則作詳實分析，條序出秦簡文字發展的清晰樣貌，亦能彰顯中國秦文化蘊藏的豐富內涵。

第三節　秦簡研究近況

關於秦簡的前人研究現狀，涵蓋有一、專書，依內容分為出土類專書、工具類專書、綜論類專書三種。出土類專書主要收錄內容，為秦簡的圖版，與

釋文及注解，前言淺論簡牘的出土資料；工具類專書為秦簡或秦文字的文字編，有統合所有秦簡、秦文字，亦有專門整理某一批秦簡的文字編；綜論類專書為綜合性的論述文類，針對研擬的主題，運用一套研究方法，進行有脈絡的分析。二、單篇論文，主要發表於期刊上，內容能快速反映當時的研究現況，且具備完整的論述；其他網路資源包含簡帛網、簡帛論壇、復旦大學出土文獻學古文字研究中心等，篇幅多為短小且以考釋文字為大宗，主題大同小異；此外於研討會或網路平台發表的部分論文，最後很可能經過修改集結一起，收錄編纂為論文集，故網路單篇論文、論文集皆於正文中參酌引用，於此不一一舉例介紹。三、學位論文許多最後都出版成專書，內容或有稍微更動，基本上筆者於學位論文、專書二種類型都參考，但是研究的近況的介紹，則依據最原始的版本，分在學位論文一類。

一、專 書

（一）出土類專書

出土類專書，主要收錄秦簡出土材料的圖版，圖版通常先發表少數幾支於期刊，待考古學者整理出相當的簡數，並且解讀出文字，即有計畫的出版成專書，圖版相較於期刊的解析度會更為清晰。嶽麓秦簡、北大秦簡因為是由嶽麓書院與北京大學收購的兩批秦簡，並無相關出土報告發表，但是因為簡牘真實性獲得學界普遍的認可，故仍歸類為出土類的出版項目。依照專書出版時間，統整如下：

1981 年《雲夢睡虎地秦墓》〔註 10〕

1990 年《睡虎地秦墓竹簡》〔註 11〕

1997 年《雲夢龍崗秦簡》〔註 12〕

2001 年《龍崗秦簡》〔註 13〕

〔註 10〕《雲夢睡虎地秦墓》編寫組：《雲夢睡虎地秦墓》（北京：文物出版社，1981 年 9 月）。

〔註 11〕睡虎地秦墓竹簡整理小組：《睡虎地秦墓竹簡》（北京：文物出版社，1990 年 9 月）。

〔註 12〕劉信芳、梁柱：《雲夢龍崗秦簡》（北京：科學出版社，1997 年 7 月）。

〔註 13〕中國文物研究所、湖北省文物考古研究所編：《龍崗秦簡》（北京：中華書局，2001 年 8 月）。

2001 年《關沮秦漢墓簡牘》〔註14〕

2007 年《里耶發掘報告》〔註15〕

2009 年《天水放馬灘秦簡》〔註16〕

2010 年《嶽麓書院藏秦簡（壹）》〔註17〕

2011 年《嶽麓書院藏秦簡（貳）》〔註18〕

2012 年《里耶秦簡（壹）》〔註19〕

2013 年《嶽麓書院藏秦簡（叁）》〔註20〕

2015 年《嶽麓書院藏秦簡（肆）》〔註21〕

2016 年《里耶秦簡博物館藏秦簡》〔註22〕

2017 年《嶽麓書院藏秦簡（伍）》〔註23〕

可以觀察出自從 2009 年以降，幾乎每年都出版一本秦簡出土類專書，材料是不斷的在更新。出土物集中在中國，因此這些簡牘圖版公布，成為海外學者研究的資料基礎，彌足珍貴。圖版雖然非第一手材料，對於文字釋讀可能多少有誤差，但是現今印刷技術進步，圖版清晰度已足夠作初步研究，若能取得第一手資料，則是錦上添花之事，釋讀的正確性可望大大提升，這些盡善盡美的工作，猶待日後逐步實踐。2010 年以前出版的專書，圖版整體而言不夠清晰，因此《秦簡牘合集》〔註24〕統合多批秦簡重新掃描出版，成功提高簡牘文字的辨識度，可謂開創秦簡文字研究的新一頁。

另外，有出土類的單篇論文，1981 年〈青川縣出土秦更修田律木牘—四川

〔註14〕湖北省荊州市周梁玉橋遺址博物館：《關沮秦漢墓簡牘》（北京：中華書局，2001年 8 月）。

〔註15〕湖南省文物考古研究所：《里耶發掘報告》（長沙：嶽麓書社，2007 年 1 月）。

〔註16〕甘肅省文物考古研究所編：《天水放馬灘秦簡》（北京：中華書局，2009 年 8 月）。

〔註17〕朱漢民、陳松長主編：《嶽麓書院藏秦簡（壹）》（上海：上海辭書出版社，2010 年12 月）。

〔註18〕朱漢民、陳松長主編：《嶽麓書院藏秦簡（貳）》（上海：上海辭書出版社，2011 年12 月）。

〔註19〕湖南省文物考古研究所：《里耶秦簡（壹）》（北京：文物出版社，2012 年 1 月）。

〔註20〕朱漢民、陳松長主編：《嶽麓書院藏秦簡（叁）》（上海：上海辭書出版社，2013 年6 月）。

〔註21〕陳松長主編：《嶽麓書院藏秦簡（肆）》（上海：上海辭書出版社，2015 年 12 月）。

〔註22〕里耶秦簡博物館：《里耶秦簡博物館藏秦簡》（上海：中西書局，2016 年 6 月）。

〔註23〕陳松長主編：《嶽麓書院藏秦簡（伍）》（上海：上海辭書出版社，2017 年 12 月）。

〔註24〕陳偉主編：《秦簡牘合集》（武漢：武漢大學出版社，2014 年 12 月）一書，收錄有睡虎地秦簡、龍崗秦簡、青川木牘、周家臺秦簡、嶽山秦簡、放馬灘秦簡。

青川縣戰國墓發掘報告〉〔註25〕、2012 年〈北京大學藏秦簡牘概述〉〔註26〕、
2016 年〈湖南益陽兔子山遺址九號井發掘簡報〉〔註27〕等，青川木牘、北大秦
簡、兔子山秦簡目前僅公布於期刊上，尚未編撰成專書出版，但期刊有附上部
份簡牘圖版，仍可一窺大致的樣貌。

同一批材料有分續集出版，亦有隨著新材料出土，而再次出版的情況，如
果因此依專書類別介紹，會造成相似內容重複堆疊。所以，會於下章節依據出
土類別，介紹每批秦簡的出土情形，而不以專書逐一分類贅述。

（二）文字編專書

工具類專書主要是依據秦文字圖版，剪貼成一字大小照片，依部首或筆畫
順序編排，便於檢索字形。

陳振裕、劉信芳《睡虎地秦簡文字編》〔註28〕一書，取材睡虎地 11 號墓
之竹簡，以照片剪貼的形式，較能真實反映字形的筆畫，字跡過於潦草渙漫
部份，並另附摹本於旁，提供對照的依據，以免摹本與圖版的字形相去太遠，
照片底下列有文例，便於考釋文字於上下文中的意義。此書編寫過程適逢龍
崗秦簡的出土，有 43 字未見於睡虎地秦簡，所以另列於附錄。只是圖版大部
分為模糊一片的狀態，額外附加的摹本，字形筆畫的真確性猶有待考證。

張守中《睡虎地秦簡文字編》〔註29〕同為睡虎地秦簡的文字編，可能因為
睡虎地秦簡公布的圖版本身即不清晰，所以張守中全書皆使用摹本，摹本為後
人再加工書寫，筆意非原始樣貌，不可盡信，但是筆畫線條是更為清楚，仍是
有參考的價值。

方勇《秦簡牘文字編》〔註30〕一書，收錄睡虎地 11 號墓約 1150 枚竹簡，
與 4 號墓的 2 枚木牘，以及青川木牘、天水放馬灘秦簡、江陵嶽山秦牘、龍崗
秦墓竹簡、江陵王家臺秦簡、關沮周家臺秦簡、里耶秦簡、湖南嶽麓書院藏秦

〔註25〕四川省博物館、青川縣文物館：〈青川縣出土秦更修田律木牘—四川青川縣戰國墓
　　　　發掘報告〉，《文物》1982 年第 1 期，頁 1～21。
〔註26〕北京大學出土文獻研究所：〈北京大學藏秦簡牘概述〉，《文物》2012 年第 6 期，頁
　　　　65～73。
〔註27〕湖南省文物考古研究所：〈湖南益陽兔子山遺址九號井發掘簡報〉，《文物》2016 年
　　　　第 5 期，頁 32～48。
〔註28〕陳振裕、劉信芳：《睡虎地秦簡文字編》（武漢：湖北人民出版社，1993 年 12 月）。
〔註29〕張守中：《睡虎地秦簡文字編》（北京：文物出版社，1994 年 2 月）。
〔註30〕方勇：《秦簡牘文字編》（福州：福建人民出版社，2012 年 12 月）。

簡、北京大學藏秦簡牘，共 10 批。此書出版日期為 2012 年，所錄里耶秦簡圖版來自發堀報告一書，裡頭公布的簡牘不多，嶽麓秦簡圖版則來自第壹集，但是已出版第陸集，故文字編猶有更新的空間。

王輝《秦文字編》〔註 31〕分為四冊，剪輯秦國與秦代的文字照片，其中引用秦簡圖版資料有青川木牘、王家臺秦簡、楊家山秦簡、放馬灘秦簡、睡虎地秦簡、嶽山木牘、龍崗秦簡、里耶秦簡、周家臺秦簡，共 9 批。此書出版日期為 2015 年，較上述方勇《秦簡牘文字編》增添楊家山秦簡，缺少嶽麓秦簡、北大秦簡的資料。出版日期晚，但是秦簡資料並沒有更為完善，可能與全書收編材料擴及所有的秦文字，故無法面面俱到所致。

其他猶有袁仲一《秦文字類編》〔註 32〕、張守中《睡虎地秦簡文字編》〔註 33〕等，文字編隨著秦簡的發掘，陸續出版新著，或作更全面、統一整合，依然具備新資料的優勢，提供更加簡便檢索的方式。亦有學位論文於文末附加秦簡文字編，如：劉珏《嶽麓書院藏秦簡（壹）文字研究與文字編》〔註 34〕、賀曉朦《嶽麓書院藏秦簡（貳）文字編》〔註 35〕、朱曼寧《嶽麓書院藏秦簡（叁）文字編》〔註 36〕、蔣偉男《里耶秦簡文字編》〔註 37〕等，顯示其收集資料的方式與成果。文字編的數量極多，以上尚有多本未列入，基本上圖版材料來源類似，但依編著者的擇取項目標準不同而有所變化。

（三）綜論類專書

黃文杰《秦至漢初簡帛文字研究》〔註 38〕一書主要討論秦代至西漢前期簡帛文字的演變規律，以簡帛文字與秦系篆文、同時期其他文字進行比較，分為簡化、繁化、異化、同化加以分析，彰顯簡帛文字的表現特色。並重新商榷前

〔註 31〕王輝：《秦文字編》（北京：中華書局，2015 年 4 月）。

〔註 32〕袁仲一、劉鈺：《秦文字類編》（西安：陝西人民教育出版社，1993 年 11 月）。

〔註 33〕張守中：《睡虎地秦簡文字編》（北京：文物出版社，1994 年 2 月）。

〔註 34〕劉珏：《嶽麓書院藏秦簡（壹）文字研究與文字編》（長沙：湖南大學，中國語言文學系碩士論文，2013 年 4 月）。

〔註 35〕賀曉朦：《嶽麓書院藏秦簡（貳）文字編》（長沙：湖南大學，文物與博物館系碩士論文，2013 年 5 月）。

〔註 36〕朱曼寧：《嶽麓書院藏秦簡（叁）文字編》（彰化：彰化師範大學，國文系碩士論文，2014 年 2 月）。

〔註 37〕蔣偉男：《里耶秦簡文字編》第 1－3 冊（北京：學苑出版社，2018 年 10 月）。

〔註 38〕黃文杰：《秦至漢初簡帛文字研究》（北京：商務印書館，2008 年 2 月）。

人對於隸變來源的問題，與戰國秦篆、西周晚期和春秋的大篆、六國古文，三種類型文字作比較，認為秦至漢初簡帛文字來源是多元而非單一，其中受秦篆影響最深，並兼有大篆與六國古文之書寫遺風。

高敏《睡虎地秦簡初探》〔註39〕一書，從《秦律》探討睡虎地秦簡的奴隸、土地、戶籍、市場、文書、賜爵、官吏考核等制度，與《史記》、《漢書》相參照，發現史書疏漏、誤載或矛盾的部份，對於秦代歷史的種種問題，從簡文中得到具體的新認識。書中主要討論睡虎地秦簡的制度問題，從傳世文獻相對照，運用二重證據法對史書作補充，有詳細的解釋，提供更為正確的說法。

劉樂賢《睡虎地秦簡日書研究》〔註40〕一書，以考釋睡虎地秦簡《日書》甲種與乙種的文字為主軸，反映中國數術文化具體的面貌。並介紹《日書》性質內容，以及所反映關於秦、楚之間社會、祭祀觀念的差異。數術並非容易理解的體系，對秦簡《日書》反映的思想，加以融會貫通，對漢以後數術研究的奧秘，或許更能容易抓到重點。

工藤元男《睡虎地秦簡所見秦代國家與社會》〔註41〕一書對於睡虎地秦簡內容反映的社會背景，秦國內部以及與屬邦的互動，衍伸而出的秦領土擴張過程，與整個戰國時期秩序情況，作進一步探究。又透過《日書》的習俗方面，闡述先秦社會中所見的神信仰，與道教風俗，在基層社會運作的情形。而法與習俗看似矛盾，在秦的法治主義兩者並存，作者認為應是經過一段過渡期，能如此從不同的視角觀看睡虎地秦簡，產生一新解讀方式，實屬難得的成果展現。

其他猶有饒宗頤、曾憲通《雲夢秦簡日書研究》〔註42〕、楊振紅《出土簡牘與秦漢社會》〔註43〕、中華書局編輯印《雲夢秦簡研究》〔註44〕等，上述所舉綜論類專書，大都集中在睡虎地秦簡的內容，多從歷史、社會、制度方面著筆，少見從字形方面去談論。可能睡虎地為首度出土的秦簡材料，簡約 1150

〔註39〕高敏：《睡虎地秦簡初探》（臺北：萬卷樓圖書有限公司，2000 年 4 月）。
〔註40〕劉樂賢：《睡虎地秦簡日書研究》（臺北：文津出版社，1994 年 7 月）。
〔註41〕工藤元男：《睡虎地秦簡所見秦代國家與社會》（上海：上海古籍出版社，2010 年 11 月）。
〔註42〕饒宗頤、曾憲通：《雲夢秦簡日書研究》（香港：香港大學出版社，1982 年 11 月）。
〔註43〕楊振紅：《出土簡牘與秦漢社會》（桂林：廣西師範大學出版社，2009 年 12 月）。
〔註44〕中華書局編輯部：《雲夢秦簡研究》（北京：中華書局，1981 年）。

枚，數量不算少，因此寫成專書綽綽有餘。其餘各批秦簡的不見專書出版，有可能是簡數少，或墨字不清晰，等種種原因，造成專書部份研究的成果不如睡虎地秦簡多。

二、單篇論文

孫沛陽〈簡冊劃綫初探〉〔註45〕此文透過嶽麓秦簡的《質日》三篇，檢視竹簡的編繩是壓在劃綫位置上面，推測簡冊背面的劃線是在編聯之前。劃線目的是便於書寫以及編聯，劃線完即依順序取簡書寫，但是即使有劃線，簡文的內容還是有錯位的情況，可能是書寫時有廢簡，致使劃綫失去本質的作用。所以作者認為劃線只是輔助的功能，並不能完全依從，仍應依簡文內容通讀的順暢與否，作為編聯的首要標準。並且重新調整了簡序，對於簡背的劃線更進一步闡釋，將有問題的簡重新歸類，在整理竹簡的工作上都是有幫助的。

周海鋒〈從嶽麓書院藏《司空律》看秦律文本的編纂與流變情況〉〔註46〕此文分析嶽麓秦簡《司空律》與睡虎地秦簡《秦律十八種·司空律》二篇，發現簡文內容幾乎一樣，僅個別稱謂不同，證明嶽麓秦簡抄寫的年代上限，大約在秦始皇二十六年（西元前221年），統一六國之後，且文本隨著時代更迭，而不斷的修訂，以符合時代的要求。又作者認為書手抄寫具有偶然性，為摘錄的形式，所以與「原本」內容有一定的差距存在，對於一般認知律令編纂嚴飭的概念有所翻轉，原來內容猶有許多錯誤存在。

孫家洲〈兔子山遺址出土《秦二世元年文書》與《史記》紀事抵牾釋解〉〔註47〕一文關注湖南益陽兔子山9號古井出土的簡牘，其中一枚簡釋文為「秦二世元年的文告」，與北大漢簡《趙政書》內容有所聯繫。二文例皆提及秦二世秉承秦始皇的遺詔即位，與《史記》記載秦二世為偽造詔書奪取王位的說法有所出入。孫氏陳述秦二世如果權力來源是合法的，就沒有必要頒布詔書，似乎偏向取信《史記》的記載，認為秦二世王位是不合理奪取來的。但是《史記》為漢代的典籍，對於前朝史事是否會有悖於史實的情形，也是值得關注的，故

〔註45〕孫沛陽：〈簡冊劃綫初探〉，《出土文獻與古文字研究》2011年第4輯，頁449～462。
〔註46〕周海鋒：〈從嶽麓書院藏《司空律》看秦律文本的編纂與流變情況〉，《出土文獻》2017年第10輯，頁149～155。
〔註47〕孫家洲：〈兔子山遺址出土《秦二世元年文書》與《史記》紀事抵牾釋解〉，《湖南大學學報（社會科學版）》2015年第3期，頁17～20。

以傳世文獻證成出土文獻為異說，實應多加商榷。

　　田煒〈談談北京大學藏秦簡《魯久次問數於陳起》的一些抄寫特點〉〔註48〕一文從北大秦簡《魯久次問數於陳起》文中的「料」、「戈」、「見」等字判斷是屬於戰國的古籀文遺留。又「殹」為秦代習慣用字，「也」為六國文獻通行用法，北大秦簡出現「殹」、「也」二字的相互改寫，作者推測「也」字，可能是受六國底本影響，抄寫時就直接摹寫過來，沒有作任何修改。所以認為此篇的底本應使用戰國的楚文字，書手也就跟著依樣畫葫蘆，全文對於先秦文獻的傳抄過程有初步的啟發意義。

　　近十年秦簡的出土資料擴增，論述性短篇期刊論文也日益跟進，為最新的出土資料適時補充說明，提供多方面具實的論點，但是論述文章日積月累，觀點繁雜多端，似乎缺少能夠結合古今關於秦簡文字的統合著作，以及能為秦人歷史理出清晰的脈絡，是一缺憾。

三、學位論文

　　黃靜吟師《秦簡隸變研究》〔註49〕一書，採用雲夢睡虎地秦簡、雲夢睡虎地木牘、青川郝家坪木牘、天睡放馬灘秦簡，四批秦簡材料，分析秦簡文字與隸書之間的演化關係。以秦簡與古文字甲骨文、金文作比較，並以《秦漢魏晉篆隸字形表》一書中所收漢代隸書相印證，歸納出隸分、隸合二種方式，發現隸變具有特定規律存在，是有跡可循的。此論文撰寫時間距離睡虎地秦簡出土有一段時間，但是前人的研究未精，且多談歷史史實的面向，能從字形角度方面切入，可謂嶄新的研究手法，對於文獻掌握小周密。

　　洪燕梅《睡虎地秦簡文字研究》〔註50〕一書，針對睡虎地秦簡的書體與小篆作比較，發現是介於篆、隸之間，兼具方折與圓弧的筆勢。再從聲韻角度切入，分析睡虎地秦簡的同源字、假借字，於戰國時期運用的情形。簡文首見或特殊的字則進行考釋，並兼論簡文的符號，所見目光甚為細膩。最末，談及先

〔註48〕田煒：〈談談北京大學藏秦簡《魯久次問數於陳起》的一些抄寫特點〉，《中山大學學報（社會科學版）》2016 年第 5 期，頁 45～51。

〔註49〕黃靜吟師：《秦簡隸變研究》（嘉義：國立中正大學，中國文學系所碩士論文，1993年）。又，（臺北：花木蘭出版社，2011 年）出版專書。

〔註50〕洪燕梅：《睡虎地秦簡文字研究》（臺北：國立政治大學，中國文學系碩士論文，1993 年）。

秦時期書寫工具的運用、戰國文字的發展、隸書的起源，一些關於文字學的問題。討論的層面甚廣，包含字形、聲韻、訓詁，以及秦簡的形制、符號，稱得上是面面俱到，推論亦嚴謹。

溫俊萍《里耶秦簡（壹）的書體研究》〔註51〕論文首先討論里耶秦簡（壹）一書收錄第五、六、八層簡牘的形制，包含符券、檢、封檢、觚，其次探討文字的形體與書體風格，以辨析書手的抄寫情況。再以里耶秦簡與青川木牘、睡虎地秦簡、龍崗秦簡作比較，觀察出里耶秦簡的隸化程度成熟，反映秦人書寫的筆勢特色。結語提及隸變研究除了從小篆出發，猶需從漢代隸書的角度去認識，但是文中不見由秦簡至漢隸的分析，或許可列為未來展望的部份再深入闡述。

劉雨林《嶽麓書院藏秦簡（壹～叁）通假字研究》〔註52〕一書以《嶽麓書院藏秦簡》第（壹）至（叁）集為範圍，先確立「通假」一詞的定義，再從音韻接近與否，分為聲韻皆同、聲同韻近、聲近韻同、聲韻皆近四類，統計各類出現的次數與比例，發現古人用字以押「韻」較之押「聲」為常見。其次，認為古人借字常與本字形體相關，形體通常具有表聲或表意的功能，表示通假字與本字的形體是相聯繫的。能從音韻的角度分析秦簡通假文字，推論到字形的造字原則情形，是不錯的研究議題。

王露《龍崗秦簡文字研究》〔註53〕論文從歷時的概念，依序由甲骨文、金文、《說文解字》的小篆、睡虎地秦簡、里耶秦簡、銀雀山漢簡，與龍崗秦簡的字形相參照，分為簡化、繁化、異化、同化、混用、異字形似六個方面，討論文字演變的規律與特徵。但是《說文解字》一書為東漢的許慎編纂，時代較秦簡為晚，所收的小篆能否反映秦代當時的文字書寫習慣是一個問題，倘若以秦刻石上的小篆為考察對象，時代更為接近，或許不失為一好選擇。

早期的學位論文亦有徐富昌《睡虎地秦簡研究》〔註54〕一書聚焦於睡虎地

〔註51〕溫俊萍：《里耶秦簡（壹）的書體研究》（長沙：湖南大學，文物與博物館系碩士論文，2015年）

〔註52〕劉雨林：《嶽麓書院藏秦簡（壹～叁）通假字研究》（長沙：湖南大學，中國語言文學系碩士論文，2016年）。

〔註53〕王露：《龍崗秦簡文字研究》（長沙：吉首大學，漢語言文字學系碩士論文，2016年）。

〔註54〕徐富昌：《睡虎地秦簡研究》（臺北：國立臺灣大學，中國文學系博士論文，1992年）。又，（臺北：文史哲出版社，1993年）出版專書。

秦簡的內容，先概述秦簡的內容與形制，再分為秦律、官制、軍制討論秦代制度問題。後期如上所列幾本漸轉向字形或聲韻分析，對於秦簡文字的探討似乎有更臻完善趨勢。關於秦簡的學位論文多為碩士級，主題與討論範圍小但是夠深入，仍能獲得很好的成果。博士論文的數量不多，可能因為當時簡牘材料尚不豐富，不足以撐起一本厚重的論文，如今秦簡材料大量出土與出版，提供良好的條件，與絕佳的時機，觸動筆者博士論文撰寫的思緒。故本文擬建立在前人的研究基礎上，與近期持續公布、出版秦簡的相關論著，進行秦簡的一整體研究。

第四節　秦簡的出土

秦簡指戰國秦國或秦代時期，墨書有文字的簡牘材料，目前出土的秦簡有 12 批，出土地包含湖北、湖南、甘肅、四川等，時間從 1976 年至今陸陸續續皆有秦簡相關的出土報告、書籍。以下依據出土時間先後排序略述，時間不詳者置後，如《嶽麓書院藏秦簡》、《北京大學藏秦簡》二批簡由於是受捐贈入藏的，沒有明確出土資料，則依其受捐贈的時間作排序簡介。

一、雲夢睡虎地秦簡 [註55]

1976 年於湖北省雲夢縣，睡虎地有墓葬第 3、4、5、6、7、8、9、10、11、12、13、14 以上 12 座，其中第 11 號墓出土竹簡約 1155 枚，第 4 號墓出土木牘 2 枚，是中國近代考古的重大收穫，亦是民國以來，發現的第一批秦代簡牘。隨葬物品有文書工具毛筆、墨、石硯、銅削，以及漆、銅、鐵、陶、竹木器，其中以漆器為大宗，有耳杯、圓盒、樽、卮、圓奩、盂等，上頭針刻或烙印有文字。其他猶有瑪瑙杯、玉璜、角杯、絲帽、絲織物、糧食（稻、粟）、果品（桃核、棗核）、禽獸骨等，以上零零總總共約 79 件。

〈編年紀〉提到許多的人名有「喜」、「遬」、「恢」、「敢」等人，其中對於「喜」此人的描述甚為詳盡，因此考古學者推測睡虎地的墓主即為「喜」。〈編年紀〉記載始自秦昭王元年（前 306 年）至秦始皇三十年（前 217 年）的事情，

〔註55〕關於雲夢睡虎地秦簡，參見《雲夢睡虎地秦墓》、《睡虎地秦墓竹簡》二書。第 4、11 號墓的出土資料，如隨葬物品，主要出自《雲夢睡虎地秦墓》一書，竹簡各書的內容則根據《睡虎地秦墓竹簡》一書，此書未收錄 4 號墓的 2 件木牘。

最晚僅記到秦始皇三十年，故可推測墓葬的年代約在戰國至秦代，而竹簡為秦簡。

第 11 號墓竹簡，長度約為 23〜27.8 公分，寬度約為 0.5〜0.6 公分，厚度為 0.1 公分。內容包含：一、〈編年紀〉，二、〈語書〉，三、〈秦律十八種〉，四、〈效律〉，五、〈秦律雜抄〉，六、〈法律答問〉，七、〈封診式〉，八、〈為吏之道〉，九、〈日書〉甲種，十、〈日書〉乙種，大部分是秦代的法律和文書。簡牘的標題即為上述十種，〈語書〉、〈效律〉、〈封診式〉、〈日書〉乙種 4 類為竹簡上本身書寫的，其他 6 類為整理小組依據簡文內容而命名的結果。竹簡發現時是散落在墓主的骨骸旁邊，從右側頭部一直延伸到腳的軀幹皆有。此 10 類的內容概述如下：

圖 1-4-1　睡虎地 11 號墓棺

（一）〈編年紀〉

竹簡 53 枚，置於墓主的頭部下方。內容記載秦昭王元年（西元前 306 年）至秦始皇三十年（西元前 217 年），前後 90 年發生的大事件，以及陳述一位名為「喜」的人生平、事蹟。分兩欄書寫，上欄記昭王元年至五十三年，下欄記昭王五十四年至始皇三十年發生的史事。根據簡文的內容得知，喜出生於秦昭王四十五年，而簡文記載止於秦始皇三十年，此年當為喜去世之時，所以喜活到 45 歲。又從骸骨的鑑定報告顯示，大約為 40 到 45 歲的男性，推知喜即為睡虎地 11 號墓的主人。

秦昭王至秦始皇這一段歷史，〈編年紀〉與司馬遷《史記》的時間有部分重疊，又內容所記相似度高，但是仍有部分史實不見於《史記》與文獻，故〈編年紀〉的內容足以填補這段歷史的空缺。

（二）〈語書〉

竹簡 14 枚，置於墓主的腹部與右手下方，全篇分為前後兩段，簡文上有「語書」二字，標題即命名為〈語書〉。內容是秦王政二十年四月二日，南郡守騰公布予郡內各縣、道官吏的文告，提及秦滅楚後統治南郡，但是當地楚人的勢力並未消解，甚至欲奪回領地。因此，〈語書〉一篇前半部要求官吏教導百姓要行善，並且行為合於制定的法律。後半則闡述身為良吏與惡吏，對於通曉法律令的才能差異，主要還是冀望若官吏有不良行為，令、丞能夠嚴格責處，並上報郡守加以紀錄。

（三）〈秦律十八種〉

竹簡 201 枚，藏於墓主的軀體右側，主要為秦代的法律條文。每條律文的末尾，記有法律的名稱或簡稱，簡稱不一定加「律」字，整理者皆依此定為標題。簡的標題可分成〈田律〉、〈廄苑律〉、〈倉律〉、〈金布律〉、〈關市〉、〈工律〉、〈工人程〉、〈均工〉、〈徭律〉、〈司空〉、〈軍爵律〉、〈置吏律〉、〈效〉、〈傳食律〉、〈行書〉、〈內史雜〉、〈尉雜〉、〈屬邦〉十八種。其中，〈效〉與同墓中的竹簡〈效律〉部分內容重疊，可能〈秦律十八種〉為法律內容的部份擷取，並非全文。

〈田律〉是關於自然生態保育的法律，舉凡農田、山林、牲畜等都在保護的範圍之內；〈廄苑律〉是關於飼養牲畜，以及管理廄圈、苑囿的法律；〈倉律〉是關於管理糧食收藏、發給的法律；〈金布律〉是市場上物品交易，與貨幣流通的法律規定；〈關市〉是關於管理關、市的財務稅收法律條文；〈工律〉、〈工人程〉、〈均工〉三種是關於管理手工業生產組織的法律；〈徭律〉為國家徵發徭役的律條；〈司空〉、〈內史雜〉、〈尉雜〉、〈屬邦〉分別是關於司空、內史、廷尉、屬邦職務的相關法律；〈軍爵律〉為從軍有功的賞賜爵位法律；〈置吏律〉為任用官吏法律；〈效〉為關於檢驗官府物資的法律；〈傳食律〉是有關驛傳供給飯菜的法律；〈行書〉屬於公文書傳遞的法律，以上內容涉及的法律層面甚廣。

（四）〈效律〉

竹簡 60 枚，藏於墓主的腹部下方，內容主要是官府核驗物資財產的法律。此律法的首簡書寫有「效」一字，故命名為「效律」。物資與帳目之間數值的誤差，都有明確的規定，特別是軍事物品盔甲、皮革等更為詳盡，若是數量不在標準之內，則有相對的罰金或論處，此律法規定對於度量衡的統一具有

明顯的效果。

（五）〈秦律雜抄〉

竹簡 42 枚，藏於墓主的腹部下方，內容為秦代法律的摘錄，作了些微刪減與概括，且內容龐雜，因此不易理解。律名並非於簡文全部皆記載，有律名的為〈除吏律〉、〈游士律〉、〈除弟子律〉、〈中勞律〉、〈藏律〉、〈公車司馬獵律〉、〈牛羊律〉、〈傅律〉、〈敦表律〉、〈捕盜律〉、〈戍律〉十一種。〈除吏律〉與〈秦律十八種〉的〈置吏律〉律名相似，但是內容並無重複的部份。〈秦律雜抄〉中許多律文與軍事有關，其中關於軍官任免、軍隊訓練、戰場紀律、戰勤供應以及戰後賞罰獎懲的法律條文，是研究秦兵制的重要材料。〔註56〕

（六）〈法律答問〉

竹簡 210 枚，位於墓主的頸部右方，內容主要以問答的方式，解釋或應答秦律的部份條文。條文依據李悝《法經》的次第編排，分為〈盜〉、〈賊〉、〈囚〉、〈捕〉、〈雜〉、〈具〉六篇，符合商鞅變法的宗旨，全篇條文具有一定的法律效力，其中部分為訴訟程序的解釋說明，對於秦律訴訟制度是重要的文獻資料。

（七）〈封診式〉

竹簡 98 枚，靠近墓主的頭部右側，是關於各類案件審理、調查、檢驗的文書紀錄。全書標題書寫於末簡背面，依案件分為二十五節，每節小標位於首簡的開頭，並留白約一字空間，與下文隔開。二十五節的律名如下：〈治獄〉、〈訊獄〉、〈有鞫〉、〈封守〉、〈覆〉、〈盜自告〉、〈□捕〉、〈□□〉、〈盜馬〉、〈爭牛〉、〈群盜〉、〈奪首〉、〈□□〉、〈告臣〉、〈黥妾〉、〈遷子〉、〈告子〉、〈癘〉、〈賊死〉、〈經死〉、〈穴盜〉、〈出子〉、〈毒言〉、〈奸〉、〈亡自出〉，「□」為字跡不清，難以辨識的律名。

治獄案例包含盜牛、盜馬、盜錢、盜衣物、逃亡、逃避徭役等傷害事件，反映當時農民與地主的矛盾。又父告子的案例，突顯封建專權下的父權主義，涵蓋範圍寬廣，可見當時社會階級的鬥爭關係。

〔註56〕睡虎地秦墓竹簡整理小組：《睡虎地秦墓竹簡》（北京：文物出版社，1990年），頁79。

（八）〈為吏之道〉

竹簡 98 枚，位於墓主的腹部下方，是關於作為官吏應該遵守的規矩。首簡開頭記有「為吏之道」四字，整理者便擬為此書標題，並作分節。開頭抄有「除害興利」四字的一節，內容是關於為吏習用的一些詞語，應為學習作官吏須認識字的課本。全書主要分五欄書寫，第五欄末尾，抄有魏律二則，提倡的精神與秦律相接近，可能因此收入在此。關於〈為吏之道〉一篇的分類，陳侃理〈睡虎地秦簡「為吏之道」應更名「語書」〉一文云：「〈語書〉六簡原來應編在『為吏之道』後，是全書的結尾。『語書』作為篇題，應涵蓋了全書中這兩部分。換言之，整理者復原為獨立一書的所謂『為吏之道』，隨葬時是和另外 6 枚簡合編在一起的，應按照全卷原有的自題，定名為〈語書〉。」〔註57〕原整理者將〈語書〉和〈為吏之道〉分開為二篇，陳氏認為應該視為同一部書的兩部分。

（九）〈日書〉甲種

竹簡 166 枚，接近於墓主的頭部右側，字寫得小又密，因此〈日書〉甲種簡數未如乙種多，但是內容卻更為豐富。〈日書〉甲種與乙種皆主要為選擇時日的紀錄。以及關於趨吉避凶的方術，房屋空間的方位安排恰當與否，遭遇鬼怪的應對方法，這些民俗學的資料，於前人文獻中不多見。猶有關於楚國月曆的記載，與秦國的月份名相對照內容，皆為研究楚國曆法的重要材料。

（十）〈日書〉乙種

竹簡 259 枚，接近於墓主的頭部右側，字體寫得大一些，於簡末的背面書有「日書」二字。〈日書〉甲種、乙種皆有漏抄的情況，部分內容文字不盡相同，所以二書可以相互作為校對的版本。

睡虎地第 4 號墓出土有家書木牘 2 件，11 號木牘的形制，長 23.4 公分，寬 3.7 公分，厚 0.25 公分，有 249 字；6 號木牘，有殘缺，長 16 公分，寬 2.8 公分，厚 0.3 公分，有 110 字。二件木牘正、背面皆有以秦隸書寫的文字。

〔註57〕陳侃理〈睡虎地秦簡「為吏之道」應更名「語書」〉，《出土文獻》第 6 輯（上海：中西書局，2015 年），頁 251～252。

圖 1-4-2　睡虎地木牘

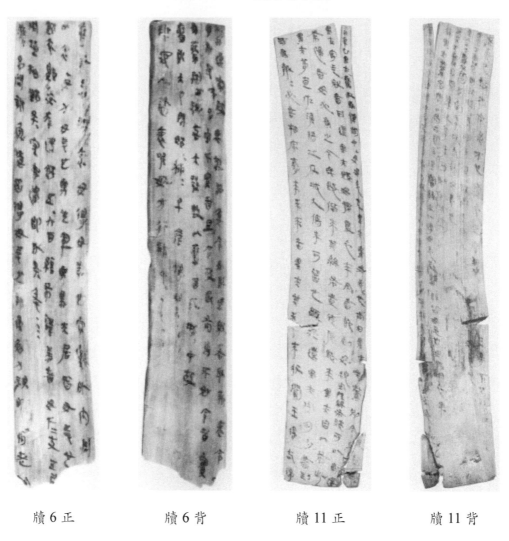

| 牘 6 正 | 牘 6 背 | 牘 11 正 | 牘 11 背 |

　　簡文為黑夫與驚寫給兄弟衷的家信，但是並未提及黑夫、驚與衷的背景，所以墓主的身分也無從考證。主要記載秦統一六國發生的戰事，應為《史記》所提及關於秦滅楚的戰爭，猶有關於秦滅六國戰爭的過程，一些軍用品問題，兵士需要自備衣服、布、錢等物品，6 號木牘猶反映秦軍佔領新領土的情況。這些資料不見於史書記載，可以補充秦史空缺的部分。

二、青川郝家坪木牘〔註58〕

　　1979 年 1 月，於四川青川縣的郝家坪，發現一處戰國古墓群。1979 年 2月至 1980 年 8 月，四川省博物館會同青川縣文化館，對古墓採取前後 3 次的發

〔註58〕有關青川郝家坪木牘，參見〈青川縣出土秦更修田律木牘—四川青川縣戰國墓發掘簡報〉、〈四川青川縣郝家坪戰國墓群 M50 發堀簡報〉二篇論文。

掘工作，清理出總共 72 座墓葬。其中第 50 號為長方形的豎穴土坑墓葬，一棺一槨，於邊箱內出土木牘 2 枚，在槨室的東牆附近，有隨葬品陶器、銅器、漆木器、半兩錢。另外一件棕套，出於棺內屍骨的頭部，可能為束髮之物。

關於墓葬主人身份〈青川縣出土秦更修田律木牘—四川青川縣戰國墓發掘簡報〉﹝註59﹞、〈四川青川縣郝家坪戰國墓群 M50 發掘簡報〉﹝註60﹞二篇出土報告皆表示，17 號木牘全篇，以及 16 號木牘背面的文字殘缺，難以辨識，因此造成墓主人的身分無法明確判斷。但是，《秦簡牘合集》收錄有較先前更為清晰的圖版，因此辨認出的更多文字云：「16 號牘正背面均書有『章手』，『章』亦見載於該牘背面不除道者的名單中，墓主或許就叫『章』。」﹝註61﹞，又張金光云：「墓主與木牘的抄存者應是一人，其身份當為鄉間小吏。」﹝註62﹞由種種資料顯示，推測青川 50 號墓葬的主人，應為姓「章」的小吏。

青川的 16、17 號二木牘共約 215 字。16 號木牘長 46 公分，寬 2.5 公分，厚 0.4 公分，正面 120 字，背面 32 字。牘文正面記載：

> 二年十一月己酉朔朔日，王命丞相戊、內史匽氏臂更脩為田律。
>
> ﹝註63﹞

為秦代頒發新律令的時間與過程，根據記載秦武王二年「初置丞相」﹝註64﹞，丞相即為甘茂，又從墓葬出土的半兩錢判斷應與秦文化相關，《說苑·雜言》：「甘戊使於齊」﹝註65﹞、《戰國策·韓三》：「不得議甘戊」﹝註66﹞表明古代「甘茂」、「甘戊」名字相通用，可知牘文為秦武王命令丞相甘茂、內史匽，需重新修定田律的內容。牘文記載從二年十一月至四年十二月，墓葬的年代上限應在秦武王四年，由此判斷為戰國晚期的墓。背面分上、中、下三欄書寫不除道的人名

﹝註59﹞四川省博物館、青川縣文化館：〈青川縣出土秦更修田律木牘—四川青川縣戰國墓發掘簡報〉，《文物》1982 年第 1 期，頁 11。

﹝註60﹞四川省文物考古研究院、青川縣文物管理所：〈四川青川縣郝家坪戰國墓群 M50發掘簡報〉，《四川文物》2014 年第 3 期，頁 18。

﹝註61﹞陳偉主編：《秦簡牘合集》（武漢：武漢大學出版社，2014 年 12 月），頁 187。

﹝註62﹞張金光：《秦制研究》（上海：上海古籍出版社，2004 年），頁 148。

﹝註63﹞陳偉主編：《秦簡牘合集》（武漢：武漢大學出版社，2014 年 12 月），頁 190。

﹝註64﹞漢·司馬遷撰，宋·裴駰集解：《史記·秦本紀》（臺北：藝文印書館，2011 年），頁 105。

﹝註65﹞漢·劉向撰、程榮校：《說苑·雜言》（臺北：世界書局，1970 年 1 月），頁 137。

﹝註66﹞漢·劉向撰，戰國·高誘注：《戰國策·韓三》（臺北：藝文印書館，1974 年 3 月），頁 573。

及其天數。

　　17 號木牘長 46 公分，寬 3.5 公分，厚 0.5 公分，正面 63 字，背面字已不可識。正面內容應記載幾位人士不除道的天數，折合成錢款。

圖 1-4-3　青川木牘

牘 16 正　　　　牘 16 背　　　　牘 17 正　　　　牘 17 背

三、天水放馬灘秦簡〔註67〕

1986 年 3 月，於甘肅天水市小隴山林業局的黨川林場職員，選在放馬灘護林站修建房舍時，發現古墓葬群。甘肅文物考古研究所便派員前往調查，6 月開展計畫，於 9 月結束發掘工作。發掘秦墓 13 座，編號 M1-4、M6-14，以及漢墓 1 座，編號 M5。其中在秦墓 1 號，出土簡 461 枚，包含〈日書〉甲種、〈日書〉乙種、〈丹〉，以及木牘 4 方。

1 號墓葬為長方形圓角的豎穴土坑，與陝西中原地區出現的洞室墓不同，墓穴長 5 公尺，寬 3 公尺，深 3 公尺，墓口距地表 1 公尺。為一棺一槨，棺木緊靠北槨，形成頭箱、南邊箱、腳箱三個區塊之形制。內藏隨葬器物漆耳杯、陶罐、陶瓮、木板地圖、木槌、竹蓆、糧食、木棒、木尺、漆盤、毛筆與筆管、算籌等，毛筆、竹簡置於棺內頭側，大部分器物置於棺與槨間的頭箱、邊箱之中。木板地圖、竹簡文書、算籌、木槌反映墓主身分、職業等背景。

棺中有一木板，於入葬時有意壓於屍體之上。又屍體腰部以上與棺外四周放置有圓木棒，並灑有製作棺木時遺留的木屑，邊箱也灑有糧食，表明一種入葬的祭祀習俗，以上皆呈顯出特殊的葬俗。

1 號墓葬與墓主時代，整理者從〈日書〉、〈丹〉的紀年以斷定，認為〈丹〉第一簡紀年「八年」當為「秦始皇八年」。〔註68〕內容描述一位名「丹」的人死而復生，奇異的神怪傳說故事，可能依墓主身分或特殊經歷創作而成。整理者認為具有一定的寫實性質，因為簡中提及的邽縣、地名、職官都有所依據，所以此簡的紀年與曆朔應為實際的紀錄。「秦始皇八年八月己巳」的紀年，應為故事寫成的最後時間，早於墓主下葬之時，並且不會相距太遠。另外，針對「八年」其他學者有不同的說法，張修桂〔註69〕、宋華強〔註70〕、陳長琦〔註71〕推斷是「秦昭王八年」，雍際春〔註72〕推斷是「秦惠文王後元八年」，任步雲〔註73〕

〔註67〕關於放馬灘秦簡，請參閱《天水放馬灘秦簡》、〈甘肅天水放馬灘戰國秦漢墓群的發掘〉之說明。

〔註68〕甘肅省文物考古研究所編：《天水放馬灘秦簡》（北京：中華書局，2009 年），頁128。

〔註69〕張修桂：〈天水《放馬灘地圖》的繪製年代〉，《復旦學報》1991 年第 1 期。

〔註70〕宋華強：〈放馬灘秦簡《志怪故事》札記〉，（武漢大學簡帛網發文，2010 年 3 月 5 日）http://www.bsm.org.cn/show_article.php?id=1229

〔註71〕陳長琦：《戰國秦漢六朝史研究》（廣州：廣東人民出版社，1997 年），頁 81。

〔註72〕雍際春：《天水放馬灘木板地圖研究》（蘭州：甘肅人民出版社，2002 年），頁 39。

甚至判斷可能為「漢高祖八年」或「漢文帝八年」。海老根量介〈放馬灘秦簡鈔寫年代蠡測〉云：「放馬灘秦簡的『入黔首』在孔家坡漢簡中寫作『入人』。可見《日書》中『黔首』、『人』的使用情況與秦漢時代官文書完全相同。我們從這一點也可以確定放馬灘秦簡的鈔寫年代是秦代，不可能晚到漢代。」〔註74〕說明「黔首」為秦代的常用語詞，至漢代則改為使用「人」字，由此判斷放馬灘秦簡年代不應晚至漢代，任步雲的說法也不可信。

　　原整理者依據〈丹〉記載有「邽丞」，並且《史記‧秦本紀》云：「武公十年，伐邽、冀戎，初縣之。」〔註75〕可知秦統一後改稱「邽縣」，表示「邽」為秦統一前用字，認為墓葬年代應在秦統一之前。〔註76〕但是，《秦簡牘合集》針對〈建除〉、〈貞在黃鐘〉簡文「事」作「吏」字，〈十二支占盜〉、〈貞在黃鐘〉的「在」或作「才」字，以及「黔首」一詞的使用，認為〈日書〉乙種當抄寫於秦統一之後。〔註77〕〈日書〉甲種、乙種簡文中參雜有許多統一前後的文字，如統一前作「辠」後作「罪」字，「民」字後作「黔首」一詞使用，表示可能簡文書寫時代在秦統一後不久。由此，根據整理者的說法，1號墓葬時代始於秦始皇八年（西元前239），至於下限《秦簡牘合集》認為應在秦始皇統一全國（西元前221）時期左右，即為戰國末期的秦人墓葬。墓中有許多地圖，代表墓主可能生前為邽縣的一位官吏，對邽縣瞭若指掌。

　　1號墓於棺內墓主的頭側，出土簡牘460枚。包含〈日書〉甲種、〈日書〉乙種、〈丹〉，原簡沒有標題，整理者依據內容命名。〈日書〉甲種、乙種的編聯和書寫格式相同，而乙種文字相較於小，文字的形構與風格與甲種稍異，為不同書手抄寫的情況，亦可能有抄寫時間先後的關係。〈日書〉甲種有8章，乙種38章，如下所列：

　　〈日書〉甲種73枚，簡長27.5公分，寬0.7公分，厚0.2公分。分為〈月

〔註73〕任步雲：〈放馬灘出土竹簡日書芻議〉，《西北史地》1989年第3期。

〔註74〕〔日〕海老根量介：〈放馬灘秦簡鈔寫年代蠡測〉，《簡帛》第7輯（上海：上海古籍出版社，2012年），頁166。

〔註75〕漢‧司馬遷撰，宋‧裴駰集解：《史記‧秦本紀》（臺北：藝文印書館，2011年），頁96。

〔註76〕參閱甘肅省文物考古研究所、天水市北道區文化館：〈甘肅天水放馬灘戰國秦漢墓群的發掘〉，《文物》1989年2月，頁10～11。

〔註77〕參閱陳偉主編：《秦簡牘合集》第4冊（武漢：武漢大學出版社，2014年12月），概述頁5。

建〉、〈建除〉、〈亡盜〉、〈吉凶〉、〈禹須臾〉、〈人日〉、〈生子〉、〈禁忌〉，共 8 章。甲種 8 章皆見於乙種，其中〈月建〉、〈建除〉、〈亡盜〉、〈吉凶〉、〈禹須臾〉、〈人日〉、〈生子〉7 章皆同，唯〈禁忌〉的條目有所差別。

〈日書〉乙種 381 枚，簡長 23 公分，寬 0.6 公分，厚 0.2 公分。分為〈月建〉、〈建除書〉、〈置室門〉、〈門忌〉、〈方位吉時〉、〈地支時辰吉凶〉、〈吏聽〉、〈亡盜〉、〈晝夜長短〉、〈臽日長短〉、〈五行相生及三合局〉、〈行〉、〈衣良日〉、〈牝牡月日〉、〈人日〉、〈四廢日〉、〈行忌〉、〈五音日〉、〈死忌〉、〈作事〉、〈六甲孤虛〉、〈生子〉、〈衣忌〉、〈井忌〉、〈畜忌〉、〈卜忌〉、〈六十甲子〉、〈占候〉、〈五種忌〉、〈禹步〉、〈正月占風〉、〈星度〉、〈納音五行〉、〈律書〉、〈五音占〉、〈音律貞卜〉、〈雜忌〉、〈問病〉，共 38 章，有殘缺不全，無法編聯者，歸入其他一類。乙種的篇章相對豐富且繁多，其中有完整成篇，亦有不完整者，有互為聯繫者，也有擇抄部份段落者。整理者云：「乙種是墓主人抄於甲種後，形成的一種抄本。」〔註78〕認為乙種時代較甲種晚，陳偉參考程少軒《放馬灘簡式占古佚書研究》〔註79〕、海老根量介〈放馬灘秦簡的抄寫年代蠡測〉〔註80〕的說法，判斷「日書乙種似早出，而甲種或係乙種之摘錄。」〔註81〕對於整理者的觀點，提出新的闡述。

〈丹〉7 枚，簡長 23 公分，寬 0.6 公分，厚 0.2 公分。描述一名為「丹」的人，死而復生的離奇故事。整理者原命名為〈墓主記〉，後依內容情節改為〈丹〉。但是與一號墓主仍然具有聯繫，因為從墓葬的習俗，顯見是特殊、不尋常的。

〔註78〕甘肅省文物考古研究所：《天水放馬灘秦簡》（北京：中華書局，2009 年 8 月），頁 129。

〔註79〕程少軒：《放馬灘簡式占古佚書研究》（上海：復旦大學碩士論文，2011 年），頁 7 ～8。

〔註80〕〔日〕海老根量介：〈放馬灘秦簡鈔寫年代蠡測〉，《簡帛》第 7 輯（上海：上海古籍出版社，2012 年），頁 159～170。

〔註81〕陳偉主編：《秦簡牘合集》第 4 冊（武漢：武漢大學出版社，2014 年 12 月），概述頁 5。

圖 1-4-4　放馬灘秦簡：地圖

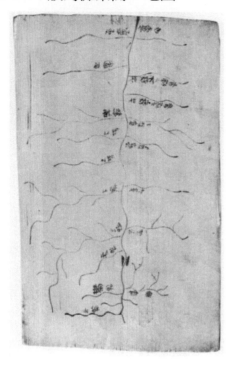

4A　　　　　　　　　　　　　　4B

圖 1-4-5　放馬灘秦簡：丹

簡 7　　　簡 5　　　簡 4　　　簡 3　　　簡 2　第一章 簡 1

四、嶽山秦牘 〔註82〕

1986 年初江陵縣食品工業公司利用荊沙鐵路的興建機會，在嶽山岡地以北的平原建工廠，並闢一條南北向的進廠公路，施工時發現發現一批古代的墓葬。墓葬位於湖北省荊州市江陵區，漢代郢城故址的南方 500 公尺，上層的漢墓坑口被推走，下層秦墓坑上部的封土亦被破懷，於同年 9 至 10 月便進行搶救性的探勘，發掘墓葬 46 座，編號 M1～M46，包含秦墓 10 座，漢墓 31 座，宋墓 2 座。其中秦墓第 36 號出土木牘 2 枚。

36 號秦墓，沒有封土，可能為施工時鏟去。為長方形土坑，豎穴木槨墓，無墓道，墓坑深所以下部和隨葬品保存完整。墓口大於墓底，墓坑四壁斜直光滑，自棺槨頂部到墓坑底部，四壁較直，微向內縮的形式。墓主屍骨已朽，性別與年齡的資料不明，但是依據竹蓆擺放的方式，推測應為仰身直軀葬。

隨葬品絕多數置於槨室的前室，少數置於棺的一側，種類有陶罐、陶壺、陶盆、陶甕、陶甀、漆扁壺、漆耳杯、漆盤、漆盒、漆盆、漆奩、鐵釜、木牘、木棒、木案、玉玦、玉佩飾、梳篦、算籌、銅帶鉤、蘆葦等。陶器數量多，為生活用品，其次是漆器，銅器、鐵器、玉器數量更稀少。陶器的製作手法粗糙，火侯低，因此出土時表面已有剝落的情形。隨葬品具有江陵地區秦墓特徵，36 號秦墓較之同墓群規模大，墓主身分略高，應為秦國中下階級的官吏，與睡虎地秦簡墓主相接近。

木牘 2 件出自棺內，出土時已斷裂，分別為編號 43 與 44。牘 43，長 23 公分，寬 5.8 公分，厚 0.55 公分，正面、背面皆分上下欄書寫。背面下欄末 3 行，運用墨塊來提示分欄，共 493 字。牘 44，長 19 公分，寬 5 公分，厚 0.55 公分，殘損嚴重。二牘正、背面皆書寫文字，內容為日書，可與睡虎地秦簡的〈日書〉甲種、乙種作比較，共 111 字。

木牘內容有六事日、七畜日、殺日、刺、祠日、衣、五服忌、報日、生子、歸行、五種忌等。應為摘錄實用的日書，與生活習慣緊密相關，二牘可能非同時或同地所寫。

〔註82〕關於嶽山秦簡參見湖北省江陵縣文物局、荊州地區博物館:〈江陵嶽山秦漢墓〉,《考古學報》2000 年第 4 期，頁 537～584。

圖 1-4-6　嶽山秦牘

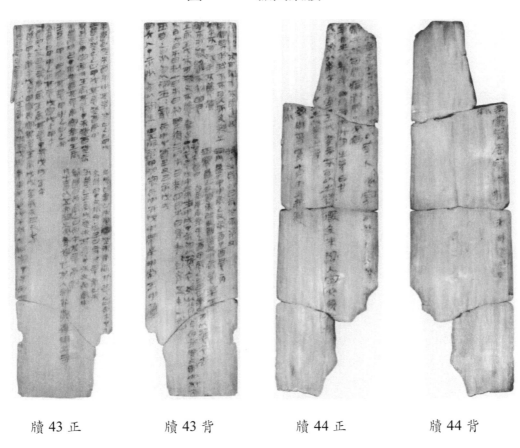

| 牘 43 正 | 牘 43 背 | 牘 44 正 | 牘 44 背 |

五、龍崗秦簡〔註83〕

　　1989 年 10 至 12 月，為配合雲夢公安局的「公所」建設工程，湖北省文物考古研究所、孝感地區博物館、雲夢縣博物館合作組成考古隊，在龍崗地區發掘出 9 座秦漢墓，編號 M1〜M9。龍崗位於雲夢縣東郊，北距「楚王城遺址」南垣約 450 公尺，西南與「珍珠坡墓地」比鄰。其中於 6 號墓出土竹簡 150 餘枚、木牘 1 枚。

　　6 號墓為一棺一槨，墓口南北長 3.2 公尺，東南寬 2.15 公尺，墓坑深 2.94公尺。槨室平面呈現 H 形，以隔板分別出棺室和頭廂，隔板作成一單扇門，使棺室與頭廂相通。墓主為竹蓆包裹住，僅見上半身骨骸，不見下肢骨痕，疑似為男性。隨葬品大部分置於頭廂，有漆奩、棕繩、漆耳杯、漆扁壺、陶釜、陶甕、竹笥、漆橢圜奩等，棺內則發現有竹簡、木牘、六博棋等，竹簡出於棺的

〔註83〕關於龍崗秦簡，參見《雲夢龍崗秦簡》、《龍崗秦簡》二書，簡括其要，詳細內容
　　　　請參閱全書。

下半部，木牘置於墓主的腰部。

墓主身分可從出土的木牘一窺究竟，牘上僅三句話，如下所述：

鞫之：辟死論不當為城旦。吏論：失者已坐以論。九月丙申，沙羨
丞甲、史丙，免辟死為庶人，令（簡 13 正）

自尚也。（簡 13 背）〔註84〕

由於，牘文內容簡略，與「奏讞書」的體例不合，對於墓主身分說法多有分歧。整理者推測有二種情況，一為某種特殊情況下的特殊形式，是正式文書的不正規摘抄件；二為完全編造的文書。從墓葬主人的屍骨觀察，未見有下肢腿骨的痕跡，可能是「受過刖刑的刑徒」，表示木牘應與墓主有關係。整理者認為是一名為「辟死」從事司法事務的小吏，被治罪為刑徒。在雲夢的禁苑服刑作城旦，因不甘心刑徒身分至陰間繼續受苦難，友人便編造類似的判決書，為其平反，恢復「辟死」的庶人身分，而能夠重獲自由。

龍崗秦簡記載有「皇帝」、「黔首」的字詞，可判定簡牘為秦始皇二十六年（前221年）兼併六國，一統天下之後的產物。關於墓葬的年代從簡文與傳世文獻可相參照，簡文有修築甬道、馳道的律文，《史記・秦始皇本紀》二十七年云：「治馳道」〔註85〕，皆關於馳道的法律。另外，簡15云：「從皇帝而行及舍禁苑中者皆□……」，《史記・秦始皇本紀》三十七年：「行至雲夢」〔註86〕二事似有關聯。因此，龍崗秦簡的法律條文施效可能於秦始皇二十七年（前220年）至秦二世三年（前207年）之間，但是法律的施行有穩定性，下限可大致推定是在秦二世三年。根據簡牘上記有日期沒有年份的情況加以考察，秦末漢初為一動盪時期，若無改朝換代的確切消息，是不敢書寫年份的，所以推測龍崗墓葬時代應在秦二世二年九月至漢三年九月之間，屬於一秦漢之際的墓葬。

6 號墓葬簡牘內容主要為秦代的法律，可能因簡牘嚴重殘損、截斷，並未發現一個律名，亦難以綴合，使得文意不易貫通，帶給整理者釋讀的難題。原

〔註84〕中國文物研究所、湖北省文物考古研究所編：《龍崗秦簡》（北京：中華書局，2001年8月），頁144。

〔註85〕漢・司馬遷撰，宋・斐駰集解：《史記・秦始皇本紀》（臺北：藝文印書館，2011年），頁121。

〔註86〕漢・司馬遷撰，宋・斐駰集解：《史記・秦始皇本紀》（臺北：藝文印書館，2011年），頁127。

整理者分竹簡為 5 類，並擬定〈禁苑〉、〈馳道〉、〈馬牛羊〉、〈田贏〉、〈其他〉5
個篇題。2001 年後來的整理者認為，龍崗秦簡其實只有「禁苑」一個中心，為
從法律條文中摘錄出關於禁苑管理的內容，因此是直接或間接與「禁苑」事務
相關的律文。可由此推知，墓主應是一位管理禁苑的官吏，必須熟知相關事務，
因此抄錄了這些與禁苑有關的法律條文。

圖 1-4-7　龍崗木牘　　　　　　　圖 1-4-8　龍崗秦簡

簡 13 正　　　　　　　　簡 13 背　　　　　　　　簡 15

六、楊山秦簡〔註87〕

1990 年湖北省江陵縣荊州鎮黃山村五組與黃山村一組，交界處一座南北走向的土岡上，發掘古墓共 178 座，大部分是秦漢墓，有 127 座。其中 135 號秦墓，規模最大，保存相對完善，出土竹簡 75 枚。

135 號墓為長方形的豎穴土坑，棺槨保存完好，內分頭箱、邊箱、棺室，彼此之間設板門。隨葬品多置放於頭箱邊箱中。頭箱藏漆耳杯、盒、盤、銅鼎、盂、兵器等，邊箱置陶器、漆木等生活貯藏器，棺內放有銅鏡、漆奩、漆梳等梳妝用品，以及一拐杖。

此墓形制、隨葬器物與江陵地區秦墓、睡虎地墓葬相類，特別是漆器上烙印的文字「□亭」、「包」、「亭上」、「合」等，與針刻文字皆是秦代漆器所盛行的。墓主為仰身直肢葬，與秦墓的葬式一樣，不同於秦墓盛行的屈肢葬。隨葬品直接採用楚器，或是從楚器演變而來的形式，皆反映出揚家山 135 號墓，保存秦墓的部份特點，兼採楚墓的文化特點。由此推測墓葬屬於秦代，時代上限不超過「秦拔郢」之時（西元前 278 年），下限在西漢以前。墓中隨葬漆器上大部分針刻有「李」字，可能是墓主的姓氏，身分屬於中小貴族階層。

75 枚竹簡置於邊箱靠頭箱一端的槨底板上，整捆堆放有次序，部分簡殘斷，但是基本上大致保存完好。簡長 22.9 公分，寬 0.6 公分，厚 0.1 公分左右，以墨書寫秦隸文字於篾黃一面，字跡大多清晰能夠辨認，內容為遣策，主要是隨葬品的清單。書寫位置靠近竹簡的一端，另一端保留空白無字，每支簡少則記一物，多則記二、三物，字數二至十幾字不等。

七、王家臺秦簡〔註88〕

1993 年湖北省江陵縣荊州鎮郢北村，一座東西向的小土岡，於挖魚池時，暴露出一批墓葬。荊州地區的博物館為配合工程作業，發掘清理出秦漢墓葬 16 座，其中 15 號墓，出土 813 枚秦代竹簡。

15 號墓葬為長方形豎穴土壙，發掘前為一片稻田，未見封土痕跡。坑口

〔註87〕有關楊家山秦簡，參見湖北省荊州地區博物館：〈江陵楊家山 135 號秦墓發掘簡報〉，《文物》1993 年第 8 期，頁 1～11。

〔註88〕有關王家臺秦簡，參見荊州地區博物館：〈江陵王家臺 15 號秦墓〉，《文物》1995 年第 1 期，頁 37～43。

大而底小，四壁斜直平滑，底為平。墓坑底部放一具單棺，長 186 公分，寬 80 公分，高 8 公分，為長方形懸底的墓棺，底部未直接碰觸地面。棺內墓主屍骨保存差，僅剩頭蓋骨，四肢骨骸均腐朽。棺內放置有竹簡、竹牘和木盒、木骰子、算籌、戈柲。陶器置於朝頭方向，棺外的木坑底部。墓中所藏隨葬品陶釜僅見於秦墓，與睡虎地、雲夢龍岡所出器相類，而不見於楚墓，但陶盂、小盆保留有江陵雨台山楚墓的特點。從竹簡內容以察，年代應不晚於秦代，因此可以推測墓葬年代上限不早於「白起拔郢」之時（西元前 278 年），下限則不晚於秦代。

竹簡出於棺內墓主的足端，因棺蓋坍塌，且早年積水，竹簡為淤泥、木盒積壓嚴重，多已殘斷，保存狀況差，數量多但是難於統計。下部的竹簡保存相對完整，竹簡上大多殘留編繩痕跡，由上、中、下三道編繩編連而成，但是編繩已殘朽脆弱，整理時順序散亂。竹簡可分為三層，寬度約為 0.7～1.1 公分，長度有二種規格，一為 45 公分，二為 23 公分。另有一竹牘，出於棺內墓主頭端，殘缺不全，字跡渙慢，內容不明，殘長 21 公分，寬 4 公分。

簡文以秦隸墨書於竹簡篾黃一面，字跡清楚大部分可以釋讀，內容主要為〈效律〉、〈日書〉、〈易占〉。〈效律〉與睡虎地秦簡的〈效律〉內容相同，但是書寫次序不完全相同；〈日書〉分為〈建除〉、〈夢占〉、〈病〉、〈日忌〉、〈門〉等，〈建除〉、〈門〉二篇與睡虎地秦簡內容相似，其他篇則與睡虎地秦簡不盡相同。〈日忌〉包含動物馬、牛、羊、雞、豕的良日與忌日，以及一日至三十日之間的吉凶，〈門〉繪有四方各門的位置與名稱；〈易占〉的體例是易卦開頭，緊接著卦名與解說之辭。部分卦名與今本《易》不相同，如卦名「離」簡作「麗」、卦名「頤」簡作「臣」等，又解說之辭與今本《易》的象辭、爻辭都相異，為採用古史中的占筮之例，由此看出，此為一部過去未曾見的〈易占〉之書。

圖 1-4-9　王家臺秦簡

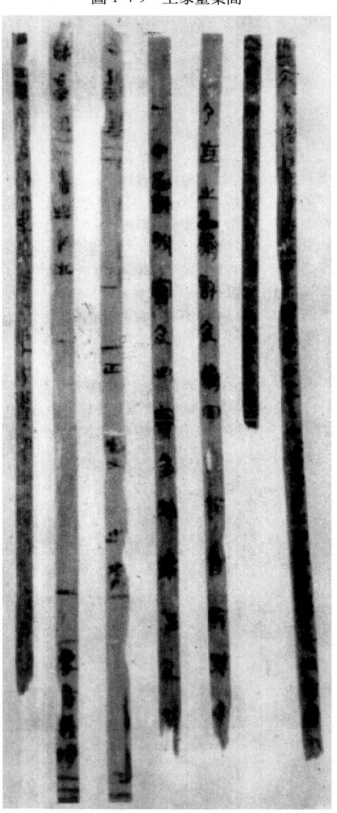

右起 1、2、3 為〈日書〉，4、5 為〈效律〉，6、7 為易占

八、周家臺秦簡〔註89〕

　　1993 年於湖北省荊州市沙市區關沮鄉的周家臺，此處為稻田閒置的一塊荒地，發掘出秦漢時期的墓共 42 座，其中 30 號秦墓，出土竹簡 389 枚。發掘時，沒有封土堆，墓坑及槨室遭到破壞，部分隨葬器物被移至坑外。

　　30 號秦墓為一座長方形的豎穴土坑，由墓坑和墓室二部份組合而成。墓坑四壁由上至下稍內斜，壁面平整且光滑，棺槨放置於墓坑底部正中央。隨葬器物主要放置在棺槨間的北端、西側與棺內，大部分為生活實用器。漆勺、木俑、木車、漆耳杯、木匕、木牘、竹簡、竹笥及其內裝物品、竹筒、葫蘆瓢等藏於棺槨間北端，器物編號 1 至 9 的陶器、銅盤、漆耳杯、木馬本亦放置於此。墓坑外淤泥中，清理出幼豬的髖骨二塊、橈骨一塊，與上述隨葬品同放置在一起。木絞繩棒、漆匕、薪放置於棺槨間西側，漆圓奩與內裝的木梳、木篦、銅鏡放置於木棺內的東北角。

　　30 號墓葬木牘正、背面記載的曆譜均為秦二世元年（西元前 209 年），背面欄位是關於墓主生前至「廷賦所」交賦往返日數的記載。所以，秦二世元年的「十二月戊戌嘉平」，即為 12 月 25 日，為此墓簡牘紀年的最晚時間，可作為此墓葬的時間上限。另外，竹簡、木牘的下限可從三方面找到佐證，其一，木牘正面書有「端月癸卯大」為避秦始皇嬴政的名諱，將「正月」改為「端月」，可以看出曆譜年代在秦始皇當政或稍後之時。其二，竹簡與木牘上的墨書，屬於早期的隸書，與張家山、鳳凰山波磔嫻熟的漢隸迥然有別，可判斷時代在秦始皇統一全國之後與西漢之前。又整理者認為漆圓奩上刻有「士五均」與睡虎地秦簡的漆耳杯刻有「士五軍」三字相接近，「均」、「軍」二字可同音通假，由此判斷周家臺與睡虎地二墓時代相差不遠。〔註90〕此說法有待商榷。

　　墓主的骸骨腐爛嚴重，形體並不完整，經過湖北省文物考古研究所，針對墓主頭顱上尚存的九顆牙齒，以及咀嚼面的磨損情形進行觀測，判斷墓主死亡年齡應介於 30 至 40 歲之間。在木牘背面第一欄書寫有「十二〔月〕已卯□到廷賦所一籍蒦廿」，第二、三、五欄書有十二月的日干支，為推算十二

〔註89〕關於周家臺秦簡參見《關沮秦漢墓簡牘》一書。

〔註90〕湖北省荊州市周梁玉橋遺址博物館：《關沮秦漢墓簡牘》（北京：中華書局，2001 年 8 月），頁 156～157。

月到郡縣官署，繳納賦稅的日數，由此可以看出，墓主生前應為一名負責賦稅收繳工作的小吏。墓中文字材料，並未涉及墓主的姓氏，因此墓主姓氏是不得而知的。

　　30 號墓葬出土竹簡以及木牘，記載的文字總數約 5000 字以上，並非一人一時之作，隨葬器物上亦有烙印和刻化的文字，墨書文字展現由秦隸過渡到漢隸的發展階段，為中國漢字演變歷程增添新的材料。竹簡內容書寫有秦始皇三十四、三十六、三十七年，和秦二世元年，四個月份的月朔日干支、月大小、及部分日干支，其中在秦始皇三十四年排有完整 13 個月共 384 天的日干支，是中國秦代曆譜的新發現。又秦始皇三十四年的竹簡曆譜和簡 364 中多處涉及古代地名、縣名，有的古縣名至今仍沿用，但大部分地名是迄今未曾見過的，對於考察江漢地區的歷史沿革具有重要價值。郭濤云：「整理者將其命名為『秦始皇三十四年曆譜』。以之與新近公布的嶽麓書院藏『質日』簡相對照。兩者形式均為『曆表』加『記事』，內容同是地方官員公務活動的出行記錄，嶽麓簡為自題，據『名從主人』的原則，周家臺簡亦應定名『質日』。」〔註91〕顯示「秦始皇三十四年」的形式類似於嶽麓秦簡的「質日」，因此原篇名「曆譜」應改成「質日」較為合適。另外，〈日書〉的圓形線圖將一天，平整分為 28 個十分時稱的「一日分時之制」，是迄今關於「時分」時稱的最早紀錄。

　　竹簡的〈日書〉內容，有「二十八宿」占、「五時段」占、「戒磨日」占、「五行」占等，而「二十八宿」占有二組線圖，其中一組圓形線圖反映秦代式占地盤的形制和內容，為了解秦代式盤占卜，以及古代社會星占學的發展提供了寶貴資料。又占項有「獄訟」、「約結」、「病者」、「行者」、「來者」、「逐盜」、「追亡人」、「市旅」、「物」、「戰鬥」等，涉及當時的政治、社會、經濟等社會多面向，對考察秦代社會生活、民間占卜習慣具有相當的意義。

　　竹簡〈病方及其他〉中記載當時民間流傳的部分醫用藥方，對於中國醫學遺產具有一定的科學價值。整體而言，墓葬材料對促進和推動秦代社會文化的研究，起到積極的作用。

〔註91〕郭濤：〈周家臺 30 號秦墓竹簡「秦始皇三十四年質日」釋地〉，《歷史地理》（上海：上海人民出版社，2012 年），頁 242。

圖 1-4-10　周家臺木牘

牘 1 正　　　　　　　　　　牘 1 背

圖 1-4-11　周家臺秦簡：〈日書〉

右起為簡 161-170

九、里耶秦簡〔註92〕

　　2002 年 6 月在湖南省龍山縣的里耶古城為配合碗米坡水電站建設，湖南省文物考古研究所會同州、縣文物部門，對里耶盆地因建設涉及淹沒區的古遺址、墓葬進行大規模的搶救發掘。於遺址的 1 號井發掘出 38000 餘枚簡牘，以及 2005 年 12 月於北護城壕的 1 號坑中，出土 51 枚簡牘。

　　1 號井出土的隨葬器種類眾多，包含生活的廢棄物，食物類多為果核、動物骨骼，如牛、馬、豬、狗、鹿、猴與小型食肉類、齧齒類動物、禽類。金屬器有刀、削、斧、鍤、鏃、錐、劍、鉤與鐵絲、銅絲。竹木質地的有木鏟、橛、椎、錘與竹編籃、筐等。生活用品有棕麻編織的履、繩索。陶質器有罐、豆、壺等。數量最多的是筒瓦和板瓦。

　　從地層的堆積和出土器物表明，古城始建於戰國晚期的楚國，第五層出土的竹簡有「遷陵公」楚國特色的字樣，說明於楚國晚期此地可能設有遷陵縣。可知簡牘為秦朝洞庭郡遷陵縣遺留的公文檔案，年代為秦始皇二十五年（西元前 222 年）至秦二世二年（西元前 208 年）。此批簡牘主要出土於古城遺址的 1 號古井中，該地應為一行政單位，因此墓葬主人身分不是討論的重點，暫且略過。

　　簡牘均為毛筆墨書，大多數為木質，少數為竹質，多為取材方便、易於加工的杉、松，出土時多已殘段，除了數量眾多的削衣之外，佔一半以上的是無字簡。第 5 層主要為竹質簡牘，具戰國時楚國文字特徵，其他層多為木質簡牘，都是秦簡。形式多樣，長度多在 23 公分，寬窄不一定。

　　簡牘的分類有書傳類、律令類、錄課類、簿籍類、符券類、檢楬類、曆譜、九九術與藥方、里程書、習字簡以上十類。內容是秦朝洞庭郡遷陵縣的政府檔案，涉及當時社會各個層面，包含人口、土地、賦稅、吏員、刑徒的登記，以及增減和原因，與倉儲管理、糧食俸祿發放，道路、郵驛、津渡的管理和設備添置，兵器的管理和調配，中央政府政令的轉達和執行，民族矛盾、民事糾紛的處理等。公文書中的朔日干支是研究秦漢時期曆法的重要依據，數量多且內容詳備的公文形式，為研究秦漢公文制度，打開了新的窗子，可以從里耶瞭解遷陵，由遷陵窺知秦朝的基層社會結構和具體運作。

〔註92〕關於里耶秦簡，請參閱《里耶發掘報告》、《里耶秦簡（壹）》等書。

圖 1-4-12　里耶秦簡

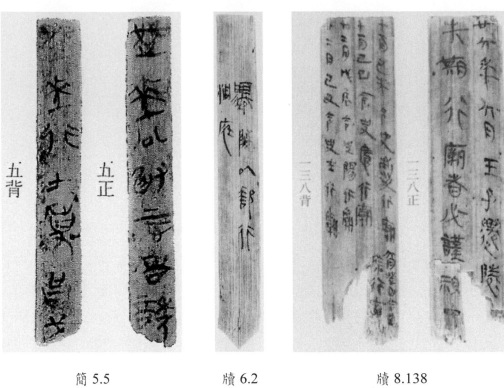

簡 5.5　　　　　　　牘 6.2　　　　　　　牘 8.138

十、兔子山秦牘〔註93〕

　　2013 年 5～11 月，為配合基本建設，湖南省文物考古研究所與益陽市文物處，聯合對位於湖南省益陽市赫山區三里橋社區一座山崗上的兔子山遺址，進行探勘和發掘，清理出古井、灰溝、房屋遺址數處，其中於 9 號井（J9）發掘出有字簡 691 枚，無字簡 202 枚，一共 893 枚簡。〔註94〕

　　9 號井出土的銅器有銅削、箭鏃、銅鋸，石器有礪石、穿孔石器，建築構件有磚與瓦，陶器有陶罐、陶甕、陶缸、陶釜、陶盆、陶鉢、陶豆、陶餅、網墜、紡輪等，以及鐵錘、鐵斧、鐵鑿、鐵鑒、括削刀、鐵箭、鐵簪、鐵刀、鐵鐮等鐵器。而簡牘主要出土於第 3、5、7、8 層，簡牘 J9⑦〔註95〕為一次性投入井中，簡牘 J9③、J9⑤、J9⑧則分散出現在填土中。

　　9 號井出土的簡牘表明兔子山遺址是在戰國楚益陽公（縣）治所在。整理

〔註93〕關於兔子山秦簡參見〈湖南益陽兔子山遺址九號井發掘簡報〉此篇論文。
〔註94〕簡的統計數量依據：張春龍、張興國：〈湖南益陽兔子山遺址九號井出土簡牘概述〉，《國學學刊》2015 年第 4 期，頁 5。
〔註95〕表示 9 號井，第 7 層的簡牘。

者認為簡文多數以楚國文字書寫，簡 7・145～150 文字風格則接近秦代隸書，特別的是簡 7・151〔註96〕，僅長 3 公分，一面書寫楚文字，一面書寫秦文字「郡縣」。李松儒云：「除簡 7・145、7・151 的一面為秦文字外，其他簡也應是楚秦風格雜糅的過渡字體。」〔註97〕說明這批簡普遍存在秦楚文字雜糅的寫法，純為秦文字或楚文字的寫法占少數。並云：「楚文字向秦文字過渡時，最早改變的是文字結構，因為運筆特徵是長期形成的，……這些過渡文字的筆畫型態上呈現出的風格還是楚的，但是在文字結構上，這種視覺上略呈方形的特點，就是向秦文字邁進的一步。」〔註98〕此種筆勢為楚風格，文字結構為秦的寫法，應是楚人書寫秦文字尚未熟悉，出現非秦非楚的怪異情形。竹簡未書寫有記事的年份，但是由此推測，竹簡抄寫之時距離秦國勢力佔領楚國，「天下為郡縣」的時日無多了。

　　整體而言簡牘的保存狀況不佳，糟朽、嚴重降解、多處折斷、縱向開裂，部份簡僅存幾條若即若離的竹篾絲，簡文大多模糊、漫滅。簡牘有二道編繩，但是無法辨識為先編後寫，亦是先寫後編。J9③有木牘二枚，規格有二種，一為長 23 公分，寬 2.4 公分，一為長 46.2 公分，寬 2.5 公分。竹簡 J9⑦、⑧長度多為 22.7～23 公分，寬為 0.7～0.9。

　　簡牘內容主要為簿籍類的文書，以毛筆墨書，多單面分欄書寫，一簡記一人或一事。第三層木牘一為司法文書，一為秦二世胡亥的詔書，後者簡 3・1 原釋文經過陳偉的改釋，如下：

> 天下失始皇帝，皆遽恐悲哀甚，朕奉遺詔。今宗廟吏（事）及箸（書）
> 以明至治大功德者具矣，律令當除定者畢矣，以元年與黔首更始，
> 盡為解除故罪，今皆已下矣。朕將自撫天下，（正）
> 吏、黔首其具（俱）行事，毋以繇（徭）賦擾黔首，毋以細物苛劾
> 縣吏。亟布。
> 以元年十月甲午下，十一月戊午到守府。（背）〔註99〕

〔註96〕表示第 7 層，編號 151 的簡牘。
〔註97〕李松儒：〈益陽兔子山九號井簡牘中楚秦過渡字體探析〉，《中國書法》2019 年第 3 期，頁 54。
〔註98〕李松儒：〈益陽兔子山九號井簡牘中楚秦過渡字體探析〉，《中國書法》2019 年第 3 期，頁 56。
〔註99〕陳偉：〈《秦二世元年十月甲午詔書》通識〉，《江漢考古》2017 年第 148 期，頁 124。

為秦二世胡亥繼位第一個月，發布「朕奉遺詔」強調繼位的合法性，「盡為解除故罪」〔註100〕是司法改革，「分縣賦擾黔首」〔註101〕有經濟改革、賑濟改革平民之意。「毋以細故苛刻縣吏」〔註102〕是吏治的變化。

　　竹簡 J9⑦內容主要為益陽縣縣署紀錄「事卒」的簿籍，簡文未見標題，且缺乏傳世文獻與同時期出土文獻以資對比。但是時代稍晚的《里耶秦簡》中有「吏員簿」、「作徒簿」，《居延漢簡》有「勞作簿」，考慮到簡 7·1-8 多有「事卒」一名，整理小組便因此命名為「事卒簿」。

圖 1-4-13　兔子山秦牘

| 牘 3．1 正 | 牘 3．1 背 | 牘 7．145 正 | 牘 7．145 背 |

〔註100〕原釋文為「盡為解除流罪」，陳偉認為應改釋為「故」字，作「過去的罪」解釋，
　　　　詔書與《史記》所載更為切合。參閱陳偉：〈《秦二世元年十月甲午詔書》通釋〉，
　　　　《江漢考古》2017 年第 148 期，頁 125。
〔註101〕「毋以緐（徭）賦擾黔首」一句，「擾」字原釋文作「援」，何有祖認為應改讀為「擾」，
　　　　作「煩擾」之意。參閱何有祖：〈《秦二世元年十月甲午詔書》補釋〉（武漢大學簡
　　　　帛網發文，2015 年 11 月 24 日）http://www.bsm.org.cn/show_article.php?id=2373
〔註102〕「毋以細故苛刻縣吏」一句與釋文皆為整理者的發掘報告所言，但是有所出入。
　　　　「故」字釋文作「物」，「刻」字釋文作「劾」，圖版不清楚，筆者暫且推測為假借
　　　　字，因為音近而相通的關係。

十一、嶽麓秦簡〔註103〕

2007 年 12 月湖南大學嶽麓書院，從香港搶救性的購藏一批珍貴秦簡，此批秦簡運抵香港時，分成大小八捆，用塑料薄膜加濕包裝。竹簡經過細緻的揭取，分為 2100 個編號，其中相對完整的簡約 1300 枚。另外，2008 年 8 月香港一位不具名的收藏家，無償捐贈嶽麓書院有 76 個編號的秦簡，相對完整的簡約 30 枚。嶽麓書院藏秦簡一共約 2176 個編號，為搶救性的購藏，出土資料並不明確，因此有質疑此批簡為偽簡的說法，但是從簡文的書寫風格，以及編聯情形判斷，目前學界基本上仍視嶽麓書院收藏的簡，屬於秦簡。

嶽麓秦簡絕大多數為竹簡，少部分為木簡。較完整簡的長度可分為三種，一種為 30 公分，一種 27 公分，最後一種是 25 公分，簡的寬度大致是 0.5 至 0.8 公分。簡上多有編繩的殘痕，編繩分為二種，一種為三道，上、中、下各一道編繩，一種為二道，於簡的中間繫上二道編繩。編聯情況亦有二種，一為先抄寫後編聯，因為殘存的編繩遮蓋住底下的墨書文字，一為先編聯後抄寫，觀察出編繩的部位附近沒有多餘筆畫，顯得乾淨、整齊。

文字大多抄寫於竹黃一面，部分幾枚簡抄寫於簡背，有「七年質日」、「卅四年質日」、「卅五年私質日」、「為吏治官及黔首」、「□覆劾狀」、「數」、「律」、「令癸・丁」等文字，大抵具有篇名的性質。嶽麓秦簡經過初步整理，主要分為七大類，一、〈質日〉，二、〈為吏治官及黔首〉，三、〈占夢書〉，四、〈數〉書，五、〈奏讞書〉，六、〈秦律雜抄〉，七、〈秦令雜抄〉，其中〈質日〉、〈為吏治官及黔首〉、〈數〉書三種是原簡背上的標題，剩下四種為整理小組擬定的標題。

截至 2017 年 12 月止，嶽麓秦簡的圖版一共出版五冊。《嶽麓書院藏秦簡（壹）》一書收錄約簡 288 枚，內容為〈質日〉、〈為吏治官及黔首〉、〈占夢書〉上述前三種，〈質日〉所抄寫的干支和記事內容，是秦始皇二十七、三十四、三十五年，〈為吏治官及黔首〉內容與《睡虎地秦簡》的〈為吏之道〉多處可互校互補，可謂是秦代宦官教材的另一版本。〈占夢書〉內容為用陰陽五行學說進行的夢占理論闡釋，另外一種記載夢象與占語，形式與《睡虎地秦簡》的〈日書・夢〉完全不同，為迄今所知最早的占夢書文獻。

〔註103〕關於嶽麓秦簡，參見《嶽麓書院藏秦簡（壹）》、《嶽麓書院藏秦簡（貳）》、《嶽麓書院藏秦簡（叁）》、《嶽麓書院藏秦簡（肆）》、《嶽麓書院藏秦簡（伍）》等書。

　　《嶽麓書院藏秦簡（貳）》一書收錄 236 枚簡，另有 18 枚殘片，內容為〈數〉記載穀物兌換比率與衡制，為一部非經典的實用算法式數學文獻抄本，有助於了解中國早期的數學，特別是秦代實用算法式數學的情況。

　　《嶽麓書院藏秦簡（叁）》一書收錄有簡 252 枚，內容為秦王政時代的司法文書，從材質與書寫體裁可分為四類，整理小組依據原簡書寫的標題「為獄□狀」命名為〈為獄等狀四種〉，另有數枚待考殘簡暫且歸為第五類。

　　《嶽麓書院藏秦簡（肆）》一書收錄有簡 391 枚，內容為秦的法律條文，包括秦律與秦令，以及具體事項類的決事比，命名為〈秦律令（壹）〉，對於秦代法律研究具有重大的價值和意義。

　　《嶽麓書院藏秦簡（伍）》一書收錄有簡 337 枚，為繼《嶽麓書院藏秦簡（肆）》之後又一卷關於秦代律令文獻的彙集。根據簡文形制與內容解讀可分為三種，內容基本上都以秦令為主，間有秦律的內容，因此整理小組命名為〈秦律令（貳）〉。另外，還有數量不少的秦令內容，將在接下來的《嶽麓書院藏秦簡（陸）》、《嶽麓書院藏秦簡（柒）》二書中刊布。

圖 1-4-14　嶽麓秦簡〈日書〉　　　圖 1-4-15　嶽麓秦簡〈為吏治官及黔首〉

簡 1 正　　　　　　簡 1 背　　　　　　簡 87 正　　　　　　簡 87 背

圖 1-4-16　嶽麓秦簡〈秦律令（貳）〉

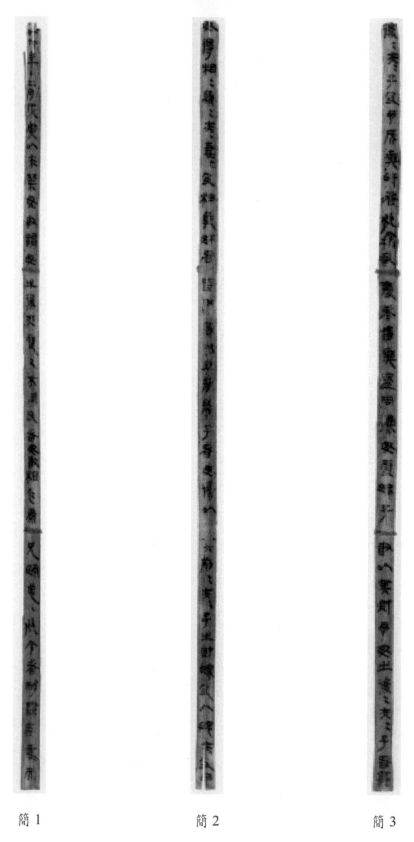

簡 1　　　　　　　　簡 2　　　　　　　　簡 3

十二、北大秦簡牘〔註104〕

2010 年初北京大學得到香港馮燊均國學基金會捐贈，入藏一批從海外回歸的秦簡。此批秦簡入藏時，包裹著淤泥，且黏為一束，整理小組清理出竹簡 762 枚、木簡 21 枚、木牘 6 枚、竹牘 4 枚、木觚 1 枚、骰子 1 枚、算籌 61 根等。簡牘與其他遺物堆積的外側，有大小不一的竹笥編織物殘片，推測簡牘、算籌等物，原先可能是放置於同一竹笥內。並且，於簡牘殘存的編繩上，發現人體的寄生蟲卵，表明此批簡牘應是出自於墓葬。

此批簡牘大多以秦隸墨書，少數字形接近篆書。竹簡中有兩組表格式的日曆，經判斷分別屬於秦始皇三十一年（西元前 216 年）、三十三年（西元前 214 年）。此外，一枚竹簡背面記載有「卅一年十月乙卯朔庚寅」的紀年，其中的干支抄寫可能有誤，但仍可斷定這一年為秦始皇三十一年。因此，整理小組初步判斷此批簡抄寫年代在秦始皇時期。並且，從〈從政之經〉、〈道里書〉二種簡文內容推測，簡牘的主人應為秦的地方官吏。

竹簡的出土地並不明確，但是從〈道里書〉一篇內容記述江漢地區的水陸交通路線和里程，所記水名都是湖北地區的河流。又見地名大多在秦南郡範圍內，尤其以安陸、江陵出現占多數。因此整理小組，推測此批簡牘可能出自於湖北省中部的江漢平原。

簡牘的形制不一定，最長者有 36.5～37 公分，最短者有 20.5 公分，居中間者大多為 23 或 27 公分左右。竹簡寬度大約 0.5～0.7 公分，木、竹牘大約 2.1～2.4 公分，另外最寬者屬「九九術」有達 7 公分。

依據簡牘內容可大致分為：〈三十一年質日〉、〈公子從軍〉、〈日書〉、〈算書〉、〈道里書〉、〈制衣〉、〈禹九策〉、〈祓除〉、〈三十三年質日〉、〈祠祝之道〉、〈田書〉、〈從政之經〉、〈善女子之方〉、〈白囊〉、〈隱書〉、〈泰原有死者〉、〈作錢〉，以及記帳、歌詩、九九術等。內容涉及範圍包括秦代的政治、地理、社會經濟、文學、數學、醫學、曆法、方術、民間信仰等領域，內涵豐富為目前出土的秦簡中所罕見。其中，〈善女子之方〉、〈制衣〉、〈禹九策〉、飲酒歌詩等內容是前所未見的，以及類似於睡虎地秦簡〈為吏之道〉的〈從政之經〉等，皆可深化並補充目前同類型出土文獻的認識。北大秦簡出土的文學作品，

〔註104〕關於北大秦簡，參見〈北京大學藏秦簡牘概述〉此篇論文。

與大量反映社會生活、民間信仰的文獻，展現基層社會多采多姿的生活樣貌，後人對於戰國晚期至秦代的社會生活，有更擴展性的視野與認識。

圖 1-4-17　北大秦牘：〈泰原有死者〉　　圖 1-4-18　北大秦簡：〈從政之經〉
　　　　　　　　　　　　　　　　　　　　　　　　　　　　部分

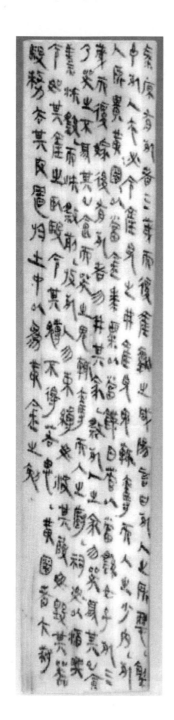

簡 9.11、9.26、9.37、9.20

　　綜上所述，可將秦簡出土的發掘情形，以及簡牘的相關內容作一統整表如下：

表 1-4-1　秦簡出土概況

	出土地點	墓葬或簡牘抄寫年代	墓主	簡牘數量	簡牘內容
睡虎地秦簡	湖北省雲夢縣	秦昭王元年（前306年）至秦始皇三十年（前217年）	喜	竹簡約1155枚	〈編年紀〉、〈語書〉、〈秦律十八種〉、〈效律〉、〈秦律雜抄〉、〈法律答問〉、〈封診式〉、〈為吏之道〉、〈日書〉等
青川木牘	四川青川縣郝家坪	秦武王四年（西元前307）之後	章	木牘2枚	律文
放馬灘秦簡	甘肅天水市	秦王嬴政八年（西元前239）至秦始皇二十六（西元前221）	丹	竹簡460枚、木板地圖7幅	〈日書〉、〈丹〉、地圖等
嶽山秦簡	湖北省荊州市江陵區	不明	不明	木牘2枚	〈日書〉
龍崗秦簡	湖北省雲夢縣龍崗區	秦二世二年之後	管理禁苑的官吏	竹簡約150枚、木牘1枚	〈禁苑〉、〈馳道〉、〈馬牛羊〉、〈田贏〉等
楊家山秦簡	湖北省江陵縣荊州鎮黃山村	秦拔郢（西元前278年）之後	李	竹簡75枚	遣策
王家臺秦簡	湖北省江陵縣荊州鎮郢北村	白起拔郢（西元前278年）至秦代	不明	竹簡813枚	〈效律〉、〈日書〉、〈易占〉
周家臺秦簡	湖北省荊州市沙市區關沮鄉	秦二世元年（西元前209年）之後	負責稅收繳的小吏	竹簡389枚	〈日書〉
里耶秦簡	湖南龍山縣	秦始皇二十五年（西元前222年）至秦二世二年（西元前208年）	不明	簡牘約38000枚	政府公文書、九九術與藥方、里程書、習字簡等
兔子山秦簡	湖南省益陽市	秦二世元年（西元前209年）之後	不明	竹簡893枚	簿籍
嶽麓秦簡	不明	秦始皇三十五年（西元前212年）	不明	竹簡約2176枚	〈質日〉、〈為吏治官及黔首〉、〈占夢書〉、〈數〉書、〈奏讞書〉、〈秦律雜抄〉、〈秦令雜抄〉

| 北大秦簡 | 不明 | 秦始皇三十三年（西元前 214 年） | 秦的地方官吏 | 竹簡 762 枚、木簡 21 枚、木牘 6 枚、竹牘 4 枚、木觚 1 枚、骰子 1 枚、算籌 61 根等 | 〈三十一年質日〉、〈公子從軍〉、〈日書〉、〈算書〉、〈道里書〉、〈制衣〉、〈禹九策〉、等 |

　　從表格可見，秦簡出土於湖北的有睡虎地、嶽山、龍崗、揚家山、王家臺、周家臺 6 批，出土於湖南有里耶、兔子山 2 批，四川有青川木牘，甘肅有放馬灘秦簡，各 1 批，以湖北出土的秦簡佔大多數。至於墓葬時代最早可推至戰國晚期秦國，秦昭王、武王之時，最晚可推至秦代的秦二世二年，主要集中在秦始皇在位期間。

　　睡虎地、青川、放馬灘、揚家山秦簡，於簡文上皆有關於人名的記載，據此推測可能為墓主人。其他墓葬的主人身分則多數不明，情況一為簡牘上並未顯示墓主的身分，另一種可能是竹簡非歸屬於某人，而僅為一行政單位的公文書，如里耶、兔子山秦簡，同出於井中，由簡文判斷，里耶秦簡出土於井 J1，井附近秦時應為一行政單位遷陵縣，而兔子山秦簡出土於井 J9，所在之處當初應為政府機關益陽縣，因此此二批簡也就無所謂墓主身分的問題探討。

　　簡牘包含竹簡、木牘，目前出土數量就屬里耶秦簡約 38000 枚最多，其次是嶽麓秦簡約 2176 枚，繼之是睡虎地秦簡約 1155 枚，其中里耶、嶽麓秦簡猶陸續公布，值得持續關注與期待更多關於秦的出土文獻。楊家山、王家臺、北大、兔子山秦簡目前並未公布全部簡數，僅少數幾枚，其中楊家山、王家臺刊載於期刊的發掘報告，圖版不清晰，文字難以辨認。因此，本文討論字形的主題方面，僅能暫且略過上述 4 批秦簡，實際討論的為睡虎地秦簡、青川木牘等 8 批簡。

　　從目前出土秦簡內容觀察，主要為〈日書〉或秦的法律條文、公文書，其中放馬灘、北大秦簡出現少見的文學作品，堪稱前所未見，能夠一窺秦代基層社會的生活，對於文學領域的研究亦是珍貴材料。楊家山秦簡為隨葬品的清單，遣冊這類簡多發現於楚、漢墓之中，在秦墓中甚為罕見。總言之，秦簡對於研究文字的演變具有重要的價值，理應深入去了解、認識。

第二章　隸書的發展與應用

　　秦始皇統一天下，便實行「書同文，車同軌」政策，推行小篆書體，目的在於使全國文字有標準的書寫規範。小篆書法筆勢通常圓轉曲折，有刻於石頭上，如泰山刻石、琅琊刻石、繹山刻石等，主要是褒揚秦始皇的功業。趙平安《《說文》小篆研究》一書云：「《說文》中有秦篆，也有漢篆。秦篆指秦代篆文，漢篆指漢代篆文。」[註1]指出秦篆為秦統一以後的篆文。又云：「從戰國中期開始，秦系文字的發展分為兩路，一路是所謂古隸，如青川木牘、睡虎地秦簡；一路是篆書，如宗邑瓦書、杜虎符、新郪虎符、詛楚文等。這些篆書和《說文》秦篆屬於一種字體。……戰國晚期到秦統一之前，所行用的秦篆和《說文》所反映的秦篆，就總體和本質而言，應是彼此認同，彼此暗合的。」[註2]戰國晚期秦國的篆文已發展成熟。洪燕梅又云：「戰國中晚期至秦代，地域色彩漸濃，漸漸脫離了籀文（大篆）的規範，秦金文也形成方折、簡略甚至草率的風格，因此筆者認為不妨將這依時期的金玟稱之為『秦篆』。」[註3]將秦篆年代往上推溯至戰國中期，故秦篆應包含小篆，以及戰國中晚期秦國的篆文。東漢許慎《說文解字》一書為首部解釋文字的典

〔註1〕趙平安：《《說文》小篆研究》（南寧：廣西教育出版社，1999年），頁27。

〔註2〕趙平安：《《說文》小篆研究》（南寧：廣西教育出版社，1999年），頁34～35。

〔註3〕洪燕梅：《秦金文研究》（臺北：國立政治大學中國文學系博士論文，1998年），頁286。

籍，收錄有古文、籀文與小篆，大抵上與秦代的篆文相類，但是書籍撰寫年代較秦代晚，書中小篆可能產生變化，參雜有漢篆的樣貌，與秦代刻鑄於石碑、銅器、貨幣、璽印等，上頭的字形存在部份差異。

　　秦簡文字指以毛筆沾墨書寫於竹片或木牘上的文字，此種文字使用的興盛時期約於戰國晚期至秦代，有睡虎地秦簡、放馬灘秦簡、周家臺秦簡等。從文字演變發展以觀，西周晚期至春秋時秦國，小篆的書寫特色浮現，繼之秦始皇統一文字，直至漢代，便加快書寫速度演變為成熟的隸書，介於中間的戰國時秦國與秦王朝此階段，簡牘的書寫特色應是介於小篆與隸書之間。

　　但是從文字形構分析，秦簡文字與小篆相似度不高，孫鶴認為秦簡文字並非從小篆承繼而來，而是直接承襲西周金文，遺留有中原的文字韻味，並指稱小篆於文字演化脈絡中，實未佔據重要的地位。洪燕梅師認為春秋時晉國的《侯馬盟書》文字形構屬於小篆，但書寫筆勢卻帶有濃濃的隸意，表示春秋時期已發展出小篆與隸書參雜使用的情形，〔註4〕故隸書是從小篆演變而來的說法，可能無法確切的認定。因此，本章旨首在探討隸書的起源與命名，進而了解秦簡文字的書寫背景以及演變歷程。

　　本文探討秦簡文字的書寫風格，涉及名詞的定義，應使用「字體」或「書體」，魏曉艷《簡帛早期隸書字體研究》云：「無論字體還是書體，都是指漢字的形體，但二者的研究方向不同，我們所說的字體是指，在某一時代同一形制漢字的整體風格，而不是某一風格流派。」〔註5〕秦簡中小篆、隸書、草書的使用，其實是某種風格，故應稱作「書體」。秦簡上的文字每位書手形成的風格不一，若以「字體」作為區分則過於狹隘，難以總括秦簡文字的書寫概念，「書體」一詞包含「字體」在內，用於指稱小篆、隸書、草書涵蓋的範圍較大。

第一節　隸書的起源

　　中國文字演變經歷過一段相當長的歷史，最早可追溯至殷商時期的甲骨卜辭，距今約有 3000 年時光，漢字前後經歷過幾次重大發展與統一的階段，才成

〔註4〕參閱洪燕梅：《睡虎地秦簡文字研究》（臺北：國立政治大學中國文學系碩士論文，1993 年），頁 232。

〔註5〕魏曉艷：《簡帛早期隸書字體研究》（石家莊：河北師範大學博士論文，2011 年），頁 6。

為現今所見的樣貌，高明《中國古文字學通論》云：

> 歷史上通常把秦和秦以前的漢字稱為「篆體」，把秦以後的漢字稱作
> 「隸體」，在篆體字中又把秦以前的文字稱為「大篆」，把秦實行統
> 一的文字稱為「小篆」。自漢代以來，多認為大篆乃周宣王時史籀所
> 作，故稱大篆為「籀文」，把晚於籀文的戰國文字稱作「古文」，與
> 此一稱謂相對應，把當時通行的隸書稱作「今文」。〔註6〕

秦統一前後為一分水嶺，文字可分為篆書與隸書，又戰國流行的文字稱為古
文，秦代以後流行的隸書稱作今文，此為對於漢字演變歷史根深蒂固的認知，
以時代為標準區分文字的形成過程，其實並非盡善盡美，可以更臻細密的。「隸
書」一詞最早見於漢代的典籍，班固《漢書・藝文志》云：

> 〈史籀篇〉者，周時史官教學童書也，與孔氏壁中古文異體。〈蒼
> 頡〉七章者，秦丞相李斯所作也；〈爰歷〉六章者，車府令趙高所
> 作也；〈博學〉七章者，太史令胡母敬所作也：文字多取〈史籀篇〉，
> 而篆體復頗異，所謂秦篆者也。是時始造隸書矣，起於官獄多事，
> 苟趨省易，施之於徒隸也。〔註7〕

〈史籀〉篇為周代教導學童的課本，秦統一天下後，在朝的丞相李斯作〈蒼
頡〉、趙高作〈爰歷〉、胡母敬作〈博學〉三篇取諸〈史籀篇〉，皆屬篆書，但
是文字稍異，故稱作秦篆。於此時始造隸書，文字主要推行於徒隸。許慎《說
文解字・敘》：

> 是時，秦燒滅經書，滌除舊典。大發吏卒，興戍役。官獄職務繁，
> 初有隸書，以趣約易，而古文由此絕矣。〔註8〕

> 時有六書：一曰古文，孔子壁中書也。二曰奇字，即古文而異也。三
> 曰篆書，即小篆。四曰左書，即秦隸書，秦始皇帝使下杜人程邈所作
> 也。五曰繆篆，所以摹印也。六曰鳥蟲書，所以書幡信也。〔註9〕

〔註6〕高明：《中國古文字學通論》（北京：北京大學出版社，1996年6月），頁3。
〔註7〕漢・班固、唐・顏師古注、清・王先謙補注：《漢書補注・藝文志》（臺北：藝文印
　　　書館，1996年8月），頁886。
〔註8〕漢・許慎撰、清・段玉裁注：《說文解字注・敘》（臺北：藝文印書館，1992年），
　　　頁765。
〔註9〕漢・許慎撰、清・段玉裁注：《說文解字注・敘》（臺北：藝文印書館，1992年），

於秦代，有六書分別為古文、奇字、篆書、左書、繆篆、鳥蟲書，其中的左書即秦隸書。許氏言「隸書」為秦始皇命令程邈所創始，隨著官獄事務日漸繁雜，所興起簡省便寫的文字，自此政策的實行，古文的重要性便不復存在。衛恆《四體書勢》云：

> 秦既用篆，奏事繁多，篆字難成，即令隸人佐書，曰隸字。漢因行
> 之，獨符、印璽、幡信、題署用篆。隸書者，篆之捷也。〔註10〕

說明隸書為擺脫篆書難琢磨的窘境，以發揮文字靈活且搖曳生姿功效，成形的另外一種字體。綜上班固、許慎、衛恆三人所述，皆認為隸書創始於秦代。酈道元《水經注》云：

> 許氏《字說》專釋于篆，而不本古文，言古隸之書起于秦代，而篆
> 字文繁無會劇務。故用隸人之省，謂之隸書。或云即程邈于雲陽增
> 損者，是言隸者篆捷也。孫暢之嘗見青州刺史傅弘仁，說臨淄人發
> 古冢得銅棺，前和外隱為隸字，言齊太公六世孫胡公之棺也。惟三
> 字是古，餘同今書，證知隸自出古，非始于秦。〔註11〕

反駁隸書始於秦代的說法，認為隸書起源於秦之前的古老時代。張懷瓘《書斷》云：

> 隸法當先於大篆矣。案胡公者，齊哀公之弟靖胡公也。五世六公，
> 計一百餘年，當周穆王時也。又二百餘歲，至宣王之朝，大篆出矣。
> 又五百餘載，至始皇之世，小篆出焉，不應隸書而效小篆。然程邈
> 所造書籍共傳，酈道元之說未可憑也。〔註12〕

如此說隸書是先於大篆，當在西周之時，又小篆晚於大篆，認為西周時有大篆繼之隸書的出現，隨後才有小篆，加以澄清隸書萌發於小篆，且創始於秦時程邈的說法。唐蘭《中國文字學》云：

> 如說西周已有較簡單的篆書，是可以的，真正的隸書，是不可能的。
> 春秋以後就漸漸接近，像春秋末年的陳尚（即《論語》的陳恒）陶

頁 768～769。

〔註10〕清・吳士鑑、劉承幹：《晉書斠注・衛恆傳・四體書勢》，《二十五史》，據清乾隆武英殿刊本影印（臺北：藝文印書館，1972 年），頁 747。

〔註11〕北魏・酈道元：《水經注・穀水》（臺北：世界書局，1956 年 10 月），頁 219。

〔註12〕唐・張懷瓘：《欽定四庫全書・書斷》（北京：商務印書館，2005 年），頁 405。

釜，就頗有隸書的風格。〔註13〕

六國文字的日漸草率，正是隸書的先導。秦朝用小篆來統一文字，
但是民間簡率的心理是不能革除的，他們捨棄了固有的文字（六國
各有的文字），而寫新朝的文字時，把很莊重的小篆，四平八穩的結
構打破了。〔註14〕

否定西周出現真正的隸書，若說始於春秋時期是有可能，從春秋末年的陳尚釜
可觀察到隸書風格，因此唐氏認為六國文字簡率書寫的演變較秦國快，猶可上
推至春秋晚期，又其《古文字學導論》云：

春秋末年的陳尚陶釜，上刻銘已頗草率，戰國時的六國文字是不用
說了，秦系文字雖整齊，但到了戈戟的刻銘一樣地苟簡。陳尚釜的
立字作立，狠容易變成立；高都戈的都字作都，狠容易變成都，這
種通俗的簡易的寫法，最後就形成了近代文字裡的分隸。〔註15〕

春秋末年的陳尚釜上刻的銘文，已頗草率，至戰國時期的六國文字，只會更加
簡易、通俗。裘錫圭《文字學概要》云：

春秋中期晉國銅器欒書缶的銘文，字體跟同時代一般金文有比較
明顯的差別，大概也吸取了俗體的一些寫法（按：有學者認為此
缶是欒書的後人在楚國鑄造的，並非真正的晉器）。缶銘「宝」（寶）
字所從的「宀」作人，春秋戰國間晉國的侯馬盟書裏，「守」、「宔」、
「宗」、「定」、「宮」等字的「宀」旁有時也寫作人。缶銘之外的
春秋金文如番君簠的「寶」字、邾公釛鐘的「寽」字，也都把「宀」
寫作人。「宀」旁的這種寫法，顯然是當時相當流行的一種俗體。

〔註16〕

春秋時期的銅器銘文欒書缶、番君簠、邾公釛鐘（圖2-1-1、2、3），以及侯馬
盟書（圖2-1-4）的墨書文字，普遍可見部件「宀」寫作人。反映春秋時期俗體
的草率書寫情況，與西周書寫規整的金文有所差別，表示春秋時期東方諸國可

〔註13〕唐蘭：《唐蘭全集‧中國文字學》（上海：上海古籍出版社，2015 年 11 月），頁 500。
〔註14〕唐蘭：《唐蘭全集‧中國文字學》（上海：上海古籍出版社，2015 年 11 月），頁 500。
〔註15〕唐蘭：《古文字學導論（增訂本）》（濟南：齊魯書社，1981 年 1 月），頁 125。
〔註16〕裘錫圭：《文字學概要》（臺北：萬卷樓圖書股份有限公司，2010 年 10 月），頁 64。

算是隸書萌芽的開端。裘氏又云：

> 從考古發現的秦系文字資料來看，戰國晚期是隸書形成時期。⋯⋯
> 跟戰國時代其他國家的文字相比，秦國文字顯得比較保守。但是
> 秦國人在日常使用文字的時候，為了書寫方便也在不斷破壞、改
> 造正體的字形。由此產生的秦國文字的俗體，就是隸書形成的基
> 礎。〔註17〕

戰國時期的秦國位處宗周故地，承襲於西周文字多，屬於保守、規整的風格，文字不若東方諸國劇烈變動，發展也較緩慢。當東方各國俗體已大肆流行，文字演化的面目全非之際，秦國才正要揭開序幕，但是仍可說戰國時期的秦國文字為隸書形成奠定下基礎。龍宇純《中國文字學》云：

> 任何書體難言由某人創造，且秦以前實有隸體，疑秦時民間盡是隸
> 書天下，勢不可奪，而人用其私，漫無標準，因令程邈稍整齊之。
>
> 〔註18〕

秦以前就有隸書，並且通行於民間，私底下使用的情形過於混亂無章法，因此，秦始皇遂令程邈為隸書作一規範整理的工作，實際上非由他所創始。李孝定〈中國文字的原始與演變〉云：

> 小篆是由當時已過時的正統派文字——史籀大篆或頗省改而成；隸
> 書則是出於春秋戰國以來民間流俗日用的文字，由程邈將其簡俗別
> 異的形體，加以整理，擇其已為大家所接受的加以收集⋯⋯二者的
> 形成，同出一源，不過一取正體，一取簡俗，小篆省改古籀大篆者
> 少，所保存的文字構成的規律也較多；隸書苟趨約易，省改古籀大
> 篆者多，因之對文字構成的規律破壞也最甚。〔註19〕

小篆於春秋戰國時期為正體字，隸書則流行於民間日常通用，當隸書逐漸普及，才擇取已經約定成俗的字，進行一番整理。所以文字並非由一人或一時所創造出來，小篆與隸書來源相同，僅是小篆取自正體，改異筆畫字形少，

〔註17〕裘錫圭：《文字學概要》（臺北：萬卷樓圖書股份有限公司，2010 年 10 月），頁 86。
〔註18〕龍宇純：《中國文字學》（臺北：五四書店有限公司，2001 年 9 月），頁 399。
〔註19〕李孝定：〈中國文字的原始與演變〉，《中央研究院歷史語言所集刊》1974 年 45 本
2 分，頁 392。

隸書襲於俗體，簡省文字部分多，破壞形構也最劇烈。

　　戰國時期的六國文字，明顯可觀察到正體與俗體分化的寫法。正體一般使用於隆重、正式場合，表現於銅器上主要是鑄款的銘文，俗體則運用於民間、日用或緊急應付的場合，大抵是刻款銘文。簡牘、帛書亦可見大量簡率筆式，展現出毛筆墨書的意境。陳昭容以戰國早期曾侯乙楚墓出土的鑄款、刻款銘文，與竹簡文字為例：

表 2-1-1　侯乙墓文字比較〔註20〕

並且分析說道從曾侯乙墓竹簡上的文字，可以看出與刻款接近，與鑄款相去甚遠的事實，只是竹簡上還表現出刻款所沒有的毛筆趣味。竹簡文字這種線條平直簡易的特色，加上毛筆柔軟特質的發揮，到戰國中、晚期許多簡帛文字仍然延續，並繼續朝向簡約方向發展，與後代隸書就逐漸趨近了。〔註21〕鑄款銅器銘文為表現莊重、嚴肅型態，以符合正式場合氛圍，每一筆畫皆是刻意求精，經過深思熟慮後才下手。刻款銘文則率性許多，原始圓轉線條改異後顯得平直，又鑄款的填實筆法逐漸走向簡約，如「金」字中間豎畫上的圓點，不見於刻款銘文與竹簡墨書之中。竹簡文字以毛筆墨書，書寫速度較鑄款、刻款銘文更為迅捷，從下筆到收筆，呈顯由粗至細的漸層感，破壞銘

〔註20〕表格擷取自陳昭容：《秦系文字研究》（臺北：中央研究院歷史語言研究所，2003年7月），頁64。

〔註21〕陳昭容：《秦系文字研究》（臺北：中央研究院歷史語言研究所，2003年7月），頁64。

文規整勻稱的線條。因此,可以推知戰國早期的六國文字隸書寫法已經相當興盛,尤其是表現於竹簡墨書文字上,朝向破圓為方、改曲為直的演變規律。

　　秦文字演化較緩慢且保守,不若六國文字的急速劇變,但是戰國中期的秦國,草率的書寫風格充分展現在兵器上,陳昭容描述瓦書的四字作「▥」、王四年相邦義戈四字作「▥」;王五年上郡疾戈的奴字作「𣀉」;幾件戈上的造字都作「𢕊」、邑旁都作「𠳵」、年字的寫法作「𥝬」、「𥝬」、守字的寫法作「𡨄」、「𡨄」這些都與早期隸書寫法沒有差異。〔註22〕兵器大部分為刻款,因為兵器需求量多,為了隨機應變戰事的出征,工匠以應急為作器的首要條件。加以青銅器質地硬實,以刻刀硬碰硬的方式,難以苛求字的優美線條,所以可見的草率刻銘,大多是工匠之名。《禮記・月令》云:「是月也,命工師效功,陳祭器,按度程,毋或作為淫巧以蕩上心。必功致為上。物勒工名,以考其誠。功有不當,必行其罪,以窮其情。」〔註23〕為確保器物製作品質,於上勒有製作者或製造廠的名稱,當器物出現瑕疵,可藉由製作的出處、來源,追究責任的疏失,依此達到警惕作器者良心的功效。受到物勒工名的影響,作器者花費心神的重點自然落在器物品質上,對於鑄刻銘文的態度較為隨意。顯然戰國中期的秦國兵器上,已可見隸書的寫法,也為隸書發端於秦的說法,加以重申。

　　秦簡文字目前可見大多為接近於隸書的簡率寫法,實際上是兼涵小篆與隸書的風格,秦兼併天下,表面上統一的文字為小篆,《說文解字・敘》云:

> 秦始皇帝初兼天下,丞相李斯乃奏同之,罷其不與秦文合者。斯作
> 〈倉頡篇〉,中車府令趙高作〈爰歷篇〉,大史令胡毋敬作〈博學篇〉,
> 皆取《史籀》大篆,或頗省改,所謂小篆也。〔註24〕

說明小篆產生自秦始皇統一天下,命李斯加以重整當時的文字,凡是不合於秦文字者皆廢除,小篆便是在此政令實行下,由大篆省改而成。唐蘭《古文字學導論》云:

〔註22〕陳昭容:《秦系文字研究》(臺北:中央研究院歷史語言研究所,2003 年 7 月),頁57。

〔註23〕漢・鄭玄注、唐・孔穎達疏:《禮記・月令》,十三經注疏阮元校勘本(臺北:藝文印書館,1989 年),卷 17,頁 12〜13。

〔註24〕漢・許慎撰、清・段玉裁注:《說文解字注・敘》(臺北:藝文印書館,1992 年),頁 765。

> 近古期文字，從商以後，構造的方法，大致已定，但形式上還不斷
> 地在演化，有的由簡單而繁複，有的由繁複而簡單。到周以後形式
> 漸趨整齊，盂鼎、旨鼎等器都是極好的代表。春秋以後，像徐器的
> 王孫鐘，齊器的綸鎛，秦器的秦公毀和泀陽刻石等，這種現象尤其
> 顯著，最後就形成了小篆。〔註25〕

自周代以降，文字漸趨整齊，形構基本上不會有太大變動。至春秋時期的秦國
出土器秦公毀（圖2-1-5）和泀陽刻石等，已可見小篆的寫法。足以顯示小篆萌
芽可上溯至戰國時代，與許慎所言始於秦代之時更提早些。東漢許慎所在時代
距戰國最少約200年，當時所見戰國時期出土文物可能不多，故云：

> 壁中書者，魯恭王壞孔子宅，而得《禮記》、《尚書》、《春秋》、《論
> 語》、《孝經》。又北平侯張蒼獻《春秋左氏傳》，郡國亦往往於山川
> 得鼎彝，其銘即前代之古文，皆自相似。〔註26〕

根據漢代出土的古文經以及銘文，認為與前代的小篆相似，故推估小篆屬於秦
代的文字，礙於時代隔閡產生的推論，實情有可原。戰國時期的秦文物，如石
鼓文、詛楚文、杜虎符、新郪虎符等，筆畫圓轉周密屬於典型的篆體書跡，與
後來小篆有相通之處。所以小篆可以作為戰國時期秦國文字的代表，只是當時
小篆已為官方通用，但是尚未有正式名稱出現，遲至許慎編纂字書時，才加以
命名。

　　總言之，秦始皇統一天下文字，實應包含小篆與隸書。小篆為官方認定
的文字，多於正式、隆重場合使用，隸書則通行於民間，為便捷處理獄政事
務而產生的。小篆於戰國中期的秦國器已可見，不應至秦始皇統一文字才出
現，而是秦代此時統整以前文字，賦予新名為小篆。隸書從春秋晚期的銅器
銘文與《侯馬盟書》簡約寫法可見一斑，至戰國時期的竹簡墨書文字，草率
寫法大肆流行。由於，文字難以說是由一人或一時所造，通常是經過時間的
積累，為人們普遍使用後，約定俗成的成果，故隸書並非始於秦國的程邈所
造，他僅是整理的人。小篆與隸書皆來自一個更早的歷史來源，由籀文和六
國古文省改而成，僅是小篆變動文字結構少，隸書則經過劇烈的破壞。因此

〔註25〕唐蘭：《古文字學導論（增訂本）》（濟南：齊魯書社，1981年1月），頁124～125。
〔註26〕漢・許慎撰、清・段玉裁注：《說文解字注・敘》（臺北：藝文印書館，1992年），
　　　　頁769。

不能說隸書是由小篆演化而來，應視兩種文字為並存但又各自發展的情況。

圖版部分

圖 2-1-1　欒書缶　　　　　　　　圖 2-1-2　潘君簠

圖 2-1-3　郘公劍鐘

圖 2-1-4　侯馬盟書

宗盟類　　　　　　　　　　　　宗盟類

圖 2-1-5　秦公簋

第二節　隸書的命名

隸書改變篆書圓轉筆畫，以一種新的書寫形式呈現，隸書出現以前文字名為古文，之後則相對稱作今文，是中國漢字發展史上的一大重要環節，此文字演化階段可稱為「隸變」，「隸變」一詞最早見於大徐本《說文解字》云：

> 𡵹，土之高也，非人所為也。从北从一。一，地也，人居在𡵹南，故从北。中邦之居，在崐崘東南。一曰四方高，中央下為𡵹。象形。

> 凡𡵹之屬皆从𡵹。去鳩切，今隸變作丘。〔註27〕

𡵹為小篆，丘是隸書，所謂隸變是從大篆、小篆演化為隸書的過程，基本上可從秦簡文字充分觀察隸書演化的面貌，由此瞭解古今文字的發展規律與特點。一種文字的流行於當時通常未有正式名稱，往往待後世發展出新文字，為別於前時才創造出專有名稱，如李斯「罷其不與秦文合者」〔註28〕與秦文字不合者皆廢除，省改文字為小篆，於此同時，為有所區別則稱秦統一前文字為大篆，其實秦代以前典籍是不見大篆一詞的。隸書亦是同樣情形，「隸書」一詞最初記載於班固《漢書・藝文志》云：「是時始造隸書矣，起於官獄多事，苟趨省易，施之於徒隸也。」〔註29〕隸書的興起運用，主要是施於徒隸，因此得名。許慎遵循班固的學說，於《說文解字・敘》云：「是時，秦燒滅經書，滌除舊典。大發吏卒，興戍役。官獄職務繁，初有隸書，以趣約易，而古文由此絕矣。」〔註30〕隸書的形成與當時官獄事務繁瑣，為徵調更多吏卒，管理戍役工作有關係。隸書的起源可推溯至春秋戰國時期，但是至漢代傳世文獻才有「隸書」一名的記載，因此，隸書的命名根源可從先秦的文獻窺豹一斑。

小篆承續著殷商甲骨文、西周金文的書寫體系下來，維持篆體結構，沒有過於巨大的變革。行政事務繁冗，為便於訊息傳遞，需要一種簡易書寫文字，於是隸書在此約定成俗的基礎上應運而生，劇烈破壞規範已久的篆書。並且擴

〔註27〕漢・許慎撰、南唐・徐鉉校訂：《說文解字》（北京：中華書局，1978 年 3 月），頁 169。

〔註28〕漢・許慎撰、清・段玉裁注：《說文解字注・序》（臺北：藝文印書館，1992 年），頁 765。

〔註29〕漢・班固、唐・顏師古注、清・王先謙補注：《漢書補注・藝文志》（臺北：藝文印書館，1996 年 8 月），頁 886。

〔註30〕漢・許慎撰、清・段玉裁注：《說文解字注・序》（臺北：藝文印書館，1992 年），頁 765。

大文字使用範圍，不再局限於嚴肅的祭祀場合，使有別於小篆，遂產生隸書一詞。許慎《說文解字》云：「，附箸也。从隶，柰聲。，篆文隸从古文之體。」〔註31〕解釋作附著之義，吳白匋云：

> 「隸」的含義究竟是什麼，我認為可以用這個字的本義來作解釋。《說文解字》中解釋「隸」的意義是「附著」，《後漢書·馮異傳》則訓為「屬」，這一意義一直到今天還在使用，現代漢語中就有「隸屬」一詞。《晉書·衛恒傳》、《說文解字序》及段注，也都認為隸書是「佐助篆所不逮」的。所以，隸書是小篆的一種輔助字體。〔註32〕

吳氏認為「隸」字應同許慎說解，釋為附著之義，大抵是先有小篆才有隸書，隸書是輔佐小篆而來，一種附屬的概念。但是，前一節討論過，小篆、隸書同樣因襲於更古早文字，所以不能夠說隸書是演變自小篆，可見漢代囿於時代框架，對於漢以前文字見識力不完全周到。

「隸」字最早見於戰國時期的秦國金文，作〈卅八年上郡守慶戈〉、〈廿四年上郡守瘖戈〉、〈高奴禾石權〉，銘文中作隸臣，為作器工匠的身分別。秦簡作〈睡虎地·秦種 145〉、〈睡虎地·封 51〉、〈里耶 8.1558〉、〈里耶 8.911〉、〈嶽麓（叁）·芮 65〉，簡文中多作隸臣、隸妾、徒隸解釋，秦簡多以「隸臣妾」涵蓋隸臣、隸妾二種人，前者為男性、後者為女性。吳榮曾云：

> 秦的官府作坊中，許多的工匠師是屬於刑徒身分的，這已為下列一些銅兵器銘文所證實：
>
> 三年，漆工熙、丞詘造，工隸臣牟，禾石。高奴。（〈高奴權〉）
>
> 廿五年，上郡守廟造，高奴工師竈，丞申，工鬼薪瀫。上郡武庫。洛都（〈上郡戈〉）
>
> 廿七年，上郡守趞造，漆工師逪，丞恢，工隸臣積。（〈上郡戈〉）
>
> 卅年，上郡守赳□，圖工師粘，丞秦，□隸臣庚。（〈上郡戈〉）

〔註31〕漢·許慎撰、清·段玉裁注：《說文解字注》（臺北：藝文印書館，1992 年），頁 119。
〔註32〕吳白匋：〈從出土秦簡帛書看秦漢早期隸書〉，《文物》1978 年 2 期，頁 51。

> 從銘文可以看出，屬於郡縣的工官機構，其主管者為工師，其副手
> 為丞。在他們之下的就是工了，工的身分不同，有的是自由人，也
> 有是鬼薪、隸臣之類的刑徒來充任的。〔註33〕

秦國官府機構製造的兵器，如高奴權、上郡戈銘文記載，依身分不同分為工師、丞、工、鬼薪、隸臣等，工師為高階級的主管，丞為輔佐的官，再下等是工，又分為有自由身分的工，以及不自由的刑徒，如鬼薪、隸臣，由此可知吳氏所述的隸臣，非為自由身分的刑徒。吳氏引用《睡虎地秦簡》律文云：

> 〈均工律〉又說：「隸臣有巧可以為工者，勿以為人僕養。」……
> 律文中所提到的隸臣當為官奴無疑，因為刑徒隸臣是在官府內役
> 作的，只有官奴婢才能分配給貴族、官吏之家為僕養。從上引律
> 文得知，秦對於官奴婢是要作一番甄別工作，凡有手藝者都須輸
> 作官府。秦官奴婢來源，除了犯罪者或犯罪者家屬之外還有戰俘。
> 律文說：「寇降，以為隸臣。」把放下武器而投降的敵兵士卒轉化
> 為奴婢。〔註34〕

隸臣來源主要為犯罪者及其家屬，與戰敗投降的俘虜。隸臣當中有技藝者，必須送入官府行勞役，因此隸臣基本上都是屬於官府中的奴婢。於秦兵器〈上郡戈〉，可見工匠刑徒有城旦、鬼薪、隸臣三類。顯示罪犯或其家屬以及戰俘入獄，最初可能為城旦、鬼薪，透過服刑而不斷的降罪至現在隸臣的身分。郭沫若根據秦國兵器〈廿五年上郡守戈〉銘文探析鬼薪的身分云：

> 「工鬼薪戠」，蓋戠乃罪人。受三歲之徒刑，流徙於上郡而為工者，
> 鬼薪而為戈工。……鬼薪雖罪隸賤役，而淪為鬼薪者必時有多才之
> 士。〔註35〕

秦始皇廿五年時，一位名「戠」的鬼薪，身為基層的罪隸，受過三年的徒刑，因為具有技藝在身，現在正在上郡當造戈的工匠。鬼薪受過三年役，所以降罪

〔註33〕吳榮曾：〈秦的官府手工業〉，《雲夢秦簡研究》（北京：中華書局，1981 年 7 月），頁 49。

〔註34〕吳榮曾：〈秦的官府手工業〉，《雲夢秦簡研究》（北京：中華書局，1981 年 7 月），頁 49。

〔註35〕郭沫若：《郭沫若全集・金文續考》考古編第 5 冊（北京：人民出版社，1954 年 6 月），頁 430。

為現在身分，最初應為城旦。漢代承襲秦的制度，基本上律文沒有做大幅度更動，漢代法律同樣有刑徒降罪的規定，《漢書·刑法志》云：

> 罪人獄已決，完為城旦舂，滿三歲為鬼薪白粲。鬼薪白粲一歲，為隸臣妾。隸臣妾一歲，免為庶人。〔註36〕

至漢律依然記載有刑徒城旦、鬼薪、隸臣。城旦、舂服刑滿三年，降罪為鬼薪、白粲，又鬼薪、白粲服刑滿三年，降罪為隸臣妾，隸臣妾服刑滿一年即可成為庶人。可知秦國的工匠最初應為城旦，服刑滿三年才降罪為鬼薪，再刑滿一年即能成為隸臣。所以無論是城旦、鬼薪或隸臣，在秦制中他們都是奴隸的身分，藉由在官府做工、行勞役，以邁向自由人之路。

根據《史記·秦本紀》有關上郡的記載，上郡為秦國設置的郡縣之一，地處秦國北部的邊疆，具有重要軍事地理的意義，此地設置官方工作坊專門製造兵器，許多為赦罪的人會遷往之服役。由此可知，戰國金文「隸」字，應與於秦官手工業坊中，這批從事勞動的刑徒、奴隸有關。他們隸屬於工官機構，大部分是缺乏自由的身分，難以稱之為官，其實只能算是官奴婢，但是對於秦國手工業具有充分的貢獻，建立起秦以後手工業的基礎，為典籍所記載，實非倖致。

班固言隸書是「施於徒隸」，「徒隸」一詞最早記載於秦簡，《里耶秦簡》簡16.5 正面文云：

> 廿七年二月丙子朔庚寅，洞庭守禮謂縣嗇夫、卒史嘉、叚卒史穀、屬尉：令曰：「傳送委輸，必先悉行城旦舂、隸臣妾、居貲贖責。急事不可留，乃興繇。」今洞庭兵輸內史及巴、南郡、蒼梧，輸甲兵當傳者多。節傳之，必先悉行乘城卒、隸臣妾、城旦舂、鬼薪白粲、居貲贖責、司寇、隱官、踐更縣者。田時殹，不欲興黔首。嘉、穀、尉各謹案所部縣卒、徒隸、居貲贖責、司寇、隱官、踐更縣者簿，有可令傳甲兵，縣弗令傳之而興黔首，興黔首可省少弗省少而多興者，輒劾移縣，縣亟以律令具論，當坐者言名夬泰守府。嘉、穀、尉在所縣上書，嘉、穀、尉令人日夜端行。它如律令。〔註37〕

〔註36〕漢·班固、唐·顏師古注、清·王先謙補注：《漢書補注·刑法志》（臺北：藝文印書館，1996 年 8 月），頁 505。

〔註37〕里耶秦簡博物館：《里耶秦簡博物館藏秦簡》（上海：中西書局，2016 年 6 月），頁

簡文先言「乘城卒、隸臣妾、城旦舂、鬼薪白粲、居貲贖責、司寇、隱官、踐更縣者」，後言「縣卒、徒隸、居貲贖責、司寇、隱官、踐更縣者」。「乘城卒」相對於「縣卒」，「隸臣妾、城旦舂、鬼薪白粲」可對應到「徒隸」，自此以下的人稱皆沒有變動，李學勤認為「徒隸」就是隸臣妾、城旦舂和鬼薪白粲。〔註38〕表示「徒隸」為一概括眾多罪隸之稱。陳偉針對《里耶秦簡》簡8.16的「徒」字解釋曰：

> 徒，身份用語。從「徒簿」、「作徒簿」中所列人員看，「徒」包括城旦舂、鬼薪白粲等刑徒和隸臣妾，似與「徒隸」無異，或是「徒隸」的簡稱。〔註39〕

從《里耶秦簡》中「徒簿」、「作徒簿」羅列的人員記錄以觀，涵蓋城旦舂、鬼薪白粲、隸臣妾這類刑徒，故「徒」字可以說是「徒隸」的簡稱。陳偉與李學勤論點相同，皆認為「徒隸」為城旦舂、鬼薪白粲、隸臣妾的泛稱。又《里耶秦簡》簡8.154正面文云：

> 卅三年二月壬寅朔日，遷陵守丞都敢言之：令曰：「恒以朔日上所買徒隸數。」問之，毋當令者。敢言之。〔註40〕

言及秦始皇三十三年（前214年）二月一日，遷陵守丞都，依照慣例於每月初一上報，關於買奴隸的數量。王煥林針對「徒隸」作解釋曰：「鬼薪、白粲、城旦舂、隸臣妾之屬的泛稱。由於鬼薪、白粲、城旦舂等刑徒不能買賣，故此處僅指隸臣、隸妾兩類奴隸。」〔註41〕表示徒隸為鬼薪白粲、城旦舂、隸臣妾的泛稱，或可依文書的內容，指稱某類刑徒，如文中的隸臣、隸妾，所以「徒隸」屬約略涵括之詞。再者，陳玉璟言《睡虎地秦簡》中「徒隸」與「徒」的發展演變是一致的，〔註42〕同於陳偉的說法。陳玉璟又針對「徒」的身分云：

142。

〔註38〕李學勤：〈初讀里耶秦簡〉，《文物》2003年1期，頁78。

〔註39〕陳偉：《里耶秦簡牘校釋》第1卷（武漢：武漢大學出版社，2012年1月），頁32。

〔註40〕湖南省文物考古研究所：《里耶秦簡（壹）》（北京：文物出版社，2012年1月），釋文頁19。

〔註41〕王煥林：《里耶秦簡校詁》（北京：中國文聯出版社，2007年8月），頁46。

〔註42〕陳玉璟：〈秦簡詞語札記〉，《安徽師大學報（哲學社會科學版）》1985年第1期，頁82。

「犯罪被罰為奴」，在中國古代社會是奴隸來源之一。隨著社會歷史發展，成文法的出現，由犯罪被罰為奴，逐漸轉變為定期的「刑徒」。秦漢「徒」即「刑徒」……「徒」在徒刑期間幾等於奴隸，沒有人身自由。〔註43〕

秦以前奴隸主要為罪奴，大約在戰國晚期秦國律法確立，遂轉變成為具有刑期的奴隸，刑徒服役期間沒有自由權力，必須透過服役逐步減輕刑罰。可知從戰國晚期秦以降，「徒」指稱服刑的罪奴，《睡虎地秦簡・為吏之道》簡 28、29 參言：「徒隸攻丈，作務員程。」〔註44〕中的「徒隸」亦應從「徒」解釋，指鬼薪白粲、城旦舂、隸臣妾一類的刑徒。

唐代唐玄度《九經字樣》云：「縶字，從又持米，從奈聲，又象人手也，經典相承作隸已久，不可改正。」〔註45〕、釋玄應《一切經音義》：「字從米叡聲，叡又從又從祟，音之絹切。」〔註46〕可知「隸」字最初應從又、從米，象人持米之形，本義為附著。《說文解字》段注云：「隸與僕義同，皆訓附著，故從隶。」主僕之間階級高低不同，有隸屬的關係，故「隸」、「僕」二字同有附著之義。秦簡可見徒隸與隸書關係密切，周鳳五云：

這類手寫的公文檔案字體，目前所見年代最早的是春秋晚期晉國的《侯馬盟書》。……類似西晉初年汲冢出土的戰國時代竹書的「科斗文」，其峻利流暢的風格，完全不同於青銅器銘文或石刻文字的矩折規旋、含蓄端整。《侯馬盟書》的時代比《包山楚簡》、郭店竹簡約早二百年左右，一般視為春秋晚期日常應用字體的典型，下開戰國、秦、漢趨於省便速捷的「隸書」的先河。〔註47〕

春秋晚期《侯馬盟書》中的文字應為隸書先河，下開戰國楚簡、秦簡的發展，

〔註43〕陳玉璟：〈秦漢「徒」為奴隸說質疑〉，《安徽師大學報（哲學社會科學版）》1979年第 2 期，頁 99。

〔註44〕睡虎地秦墓竹簡整理小組：《睡虎地秦墓竹簡》（北京：文物出版社，1990 年 9 月），頁 170。

〔註45〕唐・唐玄度：《叢書集成初編・新加九經字樣》（上海：商務印書館，1936 年 6 月），頁 57。

〔註46〕唐・釋玄應：《叢書集成初編・一切經音義》（上海：商務印書館，1936 年 12 月），卷 1，頁 55。

〔註47〕周鳳五：〈郭店竹簡的形式特徵及其分類意義〉，《郭店楚簡國際學術研討會論文集》（武漢：湖北人民出版社，2000 年 5 月），頁 57。

顯示秦簡的隸書是上有所承，從春秋晚期即已開始萌芽，至秦代發展成熟，到漢代則趨於藝術性的書寫。也可證實隸書的發展脈絡與小篆有別，非直接承襲於小篆。吳榮曾云：

> 不管怎樣，工隸臣即使立了大功，身分雖可改變，但仍須在官府作工，欲使完全擺脫官府的羈絆仍是不可能的。……工隸臣因功而上升為工或隱官工，和官府還保持著一定的隸屬關係，實際上他們仍只算是一種半自由人。〔註48〕

奴隸可以因功降罪，但是無論如何，始終無法完全回歸自由身分，仍然隸屬於官府的人員，彰顯出奴隸與官府主從關係的緊密。「隸」字本義是附著，又可引申作奴僕解釋，奴隸為依附於官府工作的階級，用於書體時，隸書則有附屬、輔佐的功能。簡言之，秦代時小篆為當時官定、正式場合使用的文字，形體富有規律，隸書為私底下方便書寫的文字，較為草率，與小篆推展到相輔相成的使用狀態。如此即可合理解釋戰國時期，秦國與六國文字皆使用隸書，唯獨秦文字與奴隸關係緊密，卻通稱為「隸書」的疑問。

　　總的來說，最初於戰國晚期秦國，「隸」字專指於手工業坊製造兵器的隸臣，而至秦簡的「徒隸」，擴大了蘊涵範圍，為鬼薪白粲、城旦舂、隸臣妾泛稱。又可簡稱為「徒」，皆為隸屬於官府的罪奴，服刑期間喪失人身自由，無法稱之為官。因此班固所言「施之於徒隸」，為監控這些罪奴的獄官，主要職責是處理、記載徒隸的事務，隨著秦律法嚴峻，徒隸增繁，文字漸演變推廣開來，有別於小篆，隸書成為一種約定俗成的字體。

第三節　隸書的發展

　　隸書又稱為「左書」、「佐書」、「史書」、「八分」，名稱與文字演變的緣由，以及呈顯特色有關。隸書於秦代、西漢早期發展尚不成熟，至西漢中晚期達到成熟階段，文字趨向扁平、方整的面貌。因此，西漢初期以前的隸書，稱為秦隸、古隸，西漢中晚期以後成熟書體相對而言，稱為漢隸、八分、今隸。

　　八分是隸書的一種寫法，秦簡可見少數下筆藏峰似蠶頭，收筆斜挑若燕尾

〔註48〕吳榮曾：〈秦的官府手工業〉，《雲夢秦簡研究》（北京：中華書局，1981 年 7 月），頁 51。

的筆畫，為八分的雛形。西漢的馬王堆、銀雀山、居延、敦煌漢簡八分特色姿態百出，至東漢〈永壽瓦罐〉、〈熹平瓦罐〉（圖 2-3-1、2）等八分表現得最為突出。八分的名稱，實於漢代末年才出現，得名原因古人說法各異，王世貞《古今法書苑》引蔡文姬云：

> 臣父八分書，割程隸字八分，取二分，去李小篆二分，取八分。

〔註49〕

文獻記載李斯整理小篆，程邈作隸書，八分寫法可以採取如此方式解釋，若字整體為十分，則隸書占二分，篆書占八分。啓功云：「按漢時篆和篆以前的字體是古體或雅體，隸是通用的正體，草和新隸體是俗體。蔡文姬的話只是說明八成古體或雅體，二成俗體而已。」〔註50〕認為八分是占有八成的古體或雅體，以及二成俗體，非專指篆書與隸書而言。張懷瓘《書斷》引王愔云：

> 次仲始以古書方廣，少波勢，建初中，以隸、草作楷法，字方八分，
>
> 言有模楷。〔註51〕

以八分為尺度的概念，可定為大小的標準，又云：

> 楷隸初制，大範幾同，故後人惑之，學者務之，蓋其歲深，漸若八
>
> 字分散，又名之為八分。〔註52〕

認為書體似「八」字，形體扁平，筆畫向左右分散。郭忠恕《佩觿》云：

> 書有八體，八分乃自八體衍生而出，故謂之「八分」。〔註53〕

說明八分源自於八體，八體應為《說文解字・敘》所言秦書的大篆、小篆、刻符、蟲書、摹印、署書、殳書、隸書。以上各家說法，涵蓋有比例原則、尺度大小、字形筆畫、書體的種類，但是至今尚未有一確鑿的訓釋。

　　歷代對於八分之名，有顯著的區別，唐蘭認為王愔的說法正確，云：

> 王愔《文字志》載古書三十六種有楷書而無八分，可見楷書就是八
>
> 分。衛恆說師宜官：「大則一字徑丈，小則方寸千言」，而毛弘的教

〔註49〕明・王世貞：《古今法書苑》，《中國書畫全集》第 7 冊（上海：上海書畫出版社，2009 年 12 月），頁 35。

〔註50〕啓功：《古代字體論稿》（北京：文物出版社，1964 年 7 月），頁 31。

〔註51〕唐・張懷瓘：《欽定四庫全書・書斷》（北京：商務印書館，2005 年），頁 404。

〔註52〕唐・張懷瓘：《欽定四庫全書・書斷》（北京：商務印書館，2005 年），頁 405。

〔註53〕宋・郭忠恕：《叢書集成初編・佩觿》（上海：商務印書館，1936 年 6 月），頁 55。

> 祕書卻只是八分，這很像近代所謂寸楷，一般要學書，非得從八分
>
> 楷法入手不可。……「八分」，實際本只是一個尺度，慢慢就演變成
>
> 一種書體，反替代了楷法的舊名了。〔註54〕

王愔所言的「八分」實指楷書，由尺度變成為一新書體，便取代舊的楷法名。
但是，張懷瓘《書斷》云：「八分則有〈魏受禪碑〉」〔註55〕此為魏時以隸書所
寫的碑，具有八分斜撇、上挑的筆勢特色，因此以八分指稱楷書，作為一種尺
度標準的說法，實不可信。

目前以八分，似「八」字左右相背的說法，最為世人普遍接受。八分筆
法於西漢晚期達至成熟階段，漢魏之際有新隸書的產生，為與舊隸書有所區
別，便將漢末的隸書冠上八分之名。秦代以降，這種拋棄篆書正規筆勢的書
體，皆稱作隸書，依據筆畫的波磔明顯與否，分為古隸、八分，則是又更細
項的分類。

隸書亦稱作「左書」、「佐書」，「左書」一詞最早見於《說文解字‧敘》云：

> 時有六書：……四曰左書，即秦隸書。〔註56〕

新莽時有六書，其中左書，為秦時的隸書。《漢書‧藝文志》云：

> 漢興……六體者，古文、奇字、篆書、隸書、繆篆、蟲書。〔註57〕

《說文敘》基本上是因襲《漢書》而來，二者差異在於左書與隸書，其他剩下
的五種書體皆同，由此亦可證明左書即為隸書。《說文敘》段注云：「左書，謂
其法便捷，可以佐助篆所不逮。」〔註58〕可知隸書用以佐助篆書。「佐書」一詞
記載於衛恆《四體書勢》云：

> 秦既用篆，奏事繁多，篆字難成，即令隸人佐書，曰隸字。〔註59〕

當過多文書以小篆書寫處理不及時，則透過隸書加以應付、解決，「佐書」就成

〔註54〕唐蘭：《唐蘭全集‧中國文字學》（上海：上海古籍出版社，2015年11月），頁504。
〔註55〕唐‧張懷瓘：《欽定四庫全書‧書斷》（北京：商務印書館，2005年），頁408。
〔註56〕漢‧許慎撰、清‧段玉裁注：《說文解字注‧敘》（臺北：藝文印書館，1992年），頁768。
〔註57〕漢‧班固、唐‧顏師古注、清‧王先謙補注：《漢書補注‧藝文志》（臺北：藝文印書館，1996年8月），頁886。
〔註58〕漢‧許慎撰、清‧段玉裁注：《說文解字注‧敘》（臺北：藝文印書館，1992年），頁769。
〔註59〕清‧吳士鑑、劉承幹：《晉書斠注‧衛恆傳‧四體書勢》，《二十五史》，據清乾隆武英殿刊本影印（臺北：藝文印書館，1972年），頁747。

為輔佐處理的書體象徵，故「佐書」即為「左書」，「左」、「佐」二字皆具有輔助的意思。

「史書」之名作為書體，有二種不同的立論，一指稱篆書，一言為隸書的代稱。張懷瓘《書斷》言：

> 大篆：《漢書‧藝文志》云：「史籀十五篇。」並此也。以史官制之，
> 用以教授，謂之史書。〔註60〕

史書為史籀十五篇所收錄的大篆，作為教導孩童認字的標準。「史書」一詞於《漢書》、《後漢書》各篇屢見不鮮，段玉裁針對《說文敘》的「史籀十五篇」注解曰：

> 籀文亦名史書尤非，凡〈漢書‧元帝紀〉、〈王尊傳〉、〈嚴延年傳〉、
> 〈西域傳〉之馮嫽，《後漢書‧皇后紀》之和熹鄧皇后、順烈梁皇后，
> 或云「善史書」，或云「能史書」，皆謂便習隸書，適於時用，猶今
> 人之工楷書耳。〔註61〕

《漢書》、《後漢書》中多言「善史書」、「能史書」，一般誤以為與《史籀》有關聯，實際上「史書」即為隸書，而非《史籀》的大篆。又班固《漢書‧元帝紀》王先謙補注云：

> 史書者，令史所習之書，猶言隸書也。善史書者，謂能識字作隸書
> 耳。〔註62〕

官吏具備的識字能力為隸書，可知「史書」所言實指隸書。《漢書‧藝文志》云：

> 太史試學童，能諷書九千字以上，乃得為史。又以六體試之，課最
> 者以為尚書御史史書令史。吏民上書，字或不正，輒舉劾。〔註63〕

漢代擢拔人才，學童考試以六體為基本條件，通過考核者表示具備處理文書的行政才能，才可擔任史官。《漢書‧王尊傳》曰：

〔註60〕唐‧張懷瓘：《欽定四庫全書‧書斷》（北京：商務印書館，2005年），頁404。

〔註61〕漢‧許慎撰、清‧段玉裁注：《說文解字注‧敘》（臺北：藝文印書館，1992年），頁765。

〔註62〕漢‧班固、唐‧顏師古注、清‧王先謙補注：《漢書補注‧元帝紀》（臺北：藝文印書館，1996年8月），卷2，頁128。

〔註63〕漢‧班固、唐‧顏師古注、清‧王先謙補注：《漢書補注‧藝文志》（臺北：藝文印書館，1996年8月），頁885～886。

尊竊學問，能史書。年十三，求為獄小吏。……太守奇之，除補書

佐，署守屬監獄。〔註64〕

提及能書寫字，即可提攜擔任書佐的職位。由此可知，史、佐皆為當時的文書
官吏，佐助編撰史籍的工作，「史書」、「佐書」不僅是隸書的別名，更與史官的
職位密切關聯。漢時選拔史官，以能識隸書為具體的選才標準，顯示隸書於當
時行政機構，佔據有一定的地位，又流傳至民間通用，推廣於各個社會底層，
因此發展出更為簡便、成熟的筆法。

書體演化至魏晉時期，進展至由隸書轉楷書的過渡期，時人稱作隸書，其
實並非專指秦漢流行的隸書而言，明‧張自烈《正字通》云：

東魏大覺寺碑題曰：隸書，今楷書也。〔註65〕

東魏稱時下使用的楷書為隸書，當文字演變過渡至楷書，尚未替書體定名，因
此仍沿用前代書體名，以為習用的楷書。又唐‧張懷瓘《書斷》云：

隸書三：鍾繇、王羲之、王獻之。〔註66〕

鍾繇、王羲之、王獻之三人書法一脈相成，於中國書法發展史上，堪稱魏晉楷
書的集大成者，鍾繇亦為隸書演變至楷書，深具影響力的書法家，為楷書的鼻
祖。因此，張懷瓘所言隸書實為楷書，應是魏晉時期隸書發展至成熟階段，但
是唐代形成新的書體楷書，時人不識文字的更迭，仍牢守前代稱呼為隸書，尚
未修改書體名稱的現象。

隸書的起源最早可追溯至春秋戰國時期，當一種文字發展至鼎盛時，往
往會產生分化，或衍變出新形體。秦代至西漢早期，隸書尚處於萌芽的發展
階段，稱為古隸、秦隸。西漢末年隸書醞釀至完熟的程度，遂產生出新的隸
書，後人為與舊隸書區隔開，便將新字體安上八分、漢隸、今隸的名稱。古
隸之名，最早於劉歆《西京雜記》指出：

杜陵秋胡者，能通《尚書》，善為古隸字，為翟公所禮，欲以兄女妻

之。〔註67〕

〔註64〕漢‧班固、唐‧顏師古注、清‧王先謙補注：《漢書補注‧王尊傳》（臺北：藝文
　　　　印書館，1996年8月），頁1421。
〔註65〕明‧張自烈：《續修四庫全書‧正字通》（上海：上海古籍出版社，2002年），頁677。
〔註66〕唐‧張懷瓘：《欽定四庫全書‧書斷》（北京：商務印書館，2005年），頁407。
〔註67〕漢‧劉歆撰、晉‧葛洪輯：《西京雜記》（臺北：廣文書局，1981年12月），頁77。

秋胡為春秋時期的魯國人，能通以古隸抄寫的《尚書》本。春秋銘文大抵為籀文、古文、篆書，但是由此可見，當時也有以隸書抄寫典籍的習慣。蔡樞衡《中國刑法史》云：

> 原來的《尚書》本是由作者參照古史記載，用蝌蚪文字寫成，後世稱為《古文尚書》。但到漢代，這種《尚書》已經失傳。現傳《尚書》是由漢文帝時濟南伏生口誦，伏女轉傳，晁錯耳聽手記，用古隸寫成，後世稱為《今文尚書》。〔註68〕

先秦的典籍轉傳至漢代，以科斗文抄寫的《古文尚書》已失傳，現今所見的版本，是西漢晁錯以當時習用的古隸抄寫而成，稱作《今文尚書》。《尚書‧敘》云：

> 至魯共王好治宮室，壞孔子舊宅以廣其居。於壁中得先人所藏古文虞、夏、商、周之《書》及《傳》、《論語》、《孝經》皆科斗文字。王又升孔子堂，聞金石絲竹之音，乃不壞宅。悉以書還孔氏。科斗書廢已久，時人無能知者。以所聞伏生之書考論文義，定其可知者為隸古定。更以竹簡寫之，增多伏生二十五篇。〔註69〕

漢代魯共王壞孔子宅發現以科斗文寫的先秦典籍，包含《尚書》、《論語》、《孝經》等，但是由於時代遠邈，時人早已不識科斗文，遂以隸書校定古文，依據古文的形體改寫成隸書，並且考釋古文的字義、字音，伏生更以隸古定的形式，抄寫於竹簡上，古隸與蝌蚪文似乎有大區別。

2008 年由清華大學收藏的戰國楚簡，簡稱清華簡。清華簡（壹）竹簡的內容如：〈尹至〉、〈尹誥〉、〈程寤〉、〈保訓〉、〈耆夜〉、〈金縢〉、〈皇門〉、〈祭公〉八個篇章，重現《尚書》、《逸周書》部份類似風貌，以及散逸的篇章。清華簡的字形主要為楚系文字，參雜少數它系文字，故整理者命之為楚簡。從文字演變脈絡而言，楚簡異於西土的秦系文字，為戰國東土的文字，可稱為六國古文。至漢代，又謂先秦時富有美術性、裝飾性強的古文為科斗文，衛恆《四體書勢》云：

> 漢武時魯恭王壞孔子宅，得《尚書》、《春秋》、《論語》、《孝經》，時

〔註68〕蔡樞衡：《中國刑法史》（北京：中國法制出版社，2005 年 2 月），序頁 7。
〔註69〕漢‧孔安國傳，唐‧孔穎達等正義：《尚書‧敘》，十三經注疏阮元校勘本（臺北：藝文印書館，1989 年），頁 10～11。

人以不復知有古文，謂之科斗書。……至正始中立三字石經，轉失淳法。因科斗之名，遂效其形。〔註70〕

認為孔壁所出文獻為科斗文，後由竹簡轉抄至石碑，失去了淳法，文字有可能失真。啓功《古代字體論稿》加以解釋〈正始三體石經〉雖然筆法上某些地方失了「淳法」，但字的組織構造和它所屬的大類型、總風格，都是有其出處，不同於杜撰的。〔註71〕文字寫於石碑上，但是基本形構、風格大抵相類，故〈正始三體石經〉（圖 2-3-3）與孔壁中書仍可視為同一字體，啓氏並云：

科斗的得名，是在於筆畫起止出尖鋒、行筆先重後輕的特色，也就是由於手寫體富有彈力的特色。漢陵策文是竹簡上手寫而成的，那麼科斗一名，實際是篆這一大類手寫體的總暉稱，包括手寫的古、籀、篆。〔註72〕

凡是古、籀、篆文，以毛筆墨書字體，具備下筆重、收筆輕，似蝌蚪圓頭與尖尾的筆勢，皆可稱為科斗文。清華簡中具有戰國它系文字的風格，包含晉、齊等國文字，單育辰云：

與比較典型的齊國文字相比較，三體石經的書風古文是大為不同的。我們不禁想到，孔壁中書出於曲阜，而曲阜戰國時正為魯國都城，那麼，孔壁中書的文字會不會是魯文字呢？……清華壹〈保訓〉這篇竹簡裡，又發現了與三體石經古文的文字風格幾乎完全一樣的字體，可證明三體石經古文字體，確實淵源有自，不是後人面壁虛造的。〔註73〕

文字有因襲的關係，孔壁中書出於魯國，三體石經轉抄自孔壁中書，或有失真的可能，但仍保持大致的原貌，與〈三體石經〉應同屬魯國文字，因此三體石經的文字可能承襲戰國魯國文字。〈三體石經〉是以三種字體古文、小篆、隸書所寫成，內容主要為《尚書》、《春秋》等。單氏發現〈三體石經〉與齊系文字

〔註70〕吳士鑑、劉承幹：《晉書斠注·衛恆傳·四體書勢》，《二十五史》，據清乾隆武英殿刊本影印（臺北：藝文印書館，1972 年），頁 743。

〔註71〕啓功：《古代字體論稿》（北京：文物出版社，1964 年 7 月），頁 20。

〔註72〕啓功：《古代字體論稿》（北京：文物出版社，1964 年 7 月），頁 21。

〔註73〕單育辰：〈「蝌蚪文」譚〉，《出土文獻研究》13 輯（上海：中西書局，2014 年 12 月），頁 92。

不相類，而與清華簡〈保訓〉文字相接近，〈保訓〉篇與楚系文字不相類，亦非屬齊國文字，推測可能為魯國文字。單育辰又云：

> 在齊系文字範圍內，〈保訓〉的字體更多地是與魯國文字相近，而與
> 齊國文字常有不合。……能解釋眾多學者把三體石經古文、〈保訓〉
> 字體籠統地歸入齊系文字，但又與典型齊系文字（齊國文字）多有
> 不同，這樣令人迷惑的現實。〔註74〕

一般認為清華簡〈保訓〉（圖 2-3-4）篇屬於齊系文字，但是〈三體石經〉抄自孔壁古文，與〈保訓〉文字近似。單氏認為戰國文字中的齊系文字，依國別可再細分出魯國文字，因此清華簡〈保訓〉篇當歸類為魯系文字。清華簡〈保訓〉篇與孔壁文字息息相關，具有魯國文字的風格，至於其他與《尚書》類似的八個篇章，〈尹至〉、〈尹誥〉等，蕭順杰云：「楚簡文字的書法，在同一個筆畫內的粗細對比變化狀若青蛙的幼子蝌蚪（如〈祭公〉19「政」字 ），《清華簡（壹）》的書法多數筆畫也具此類線性。」〔註75〕《清華簡（壹）》竹簡內容大多具有科斗文的風格，與孔壁中書的文字大抵相同，皆具有魯國文字的風格。春秋戰國時期魯國南方佔居許多小國勢力包含楚國，同屬於東土的國家，孔壁中書與楚簡基本上就是春秋戰國的東土古文，為由西周末年籀文演變出的異體字。春秋時期東西土文字仍受到籀文的影響，但是東土文字開始省簡籀文，至戰國時期，東土文字保留籀文的成分，相對於秦西土文字減少許多，而成為一種新興字體。林素清云：

> 從二十世紀四十年代湖南長沙發現了楚帛書以來，長沙市郊區又陸
> 續出土了五里牌、仰天胡、楊家灣等多批簡牘，之後更有湖南長沙、
> 常德、慈利，湖北江陵、隨縣、荊門和河南信陽、新蔡等地，以及
> 上海博物館陸續收藏的幾批簡牘資料，合計至少有二十餘批戰國楚
> 地出土簡牘資料，大體可分為四大類：①遣策②卜筮祭禱記錄③公
> 文檔案④文獻典籍。……其書體以篆隸夾雜之「古隸」或較草率之
> 「草隸」為主。……第三類公文檔案……如包山 1、15、33 反等簡

〔註74〕單育辰：〈「蝌蚪文」譚〉，《出土文獻研究》13 輯（上海：中西書局，2014 年 12 月），頁 93。

〔註75〕蕭順杰：〈《清華大學藏戰國竹簡（壹）》書手試探與書法賞析〉，《造形藝術學刊》 2016 年 12 月，頁 165。

文則是篆意濃而字體較長的標題簡。這些或隸或篆或草的書體，基
本上也是屬於楚文字範疇的。〔註76〕

戰國楚簡於湖南、湖北、河南陸續出土，這些簡的書體雖為六國古文，篆、隸
相雜的書體，異於篆書的草率筆意，可歸之於古隸範圍內。楚簡中的科斗文亦
為古隸的一種表現形式，為戰國至西漢中期流行的書體。

儒家的六藝典籍流傳於東土，以六國古文抄寫，秦始皇焚書坑儒，不合於
秦文的六藝經籍與諸子百家之語被列為禁書，同先秦思想的相關典籍幾乎被銷
毀殆盡，僅存秦國歷史、醫藥、農藝、卜筮、小學之類的書籍，以致漢代不識
六國古文，漢代隸書承襲於古文的遺存也甚少，林進忠云：

> 許慎等人特定舉證的孔壁古文等，則實質是戰國時代的六國文字，
> 所謂古文經便是以六國古文抄錄的經傳。古文的稱名，是相對於它
> 和八分隸書的「今文」具有較大歧異而產生，它和古文經、古文經
> 學派等都是在西漢中期以後逐漸浮現於社會。〔註77〕

漢隸主要承襲於秦隸，以六國古文抄寫的書籍大多被銷毀，造成漢代對於古文
字的認識較為淺薄。不單單秦有隸書，楚簡同樣具有潦草的墨書筆勢。許慎《說
文解字》所言古文，應謂戰國時期的六國古文，是相對於漢代流行的八分隸書
而言。表示隸書的發展，同樣表現於戰國的秦與東土國家文字上，所以六國古
文亦包含於古隸內。

古隸表現於秦國的印章、封泥、陶文、漆器、銅器、簡牘文字，如：秦駰
禱病玉版、十六年大良造庶長鞅鐓、商鞅方升、杜虎符、廿九年漆卮、秦封宗
邑瓦書等（圖 2-3-5～10），可見逐漸擺脫古文字象形的面貌，朝向符號化的隸
變過程。其中簡牘出土最多，文字資料也最豐富，目前出土的秦簡，如睡虎地
秦簡、青川木牘、放馬灘秦簡、龍崗秦簡、周家臺秦簡等，充分呈現古隸的寫
法，打破小篆勻圓的限制，變成齊整的筆畫。至西漢的馬王堆、銀雀山、張家
山、北大漢簡（圖 2-3-11～14），類似於秦簡的字形，仍保留古隸風格。武威、
居延、孔家坡、尹灣、敦煌漢簡（圖 2-3-15～19），除有古隸寫法，亦表現出漢

〔註76〕林素清：〈郭店、上博《緇衣》簡之比較——兼論戰國文字的國別問題〉，《出土文獻
與古代文明研究》（上海：上海大學出版社，2004 年 12 月），頁 92。

〔註77〕林進忠：〈《說文解字》與六國古文書迹〉，《藝術學報》1998 年 12 月，頁 54。

隸的八分筆法，作為隸書發展成熟的重要關鍵，以下表略加舉證說明：

表 2-3-1　隸書檢字表

	篆書	秦金、陶、印文	秦簡	漢簡
丙	（篆書圖）	〈十五年寺工敏鈹〉 〈秦陶 466〉 〈秦印編·丙茍〉	〈睡虎地·法律答問 173〉 〈里耶 6.8〉 〈嶽麓（壹）·二十七年質日 30〉	〈馬王堆·陰陽五行甲篇 68〉 〈張家山·曆譜 6〉 〈張家山·奏讞書 8〉
行	（篆書圖）	〈杜虎符〉 〈卅二年相邦冄戈〉 〈秦駰禱病玉版〉 〈秦陶 360〉 〈秦印編·行〉	〈睡虎地·法律答問 10〉 〈放馬灘·日書乙種 96〉 〈龍崗 63〉 〈周家臺 187〉 〈里耶 8.555〉 〈嶽麓（叁）·學為偽書案 232〉	〈銀雀山 584〉 〈銀雀山 972〉 〈張家山·奏讞書 82〉 〈北大漢簡·老子 12〉

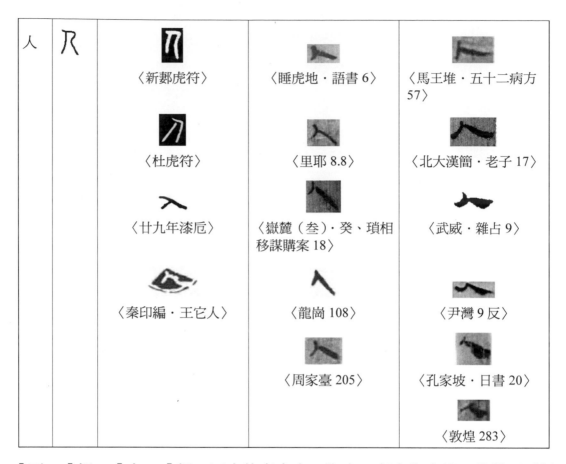

「丙」、「相」、「寺」、「行」四字的秦金文、陶文、印文與秦簡，整體而言脫離篆書隨體詰詘的筆意，接近於隸書。「丙」字，《說文解字》云：「丙，位南方，萬物成炳然。陰气初起，陽气將虧，从一入冂。一者，陽也。丙承乙，象人肩。」說明象人的肩膀，于省吾認為即今俗所稱物之底座，之形，上象平面可置物，下象左右足。〔註78〕底座內部的小篆象人形，〈十五年寺工敏鈹〉、〈睡虎地‧法律答問 173〉、〈里耶 6.8〉因書寫草率，分別象乂、厶、八之形，厶形甚至出現連筆的效果。〈馬王堆‧陰陽五行甲篇 68〉、〈張家山‧曆譜 6〉為古隸的習見寫法，〈張家山‧奏讞書 8〉上頭的橫畫，可略窺波磔之形，但是尚未達成熟筆意，顯示張家山漢簡處於古隸過渡到漢隸的階段。

「行」字，〈杜虎符〉、〈秦駰禱病玉版〉與秦簡文字大抵相類，秦簡〈里耶 8.555〉已可見拉長下方二豎畫，漢簡〈銀雀山 584〉、〈張

〔註78〕于省吾：《于省吾著作集‧雙劍誃殷栔駢枝》（北京：中華書局，2009 年 4 月），頁 71。

家山‧奏讞書82〉亦拉長下方筆畫，後者猶形成八分的挑法 ⎣ 。

「人」字， ⬛ 〈新郪虎符〉與小篆相近， ⬛ 〈杜虎符〉人軀體彎取的線條已拉直。漢簡 ⬛ 〈馬王堆‧五十二病方57〉、 ⬛ 〈北大漢簡‧老子17〉與秦簡字形相類，武威、尹灣、孔家坡、敦煌漢簡的捺筆 ⬛ 、 ⬛ 、 ⬛ 、 ⬛ ，則表現出明顯的八分特色。

整體而言，秦金、陶、印文簡省小篆圓轉的曲線，表現平直方整面貌，也削減象形表意的功能。秦簡保留古隸較多，漢簡仍具有古隸的風格，筆畫卻更為隨意、放縱，又發展出八分漢隸裝飾、美觀的筆勢，此種簡化方式，為漢字隸變帶來新的進步意義，亦開啟魏晉楷書、草書、行書筆勢更為自由、肆意的道路。

圖版部分

圖2-3-1　永壽瓦罐　　　　　　圖2-3-2　熹平瓦罐

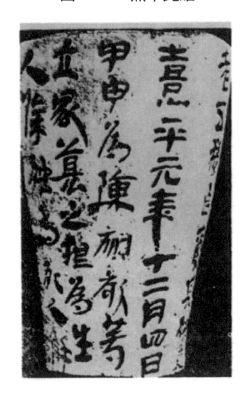

圖 2-3-3　三體石經　　　　　　　　圖 2-3-4　清華簡

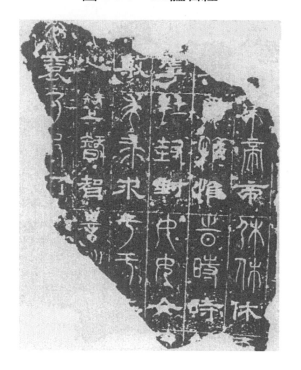

保訓

圖 2-3-5　秦駰禱病玉版

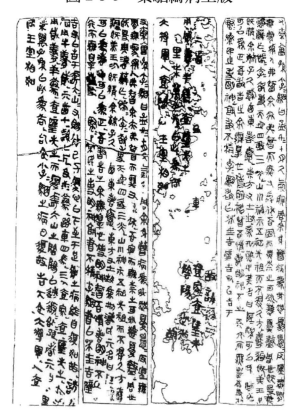

圖 2-3-6　十六年大良造庶長鞅鐓

圖 2-3-7　商鞅方升

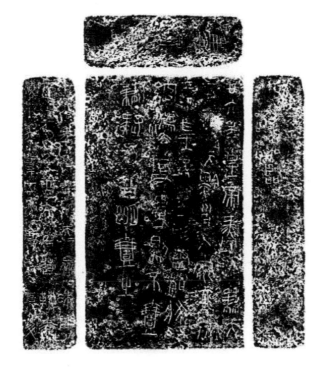

圖 2-3-8　杜虎符

圖 2-3-9　廿九年漆卮

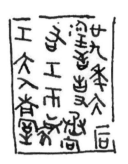

圖 2-3-10　秦封宗邑瓦書

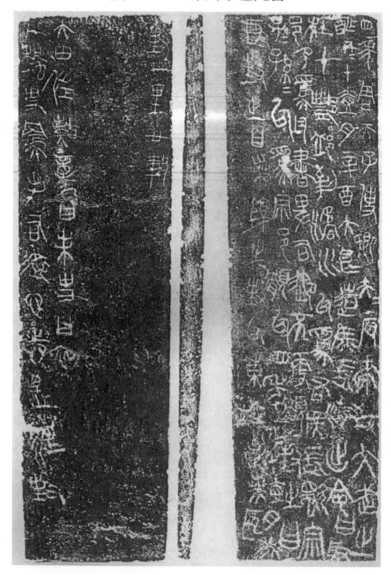

圖 2-3-11　馬王堆漢簡

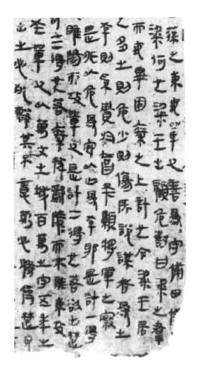

戰國縱橫家書

圖 2-3-12　銀雀山漢簡

禁

圖 2-3-13　北大漢簡

反淫

圖 2-3-14　張家山漢簡

第二年律令

圖 2-3-15　武威漢簡

王杖

圖 2-3-16　居延漢簡

候粟君所責寇恩事

圖 2-3-17　孔家坡漢簡

日書

圖 2-3-18　尹灣漢簡　　　　　圖 2-3-19　敦煌漢簡

神鳥傳

第四節　小　結

隨著秦簡的出土，對於早期文字的演變，有更多資料能夠加以補足，與考證前說的機會。秦代推行書同文政策，表面上似以小篆為統一的文字，但經過分析發現，隸書同樣影響著文書的紀錄，於為大眾所接受並使用。從最早春秋晚期的草率文字，可見隸書的端倪，實際上隸書並非發端於小篆，而是小篆與隸書淵源一個更早的文字，並各自演化的歷程。

班固謂隸書是「施之於徒隸」，「徒隸」一詞最初見於睡虎地秦簡與里耶秦簡，主要為實行勞役的罪隸泛稱。罪隸本身喪失自由，離不開官府工作，產生依附的主從關係，遂有為記錄這些罪隸活動所用的文字。「隸書」之名可能與秦、漢的官制相關，這些屬文書職的史、佐，負責起行政單位文書紀錄的重要任務，專門處理這些罪隸，漢代「隸書」的命名應根源於此。

　　「隸書」三個別名史書、佐書、八分，從隸字的本義附著，證明史書、佐書為輔佐與附屬於小篆的一種字體，侯馬盟書與楚簡許多文獻以隸書抄寫，內容包含遣冊、卜筮祭禱記錄、公文檔案、文獻典籍等，與罪獄之事雖非密切，卻可謂為便捷的文書紀錄，以輔佐小篆之不逮。

　　戰國至西漢早期盛行古隸，古隸主要表現於秦簡之上，又有秦隸之稱，但是非專屬於秦文字的範疇，亦涵括六國古文以及西漢早期文字。西漢中期至魏晉八分興起，八分是相對於於古隸而言，漢代碑誌、簡帛等表現最為突出，有漢隸的異名。由此，秦簡為隸變的重要關鍵，也開展漢代更為約簡的文字走向。

　　「隸」的起源應晚於創造年代，起因與徒隸無關，但是至定名之時，可能與徒隸有關。於王莽之時有六書，四曰左書為秦隸書，「左」即「佐」字有「佐助」表示附屬的關係，表示隸書與小篆是並行不悖。另外，於秦簡可見多施之於徒隸，可能與徒隸亦有關聯。

第三章　秦簡文字書體風格探析

　　秦簡文字材料近年來持續地被發掘並公之於世，受到秦始皇統一文字的影響，小篆成為官方規範的文字。但是從秦簡以觀，可見書體主要介於小篆與隸書之間，隨著書寫速度的倍增，又出現草書的書體。因此，秦簡文字主要可以分為小篆、隸書、草書三種書體作分析，以了解三種書體的風格差異。

　　秦金文的時代可上溯至西周晚期的秦國，下則可推至秦代，但是小篆大約是於戰國中期萌芽，可謂是小篆的最早起源，至秦代小篆經過李斯等人的整理，一改前朝紊亂的文字，形成較為規整有秩序的書寫風貌。東漢的許慎就當時所見的書體，加以蒐集羅列編纂成《說文解字》一書，收錄的小篆流傳至東漢，文字可能產生變體，或是佚失的現象。秦簡文字年代介於戰國晚期至秦代，其中存有屬於小篆的書體，與秦金文、《說文解字》小篆有類似的部分，相互比較可更清楚認識，歷經秦始皇施行「書同文字」的政策後，小篆形體變化的方向，以及了解許慎《說文解字》採集小篆文字的方式。

　　秦簡與秦金文亦可見隸書的寫法，而《說文解字·敘》說明此書編纂原則為「今敘篆文，合以古籀」[註1]記載有小篆、籀文、古文的書體，隸書不在主要的收錄範圍內。故隸書方面，以秦簡與秦金文作為比較的材料，可一窺秦代「書同文字」政策實施的成效，以及隸書運用於文書的形式。

〔註1〕　漢·許慎撰、清·段玉裁注：《說文解字注·序》（臺北：藝文印書館，1992年），
　　　　頁771。

　　楚簡文字如曾侯乙墓楚簡、郭店楚簡、包山楚簡等，時代介於戰國早期至晚期，與秦簡的時代接近。同樣以毛筆沾墨，書寫於竹簡上，揮毫的速度加快，逐漸出現草書的線條。楚簡與秦簡分屬東西土不同的文字系統，藉由結體分析，或許能夠從中發現二種系統文字的書寫習慣差異。西漢的竹簡，如馬王堆漢簡、銀雀山漢簡、北大漢簡等，承襲秦系文字的特點，與秦簡具有密切關係。漢簡歷經隸變的階段，草書筆勢表現更為顯著，相互比較可窺見草書於文字發展中扮演的角色。下文即分為一、秦簡中的小篆書體探析，二、秦簡中的隸書書體探析，三、秦簡中的草書書體探析，共三節進行探討。

第一節　秦簡中的小篆書體探析

　　小篆書體於文字發展史上，佔據重要的地位，目前研究小篆的論文大多聚焦於《說文解字》一書中小篆的結體現象，如李佳信〈《說文》小篆字根研究〉〔註2〕、杜忠誥〈說文篆文訛形研究〉〔註3〕、連蔚勤〈常用合體字小篆結構研究〉〔註4〕、陳婉君〈《說文》小篆異化現象研究〉〔註5〕等，或從藝術方面討論篆體書法的創作風格，如蘇英田《商周秦漢篆隸書法風格之演變》〔註6〕、劉名哲〈文字圖像性之探討–篆刻創作研究〉〔註7〕、陳姿貝《秦頌功刻石篆文與書風之研究》〔註8〕等，鮮少以秦簡與其他秦小篆書體一同作比較。關於探討秦簡小篆的論文，有如下幾篇：

　　孟宇〈里耶秦簡小篆初探〉〔註9〕一文，從筆畫與字形的角度觀察，將里耶

〔註2〕　李佳信：《《說文》小篆字根研究》（臺北：國立臺灣師範大學國文系碩士論文，1999年）。

〔註3〕　杜忠誥：《說文篆文訛形研究》（臺北：國立臺灣師範大學國文系碩士論文，2000年）。

〔註4〕　連蔚勤：《常用合體字小篆結構研究》（臺北：東吳大學中國文學系碩士論文，2003年）。

〔註5〕　陳婉君：《《說文》小篆異化現象研究》（臺中：逢甲大學中國文學系碩士論文，2013年）。

〔註6〕　蘇英田：《商周秦漢篆隸書法風格之演變》（臺北：明道大學國學研究所碩士論文，2008年）。

〔註7〕　劉名哲：《文字圖像性之探討–篆刻創作研究》（臺北：國立臺灣藝術大學書畫藝術學系碩士論文，2011年）。

〔註8〕　陳姿貝：《秦頌功刻石篆文與書風之研究》（臺北：臺灣藝術大學書畫藝術學系碩士論文，2017年）。

〔註9〕　孟宇：〈里耶秦簡小篆初探〉，《中國書法》2017年第14期，頁80～86。

秦簡中的小篆分為方折型小篆、標準小篆、草篆三類，發現帶有篆意的書風，多見於不小於 1.5 公分見方的文字上，與文字的大小有關。秦隸並非官方文書唯一使用的文字，亦可見小篆的書寫，但是僅限於作為標籤用的檢、束與謄抄「正用字」的木方之中。並且官方手寫文書中，標準小篆與秦隸出現構件相混的情況，亦時有所見。孟氏對於里耶秦簡的小篆的使用、書寫方式，皆有具體的闡述。

　　孫鶴〈試論秦簡牘書與秦小篆的關係〉〔註 10〕一文，引用徐鉉〈上新校定說文解字表〉云：「若乃高文大冊，則宜以篆籀著之金石，至於常行簡牘則草隸足矣。」說明篆籀文字有昭告天下、流傳永世的功用，所以字體必須端嚴整飭，作為永久的紀念，書寫材料也相應寫於金石上。而公私文案、律令書抄、信函等，隨著書寫工作量大，以簡便的字體隸書為主，又書寫材料須易於取得，便取用竹木簡牘。由於書寫的功用不同，造成秦小篆與秦簡牘，於漢字發展史上產生不同的變化。又提及東漢・許慎《說文解字》所收的小篆，有許多是出於漢儒的擬構，已非小篆的原始面貌，與秦小篆不是絕對等同的關係。孫氏針對秦簡牘與秦小篆於材料與書寫功用進行補充，為秦簡牘於漢字流變的發展史上定位。

　　張今〈里耶秦簡中的楬〉〔註 11〕一文，闡述里耶秦簡為行政文書，主要寫於秦統一文字之後，卻富有篆意濃厚的墨跡，書寫風格於同時代的簡牘中，是少見的現象。也可發現篆意多於隸意的文字，表現於楬上最為突出、豐富，字距經過刻意的拉大，寫法明顯與其他形制的簡牘不同。並且認為運用於基層行政文書卻出現嚴謹的篆書文字，應是「楬」具有表識的作用，與秦代的詔版、權量、琅邪臺刻石、陽陵虎符等，上頭所刻的篆書，同樣具有表識的功用，當作正式的型態，以區別於其他的文字。張氏對於里耶秦簡楬上文字與形制的研究，建立大概的輪廓。

　　一直以來，小篆文字主要表現於戰國中期至秦代的金文上，但是依據前人研究發現，里耶秦簡中的檢、束、木方等具有表識用途的簡牘，出現較多篆意

〔註 10〕孫鶴：〈試論秦簡牘書與秦小篆的關係〉，《湖北大學學報（哲學社會科學版）》2004年第 31 卷第 4 期。

〔註 11〕張今：〈里耶秦簡中的楬〉（武漢大學簡帛網發文，2016 年 8 月 21 日）。http://www.bsm.org.cn/show_article.php?id=2609

濃厚的寫法。至於其他秦簡是否亦有篆書的寫法，可以秦簡與同時代的秦金文，作一比較分析。並且可對於《說文解字》中漢儒擬構的小篆，與秦簡小篆之間的變化，一併作探討，以凸顯秦簡小篆於漢字史上的書寫特色。

「字體」與「書體」早期的分別並不明顯，是至後期才趨於細分。「書體」一詞其實涉及藝術的層面，魏曉艷云：「書體朝著風格化、審美化的方向發展，屬於藝術範疇。……主要指書寫文字的風格和流派，重在筆墨技巧的個性化，側重於審美功能。」〔註12〕文字書寫逐漸展現出獨自的風格，並提升至一種藝術的境界。書體主要可以分為「結構」與「筆勢」二個部分，「結構」一詞，崔陟《書法》云：「間架結構：指字點畫之間的聯結、搭配和組合，以及實畫和虛白的佈置。」〔註13〕指字體的各部件的排列組合，與彼此之間位置的疏密、勻稱和重心息息相關相關。「筆勢」一詞，王寧〈漢字字體研究的新突破〉云：「筆勢：也就是完成一個單筆畫行筆的過程。它的特徵主要表現在入筆和收筆的筆鋒上。」〔註14〕「筆勢」影響運筆的方向，從下筆到收尾都影響著筆畫的線條，即使基本的部件位置排列相同，但是書手呈現出來的風格可能各異其趣。因此，本文擬主要從「筆勢」方面討論，再加入少部分「結構」進行分析，以呈顯出秦簡書體的特色樣貌。

一、秦簡小篆筆勢字例分析

欲觀察小篆書體的特色，從筆勢方面切入，可以深入了解於不同載體上，小篆呈現的方式。關於筆勢的詮釋，王士菁《中國字體變遷史簡編》云：

> 筆勢是寫字時一種運用規則，每一種筆畫，要各自順著具體的特殊
> 的形態運行。〔註15〕

筆勢是書寫時的一種規則，並未有固定的型態，用筆的輕重急緩、抑揚頓挫，皆隨著寫字者的性情，變幻出繽紛的神采，王氏又云：

> 組成漢字的筆畫，有、、一、丨、丿、乀、乛……等等，每個筆畫

〔註12〕魏曉艷：《簡帛早期隸書字體研究》（石家莊：河北師範大學博士論文，2011年），頁6。

〔註13〕崔陟：《書法》（臺北：城邦文化出版社，2001年），頁182。

〔註14〕王寧：〈漢字字體研究的新突破——重讀啟功先生的《古代字體論稿》〉，《三峽大學學報（人文社會科學版）》2001年第3期，頁28。

〔註15〕王士菁：《中國字體變遷史簡編》（北京：新華書店，2006年），頁46。

各自獨立，向四面八方發展，形態千變萬化，筆勢動靜無定，錯綜
複雜，相互配合起來，才能成為一個單字。每個單字各占一格，不
能上下連寫（草書例外），必須先上後下，先左後右，先撇後捺，先
外後內，先中間後左右，這種錯綜複雜而又和諧統一的關係，就成
為漢字書寫的基本規則。〔註16〕

漢字的筆畫包含點畫、橫畫、豎畫、撇畫、勾畫等，筆畫變化無常，交錯搭配
才能構成完整的單字。每個單字為獨立的方塊，不能由二個或多個字相互串連
筆畫，因為行筆有一定的順序與方向，不能夠恣肆揮灑，需有所度量權衡，才
能維持漢字迷離飛動，又合諧齊整的境地。

　　小篆承襲大篆而來，大抵屬於秦系西土文字的脈絡，保留較多西周金文的
傳統，蔣善國《漢字形體學》云：

單就筆勢看，隸書是古文字最簡單的筆勢，同時也是最好寫的。
大篆基本上是圖畫，不用說那是最難寫的了，小篆把大篆的繪畫，
變為一律齊整的線條，比較好寫了，不過為勻圓齊整的線條所限，
寫○、∪、∩、□等偏旁，仍要費許多工夫，才能寫得勻圓齊整。
〔註17〕

基本上比起小篆與隸書，大篆是最難寫的書體，漢字演變大抵是朝著簡便書寫
的方向前進。小篆隨著秦代實施行的政策將文字規範化、定型化，整頓當時紛
亂的文字體系，簡化了大篆繁複的筆畫，並且進一步汰除圖畫性的線條，達到
符號性的形體。譚興萍《中國書法用筆與篆隸研究》云：

段玉裁《說文解字註》云：「篆，引書也」，引是延長之意思。篆書
之基本筆畫就是直畫（丨，下引）、橫畫（一，右引），圓弧形（包
括左弧（；右弧）；環形，∪（），實際是左弧和右弧接連），以及
曲線（ノ左戾， 右戾，《說文》解釋，正戾者，曲也，右戾者；
自右而曲於左也；故其字形自左方引之，ノ音義略同撇，書家八法
謂之掠。）等幾種筆畫形體。不像隸書、楷書那樣有撇、捺多樣複
雜之形態。〔註18〕

〔註16〕王士菁：《中國字體變遷史簡編》（北京：新華書店，2006年），頁47。
〔註17〕蔣善國：《漢字形體學》（北京：文字改革出版社，1959年9月），頁177。
〔註18〕譚興萍：《中國書法用筆與篆隸研究》（臺北：文哲史出版社，1990年8月），頁185。

「篆」字本身有延長的意義，篆書包含直畫、橫畫、圓弧形、曲線，四種基本筆畫，不若隸書、楷書有八種筆畫形體，如此的豐富。但是基本的起筆、行筆、收筆，三種筆畫塑造的條件，篆體猶是充分具備。因此，本節將依據學者王士菁、蔣善國、譚興萍，對於小篆筆勢的說法進行探析。

秦篆發展的大抵從戰國中期至秦代，下表格所收秦金文即介於此時代區間，標準小篆則主要依據《說文解字》一書所收字例，說明欄為避免冗贅簡稱作《說文》。

本節主要討論秦簡中的小篆書體，由於秦金文中亦可見小篆的寫法，因此一併列舉出來，作為參考比較的對象。

表 3-1-1　秦簡小篆筆勢字例

楷書	秦簡	秦金文	《說文》小篆	說　明
乃	〈睡虎地‧秦律十八種 25〉		ᘖ	《說文》：「乃，曳詞之難也。象气之出難也。凡乃之屬皆乃，ᘖ，古文乃。ᘖᘖ，籀文乃。」〔註19〕郭沫若認為「象人側立，胸部有乳房突出。是則乃蓋奶之初文矣。」〔註20〕「乃」字應為「奶」字之初文，〈睡虎地‧秦律十八種25〉、《說文》小篆保留古文、籀文一筆畫完成的婉轉線條。
口	〈嶽麓（壹）‧占夢書 18〉		ᗡ	《說文》：「口，人所以言食也。象形。凡口之屬皆从口。」〔註21〕象人嘴巴之形，秦簡的筆畫 〈嶽麓（壹）‧占夢書18〉，與《說文》小篆的環形寫法相呼應。
千	〈青川 16〉		ᗐ	《說文》：「千，十百也。从十，人聲。」〔註22〕于省吾指出「千字的造字本義，係在人字的中部，附加一個橫劃，作為指事字的標志，以別於人，而仍因人字以為聲（人千

〔註19〕漢‧許慎撰、清‧段玉裁注：《說文解字注》（臺北：藝文印書館，1992 年），頁205。
〔註20〕郭沫若：〈壴卣釋文〉，《金文叢考》（北京：人民出版社，1965 年 6 月），頁311。
〔註21〕漢‧許慎撰、清‧段玉裁注：《說文解字注》（臺北：藝文印書館，1992 年），頁54。
〔註22〕漢‧許慎撰、清‧段玉裁注：《說文解字注》（臺北：藝文印書館，1992 年），頁89。

	 〈睡虎地・效律56〉			疊韻）。」〔註23〕可知「千」字中間豎畫為人的軀幹側面之形。秦簡人軀幹的筆畫 〈青川・16〉、〈睡虎地・效律56〉表現《說文》小篆左戾的曲線寫法。
尸	 〈嶽麓（叁）・尸等捕盜移購案40〉			《說文》：「尸，陳也。象臥之形。凡尸之屬皆从尸。」〔註24〕李孝定指出「象人高坐，而肢體下垂。」〔註25〕為人坐著，腳自然垂降之狀。秦簡的筆畫 〈嶽麓（叁）・尸等捕盜移購案40〉表現下肢垂放之形，存有《說文》小篆左戾的線條。
牛	 〈里耶8.461〉			《說文》：「牛，事也，理也。像角頭三，封尾之形也。凡牛之屬皆从牛。」〔註26〕象牛頭上長角之形。秦簡牛角之形 〈里耶8.461〉與《說文》小篆皆呈圓弧的線條。
父	 〈放馬灘・日書乙種109〉	 〈廿八年平安君鼎・蓋二・5〉 〈廿八年平安君鼎・器二・5〉		《說文》：「父，巨也。家長率教者。从又舉杖。」〔註27〕說明，一家之長，以手舉杖，具有管教的意味。商承祚云：「象以手持炬火者，譬人夜行，持炬則心有所主，故引申而為一家之主也。」〔註28〕認為手所舉的應為火炬，行走於夜間，提供心靈安定的歸屬。前人對於手上所舉之物，未有定說，但大抵表示一家之主，父親的象徵。秦簡手掌的圓弧線條 〈放馬灘・日書乙種109〉相似於《說文》小篆，而不若秦金文。

〔註23〕于省吾：〈釋古文字中附劃因聲指事字的一例〉，《甲骨文字釋林》（北京：中華書局，1979年6月），頁451。

〔註24〕漢・許慎撰、清・段玉裁注：《說文解字注》（臺北：藝文印書館，1992年），頁403。

〔註25〕李孝定：《甲骨文字集釋》第8冊（臺北：中央研究院歷史語言研究所，1991年），頁2745。

〔註26〕漢・許慎撰、清・段玉裁注：《說文解字注》（臺北：藝文印書館，1992年），頁51。

〔註27〕漢・許慎撰、清・段玉裁注：《說文解字注》（臺北：藝文印書館，1992年），頁116。

〔註28〕商承祚：《甲骨文字研究》（天津：天津古籍出版社，2008年4月），頁229。

月	〈里耶 8.1777〉 〈里耶 9.858〉 〈里耶 9.2312〉	〈商鞅方升・左壁・15〉		《說文》:「月，闕也。大陰之精，象形。凡月之屬皆从月。」〔註29〕為月亮之形。「月」字，非屬於秦系的金文作 〈王子午鼎〉、〈吳王光鑑〉。秦簡的筆畫 〈里耶 8.1777〉、〈里耶 9.2312〉與《說文》小篆、〈王子午鼎〉、〈吳王光鑑〉有相似的曲線。秦簡 〈里耶 9.858〉線條則接近於秦金文〈商鞅方升・左壁・15〉。
比	〈嶽麓（伍）・秦律（貳）14〉 〈睡虎地・法律答問 88〉			《說文》:「比，密也。二人為从，反从為比。凡比之屬皆从比。古文比。」〔註30〕甲骨文作 〈京津 1266〉、〈京都 1822〉，金文作 〈班簋〉、〈諶鼎〉。秦簡 〈嶽麓（伍）・秦律（貳）14〉、〈睡虎地・法律答問 88〉右戾曲線接近於甲骨文、金文，反而不似《說文》小篆的線條。
犬	〈睡虎地・秦律十八種 6〉 〈龍崗 111〉			《說文》:「犬，狗之有縣蹏者也。象形。孔子曰：『視犬之字如畫狗也。』凡犬之屬皆从犬。」〔註31〕象犬之形。秦簡似犬尾巴的曲線 〈睡虎地・秦律十八種 6〉、〈龍崗 111〉，與《說文》小篆筆畫有異曲同工之妙。
水	〈睡虎地・日書乙種 79〉			《說文》:「水，準也。北方之行。象眾水並流，中有微陽之气也。凡水之屬皆从水。」〔註32〕象水流動之形。秦簡水形的筆畫 〈睡虎地・日書乙種 79〉，與《說文》小篆的曲線近乎雷同。

〔註29〕漢・許慎撰、清・段玉裁注：《說文解字注》（臺北：藝文印書館，1992 年），頁 316。

〔註30〕漢・許慎撰、清・段玉裁注：《說文解字注》（臺北：藝文印書館，1992 年），頁 390。

〔註31〕漢・許慎撰、清・段玉裁注：《說文解字注》（臺北：藝文印書館，1992 年），頁 477。

〔註32〕漢・許慎撰、清・段玉裁注：《說文解字注》（臺北：藝文印書館，1992 年），頁 521。

丑	〈里耶 8.715 背〉		丑	《說文》：「丑，紐也。十二月，萬物動，用事。象手之形。日加丑，亦舉手時也。凡丑之屬皆从丑。」〔註33〕說明象手之狀。高鴻縉云：「畫其手甲形」〔註34〕更明確指出應為手上指甲之形。秦簡象手掌的線條〈里耶 8.715 背〉接近於《說文》小篆圓弧的寫法。由手掌延伸而下，手臂的部分，秦簡為左戻的線條〈里耶 8.715 背〉，《說文》小篆反而不如此明顯，甲骨文、金文也不見類似寫法，為里耶秦簡的特殊寫法。
引	〈周家臺 244〉		引	《說文》：「引，開弓也。从弓、丨。臣鉉等曰：『象引弓之形。』」〔註35〕象拉開弓箭之形。秦簡的似弓之形作〈周家臺 244〉，與《說文》小篆皆表現出圓暢流美的筆勢。
正	〈嶽麓（壹）·為吏治官及黔首 81〉	〈十八年上郡戈·摹·11〉 〈卅六年私官鼎·器·12〉	正	《說文》：「正，是也。从一，一以止。凡正之屬皆从正。或，古文正，从二。二，古文上字。㞷，古文正，从一、足，足亦止也。」〔註36〕象足之形。甲骨文作、金文作、，裘錫圭云：「正，征的初文，本義是遠行。『囗』代表行程的目的地，『止』向『囗』表示向目的地行進。」〔註37〕秦簡足形筆畫〈嶽麓（壹）·為吏治官及黔首 81〉相似於《說文》小篆、西周金文作〈殷毇盤〉、春秋金文作〈鐘伯侵鼎〉。秦金文筆畫作〈十八年上郡戈·摹·11〉、〈卅六年私官鼎·

〔註33〕漢·許慎撰、清·段玉裁注：《說文解字注》（臺北：藝文印書館，1992 年），頁 751。
〔註34〕高鴻縉：《中國字例》（臺北：三民書局，1984 年 8 月），頁 270。
〔註35〕漢·許慎撰、清·段玉裁注：《說文解字注》（臺北：藝文印書館，1992 年），頁 646。
〔註36〕漢·許慎撰、清·段玉裁注：《說文解字注》（臺北：藝文印書館，1992 年），頁 70。
〔註37〕裘錫圭：《文字學概要（修訂本）》（北京：商務印書館，2013 年），頁 128。

			器·12〉，則似戰國金文作 〈正易鼎〉、〈楚王酓忎鼎〉有隸化的趨勢，可能與時代偏晚有關聯。
句	 〈里耶 9.491〉			《說文》：「句，曲也。从口，丩聲。凡句之屬皆从句。」〔註38〕彎曲的意思。季旭昇云：「甲骨文『丩』字表示糾纏繚繞之義，『句』字从『丩』，『口』形為分化符號，應該也是表示糾纏繚繞一類的意義。」〔註39〕秦簡纏繞之形作 、〈里耶 9.491〉包含曲線與弧形，與《說文》小篆筆勢甚為近似。
平	 〈周家臺 24〉	 〈二十八年平安君鼎·器一·4〉 〈三十三年平安君鼎·器二·4〉 〈平鼎·1〉 〈平陽銅權·101〉		《說文》：「平，語平舒也。从亏、八。八，分也。爰禮說。，古文平如此。」〔註40〕謂發言、語氣平緩舒暢。楊樹達云：「平之構造，當與乎字相似，字蓋从兮，上一平畫，象氣之平舒，此猶乎之上，畫象聲上越揚也。」〔註41〕認為「平」字从「亏」，上頭筆畫象氣平和的流過。「平」字部件「亏」，於秦簡的筆畫作 〈周家臺 24〉與秦金文〈平陽銅權·101〉皆呈顯為右弧線，《說文》小篆為右戾線條 ，類似於春秋金文作 〈郤公平侯鼎〉。秦金文〈二十八年平安君鼎·器一·4〉、〈三十三年平安君鼎·器二·4〉、〈平鼎·1〉線條則較為平直，有隸變的趨勢。
去	 〈嶽麓（壹）·為吏治官及黔首 55〉	 〈大騼銅權·8〉		《說文》：「去，人相違也。从大，凵聲。凡去之屬皆从去。」〔註42〕人離開之意。裘錫圭云：「在『凵』上加『大』，字形所要表示的意義，應該就是開口。」〔註43〕秦簡口之

〔註38〕漢·許慎撰、清·段玉裁注：《說文解字注》（臺北：藝文印書館，1992 年），頁 88。

〔註39〕季旭昇：《說文新證》（臺北：藝文印書館，2014 年 9 月），頁 153。

〔註40〕漢·許慎撰、清·段玉裁注：《說文解字注》（臺北：藝文印書館，1992 年），頁 207。

〔註41〕楊樹達：〈釋平〉，《積微居小學述林》（臺北：大通書局，1971 年），第 3 卷，頁 90。

〔註42〕漢·許慎撰、清·段玉裁注：《說文解字注》（臺北：藝文印書館，1992 年），頁 215。

〔註43〕裘錫圭：《裘錫圭學術文集》第 3 卷（上海：復旦大學出版社，2012 年），頁 419。

	〈睡虎地・封診式 69〉 〈放馬灘・丹 5〉	〈元年丞相斯戈・內正面・摹・11〉 〈二世元年詔版・二・8〉 〈平陽銅權・48〉		形筆畫作 〈嶽麓（壹）・為吏治官及黔首 55〉、〈睡虎地・封診式 69〉、〈放馬灘・丹 5〉，與秦金文〈大駰銅權・8〉、〈二世元年詔版・二・8〉、〈平陽銅權・48〉、《說文》小篆皆為圓弧的線條。〈元年丞相斯戈・內正面・摹・11〉則為方折線條的取象。
令	〈里耶 9.1248〉			《說文》：「令，發號也。从亼、卪。」〔註 44〕發布號令之意。林義光云：「象口發號，人跽伏以聽也。」〔註45〕「令」字上頭象「口」，下頭為「人」形。秦簡「人」形作 〈里耶 9.1248〉，維持《說文》小篆彎曲的線條。
年	〈里耶 8.214〉	〈王七年上郡守〔疾〕戈・摹・3〉 〈三年相邦呂不韋戈・摹・2〉 〈始皇詔銅橢量・二・3〉		《說文》：「年，穀孰也。从禾，千聲。《春秋傳》曰：『大有年。』」〔註 46〕穀類成熟的意涵。董作賓云：「金文、卜辭皆从人不从千。……到了周代，才把禾穀成熟一次，稱為一年，而年字始含有歲祀之意。」〔註47〕可知「年」字从「禾」，「千」聲，由穀熟引申為一年之意。秦簡禾之形筆畫作 、〈里耶 8.214〉，「千」形的豎畫作 〈里耶 8.214〉，與秦金文〈始皇詔銅橢量・二・

〔註44〕漢・許慎撰、清・段玉裁注：《說文解字注》（臺北：藝文印書館，1992 年），頁 435。

〔註45〕林義光：《文源》（上海：上海古籍出版社，2017 年），第 6 卷，頁 22。

〔註46〕漢・許慎撰、清・段玉裁注：《說文解字注》（臺北：藝文印書館，1992 年），頁 329。

〔註47〕董作賓：〈卜辭中所見之殷曆〉，《安陽發掘報告》第 3 冊（北京：中央研究院歷史語言研究所，1929 年），頁 519～520。

		 〈始皇詔銅橢 量·五·3〉 〈始皇詔銅 權·九·3〉	3〉、〈始皇詔銅權·九·3〉、《說文》小篆圓滑的線條頗為近似。反之〈王七年上郡守[疾]戈·摹·3〉、〈三年相邦呂不韋戈·摹·2〉、〈始皇詔銅橢量·五·3〉線條則方折平直，呈顯迴異的風格。
先	 〈嶽麓（叁）· 癸、瑣相移購案 13〉 〈周家臺 349〉		《說文》：「先，前進也。从儿、之。凡先之屬皆从先。」〔註 48〕前進之意。楊樹達云：「止為人足，先从儿（古人字），从止而義為前進。」〔註49〕由足在於人前表意。秦簡人形的豎筆作 〈嶽麓（叁）·癸、瑣相移購案 13〉、〈周家臺 349〉，線條曲折類似《說文》小篆。
見	 〈里耶 8.1067〉 〈睡虎地·日書 乙種 21〉		《說文》：「見，視也。从目、儿。凡見之屬皆从見。」〔註50〕觀看之意。高鴻縉云：「从人睜目會意。」〔註51〕，象人睜眼凝視之形。秦簡「人」形側面筆畫作 〈里耶 8.1067〉、〈睡虎地·日書乙種 21〉，與《說文》小篆同樣偏重曲線的取向。
事	 〈周家臺 189〉		《說文》：「事，職也。从史，㞢省聲。，古文事。」〔註52〕。羅振玉云：「卜辭事字从又持簡書，執事之象也，與史字同意。」〔註53〕秦簡手形的筆畫作 、〈周家臺 189〉，接近於《說文》小篆弧曲的狀態。

〔註48〕漢·許慎撰、清·段玉裁注：《說文解字注》（臺北：藝文印書館，1992 年），頁 411。

〔註49〕楊樹達：〈釋先〉，《積微居小學述林》，（臺北：大通書局，1971 年），第 3 卷，頁 85。

〔註50〕漢·許慎撰、清·段玉裁注：《說文解字注》（臺北：藝文印書館，1992 年），頁 412。

〔註51〕高鴻縉：《中國字例》（臺北：三民書局，1984 年 8 月），頁 502。

〔註52〕漢·許慎撰、清·段玉裁注：《說文解字注》（臺北：藝文印書館，1992 年），頁 117。

〔註53〕羅振玉：《殷虛書契考釋三種》（北京：中華書局，2006 年 1 月），頁 503。

谷	〈里耶 9.1850 背〉		尚	《說文》:「谷,泉出通川為谷。从水半見,出於口。凡谷之屬皆从谷。」〔註 54〕泉水流出,通過河川即稱為谷。林義光云:「ᑌ象窪處,ᣟ象川所通形。」〔註 55〕闡述為水所流經的低窪處。秦簡川形的筆畫 ノ、⺀〈里耶 9.1850 背〉,趨向《說文》小篆對稱、端莊的書寫風格。
金	〈里耶 8.1776〉		金	《說文》:「金,五色金也。黃為之長。久薶不生衣,百鍊不輕。从革不韋。西方之行。生於土,从土,ナ又注,象金在土中形。今聲。凡金之屬皆从金。金,古文金。」〔註 56〕說明金是在土中成形。李學勤云:「『金』字右下部絕不是『土』旁,而是『士』或『王』字,是斧鉞的一種象形字,表示的是青銅制品。……所從的『≥』(如利簋銘文金字所從),是青銅制品的原材料,像把青銅材料製成餅形。」〔註 57〕主要是闡述鑄銅的事。秦簡筆畫 〈里耶 8.1776〉,屬於拉長的圓弧線,與六國古文 金〈鄂君啟舟節〉、金〈中山王嚳壺〉銅餅之形相似,《說文》小篆筆畫反而較為平直。
庚	〈里耶 8.1442〉	〈四十年上郡守趞戈・內正面・摹・15〉	庚	《說文》:「庚,位西方,象秋時萬物庚庚有實也。庚承己,象人臍。凡庚之屬皆从庚。」〔註 58〕說明象人的肚臍。郭沫若云:「當是有耳,可搖之樂器,以聲類求之,當即是鉦。」〔註 59〕認為應是形狀似鉦有耳可搖的樂器。秦簡耳形筆畫的拉

〔註 54〕漢・許慎撰、清・段玉裁注:《說文解字注》(臺北:藝文印書館,1992 年),頁 575。
〔註 55〕林義光:《文源》(上海:上海古籍出版社,2017 年),第 1 卷,頁 16。
〔註 56〕漢・許慎撰、清・段玉裁注:《說文解字注》(臺北:藝文印書館,1992 年),頁 709。
〔註 57〕李學勤:《字源》(天津:天津古籍出版社,2013 年 7 月),頁 1215。
〔註 58〕漢・許慎撰、清・段玉裁注:《說文解字注》(臺北:藝文印書館,1992 年),頁 748。
〔註 59〕郭沫若:〈釋支干〉,《郭沫若全集》考古編第 1 卷(北京:科學出版社,1982 年 9 月),頁 173。

		〈銅弩機·T19G100873·望山·摹·1〉		長作、〈里耶 8.1442〉，與《說文》小篆下垂的線條相似，秦金文筆畫則較為短直。
季	〈里耶 8.1694〉			《說文》：「季，少偁也。从子，稚省，稚亦聲。」〔註60〕謂稚少不成熟之義。林義光云：「幼禾也，从子禾。」〔註61〕為禾幼小之形。秦簡〈里 8.1694〉「禾」的筆畫、〈里耶 8.1694〉，與「子」的雙手之形〈里耶 8.1694〉，以及《說文》小篆皆趨於圓滑的線條。西周金文作〈嬴季尊〉、〈鄭羌伯鬲〉筆勢同樣秀婉工麗。
相	〈嶽麓（叁）·芮盜賣公列地案71〉	〈十四年相邦義戈·摹·4〉 〈十七年丞相啟狀戈·內正面·摹·5〉 〈八年相邦呂不韋戈·內正面·摹·3〉 〈始皇詔銅橢量·二·25〉		《說文》：「相，省視也。从目、木。《易》曰：『地可觀者，莫可觀於木。』」〔註62〕陳述地面上容易觀物的位置，莫過於樹上。林義光云：「凡木為材，須相度而後可用，从目視木。」〔註63〕認為木頭做為材料使用，須經過檢測，故以眼睛度量。秦簡木形的筆畫、〈嶽麓（叁）·芮盜賣公列地案71〉與秦金文〈十七年丞相啟狀戈·內正面·摹·5〉、〈始皇詔銅橢量·二·25〉、〈始皇詔銅橢量·一·25〉、《說文》小篆，同為朝向上、下的圓弧線條，相互對稱且規整。

〔註60〕漢·許慎撰、清·段玉裁注：《說文解字注》（臺北：藝文印書館，1992 年），頁 750。
〔註61〕林義光：《文源》（上海：上海古籍出版社，2017 年），第 10 卷，頁 16。
〔註62〕漢·許慎撰、清·段玉裁注：《說文解字注》（臺北：藝文印書館，1992 年），頁 134。
〔註63〕林義光：《文源》（上海：上海古籍出版社，2017 年），第 6 卷，頁 20。

		〈始皇詔銅橢量·一·25〉		
洞	〈里耶 8.556〉			部件「水」於前文「水」字已有分析，此處即省略。
浮	〈里耶 8.550〉			部件「水」於前文「水」字已有分析，此處即省略。
曹	〈里耶 8.1201〉			《說文》：「曹，獄兩曹也。从棘，在廷東也。从曰，治事者也。」〔註64〕謂處理獄事之所在，分為二處。李孝定云：「曹之本義為偶、為群、為輩，後世多用此義，柬者橐也。二橐為偶，猶二鹿為麗也。」〔註65〕指出「曹」字應為囊狀物成對存在。秦簡象囊形的筆畫 ⊍、▢、▢ 〈里耶8.1201〉與《說文》小篆圓弧線條極為神似，甚至有引長、延伸的趨勢。春秋金文亦可見圓勁內凝的筆畫作 ▩ 〈曹公子沱戈〉、▩ 〈曹公盤〉。
訟	〈嶽麓（伍）·秦律令（貳）188〉			《說文》：「訟，爭也。从言，公聲。一曰：「歌訟。」▩，古文訟。」〔註66〕爭論的意思，故从「言」，「公」表聲。聲符「公」秦簡上頭筆畫 ▟、▟ 〈嶽麓（伍）·秦律令（貳）188〉與《說文》小篆同為弧曲線條，又近似於西周金文作 ▩ 〈髖簋〉、▩ 〈儐匜〉。

〔註64〕漢·許慎撰、清·段玉裁注：《說文解字注》（臺北：藝文印書館，1992 年），頁 205。

〔註65〕李孝定：《金文詁林讀後記》（臺北：臺灣商務印書館，1992 年 12 月），頁 175～176。

〔註66〕漢·許慎撰、清·段玉裁注：《說文解字注》（臺北：藝文印書館，1992 年），頁 10。

喜	 〈睡虎地·日書乙種 189〉			《說文》:「喜，樂也。从壴，从口。凡喜之屬皆从喜。，古文喜，从欠，與歡同。」〔註67〕樂愉的意思。季旭昇云:「古人以為最讓人喜樂的東西是『壴』，於是要造喜字的時候，就用一個壴字，然後加上指事符號『口』，表示這個字要的只是『壴』的抽象意義──樂。」〔註68〕「壴」即為鼓的初文，表示喜樂之義，部件「口」為增益的指事符號。秦簡鼓形的筆畫、〈睡虎地·日書乙種 189〉與《說文》小篆皆呈顯圓勻之美。亦近似於西周、春秋時期的金文作〈兮仲鐘〉、〈徐王子旃鐘〉。
須	 〈里耶 8.204 背〉			《說文》:「須，頤下毛也。从頁、彡。凡須之屬皆从須。」〔註69〕指下巴的毛。于省吾云:「由於人形的側立，所以須（鬚）形不能左右俱備。」〔註70〕認為鬚於人的側面可見。秦簡人側面形作，體現《說文》小篆曲折的書法意境。亦相類於西周金文作〈鄭義伯盨〉，與戰國金文作〈須孟生鼎蓋〉。
視	 〈周家臺 29〉			《說文》:「視，瞻也。从見，示聲。，古文視。，亦古文視。」〔註71〕觀看的意涵。部件「見」參考前文敘述，秦簡人形筆畫，與《說文》小篆同體現自然生動的流暢之美。

〔註67〕漢·許慎撰、清·段玉裁注:《說文解字注》（臺北:藝文印書館，1992 年），頁 207。
〔註68〕季旭昇:《說文新證》（臺北:藝文印書館，2014 年 9 月），頁 398。
〔註69〕漢·許慎撰、清·段玉裁注:《說文解字注》（臺北:藝文印書館，1992 年），頁 505。
〔註70〕于省吾:〈釋从天从大从人的一些古文字〉，《古文字研究》第 15 輯（北京:中華書局，1986 年 6 月），頁 186。
〔註71〕漢·許慎撰、清·段玉裁注:《說文解字注》（臺北:藝文印書館，1992 年），頁 412。

象	〈里耶 8.1556〉 〈睡虎地・為吏之道 18〉			《說文》:「象,南越大獸,長鼻牙,三年一乳,象耳牙四足尾之形。凡象之屬皆从象。」〔註 72〕為動物大象之形,可見擁有長鼻子,以及耳朵、牙齒、四肢、尾巴。秦簡象的頭部之形〈里耶 8.1556〉、〈睡虎地・為吏之道 18〉與《說文》小篆筆勢皆表現圓滿周全之傾向。
蓋	〈睡虎地・日書乙種 113〉	〈秦公・二・蓋外・14〉		《說文》:「蓋,苫也。从艸,盍聲。」〔註 73〕草製的覆蓋物。張世超云:「『去』為器蓋初文,後增『皿』為『盍』表器蓋,復增『艸』以為苫蓋專字。」〔註 74〕說明本身就有器蓋的涵義,「皿」、「艸」為後來增益的部件。秦簡器蓋部件「去」的筆畫〈睡虎地・日書乙種 113〉,與〈秦公・二・蓋外・14〉、《說文》小篆皆富有弧曲的書寫狀態。
盡	〈里耶 8.214〉	〈始皇詔銅方升・一・6〉 〈始皇詔銅橢量・四・6〉 〈始皇詔十六斤銅權・二・8〉 〈二世元年詔版・二・13〉		《說文》:「盡,器中空也。从皿,聿聲。」〔註 75〕為器空無之狀。羅振玉云:「从又持木从皿,象滌器形,食盡器斯滌矣,故有終盡之意。」〔註 76〕認為「盡」字是手上拿一工具,洗滌食盡的器皿。秦簡「手」形的筆畫,與〈始皇詔銅方升・一・6〉、〈始皇詔銅橢量・四・6〉、〈始皇詔十六斤銅權・二・8〉皆呈現婉轉的風格意趣。《說文》小篆、〈二世元年詔版・二・13〉、〈平陽銅權・6〉線條則顯直捷剛健。

〔註 72〕漢・許慎撰、清・段玉裁注:《說文解字注》(臺北:藝文印書館,1992 年),頁 464。

〔註 73〕漢・許慎撰、清・段玉裁注:《說文解字注》(臺北:藝文印書館,1992 年),頁 43。

〔註 74〕張世超:《金文形義通解》(京都:中文出版社,1992 年),頁 89。

〔註 75〕漢・許慎撰、清・段玉裁注:《說文解字注》(臺北:藝文印書館,1992 年),頁 214。

〔註 76〕羅振玉:《殷虛書契考釋三種》(北京:中華書局,2006 年 1 月),頁 532。

		 〈平陽銅權・6〉	
壽	 〈周家臺 148〉	 〈十二年上郡守壽戈・內正面・摹・7〉	《說文》:「壽,久也。从老省,聲。」〔註77〕長久的意義。戴家祥云:「耕田屈曲有深遠之義,故引申為長久,用來形容人生,故再加代表老義的旁作。」〔註78〕秦簡梯田之形作〈關・148〉,與秦金文〈十二年上郡守壽戈・內正面・摹・7〉、《說文》小篆保持婀娜線條之姿。
樂	 〈嶽麓(叁)・猩、敞知盜分贓案 55〉	 〈十四年相邦冉戈・摹・8・(櫟)〉 〈樂府鐘・1〉	《說文》:「樂,五聲八音總名。象鼓鞞。木,虞也。」〔註79〕鼓鞞樂器之形。羅振玉云:「从絲附木上,琴瑟之象也。或增以象調弦之器。」〔註80〕木上有絲纏繞,或加上部件「白」表撥弦的器具。秦簡絲之形筆畫〈嶽三・猩 55〉,以部件「白」之筆畫〈嶽麓(叁)・猩、敞知盜分贓案 55〉,與秦金文〈十四年相邦冉戈・摹・8・(櫟)〉、〈樂府鐘・1〉、《說文》小篆,線條皆體現圓渾嫺熟的書法藝術。

　　從表格觀察,秦簡中呈現小篆書寫風格,主要以部件「人」佔多數,如:「乃」、「千」、「尸」、「比」、「年」、「先」、「見」、「須」、「視」,10 個字;繼之是部件「手」,如「父」、「丑」、「事」、「盡」,4 個字;以及「口」字、「止」字分別表示人的嘴巴與足,手、嘴巴、足皆屬於人器官的一部分;「庚」、「喜」為樂器,「蓋」則為食器,以上 3 字表現器物局部之形的線條圓滑。由此可見秦簡小篆的風格,主要表現在人形隨體詰曲的線條之上。

〔註77〕漢・許慎撰、清・段玉裁注:《說文解字注》(臺北:藝文印書館,1992 年),頁 402。
〔註78〕戴家祥:《金文大字典》下冊(上海:學林出版社,1995 年 1 月),頁 3824。
〔註79〕漢・許慎撰、清・段玉裁注:《說文解字注》(臺北:藝文印書館,1992 年),頁 267
〔註80〕羅振玉:《殷虛書契考釋三種》(北京:中華書局,2006 年 1 月),頁 463。

　　經過分析歸納，秦簡小篆的筆勢呈現，以里耶秦簡所佔的 19 個字例為最多，再者為睡虎地秦簡的 10 個，繼之為嶽麓秦簡的 9 個，以及周家臺秦簡 4 個。里耶秦簡字例當中，有 14 字位於第 8 層，有 5 字位於第 9 層；睡虎地秦簡之中，有 4 字屬於〈日書乙種〉此篇，有 2 字為〈秦律十八種〉一篇；嶽麓秦簡則是有 3 字出自《嶽麓書院藏秦簡（壹）》一書，3 字出自《嶽麓書院藏秦簡（叁）》之中，1 個字來自《嶽麓書院藏秦簡（伍）》，可見里耶秦簡保留小篆的圓滑線條最為豐富。

　　里耶秦簡存有小篆筆勢的簡，形制屬於「楬」〔註81〕，如：簡 8.214、簡 8.1201、簡 8.1776、簡 8.1777，共 4 支；屬於「檢」〔註82〕的有簡 8.550、簡 8.1442、簡 8.1694，共 3 支。另外有 1 支名為「更名方」的木牘簡 8.461，其他則多為殘斷的簡，外形難以辨識，則暫且不論。孟宇〈里耶秦簡小篆初探〉文中云：

> 里耶秦簡中的小篆，主要書寫於木方、楬、殘簡（或為束）和習字簡中，使用範圍小，是根據簡牘性質和閱讀需求，所導致的被動使用。可分為方折型小篆、標準小篆、草篆三類。楬上字體混雜，乃是因書寫的求便性，與求滿性的矛盾作用造成的。「篆意」與文字的大小關係密切，多出現在不小於 1.5cm 見方的文字上，不侷限於簡牘性質。〔註83〕

他觀察到，小篆大抵書寫於木方、楬、殘簡（或為束）和習字簡上，與本節發現主要出現於楬、檢、木方、殘簡是大同小異，但是孟氏缺少檢此一形制。習字簡是練習寫字的簡牘，不能歸類為正式的文書，但是楬、檢、木方基本上是作為正式的文書格式，具有特殊的用途，這類簡牘基本上大小，較一般簡牘為大。因此，孟氏所言，具有篆意風格的文字，與書寫的簡牘大小有密切關係是可信。至於文字與簡牘性質的聯繫，其最後又言不侷限於簡牘性質，則前後矛盾，不知所云。筆者認為簡牘性質應會影響篆意文字的書寫，否則

〔註81〕湖南省文物考古研究所：《里耶秦簡（壹）》（北京：文物出版社，2012 年），頁 2。此書云：「一端平直，一端圓弧，其上鑽二或四孔，圓弧端塗黑，長 7.1～14.3 公分，寬 4.8～10.8 公分。」

〔註82〕湖南省文物考古研究所：《里耶秦簡（壹）》（北京：文物出版社，2012 年），頁 2。此書云：「大多數下端削尖，長 8.0～23 公分。」

〔註83〕孟宇：〈里耶秦簡小篆初探〉，《中國書法》2017 年第 14 期，頁 80。

里耶秦簡就沒有必要創造出各式各樣的簡牘外形。

從秦簡與秦金文、《說文》小篆的分析，可以發現一些秦簡保留篆意濃厚的寫法，與《說文》的標準小篆彎曲線條接近，如「父」、「正」、「庚」3 字，亦有相似於秦金文，如「年」、「相」、「盡」3 字。洪燕梅〈秦金文《說文》小篆書體之比較〉文中云：

> 秦金文整體而言，仍以篆體的線條為構形基礎，但屬於弧度較小，
>
> 趨向平直的線條為主；《說文》小篆則多採詰詘的線條、圓滑的弧線。

〔註84〕

秦金文承襲西周金文保守嚴謹的態勢，但是仍可見趨於草率的隸書線條，呈顯出兼容篆、隸書體的風貌。《說文》小篆源於許慎的構擬，文字整體上有所規範，以詰詘、圓滑的線條為基礎，因此不容易看到草率、平直的隸書線條。可能與秦金文書寫的載體，與使用的性質而異，朱鳳瀚《古代中國青銅器》關於戰國金文的描述：

> 本階段新出現的，且比較常見的「物勒工名」形式的銘文、紀量銘
>
> 文，多數是在銅器鑄成後，用利器在器表刻出來的，且多出自工匠
>
> 之手，隨手刻成，故形體不規整，筆畫細如芒髮，字迹較潦草，俗
>
> 體字亦較多。〔註85〕

這些「物勒工名」的銘文，多數出現在兵器、量器等，由於當時手工業盛行，政府為加強控制，便於器上刻工匠名稱，以當作監察職務的方式。這類兵器、量器，多數非屬於國家重器，而是實用的器具，大量製造求速的過程，難以面面俱到，一筆一畫精雕細琢。因此，一些秦金文出現隸書寫法，如「父」、「平」字的〈平安君鼎〉，「正」字的〈卅六年私官鼎〉，「去」字的〈元年丞相斯戈〉、「年」字的〈王七年上郡守〔疾〕戈〉、〈三年相邦呂不韋戈〉，「庚」字的〈四十年上郡守趞戈〉、〈銅弩機〉，「相」字的〈十四年相邦義戈〉、〈八年相邦呂不韋戈〉，「盡」字的〈二世元年詔版〉、〈平陽銅權〉以上大抵屬於刻款的銅器，又多為兵器。通常是銅器鑄造完成後，再於器上刻銘文，以硬

〔註84〕洪燕梅：〈秦金文《說文》小篆書體之比較〉，《政大中文學報》2006 年第 5 期，頁 5。

〔註85〕朱鳳瀚：《古代中國青銅器》（北京：文物出版社，2012 年），頁 461。

碰硬的方式完成，字體自然鬆散、無法工整，多偏於周正、直折的線條，與富有篆義的秦簡與《說文》小篆文字產生差異。

　　除了兵器以外，秦的量詔、詔版猶可見隸書的筆勢，但是侯學書〈秦權量詔版文字結體筆畫方折成因考〉云：

> 戰國時期的秦孝公十八年「商鞅銅方升」，秦惠文王四年「封宗邑瓦書」，秦莊襄公元年「秦駰玉牘」，秦統一前後「柱础刻石」，秦國文字逐步形成自己筆畫方折的風格這一事實，那麼就會認識並且承認：秦帝國時期的秦權量詔書文字，筆畫方折，是淵源有自的。……這個內因，是文字書寫本身要求方便。而銅質堅硬難於刻畫，只是外因條件，不起決定作用，充其量只能起到催化劑的作用而已。〔註86〕

他認為銅器質地堅硬難於刻畫，並不是造成秦金文權量、詔版，筆畫方折的原因，而是秦文字演變的自然規律，為適用於當時社會的書寫風氣，才是關鍵的要素。因此，大抵上秦簡與秦金文皆是朝文字簡省，便於書寫的方向前進，記錄下當時人的書寫風貌，《說文解字》則是許慎探求前朝文字所構擬，小篆形體為一標準的規範，鮮少參雜個人的書寫習慣，而出現俗體、異體的情況，秦簡的篆體文字接近於《說文》小篆的風格，也是其來有自。

二、小　結

　　前人研究秦簡的書體，多從隸書的角度著手，認為秦簡文字是介於篆、隸之間。但是無法忽視的是，其實秦簡之中，猶存在線條秀麗的篆體文字。這說明我們在討論秦簡文字的時候，不能單單著重在文字篆、隸之間的轉換，猶須注意到秦簡小篆文字，實際反映出來的使用情況。

　　本節以秦簡文字與秦金文、《說文》的小篆書體進行比較分析，發現秦簡小篆風格表現最為明顯，推測是於部件「人」的詰詘線條，更能凸顯「人」側面身軀的曲線美，故篆意筆畫特別濃厚。並且這些秦簡當中，以里耶秦簡最富有小篆的書寫風貌，尤其以第 8 層所佔字例為多。里耶秦簡文字大抵成於秦統一

〔註86〕侯學書：〈秦權量詔版文字結體筆畫方折成因考〉，《徐州師範大學學報（哲學社會科學版）》2004 年第 30 卷第 5 期，頁 59。

之後，時代也較睡虎地秦簡、青川木牘、放馬灘秦簡晚，但是反而出現更多的篆意文字，說明書體形成的時間，小篆並非絕對早於隸書，二種書體有同時並存的可能。

由表格的分析，可見秦簡篆體文字與《說文》小篆風格接近，反而不似於秦金文。戰國基本上以刻款的銅器銘文為常見，但是秦金文草率的線條，與刻於堅硬銅器是否有關聯，由侯學書的觀點，認為其實與秦文字自然演變的影響更大。秦刻石亦是堅硬的質地，文字可雕琢得婉轉生動，因此秦金文草率寫法與材質並無直接關係，只能說秦簡與秦金文同樣是朝潦草的書寫方向前進，但是保留的篆體文字依舊仍有所區別。

里耶秦簡中出現較多小篆的書寫，可能的原因有三種：首先是由於書手的書寫風格，造成明顯差異。再者，秦簡出土地區多在湖北，里耶秦簡是少數出土於湖南的材料，與地域的可能密切相關。最後是里耶秦簡記載的時代，歷經秦始皇統一天下至秦二世，時代較晚，有可能受到統一文字影響，小篆的書寫風格亦較為濃厚。

第二節　秦簡中的隸書書體探析

秦簡除了篆書的風格之外，猶蘊藏隸書的筆勢，秦簡的隸書屬於古隸、秦隸，字形大抵較之小篆為草率、簡省。關於秦簡文字隸變的認識，前人研究材料主要聚焦於睡虎地秦簡、青川木牘、放馬灘秦簡、龍崗秦簡等。隨著近年秦簡的出土材料越發豐富，舉凡周家臺秦簡、里耶秦簡、嶽麓秦簡等，日益受到重視，或許可以從這些發掘的新材料，更深入鑽研隸書書體演變的軌跡。

劉玨《嶽麓書院藏秦簡（壹）文字研究與文字編》〔註87〕一書，指出嶽麓秦簡文字特徵初具隸書的雛形，但是字形尚未固定。關於隸變的標題，劉氏分為一、改曲為直，形成筆畫，二、構件的變化，三、異體字豐富，四、少量金文塊狀筆畫遺留，五、出現蠶頭燕尾的筆畫，以上五類進行分析。闡述嶽麓秦簡抄寫年代，應於秦始皇統一天下後未久，字形風格、書寫手段屬於古隸，已出現筆畫平直化的趨向，仍有部分文字接近篆書的寫法，與西周、戰國時期古

〔註87〕劉玨：《嶽麓書院藏秦簡（壹）文字研究與文字編》（長沙：湖南大學碩士論文，
　　　　2013 年）。

文字相互參照,證明隸書承襲於篆書,所受影響極其之深。

　　溫俊萍《《里耶秦簡(壹)》的書體研究》〔註88〕一書,提及里耶秦簡文字反映日常書寫的真實面貌,對於漢字演化過程產生的隸變情形,提供寶貴的資料。關於里耶秦簡的字形特徵,作者從筆畫的角度切入,分為一、橫畫,二、豎畫,三、捺畫與撇畫,四、折畫,五、點畫,並且與《說文解字》的小篆字形一同比較。說明為了書寫的方便、迅速,這些基本筆畫破壞正體字隨體詰曲的線條,不斷創新,姿態更是萬千變化,富有強烈的節奏感。

　　孫萍〈里耶秦簡古隸與《說文解字》小篆比較研究〉〔註89〕一文中,分章法結字、字形結構、體勢變化三方面,其中字形結構的部分,分為一、曲筆拉直,二、省變部分,三、線條的拆合,四、別構一體。對於里耶秦簡的古隸與《說文解字》的小篆進行比較分析,發現二種文字顯著的差異,認為隸變於漢字的發展史上產生重大影響。可看出隸變推動漢字的發展,賦予漢字嶄新的一面,並且提高漢字的書寫與使用的效率。作者透過里耶秦簡的隸書文字,與《說文解字》的小篆作比較,呈顯里耶秦簡處於演變過渡的狀態。

　　隸書與篆書的關係密切,從睡虎地、放馬灘、青川等秦簡,皆觀察出與《說文解字》的小篆相類的寫法,但是猶發現非屬正規篆文,滲透出簡率隸書風格的文字,這是值得留意部分。關於隸書的起源,裘錫圭《文字學概要》云:

> 隸書在戰國晚期就已經基本形成了。隸書顯然是在戰國時代秦國文字俗體的基礎上逐漸形成的,而不是秦始皇讓某一個人創造出來的。〔註90〕

隸書的筆法顯而易見,大約是在戰國晚期的秦簡上,於秦始皇統一文字前即已產生,隸書應是從戰國時期的秦文字俗體演變而成,並非自小篆出現,才有隸書的形成。裘氏又云:

> 隸書書寫起來比小篆方便得多,要想長時間抑制它的發展,是不可能的。從秦代權量上的銘文,就可以清楚地看到隸書侵入小篆領域的情況。權量銘文的內容是統治者準備傳之久遠的統一度量衡的詔

〔註88〕溫俊萍:《《里耶秦簡(壹)》的書體研究》(長沙:湖南大學碩士論文,2015年)。

〔註89〕孫萍:〈里耶秦簡古隸與《說文解字》小篆比較研究〉,《北方文學》2016年第5期,頁227~228。

〔註90〕裘錫圭:《文字學概要》(臺北:萬卷樓圖書有限公司,1994年3月),頁88。

書，按理當然應該用正規的小篆來銘刻。可是遺留下來的權量銘文
卻不乏刻得很草率的例子。〔註91〕

說明小篆主要使用於正式、隆重之場合，如權量屬於國家重器，上頭書寫的文
字自然不能草率。但是實際觀察發現，上頭有一些類似於隸書的草率書寫文字，
顯示於秦金文可見隸書逐漸取代小篆的跡象，不獨出現於秦簡之中，可能是當
時文字書寫的一股新潮流。因此，在討論秦簡中的隸書書體時，秦金文對於了
解小篆與隸書，在戰國晚期至秦代的使用情況，是具有實際的作用，而其材料
之豐富可靠，更擴充論述的觸角。

一、秦簡隸書筆勢字例分析

隸書展現變化多端、豐富多彩的形態，在筆勢方面猶能凝聚出一致的特色，
譚興萍《中國書法用筆與篆隸研究》提及關於隸書的運筆：

運筆上則是「逆入平出」也就是起筆藏鋒逆入，行筆要豎鋒入紙筆
毛平鋪，因隸書多用方筆，更須「萬鋒齊力」，收筆要筆鋒送到終端
後自然上提，於空中回鋒，這是隸書上的必要條件，雖然用筆一致，
但書者個性，其所書出之筆畫，還是會因人而異，出現不同之風貌。
〔註92〕

隸書基本上是起筆逆入藏鋒，收筆時筆鋒至末端再順勢提筆回收，但是會因書
寫者的性情差異，產生線條粗細不均，比例勻稱不等五花八門的現象。譚氏將
隸書的筆畫分為 1. 平畫（一），2. 豎畫（丨），3. 撇法（丿），4. 捺畫（㇏），
5. 鈎法（㇂），6. 轉折（㇆），7. 轉筆（㇄），8. 點（丶），以上八種筆勢。
「轉折」與「轉筆」相似，筆畫運行時皆有轉彎，僅運筆的方向不同而已，「轉
折」是平筆至轉折處後，運筆向下為豎畫，「轉筆」則是轉折後運筆向上。

秦簡屬於古隸，為篆書剛過渡至隸書的階段，隸書的筆勢尚未表現極度完
美，有文字半參雜篆、隸書體的現象，叢文俊《中國書法史》云：

在隸變的早期，筆法主要表現為對既有書寫狀態的再簡化，還沒有
完全從篆體中脫化出來，不可能產生新的、具有法度意義的變化。

〔註91〕裘錫圭：《文字學概要》（臺北：萬卷樓圖書有限公司，1994 年 3 月），頁 91。
〔註92〕譚興萍：《中國書法用筆與篆隸研究》（臺北：文史哲出版社，1990 年 8 月），頁
321。

在此期間，筆法的「方向」性意味較濃，還談不上輕重提按、疾徐藏出的審美追求，即使偶然有「蠶頭」「雁尾」的筆畫出現，也是無意中造成的。〔註93〕

可見秦簡部分文字具有「蠶頭燕尾」的書寫跡象，尚未形成古隸的共同特點，但是為漢隸所承襲使用，古隸與漢隸於「蠶頭燕尾」的筆法反映出明顯的差異，是值得深入認識的一部分。漢代以降隸書不在本論文的研究重心，本節不列入表格作為參照的對象，但是會另加說明補充。下文主要以秦簡與戰國晚期至秦代的秦系文字，包含秦金文、秦陶文、秦印等時代接近的材料，羅列於表格，對於古隸的書體進行一比較分析。

　　本節主要討論秦簡中的隸書書體，由於秦文字材料如金文、陶文、印章、封泥、玉版等，其中亦可見隸書的寫法，因此一併列舉出來，作為參考比較的對象。

表 3-2-1　秦簡隸書筆勢字例

楷書	秦簡	秦文字材料	《說文》小篆	說　明
左	 〈里耶 8.63〉	〈二十八年平安君鼎・器一・4〉 〈平陽銅權・97〉 〈陽陵虎符・9〉 〈秦陶 546〉		《說文》云：「左，ノ手相左也。从ノ、工。凡左之屬皆从左。」〔註94〕為手相佐助之義。李孝定云：「ナ古作Ｆ，又古作Ｊ，是為象形，隸變之後，二字之為偏旁者並作『ナ』，遂致左右無別，乃分注工、口二形以當佐助之義，古文每於字形空白處，增『口』以為填充，無義可說，其例頗多，左字增『工』，則故為分別，與右字增『口』同，不必強為索解也。」〔註95〕認為古文Ｆ、Ｊ後皆隸變為部件「ナ」，便左、右沒有差異，

〔註93〕叢文俊：《中國書法史》（南京：江蘇教育出版社，2002 年 5 月），頁 341。
〔註94〕漢・許慎撰、清・段玉裁注：《說文解字注》（臺北：藝文印書館，1992 年），頁 202。
〔註95〕李孝定：《讀說文記》（臺北：中央研究院歷史語言研究所，1992 年 1 月），頁 123。

		〈秦印編 82：灊丘左尉〉 〈秦印編 83：左志〉		再增添部件「工」、「口」作為區別，但並無實義。秦簡〈里耶 8.63〉的手掌之形，幾乎形成一直線，與秦金文、秦陶文、秦印、《說文》小篆的婉轉線條呈現差異，表現出隸書的筆勢。此外，〈里耶 8.63〉的部件「工」由原本的三筆，改為一筆，猶顯出草書連筆的筆勢。所以基本上〈里耶 8.63〉上半部屬於隸書的筆勢，下方則為草書的寫法，參雜了隸書、草書的使用方式。
江	〈嶽麓（壹）·占夢書 34〉	〈秦印編 214〉 〈封泥集·附一 407〉 〈秦印編 214：江罍〉 〈秦印編 214：江棄疾〉		《說文》：「江，江水。出蜀湔氐徼外崏山，入海。从水，工聲。」〔註 96〕流水之義。〈封泥集·附一 407〉、〈秦印編 214：江棄疾〉的水形保留《說文》小篆圓曲的線條，〈秦印編 214：江罍〉則出現筆畫平直的趨勢。秦簡〈嶽麓（壹）·占夢書 34〉部件「水」拉直線條。〈秦印編 214〉由小篆原本的五筆，可能運用連筆的效果變成三筆再拉成直線，可見隸書演化的軌跡。
千	〈里耶 8.597〉	〈秦印編 42：千金〉		《說文》：「千，十百也。从十，人聲。」〔註 97〕十個一百之義。李孝定云：「千為十百，从人無義，小徐繫傳作『人聲』，是也。古蓋即

〔註 96〕漢·許慎撰、清·段玉裁注：《說文解字注》（臺北：藝文印書館，1992 年），頁 522。
〔註 97〕漢·許慎撰、清·段玉裁注：《說文解字注》（臺北：藝文印書館，1992 年），頁 89。

	〈嶽麓（貳）・數 178〉 〈龍崗 120〉	〈秦印編 42：千元〉 〈秦陶 1508：千〉		假『人』為『千』，字作『𠂤』者，當讀為『一千』，他為 𠂤、𠂤、𠂤，當讀二千、三千、五千，可証也。」〔註98〕認為在人形上增添筆畫一、二、三、Ｘ，各代表一千、二千、三千、五千之義，故部件「人」並不表義。〈秦印編 42：千金〉、〈秦印編 42：千元〉、《說文》小篆保留弧曲的狀態。秦簡〈里耶 8.597〉、〈嶽麓（貳）・數 178〉、〈龍崗 120〉與〈秦陶 1508：千〉的人形已呈現一豎畫，運筆更為直截順暢，與隸書的字形所差無幾。
川	〈嶽麓（伍）・秦律令（貳）82〉	〈秦印編 224：四川輕車〉 〈秦印編 224：崙川府丞〉 〈秦駰玉版・甲・摹〉 〈秦駰玉版・乙・摹〉	川川川	《說文》：「川，貫穿通流水也。《虞書》曰：『濬〈〈〈，距川。』言深〈〈之水會為川也。凡川之屬皆从川。」〔註99〕水流通匯集而成川。裘錫圭云：「兩岸間有水流貫之形，後來中間象水的那些點連成了一條線。」〔註100〕與《說文》皆解釋作水流貫之義。〈秦印編 224：四川輕車〉、〈秦印編 224：崙川府丞〉、〈秦駰玉版・甲・摹〉、《說文》小篆大抵呈顯河川自然流動的線條之美。秦簡〈嶽麓（伍）・秦律令（貳）82〉與〈秦駰玉版・乙・摹〉喪失秦篆謹嚴、雄拔之感，以三筆豎畫表現隸書簡率、潦草的姿態。

〔註98〕李孝定：《讀說文記》（臺北：中央研究院歷史語言研究所，1992 年 1 月），頁 58。

〔註99〕漢・許慎撰、清・段玉裁注：《說文解字注》（臺北：藝文印書館，1992 年），頁 574。

〔註100〕裘錫圭：《文字學概要》（臺北：萬卷樓圖書有限公司，1994 年 3 月），頁 135。

不	〈里耶 9.1〉	〈八年相邦呂不韋戈・內正面・摹・6〉	《說文》:「不,鳥飛上翔不下來也。从一,一猶天也。象形。凡不之屬皆从不。」〔註 101〕說明象鳥飛翔之形。郭沫若云:「▽ 若 ▽ 象子房,⊢⊣ 象萼,不 象花蕊之雄雌。……然謂與帝同象萼之全形,事未盡然。余謂『不』者房也,象子房猶帶餘蕊,與帝之異在非全形。」〔註 102〕指出應為子房並帶有花蕊之形,而非象完整的花萼。秦金文〈八年相邦呂不韋戈・內正面・摹・6〉、〈始皇詔銅橢量・四・32〉、〈始皇詔銅權・三・32〉,以及〈秦陶 1596〉、〈秦印編 227:不識〉、《說文》小篆的子房形 ▽ 與花蕊形 Ⅲ,展現秦篆圓暢、造作的風格。秦簡中多可見隸書改取為直的筆勢,又〈秦陶 410〉字形與秦簡相似。「不」字秦金文大部分用筆婉轉,但是〈二世元年詔版・五・46〉的子房形作 ♌、〈平陽銅權・86〉的花蕊形作 ▽,方折線條皆清楚可辨,可歸屬於半篆半隸的書體,應是尚處於由篆轉變為隸的過渡階段。
	〈嶽麓(肆)・秦律令(壹)205〉	〈始皇詔銅橢量・四・32〉	
	〈睡虎地・秦律十八種 5〉	〈始皇詔銅權・三・32〉	
	〈放馬灘・日書甲種 13〉	〈二世元年詔版・五・46〉	
	〈龍崗(木)・13〉	〈平陽銅權・86〉	
		〈秦陶 410〉	
		〈秦陶 1596〉	
		〈秦印編 227:不識〉	
手	〈里耶 8.137 背〉		《說文》:「手,拳也。象形。凡手之屬皆从手。♈,古文手。」〔註 103〕、高鴻縉云:「象手有五指之形」

〔註 101〕漢・許慎撰、清・段玉裁注:《說文解字注》(臺北:藝文印書館,1992 年),頁 590。
〔註 102〕郭沫若:《郭沫若全集》考古編第 1 卷(北京:科學出版社,1982 年 9 月),頁 53。
〔註 103〕漢・許慎撰、清・段玉裁注:《說文解字注》(臺北:藝文印書館,1992 年),頁 574。

字				說明
	〈睡虎地・日書甲種 98 背〉			〔註104〕象手之形。西周晚期秦金文作〈不其簋〉、〈不其簋蓋〉，《說文》小篆保留西周秦篆隨體詰詘的藝術特點，象形意味濃厚。秦簡〈里耶 8.137 背〉、〈睡虎地・日書甲種 98 背〉手的五指形，轉變為由二短橫與一長豎畫組構而成，達到隸書筆畫俐落、簡便的效果。
未	〈嶽麓（壹）・三十四質日 47〉 〈嶽麓（肆）・秦律令（壹）66〉	〈秦印編 282：未〉 〈秦印編 282：高未央〉 〈秦陶 1067〉 〈秦陶 423〉		《說文》：「未，味也。六月，滋味也。五行，木老於未，象木重枝葉也。凡未之屬皆从未。」〔註105〕象樹木枝葉重疊之形。李孝定云：「甲骨金文亦象木重枝葉形，與小篆同；契文亦有作（甲、一、十、八、二。）者，竟與木字無別，木、未古蓋同源，許君之說是也。」〔註106〕說明「未」字甲骨、金文、小篆皆象樹木枝葉層層相疊之形，字形與「木」字近乎一致，二字可能為同源。〈秦印編 282：高未央〉、〈秦陶 1067〉、《說文》小篆的樹枝形主要以曲筆表現，予人極端莊重、凝鍊之感。秦簡另有字形作〈嶽一・27 質 18〉、〈睡虎地・法律答問 4〉、〈放馬灘・日書甲種 17〉樹枝之形以

〔註104〕高鴻縉：《中國字例》（臺北：三民書局，1984 年 8 月），頁 127。
〔註105〕漢・許慎撰、清・段玉裁注：《說文解字注》（臺北：藝文印書館，1992 年），頁 753。
〔註106〕李孝定：《讀說文記》（臺北：中央研究院歷史語言研究所，1992 年 1 月），頁 319。

				四短撇表現；〈睡·秦種138〉、〈里耶8.34〉其中二短撇進一步合併為一橫畫；〈嶽麓（壹）·三十四質日47〉、〈嶽四·秦律令（壹）66〉將小篆樹木枝葉弧曲的線條皆拉直為二橫筆，逐漸脫離曲筆的書風。並且秦簡的樹根形、撇畫與豎筆快速拖出，明顯改易小篆滯緩的筆勢，反映隸書自然、實用的價值。
丞	 〈睡虎地·秦律十八種175〉 〈嶽麓（肆）·秦律令（壹）187〉 〈里耶8.1047〉	 〈二年寺工壺·腹部·7〉 〈三年相邦呂不韋戟·內正面·摹·12〉 〈四年相邦呂不韋戈·內正面·摹·10〉 〈二十六年詔文權·八·24〉 〈二世元年詔版·五·5〉		《說文》：「丞，翊也。從廾，從卪，從山。山高，奉承之義。」〔註107〕討好他人的意思。何琳儀云：「甲骨文作（鐵1.71.3），從収、從卩、從凵，會一人以雙手拯救另一人於陷阱之意，拯之初文。……卩足與凵相連，或譌作山形，為小篆所本。」〔註108〕「丞」字表示雙手救人於陷阱中，應從凵有陷阱之義，從山為小篆的譌誤。秦金文〈二年寺工壺·腹部·7〉、〈二十六年詔文權·八·24〉、〈二世元年詔版·五·5〉，與〈秦印編49：琅左鹽丞〉、〈封泥集114·16〉、《說文》小篆的雙手形，皆體現秦篆圓勁的意趣。秦簡〈睡虎地·秦律十八種175〉、〈嶽麓（肆）·秦律令（壹）187〉、〈里耶8.1047〉以及秦金文〈三年相邦呂不韋戟·內正

〔註107〕漢·許慎撰、清·段玉裁注：《說文解字注》（臺北：藝文印書館，1992年），頁104。
〔註108〕何琳儀：《戰國古文字典》（北京：中華書局，1998年），頁147。

		〈秦印編 49：琅左鹽丞〉 〈封泥集 114 · 16〉	面·摹·12〉、〈四年相邦呂不韋戈·內正面·摹·10〉雙手之形書寫較為隨意、豪爽，筆畫短勁有力，感染了隸書的書寫變化藝術。
共	〈里耶 8.1518〉 〈睡虎地·效律 24〉	〈秦印編 51：西共丞印〉 〈新封泥 A · 4.3〉	《說文》：「共，同也。从廿、卄。凡共之屬皆从共。，古文共。」〔註 109〕一起之意涵。商承祚云：「金文且乙父己卣作，牧共簋作，象兩手奉物形。」〔註 110〕描述雙手奉上器物之形。〈秦印編 51：西共丞印〉、〈新封泥 A · 4.3〉雙手之形較《說文》小篆率意，轉折處略顯方正。秦簡〈里耶 8.1518〉、〈睡虎地·效律 24〉手形趨於符號化，脫離篆書渾然的筆勢，二手之形產生連筆，展現速度的力感，橫畫收筆時並帶有微微的出鋒效果。
來	〈嶽麓（叁）·縮等畏奰還走案 241〉 〈睡虎地·封診式 20〉	〈商鞅方升·左壁·10〉 〈秦印編 98：趙來〉	《說文》：「來，周所受瑞麥來麰也。二麥一夆，象其芒束之形。天所來也，故為行來之來。《詩》曰：『詒我來麰。』凡來之屬皆从來。」〔註 111〕有往來之義。何琳儀云：「象麥有穗、莖、根之形」〔註 112〕指出「來」本義為麥子，後來假借為往來之義。秦金文〈商鞅方升·左壁·10〉與〈秦印編

〔註 109〕漢·許慎撰、清·段玉裁注：《說文解字注》（臺北：藝文印書館，1992 年），頁 105。

〔註 110〕商承祚：《說文中之古文考》（上海：上海古籍出版社，1983 年 3 月），頁 20。

〔註 111〕漢·許慎撰、清·段玉裁注：《說文解字注》（臺北：藝文印書館，1992 年），頁 233～234。

〔註 112〕何琳儀：《戰國古文字典》（北京：中華書局，1998 年），頁 79。

		 〈漆器 M9·6（雲夢·附二）〉		98：趙來〉穗形作 已見方折之勢，但是根形依然如《說文》小篆作 ，富有端莊嚴謹風格。秦簡〈嶽麓（叁）·綰等畏奡還走案 241〉、〈睡虎地·封診式 20〉與〈漆器 M9·6（雲夢·附二）〉的穗與根形每筆斷開，明顯可觀起筆與收筆的錯落之態。
告	 〈里耶 8.657〉 〈嶽麓（肆）·秦律令（壹）281〉 〈周家臺 248〉	 〈秦駰玉版·乙·摹〉 〈漆器 M11·4（雲夢·附二）〉		《說文》：「告，牛觸人，角箸橫木，所以告人也。从口，从牛。《易》曰：『僮牛之告。』凡告之屬皆从告。」〔註113〕形容牛碰觸人，以角舉起橫木，有告訴之義。徐中舒云：「象仰置之鈴，下象鈴身，上象鈴舌，本以突出鈴舌會意為舌。」〔註114〕說明象倒置之形，與牛應無關係。〈漆器 M11·4（雲夢·附二）〉鈴身的線條已略顯方折。〈里耶 8.657〉、〈嶽麓（肆）·秦律令（壹）281〉、〈周家臺 248〉上方舌形連筆為一橫畫，寫法接近隸書，與篆書形成對比。
男	 〈睡虎地·封診式 17〉	 〈漆器 M11·47（雲夢·附二）〉 〈漆器 M12·7（雲夢·附二）〉		《說文》：「男，丈夫也。从田、力。言男子力於田也。凡男之屬皆从男。」〔註115〕謂男子於農田做事。徐中舒云：「 象原始耒形，從田從力，會以耒於田中從事農耕之意。農耕乃男子之事，故以為男子之稱。」〔註116〕部件「力」象耕田的工具耒，从「田」、「力」為會意。「男」字西周金文

〔註113〕漢·許慎撰、清·段玉裁注：《說文解字注》（臺北：藝文印書館，1992 年），頁 54。
〔註114〕徐中舒：《甲骨文字典》（成都：四川辭書出版社，1990 年 9 月），頁 85。
〔註115〕漢·許慎撰、清·段玉裁注：《說文解字注》（臺北：藝文印書館，1992 年），頁 705。
〔註116〕徐中舒：《甲骨文字典》（成都：四川辭書出版社，1990 年 9 月），頁 1477。

				作〈師寰簋〉、〈無男鼎〉，秦簡〈睡虎地・封診式 17〉耒形出現平直化傾向，〈漆器 M12・7（雲夢・附二）〉亦同，〈漆器 M11・47（雲夢・附二）〉各筆畫明顯斷開，不若《說文》小篆的迂迴曲折。
辛	 〈里耶 8.329〉  〈嶽麓（壹）・三十四年質日 48〉  〈睡虎地・日書乙種 66〉  〈周家臺 16〉	 〈秦印編 277：辛欬〉		《說文》：「辛，秋時萬物成而熟。金剛，味辛，辛痛即泣出。从一、䇂。䇂，辠也。辛承庚，象人股。凡辛之屬皆从辛。」〔註 117〕表示萬物成熟而發出辛辣、刺激味。郭沫若云：「是所謂曲刀者，其形殆如今之圓鑿而鋒其末，刀身作六十度之弧形。」〔註 118〕為彎曲的鋒利鑿刀。〈秦印編 277：辛欬〉與《說文》小篆仍不失婀娜之姿。秦簡〈里耶 8.329〉、〈嶽麓（壹）・三十四年質日 4848〉、〈睡虎地・日書乙種 66〉、〈周家臺 16〉弧曲的線條大抵為橫畫所取代。
首	 〈嶽麓（伍）・秦律令（貳）39〉	 〈始皇詔銅橢量・一・14〉  〈大騩銅權・14〉		《說文》：「首，古文百也。巛象髮，髮謂之鬊，鬊即巛也。凡𩠐之屬皆从𩠐」〔註 119〕人頭上帶髮。何琳儀云：「甲骨文作（前六・七・一），象側面人頭之形，或省髮作（柏二三），亦隸定百。金文作（無㠱簋）。戰國文字有髮、無髮皆有之，或

〔註 117〕漢・許慎撰、清・段玉裁注：《說文解字注》（臺北：藝文印書館，1992 年），頁 748。

〔註 118〕郭沫若：〈釋支干〉，《郭沫若全集》考古編第 1 卷（北京：科學出版社，1982 年 9 月），頁 182。

〔註 119〕漢・許慎撰、清・段玉裁注：《說文解字注》（臺北：藝文印書館，1992 年），頁 427。

		〈北私府銅橢量·壁·14〉 〈秦陶 1575〉		髮謂作止形。」〔註120〕象人頭之形，有無頭髮不一定。〈始皇詔銅橢量·一·14〉、〈大騎銅權·14〉、〈北私府銅橢量·壁·14〉、〈秦陶 1575〉、《說文》小篆的頭髮形，富有流麗之態。秦簡〈嶽麓（伍）·秦律令（貳）39〉、〈始皇詔銅橢量·一·14〉頭髮形則較為剛直，大致上各筆斷開。
焉	〈嶽麓（伍）·秦律令（貳）247〉 〈睡虎地·法律答問 185〉	〈大騎銅權·63〉 〈兩詔銅橢量·二·63〉 〈平陽銅權·63〉 〈兩詔銅橢量·一·23〉		《說文》：「焉，焉鳥，黃色，出於江淮。象形。凡字朋者，羽蟲之長；烏者，日中之禽；烏者，知大歲之所在；燕者，請子之候，作巢避戊己。所貴者故皆象形。焉亦是也。」〔註121〕所指為黃色的鳥。季旭昇云：「秦文字上從『正』，下似隹，也可能整個字是象形，但是不知道是什麼鳥，如何象形，待考。」〔註122〕為鳥形，確切種類則不詳。秦金文〈大騎銅權·63〉、〈兩詔銅橢量·二·63〉、〈平陽銅權·63〉與《說文》小篆的鳥形富有圓勁典雅的風格。秦簡〈嶽麓（伍）·秦律令（貳）247〉、〈睡虎地·法律答問 185〉與秦金文〈兩詔銅橢量·一·23〉運筆表現出速度的快感，順暢且果斷。
九	〈睡虎地·秦律十八種 90〉	〈十九年寺工鈹·T2G20398·鈹身·摹·2〉		《說文》：「九，易之變也。象其屈曲究盡之形。凡九之屬皆从九。」〔註123〕象手臂彎曲之狀。丁山云：「九本肘字，象臂節形，……臂節可屈可伸，放有糾屈意。」

〔註120〕何琳儀：《戰國古文字典》（北京：中華書局，1998 年），頁 194。
〔註121〕漢·許慎撰、清·段玉裁注：《說文解字注》（臺北：藝文印書館，1992 年），頁 159。
〔註122〕季旭昇：《說文新證》（臺北：藝文印書館，2014 年 9 月），頁 311。
〔註123〕漢·許慎撰、清·段玉裁注：《說文解字注》（臺北：藝文印書館，1992 年），頁 745。

		〈十九年寺工鈹·T2G20401·鈹身·摹·2〉 〈秦陶·177〉 〈秦陶·203〉		〔註124〕為手肘的本字，以手臂彎曲處表示手肘。秦金文〈十九年寺工鈹·T2G20398·鈹身·摹·2〉、〈十九年寺工鈹·T2G20401·鈹身·摹·2〉以及〈秦陶·177〉、《說文》小篆字形順著手臂弧線而屈彎作　。秦簡〈睡虎地·秦律十八種90〉與〈秦陶·203〉破除篆體的圓融線條，形成折筆意味濃厚的隸書體。
臣	〈睡虎地·秦律十八種77〉 〈周家臺350〉	〈高奴禾石銅權·正面·11〉 〈二十七年上郡守戈·內正面·摹·16〉 〈秦印編58：官田印〉 〈秦印編58：杜臣〉		《說文》：「臣，牽也。事君者。象屈服之形。凡臣之屬皆从臣。」〔註125〕屈服的意涵。裘錫圭云：「　（宦）字，字形表示在別人家裡當臣僕的意思，『穴』下的『　』只能理解為『臣』字，而不能看作一只豎起來的眼睛。」〔註126〕、高佑仁云：「『臣』最早應與『目』無別。」〔註127〕「臣」表示眼睛之形，「屈服」應為後來的引申義。秦金文〈二十七年上郡守戈·內正面·摹·16〉與〈秦印編58：杜臣〉、《說文》小篆的豎目之形整體描繪圓潤細膩。秦簡〈睡虎地·秦律十八種77〉、〈周家臺350〉、〈高奴禾石銅權·正面·11〉、〈秦印編58：官田印〉豎目之形則趨於抽象，線條略顯平穩而方正。

〔註124〕丁山：〈數名古誼〉，《中央研究院歷史語言研究所集刊》1967年第1本，頁94。

〔註125〕漢·許慎撰、清·段玉裁注：《說文解字注》（臺北：藝文印書館，1992年），頁119。

〔註126〕裘錫圭：《文字學概要（修訂本）》（北京：商務印書館，2013年），頁110。

〔註127〕高佑仁：《《清華伍》書類文獻研究》（臺北：萬卷樓圖書股份有限公司，2018年3月），頁41。

| 巨 |
〈嶽麓（貳）·數204〉

〈里耶 8.2035〉 |
〈十八年上郡戈·內·正面·摹·5〉

〈秦陶 1284〉

〈秦印編 84：咸陽巨鬲〉 | | 《說文》：「巨，規巨也。從工，象手持之。𣔌，巨或從木、矢。矢者，其中正也。𢀰，古文巨。」〔註 128〕象工具可手持。何琳儀云：「象人以手持工（木匠取直角之工具）之形」〔註 129〕、陳劍云：「出於『工』形與『人手』之形的組合。這個本係一個整體的圖形式表意字，很早就已筆劃斷裂分解為『夫』、『巨』兩部分。」〔註 130〕「巨」字基本上就是「人手」拿「工」之形，「工」為畫方的工具。〈十八年上郡戈·內·正面·摹·5〉、〈秦陶 1284〉、〈秦印編 84：咸陽巨鬲〉、《說文》小篆於工具手持之處作𠃌，透露出筆勢圓潤古雅之感。秦簡〈嶽麓（貳）·數204〉、〈里耶 8.2035〉用筆嫻熟疾促，收筆有出鋒的現象，里耶秦簡更有向右下傾斜之趨向。 |
| 升 |
〈睡虎地·效律 5〉 |
〈麗山園鐘·4〉

〈大官盉·器底·摹·4〉 | | 《說文》：「升，十合也。從斗，象形。合龠為合，龠容千二百黍。」〔註 131〕象斗之形。李孝定云：「蓋升、斗同形，惟大小之別，於文可以象形，然不足以示大小，故均以𣎆字象之，更增一畫於斗柄作𣎆以別於斗字，而其字仍為象 |

〔註 128〕漢·許慎撰、清·段玉裁注：《說文解字注》（臺北：藝文印書館，1992 年），頁 203。

〔註 129〕何琳儀：《戰國古文字典》（北京：中華書局，1998 年），頁 495。

〔註 130〕陳劍：〈說「規」等字並論一些特別的形聲字意符〉，《源遠流長：漢字國際學術研討會暨 AEARU 第三屆漢字文化研討會論文集》（北京：北京大學，2015 年 4 月），頁 1～25。

〔註 131〕漢·許慎撰、清·段玉裁注：《說文解字注》（臺北：藝文印書館，1992 年），頁 726。

		 〈秦公簋・二・蓋外・5〉 〈秦陶 1479〉	形。」〔註132〕「升」與「斗」同樣類似於斗勺之形，為了區別二者，於是「升」字再加上一筆畫。《說文》小篆大抵由曲線所組成，秦金文〈大官盉・器底・摹・4〉則於斗勺的線條帶有圓融之勢作　。秦簡〈睡虎地・效律5〉以及〈麗山園鐘・4〉、〈秦公簋・二・蓋外・5〉、〈秦陶 1479〉將篆體的象形意味，漸漸削弱，行筆的提按頓挫處愈發清晰。

經過上表的歸納，顯而易見所揀擇的秦簡字例，除了青川木牘，其他秦簡隸書的筆勢表現相當鮮明，有可能是青川木牘時代較為早，約在秦武王四年（西元前 307）之後，導致文字相對不夠隨意、率性，保留篆意仍屬濃厚。但是無可否認，隸書已普遍使用於秦簡文字當中，如「不」字於里耶、嶽麓、睡虎地、放馬灘、龍崗秦簡皆發現具有隸書的書寫特色，不同時代的幾批秦簡，凝聚出相似的字形，表示歷經時間的淬鍊，逐漸形成隸書的一種獨特風格。依據秦簡與時代接近的出土材料相比較，秦簡文字接近秦金文的有「丞」、「首」、「焉」、「臣」、「升」5 個字，以及接近秦陶文的有「千」、「不」、「九」、「升」4 個字，顯示秦簡文字與秦金文、秦陶文皆隨著漢字演變發展，走向隸書這種草率的書寫路程。

　　透過統計，上表字例具備隸書特點，以嶽麓秦簡的 13 個字居最多數，繼而是睡虎地秦簡的 11 個字，以及里耶秦簡的 9 個字。秦簡時代大部分集中於戰國中、晚期，嶽麓秦簡的時代大約在秦始皇三十五年（西元前 212 年），可謂是時代偏晚的一批秦簡；睡虎地秦簡是介於秦昭王元年（前 306 年）至秦始皇三十年（前 217 年），時間跨幅比較大，但是亦晚至秦始皇三十年；里耶秦簡時代在秦始皇二十五年（西元前 222 年）至秦二世二年（西元前 208 年），較嶽麓秦簡、睡虎地秦簡的時代稍晚。比嶽麓、睡虎地、里耶三批秦簡時代更晚，猶有龍崗、周家臺、兔子山秦簡等，〔註133〕時代皆約在秦二世元年（西

〔註132〕李孝定：《讀說文記》（臺北：中央研究院歷史語言研究所，1992 年 1 月），頁 302。
〔註133〕兔子山秦簡目前圖版僅公布於期刊約 15 支簡，材料非屬豐富，且圖板不夠清晰。

元前 209 年）之後，推測可能與書手的書寫習慣也有關係，導致隸書風格未充分顯露出來。由此反映秦簡的時代與隸書筆意，並非確切成正比，但是不能說完全無相關，譬如嶽麓秦簡時代偏晚，運筆方式確實是較青川木牘、龍崗秦簡為草率、簡約，隸書意味更濃厚。從中了解到，研究秦簡書體的發展演變，材料的時代可作為參考值，但是不應視為唯一的項目，仍需考量到其他各種的影響因素。

　　秦簡的隸書寫法，猶多表現在工具類的字形，如「男」、「辛」、「巨」、「升」字，分別表示耒耜、鑿刀、矩、斗杓；以及植物之形，如「不」、「未」、「來」字，各象花的子房與蕊、樹木、麥；其他零散的形體，包含人的頭髮、眼睛、手形，以及水、鳥之形。整體而言，隸變字形擴充至更廣的層面，將原本圓曲的線條拉直，並且更加抽象、符號化。裘錫圭《文字學概要》討論關於隸書對於篆文字的改造，主要分為 1.解散篆體，改曲為直，2.省併，3.省略，4.偏旁變形，5.偏旁混同，以上五類，其中二至五類大抵討論結體的方面，「解散篆體，改曲為直」是針對書體而言：

> 從商代文字到小篆，漢字的象形程度在不斷降低，但是象形的原則始終沒有真正拋棄。隸書不再顧及象形原則，把古文字「隨體詰詘」的線條分解或改變成平直的筆畫，以便書寫。例如：隸書改篆文的 ⊖ 為日，把象日輪的外框分解為「丨、一、丨、一」四筆或「丨、ㄱ、一」三筆。改篆文的 ⊀ 為 ⼥，把象跪著的身體的彎曲線條改為直筆（「女」字由篆變隸時轉了個將近九十度的角，所以這一筆變成了橫畫）。〔註134〕

漢字演變歷程是不斷降低象形的程度，小篆之前文字仍然保留「隨體詰詘」的線條，至隸書是古文字變遷至今文字的重要關鍵，對於文字產生巨大改造，與篆書最顯著的對比，即為變曲為直的線條。裘氏列舉「日」字說明，隸書拆解每個筆畫，使字大抵由橫畫與豎畫構成，而「女」字身體彎曲之形，隸變後成為一橫畫，平直線條大大降低象形表義的功能，卻也提高書寫的速度，達到當時文書追求效率、實用的效果。

　　每批秦簡的時代不盡相同，猶可觀察出秦簡文字演變的趨勢，王曉光〈里

〔註134〕裘錫圭：《文字學概要》（臺北：萬卷樓圖書有限公司，1994 年 3 月），頁 102。

耶秦牘書法藝術簡析〉云：

> 戰國後期，秦實用手書體裡的「弧曲線」已廣泛「直勢化」了，這
> 種變化，從青川木牘—放馬灘簡—里耶木牘的進化演變中可以看
> 出。〔註135〕

青川木牘時代在秦武王四年（西元前 307）之後，放馬灘秦簡是在秦始皇八
年（西元前 239）至秦始皇統一（西元前 221），里耶秦簡是於秦始皇二十五
年（西元前 222 年）至秦二世二年（西元前 208 年），從青川木牘至里耶秦簡
時間不斷的推移，字形更趨於直勢化，弧曲的線條意味漸漸減弱，所以同為
秦簡依然能從中觀察出，隨著時代的遠近產生的字形差異。印證陳昭容《秦
系文字研究》一書中所言：

> 文字運用日廣，趨於約易的需求，使簡率的刻劃方式出現頻仍，文
> 字的線條在刻劃過程中破圓為方、變曲為直，省簡筆畫，以達到快
> 速的目的。這些平直省簡的寫法，運用柔軟的毛筆，表現於簡牘帛
> 書上，就是我們看到的戰國隸書。〔註136〕

秦簡為了增進實用的價值，不斷的追求簡約便易的書寫方式，從書體的角度切
入分析，可以見文字線條破圓為方、變曲為直，這是最能觀察隸書演變軌跡的
方式。秦簡以隸書書體表現最為鮮明，以上僅是擇取較為經典，或是構成文字
較為基礎的部件，作為字例加以闡析，字例不多但是能夠由此觸類旁通，擴大
論述的範圍。

　　省簡筆畫是屬於結體的方面，由於簡化並非僅表現於隸書，難以充分突出
隸書的書寫特色，所以本文集中討論書體的方面。隸書書體的特殊寫法，猶包
含「挑法」、「波勢」、「波磔」等筆勢，「挑法」多表現在捺畫、撇畫、長橫畫、
先豎後橫的彎畫等，這些筆畫大多於收筆時上挑；「波勢」指收筆時下頓，並且
微微起伏的筆勢；「波磔」則多是形容捺畫一類的筆勢。

　　隸書的波挑筆勢於秦簡其實已可窺豹一斑，但是尚未形成普遍的書寫風
格，裘錫圭云：「早在秦代的隸書裡，就可以看到少數帶捺腳的斜筆，和略有

〔註135〕王曉光：〈里耶秦牘書法藝術簡析〉，《青年書法》2010 年第 1 期，頁 14。
〔註136〕陳昭容：《秦系文字研究》（臺中：東海大學中國文學系博士論文，1996 年），
　　　　頁 68。

挑法的橫畫。」〔註137〕秦簡屬於古隸，尚未脫離篆書的弧形，「捺」這種收筆時重按的筆畫，於秦簡中並未達到成熟的階段，但是並非表示秦簡中完全無「捺」的筆畫。陳昭容云：

> 從筆法上看，波勢與挑法在所有的秦隸資料中都不是必要的，這與成熟漢隸刻意誇張波挑的特質大不相同。但少數的材料中也已經有了初步的波勢與挑法，例如睡虎地四號墓的 11 號木牘和龍崗的木牘就常在末筆有下捺右拉的趨勢，雲夢簡中也常見到最末橫筆右揚的情形。（如之字作 、上字作 、車字作 ）。〔註138〕

波勢與挑法主要表現於秦簡的捺畫，然而古隸與漢隸那種刻意誇張的波挑法有所不同，可能是不經意當中所形成。於睡虎地、龍崗等秦簡之中，已可見末筆上揚的運筆方式，但是這僅是少數出現的情況，無法當作秦簡的普遍書寫趨勢。

書法家形容隸書的獨特取勢為「蠶頭燕尾」，是指起筆藏鋒逆入，呈現神似於蠶頭圓潤飽滿的形狀，收筆則筆鋒下按，再上提出鋒，突出燕子尾巴俐落有致的層次，於秦簡中已可見一些端倪。邢文〈秦簡牘書法的筆法〉將秦簡的隸法，分為 1. 圓筆的逆入平出，2. 方筆的逆入平出，3. 圓筆的波磔，4. 方筆的波磔，5. 草化的逆入平出與波磔，〔註139〕以上五類，三至五類主要是末筆有按的動作或上揚的挑法。

關於圓筆的波磔，邢氏云：「取中鋒用筆，藏鋒逆入，收筆前有先漸按後提筆出鋒的過程，形成圓筆的波磔，如睡虎地秦簡『入』字（ ）的捺筆。睡虎地秦簡的『凡』字（ ），其右側的橫折斜勾，採用提筆作收後圓筆藏鋒逆入代替折筆，斜勾的書寫有提按的動作，波磔時略有偏鋒。」〔註140〕基本上是起筆為藏鋒形成圓筆，收筆有按的動作再提筆，與平出的差別在收筆的動作。例如：「失」字作 〈放馬灘・日書甲種 47〉其捺筆 ，與「代」字作 〈睡

〔註137〕裘錫圭：《文字學概要》（臺北：萬卷樓圖書有限公司，1994 年 3 月），頁 99。
〔註138〕陳昭容：《秦系文字研究》（臺中：東海大學中國文學系博士論文，1996 年），頁 52。
〔註139〕邢文：〈秦簡牘書法的筆法〉，《簡帛》第 8 輯（上海：上海古籍出版社，2013 年 10 月），頁 446～447。
〔註140〕邢文：〈秦簡牘書法的筆法〉，《簡帛》第 8 輯（上海：上海古籍出版社，2013 年 10 月），頁 446。

虎地・日書乙種 193〉其捺筆，以及「札」字作〈睡虎地・效律 41〉的筆畫，書寫時起筆皆為藏鋒，收筆有先下按再提筆的過程，也就形成波磔。

　　至於方筆的波磔，邢氏云：「取切鋒或偏鋒逆入，多形成方頭，行筆時多有偏鋒，收筆前也有先漸按後提筆偏鋒出筆的過程。雲夢睡虎地秦簡『之』字（）的底線，即是如此。」〔註 141〕起筆為方筆，並以偏鋒運筆，最後使用按的動作再提筆收尾。例如：「蓋」字作〈睡虎地・秦律十八種 10〉其橫畫、「盡」字作〈睡虎地・秦律十八種 51〉其橫畫，大抵起筆為方筆，收筆有下按的動作，再提筆收尾形成上挑的筆畫。值得注意的是，這其中以睡虎地秦簡中的字例占多數，反映睡虎地秦簡的書手，於波磔的筆勢可能也是用心描繪，以創造更高的藝術價值，影響漢隸自然更為深遠。至於草化的逆入平出與波磔，大抵接近於草書的筆勢，則暫且不贅，待下節詳述。

　　據上分析，可知秦簡的隸法基本上起筆是逆入藏鋒，收筆則分為持平移出，或增添有按的動作再提筆收尾，二種形式皆產生波磔。大抵上說明隸書的筆勢，下筆主要是藏鋒，收筆則為出鋒，類似於漢隸漢簡的「蠶頭雁尾」，但是於秦簡中尚未表現如此明顯，字或可見「蠶頭」，或可見「雁尾」，不一定「蠶頭」絕對搭配「雁尾」，收筆猶有平出的方式，不可一概而論。因此，「蠶頭雁尾」僅是隸書筆勢中的一種，於秦簡中少見如此標準的筆勢，是至漢隸才發展成熟，只能說秦簡中的「蠶頭」、「雁尾」筆勢仍處於萌芽的階段。

二、小　結

　　綜上所述，大抵秦簡文字普遍出現隸書的風格，並且與時代相近的秦文字資料相比較，發現秦簡文字與秦金文二者時代接近，書寫的心態也以實用、簡率作為目的，反映在字形也是最為雷同。突顯戰國晚期至秦代的秦文字，出現隸書使用較小篆更為廣泛，並有逐漸取代的趨勢。

　　由表中觀察，所見嶽麓秦簡帶有隸書的風貌非常豐富，可以明白越接近秦代，文字逐漸破除篆書的侷限，象形意味大量消失，漸漸由抽象化、平直化的

〔註 141〕邢文：〈秦簡牘書法的筆法──秦簡牘書寫技術真實性復原〉，《簡帛》第 8 輯（上海：上海古籍出版社，2013 年 10 月），頁 447。

線條所替代。小篆的地位產生動搖，反觀隸書日趨受到重視，並產生無與倫比的影響，對推動漢字的發展影響極其深遠。

隸書的筆勢蘊藏「挑法」、「波勢」、「波磔」的特點，收筆時下按提起，或直接上挑的運筆，於秦簡中實屬罕見，但是睡虎地秦簡卻巧妙融於一字，暗示著可能是書手的刻意用心之作。至漢隸「挑法」、「波勢」的特點仍然習用，並且具有強烈、生動的展現，秦簡文字可謂替漢隸「蠶頭雁尾」的筆勢奠定下基礎。

第三節　秦簡的草書書體探析

秦簡文字演變至隸書的階段，發現具有類似於草書的特點。「草」字本有起稿、初步、草率的義涵。於字體方面，啓功《古代字體論稿》云：「有廣狹二義：廣義的，不論時代，凡寫得潦草的字都可以算。但狹義、或說是當作一種專門的字體名稱，則是漢代才有。」〔註 142〕草書可以分為廣義與狹義，廣義即書寫潦草、簡捷的字，皆可稱為草書，狹義則是指形成一種體系，為大眾約定成俗並且流行的書體。關於草書的起源，歷來學者有二種說法，提出起源於秦末的學者，如下：

1. 東漢・趙壹《非草書》云：「夫草書之興也，其於近古乎。……蓋秦之末，刑峻網密，官書煩冗，戰攻並作，軍書交馳，羽檄分飛，故為隸草，趨急速耳。」〔註 143〕

2. 唐・張懷瓘《書斷》云：「蔡邕云昔秦之時，諸侯爭長，簡檄相傳，望烽走駏，以篆隸難，不能救速，遂作赴急之書，蓋今草書是也。」〔註 144〕

3. 李學勤《古文字學初階》云：「草書的起源，前人也有主張秦代說，從某些簡牘的書體看，也許是有道理的。」〔註 145〕

〔註 142〕啓功：《古代字體論稿》（北京：文物出版社，1964 年 7 月），頁 34。
〔註 143〕趙壹：〈非草書〉，《玉函山房輯佚書續編三種》（上海：上海古籍出版社，1989 年 9 月），頁 99。
〔註 144〕唐・張懷瓘：《文淵閣四庫全書・書斷》第 812 冊（臺北：臺灣商務印書館，1983 年），頁 46。
〔註 145〕李學勤：《古文字學初階》（北京：中華書局，2006 年 1 月），頁 87。

趙壹、蔡邕皆認為至秦時，戰爭的烽火頻仍，篆、隸書體難以因應軍事的緊急，便創造寫法更趨迅速的草書。李學勤從簡牘的書體判斷，草書應是起源於秦代。另外，推究起源於漢初的學者，例如：

1. 東漢・許慎《說文解字・敘》云：「漢興有草書」。〔註146〕

2. 西晉・衛恆《四體書勢》云：「漢興而有草書，不知作者姓名。」
   〔註147〕

3. 裘錫圭《文字學概要》云：「睡虎地四號墓木牘，又如臨沂銀雀山漢墓出土的一部分古書抄本。在這些簡牘上可以看到一些寫法跟後來的草書相同的偏旁，但是絕大多數字雖然寫得草率，字形構造卻仍然跟一般的古隸沒有多大區別。所以這些簡牘的字體只能看作草率的隸書，不能看作狹義的草書。」〔註148〕

許慎、衛恆不約而同指出漢代才有草書的興起，裘錫圭闡述秦簡以及西漢簡牘文字書寫草率，但是構件與古隸大抵相類，無法視為一種獨立的草書書體。顯示草書的起源與秦簡文字息息相關，於秦代尚未是自成一格的書體，但是已出現草化的現象，可謂是草書的萌芽，具有研究價值，便成為本文討論的重點。

邢文〈秦簡牘書法的筆法〉〔註149〕一文，分類秦簡的筆法為 1. 篆法、2. 兼篆兼隸法、3. 隸法、4. 兼隸兼草法，共四類。其中有「兼隸兼草」的筆法，說明秦簡文字於隸書的基礎筆法上，再發展出具有草書的特色。透露於秦簡中尚未有完整、成熟的草書筆法，仍是以隸書為主要的書寫形式。

李蘇和《秦文字構形研究》〔註150〕一書，根據秦簡與漢簡的字形作比較，指出秦簡保留古隸成分多，不若漢簡因筆畫過於草率，導致字形變化嚴重，因此認為草書的起源，以「漢代說」為合宜。從書寫的材料觀察，秦簡文字草化現象，多表現在簡牘上，與簡牘材料取用簡便，毛筆揮灑自如有密切的關聯。

〔註146〕漢・許慎撰，清・段玉裁注：《說文解字・敘》（臺北：藝文印書館，1992 年），頁 766。

〔註147〕西晉・衛恆：〈四體書勢〉，《晉書》（臺北：鼎文書局，1978 年），卷 36，頁 1065。

〔註148〕裘錫圭：《文字學概要》（臺北：萬卷樓圖書有限公司，1994 年 3 月），頁 105。

〔註149〕邢文：〈秦簡牘書法的筆法〉，《簡帛》第 8 輯（上海：上海古籍出版社，2013 年 10 月），頁 439～450。

〔註150〕李蘇和：《秦文字構形研究》，（上海：復旦大學中國語文學系博士論文，2014 年 5 月）。

秦簡當中，又以里耶秦簡草化趨勢最為明顯，由於簡內容屬於洞庭郡遷陵縣的公文，具備起稿與通信的功能，認為文件不重要，自然會抓緊書寫的時間。並且提出連筆書寫是秦文字草化的基本特徵，舉例一些秦簡文字材料，觀察字形演變的規律，整體論說甚為細膩。

楊宗兵〈秦文字「草化」研究〉〔註151〕一文，分析秦文字「草化」的方式，視連筆為秦簡文字最常用、典型的方式，故引用秦簡材料討論筆畫之間的連筆方式。大體分為：1. 獨立筆畫之間連筆書寫實現草化、2. 順路連寫、3.「使轉」筆形開始運用、4. 綜合草化方式，對於秦簡文字草化現象解析深入。並且經過考察發現，秦文字草化主要集中出現於，以毛筆書寫的簡牘、帛書上，銅器銘文也有連筆書寫的字形，但是並不多見，故清楚理解到，秦簡文字是漢代草書形成的「導源」。

從前人說法，連筆書寫可說是秦文字草化的一大特徵，陸興錫《漢代簡牘草字編》云：「連，就是連書，把本該逐筆書寫的點畫，連貫起來寫成一筆。連書的結果，常會引起一些字形上的變化，當然，連書的原意是為了快捷。」〔註152〕、崔陟《書法》云：「草書是為了書寫便捷而產生的一種字體，其主要特點是結構省簡，筆畫相連，書寫流暢迅速。」〔註153〕為了提高書寫速度，原本分開的筆畫，彼此之間開始產生連結，而成為一筆，筆跡逐漸褪去隸書橫直分明的筆畫，更多是連綿游絲的寫法。楊宗兵再將秦文字「獨立筆畫之間的草化」，細分為：1.「橫、豎、橫」三筆之間實現連寫、2. 並列兩豎筆與下面橫筆實現連寫、3. 撇畫與橫筆之間實現連寫，三點細項。楊宗兵、陸興錫的論說具有合理性，故本文即主要根據筆畫之間的連筆書寫，判斷秦簡已出現草化的跡象，並加以收錄分析。

草率書寫的形式不僅出現於秦簡，其實從戰國時代的楚簡上已顯見。這種快速書寫演變而來的字形，出於書手個人性情所臨時起意，只能算是潦草書寫的字，但是若經過社會約定俗成的影響，顯示書體大抵達到穩定、統一階段，即成為一種獨立的書體。至於草書的萌芽與成熟位於何時，猶需藉助於文字材

〔註151〕楊宗兵：〈秦文字「草化」研究〉，《秦文字「草化」研究》（上海：上海書畫出版社，2007年1月），頁1～12。
〔註152〕陸興錫：《漢代簡牘草字編》（上海：上海書畫出版社，1989年12月），頁7。
〔註153〕崔陟：《書法》（臺北：城邦文化出版社，2001年），頁48。

料的分析以釐清輪廓，故本文依據秦簡與時代接近的秦金文、秦陶文、秦印等
材料，以及搭配漢簡作比較。

　　本節主要討論秦簡中的草書書體，由於秦文字材料如金文、陶文、印章、
封泥、玉版等，其中亦可見草書的寫法，因此一併列舉出來，作為參考比較的
對象。

表 3-3-1　秦簡草書筆勢字例

楷書	秦簡	秦文字材料	《說文》小篆	說　　明
工	〈里耶 9.1124〉	〈四十年上郡守趞戈・內正面・8〉 〈寺工銅趞錞・摹・2〉 〈元年丞相斯戈・內正面・摹・13〉 〈秦印編 84：漆工〉 〈秦陶 A・3.13〉	工	《說文》云：「工，巧飾也。象人有規矩也。與巫同意。凡工之屬皆从工。」〔註154〕謂人合乎規範。李孝定云：「即象矩形」〔註155〕矩為繪製直線或方形的工具，便於行事。「工」字於秦金文、秦陶文、秦印、小篆大抵承襲西周金文的風格。其中秦金文〈元年丞相斯戈・內正面・摹・13〉、秦簡〈里耶 9.1124〉於二橫畫之間連結的豎畫，變成一斜筆，以連筆的方式快速帶過。代表草書不單出現於簡牘上，於秦金文亦可見，成為當時的一種書寫趨勢。「空」字漢簡作〈銀雀山 846〉，部件「工」同樣運用連筆的效果。
大	〈青川 16〉	〈十三年相邦義戈・摹・15〉	大	《說文》云：「大，天大。地大。人亦大焉。象人形，古文也。凡大之屬皆从大。」〔註156〕、何琳儀云：「象人

〔註154〕漢・許慎撰，清・段玉裁注：《說文解字注》（臺北：藝文印書館，1992 年），頁
　　　　203。
〔註155〕李孝定：《讀說文記》（臺北：中央研究院歷史語言研究所，1992 年 1 月），頁 123。
〔註156〕漢・許慎撰，清・段玉裁注：《說文解字注》（臺北：藝文印書館，1992 年），頁
　　　　496～497。

		〈平陽銅權・15〉 〈始皇詔版・一・15〉 〈秦印編203：大水〉 〈秦陶1607〉 〈漆器 M11・17（雲夢・附二）〉		正面之形」〔註157〕皆表示為人正面之形。秦金文、秦陶文、秦印、小篆大多仍可以辨識為人形，其中〈秦印編203：大水〉人形的上、下部離得較開。秦簡〈青川16〉於人的上半身，頭至雙手的線條，使用連筆的技巧，一筆流暢完成。秦漆文〈漆器 M11・17〉由頭、雙手甚至聯結至腳的部分，人形過度變化難以辨識。漢簡作 〈銀雀山 819〉人形上半部亦承襲此種連筆的特色。
之	〈里耶 6.30〉 〈里耶 8.678〉 〈里耶 9.343〉	〈秦王鐘・8〉 〈大良造鞅戟・8〉 〈王六年上郡守疾戈・摹・8〉		《說文》云：「之，出也。象艸過中，枝莖漸益大，有所之也。一者，地也。凡屮屬皆从屮。」〔註158〕謂植物枝莖日漸長大之狀。裘錫圭云：「『之』的本義近於『往』，或以為字形以『一』代表人所離開的地方，以向前的『止』表示人離此地他去。」〔註159〕認為應象人足於地上之形。秦文字、小篆的足形猶約略可辨識，但是秦簡〈里耶 6.30〉、〈里耶 8.678〉、〈里耶 9.343〉足形與底下的橫畫多筆串聯，近似於楷書的寫法。漢簡作

〔註157〕何琳儀：《戰國古文字典》（北京：中華書局，1998 年），頁 921。

〔註158〕漢・許慎撰，清・段玉裁注：《說文解字注》（臺北：藝文印書館，1992 年），頁 275。

〔註159〕裘錫圭：《文字學概要》（臺北：萬卷樓圖書有限公司，1994 年 3 月），頁 128。

		〈十三年相邦義戈・摹・7〉 〈新郪虎符・31〉 〈始皇詔版・三・40〉 〈平陽銅權・58〉 〈漆器 M11・1（雲夢・附二）〉 〈秦印編 112：李澤之〉 〈封泥印 104〉	〈居延 32.14B〉、〈武威 84 乙〉、〈居延 128.1〉，保留濃厚秦簡草書的風格。
武	〈里耶 9.2542〉	〈廣衍銅矛・鋬上・摹・4〉 〈二十五年上郡守厝戈・摹・21〉	《說文》云：「武，楚莊王曰：『夫武，定功戢兵。故止戈為武。』」[註160]停止戰爭之義。何琳儀云：「表示行動之義」[註161]止象人足之形，戈為武器，用以代表行動。秦金文、秦印、秦封泥、小篆的部件「止」約略可識足之形。秦簡〈里耶 9.2542〉的部件「止」則是連接鄰近的筆畫成為一

〔註160〕漢・許慎撰，清・段玉裁注：《說文解字注》（臺北：藝文印書館，1992 年），頁 638。

〔註161〕何琳儀：《戰國古文字典》（北京：中華書局，1998 年），頁 610。

		〈修武府耳盃・摹・2〉 〈銅弩機・T19 K082・懸刀・摹・1〉 〈秦印編 244：武柏私印〉 〈秦印編 245：東武市〉 〈封泥印 124〉		筆，作乙。「止」形演變的過程其實有跡可循，應為屮－止－止－乙。前人對於秦簡草書的認知，大部分僅至止，但是隨著出土文獻的發掘，從里耶秦簡可以觀察到更草化的寫法作乙。漢簡作〈居延63.11〉，部件「止」與秦簡的寫法甚為類似。
及 級	〈里耶 9.844〉 〈放馬灘・日書甲種 20〉	〈秦印編 253：蘇級〉 〈秦印編 253：王級〉		《說文》云：「及，逮也。从又、人。乙，古文及。秦刻石及如此。弓，亦古文及。遝，亦古文及。」〔註162〕、何琳儀云：「會一人以手，逮及另一人之意。」〔註163〕皆為逮捕的意思。秦印的部件「及」與小篆的「及」字，人與手形仍清晰可辨。秦簡〈里耶 9.844〉、〈放馬灘・日書甲種 20〉人的軀幹與手形，以曲筆透過連筆的手法巧妙地融合一起。「及」字漢簡作〈居延 180・18A〉，亦有雷同的草書筆勢。

〔註162〕漢・許慎撰，清・段玉裁注：《說文解字注》（臺北：藝文印書館，1992 年），頁 116。
〔註163〕何琳儀：《戰國古文字典》（北京：中華書局，1998 年），頁 1373。

內	 〈里耶 8.64〉 〈青川 16〉	 〈秦印編 92：內者府印〉 〈封泥印 39〉		《說文》云：「內，入也。從冂入，自外而入也。」〔註 164〕、何琳儀云：「會入室之意」〔註 165〕皆為自外入內的義涵。秦印、秦封泥印、小篆中間人形的腳分開，於秦簡〈里耶 8.64〉、〈青川 16〉雙腳變成橫畫，並且與人的軀幹連成一筆，人形表意的功能逐漸喪失。漢簡作 〈居延 265.40A〉與秦簡有異曲同工之妙。
五	 〈里耶 8.734 背〉	 〈商鞅方升‧左壁‧26〉 〈銅弩機‧T1K04‧鉤牙‧摹‧1〉 〈二十五年容器‧摹‧6〉 〈新郪虎符‧19〉 〈秦陶 169〉 〈漆器 A（周家臺 149）〉		《說文》云：「五，五行也。從二，陰陽在天地閒交午也。凡五之屬皆從五。ㄨ，古文五如此。」〔註 166〕、李孝定云：「頗疑ㄨ即交午本字，以縱橫相交會意，兩畫斜交者，避與『十』字混耳，後始假為紀數字。」〔註 167〕皆認為是相交之形。秦金文、秦陶文、秦漆文、小篆大部分相交之形仍明顯。秦簡〈里耶 8.734 背〉相交之形則連筆為一畫，漢簡作 〈居延 119.32〉連筆的情況相似。

〔註 164〕漢‧許慎撰，清‧段玉裁注：《說文解字注》（臺北：藝文印書館，1992 年），頁 226。

〔註 165〕何琳儀：《戰國古文字典》（北京：中華書局，1998 年），頁 1258。

〔註 166〕漢‧許慎撰，清‧段玉裁注：《說文解字注》（臺北：藝文印書館，1992 年），頁 745。

〔註 167〕李孝定：《讀說文記》（臺北：中央研究院歷史語言研究所，1992 年 1 月），頁 307。

| 禾 | 〈里耶 8.734 背〉 | 〈高奴禾石銅權・正面・13〉
〈秦印編 133：禾〉
〈秦印編 133：右禾〉
〈秦陶 659〉 | | 《說文》云：「禾，嘉穀也。以二月始生，八月而孰，得時之中和，故謂之禾。禾，木也，木王而生，金王而死。从木，象其穗。凡禾之屬皆从禾。」〔註168〕、何琳儀云：「象禾黍垂穗之形」〔註169〕均指稻穀，下半部為根，上半部為穗與葉之形。秦金文與小篆、秦印〈秦印編 133：禾〉保留商周金文的遺風，象形的表義功能完善，仍可見為稻穀之形。從〈秦印編 133：右禾〉、〈秦陶 659〉可觀察出枝葉與根產生連筆的效果，呈現出由右上往左下傾斜的筆畫作／。秦簡〈里耶 8.734 背〉枝與根右上至左下連接，根與根之間左右亦相聯繫作／，為多筆牽帶的情形。漢簡作禾〈居延 108.11〉為枝與根之間相互連貫，最底下的橫畫為虛連，似乙之形。 |
| 主 | 〈里耶 8.1607〉
〈龍崗 162〉 | 〈秦印編 90：釃主〉
〈秦印編 90：主壽〉 | | 《說文》云：「主，鐙中火主也。𡊔，象形。从丶，亦聲。」〔註170〕。何琳儀云：「象祭祀神主之形」〔註171〕，又云：「初文應作『丁』形，其上加短橫或圓點乃裝飾筆畫，並非『丶聲。」〔註172〕文字演變後所加的橫畫與點畫為裝飾的作用。秦印、秦漆文、小篆的橫畫排列齊整，互不相交。秦簡〈里耶 8.1607〉第一筆橫畫與豎畫 |

〔註168〕漢・許慎撰，清・段玉裁注：《說文解字注》（臺北：藝文印書館，1992 年），頁 323。
〔註169〕何琳儀：《戰國古文字典》（北京：中華書局，1998 年），頁 838。
〔註170〕漢・許慎撰，清・段玉裁注：《說文解字注》（臺北：藝文印書館，1992 年），頁 216。
〔註171〕何琳儀：《戰國古文字典》（北京：中華書局，1998 年），356。
〔註172〕何琳儀：《戰國文字通論》（南京：江蘇教育出版社，2003 年），頁 309。

		〈漆器 M9：44（雲夢・附二）〉		相連接作 了，〈龍崗 162〉則為後二筆橫畫草略書寫，似 Z 形。漢簡作 主〈居延 49.34〉並未承襲秦簡橫、豎筆，以及二橫筆連接的筆勢，可見「主」字的連筆屬於秦簡的特色。
史	〈里耶 9.1294〉	〈秦印編 56：史市〉 〈封泥印 4〉 〈秦印編 8：史陘〉	史	《說文》云：「史，記事者也。从又持中。中，正也。凡叟之屬皆从叟。」〔註173〕記錄事情之義。馬敘倫云：「丨為筆之初文，所以書。故从又持丨為史。」〔註174〕象以手持筆作為記錄，與許慎之說相合。秦印、小篆的筆與手形各自獨立。秦簡〈里耶 9.1294〉部件「手」則與上方部件「中」的右方豎畫相牽帶作 𝟛。漢簡作史〈居延 254.12〉類似於秦簡 史〈龍崗 152〉的寫法，部件「中」的中間豎畫與手形相連接。但是於金文已出現此寫法作史鼎、史〈𥤚鼎〉，秦簡的「吏」「事」字亦有相似的寫法並且為楷書所承襲，可能並非書手散漫為之的字跡，而是前有所承。故這種部件「手」貫穿「中」中間豎畫的筆勢，本文並不歸類為草書。
令	〈里耶 8.211〉	〈秦印編 177：令狐得之〉	令	《說文》云：「令，發號也。从亼、卩。」〔註175〕、李孝定云：「實从倒口，以示發號之人，下从卩則受命之

〔註173〕漢・許慎撰，清・段玉裁注：《說文解字注》（臺北：藝文印書館，1992 年），頁 117。

〔註174〕馬敘倫：《說文解字六書疏證》（臺北：鼎文書局，1975 年），卷六，頁 805。

〔註175〕漢・許慎撰，清・段玉裁注：《說文解字注》（臺北：藝文印書館，1992 年），頁 435。

	 〈嶽麓（貳）·數 33〉	 〈秦印編 177：令狐臣〉 〈秦印編 177：令字〉 〈秦印編 177：令嬽〉		人也。」〔註176〕皆蘊涵有發布命令之義。秦印、小篆的口與人形，各自獨立，秦簡〈里耶 8.211〉、〈嶽麓（貳）·數 33〉上方倒口形「亼」的橫畫，與下方人形「卩」的軀幹相連接作 。漢簡作 〈居延 160.16〉上下的口與人形筆畫亦相牽連。
癸	 〈里耶 8.1170〉	 〈秦印編 278：李癸〉 〈秦印編 278：癸獀〉 〈秦陶 1220〉	 說文 說文籀文	《說文》云：「癸，冬時，水土平，可揆度也。象水從四方流入地中之形。癶承壬，象人足。凡癸之屬皆從癸。楑，籀文從癶，從矢。」〔註177〕謂象水流匯流。李孝定云：「字象器物之形，殆無可疑，惟器難確指。」〔註178〕認為是器物之形，但是形難確定。《說文》籀文下方從「矢」，與〈秦印編 278：癸獀〉字形相似。〈秦印編 278：李癸〉、〈秦陶 1220〉下方象三個八形重疊。秦簡〈里 8.1170〉出現輕率的寫法，八形以一筆畫由上至下相互連接。漢簡作 〈流沙墜簡·術數類〉、〈居延 149.19〉連筆的方式大略相同。

〔註176〕李孝定：《讀說文記》（臺北：中央研究院歷史語言研究所，1992 年 1 月），頁 227。

〔註177〕漢·許慎撰，清·段玉裁注：《說文解字注》（臺北：藝文印書館，1992 年），頁 749。

〔註178〕李孝定：《讀說文記》（臺北：中央研究院歷史語言研究所，1992 年 1 月），頁 314。

益	〈里耶 6.7〉〈里耶 9.874〉	〈秦印編 89：聶益耳〉〈秦印編 89：段益來〉		《說文》云：「益，饒也。從水、皿。水皿，益之意也。」〔註179〕、裘錫圭云：「表示水從器皿裡漫出來」〔註180〕皆有水滿出器皿之義。秦印、小篆的皿形，各筆畫分明且對稱。秦簡〈里耶 6.7〉、〈里耶 9.874〉、皿形下方則以簡便的方式一筆完成，似乙之形。漢簡作〈銀雀山 820〉，皿形富有草書的色彩，末筆猶出現隸書的波磔，為二種書體的融合。
逐	〈里耶 9.807〉	〈秦印編 34：殷逐〉		《說文》云：「逐，追也。從辵，豕省聲。」〔註181〕、何琳儀云：「會追逐野豬之意」〔註182〕皆有追趕的義涵，何氏更特別指明追逐的是野豬。關於「辵」字，李孝定云：「此從彳，象衢道，從止象人足，故有行意，古文從彳、行、辵、止、足、走諸部之字，其意均相近，故諸部間多相通之字。」〔註183〕秦印、小篆的部件「辵」，表示追逐的意味明顯。秦簡〈里耶 9.807〉部件「辵」七個筆畫全濃縮為一筆作〔。漢簡作〈居延 178.16〉部件「辵」則草寫為一橫筆。
發	〈里耶 9.1147〉	〈封泥集 · 附一404〉		《說文》云：「發，射發也。從弓，癹聲。」〔註184〕、何琳儀云：「射發也」〔註185〕主要為射放之義。〈封泥集 · 附一404〉、〈秦印編

〔註179〕漢 · 許慎撰，清 · 段玉裁注：《說文解字注》（臺北：藝文印書館，1992 年），頁 214。

〔註180〕裘錫圭：《文字學概要》（臺北：萬卷樓圖書有限公司，1994 年 3 月），頁 128。

〔註181〕漢 · 許慎撰，清 · 段玉裁注：《說文解字注》（臺北：藝文印書館，1992 年），頁 74。

〔註182〕何琳儀：《戰國古文字典》（北京：中華書局，1998 年），頁 216。

〔註183〕李孝定：《讀說文記》（臺北：中央研究院歷史語言研究所，1992 年 1 月），頁 43。

〔註184〕漢 · 許慎撰，清 · 段玉裁注：《說文解字注》（臺北：藝文印書館，1992 年），頁 647。

〔註185〕何琳儀：《戰國古文字典》（北京：中華書局，1998 年），頁 953。

字	里耶簡	其他	小篆	說明
		 〈秦印編250：楊發〉 〈秦印編250：王發〉		250：楊發〉、小篆部件「弓」的彎曲線條，仍清晰可識。部件「弓」於〈秦印編250：王發〉有拉直的趨向。秦簡〈里耶9.1147〉則草寫成一豎畫，象形表義的功能大大減弱。漢簡作〈流沙墜簡·簡牘遺文22〉部件「弓」亦連為一筆的風格。
都	 〈里耶8.66背〉	 〈十二年上郡守壽戈·內反面·2〉 〈二十五年上郡守厝戈·摹·25〉 〈秦印編119：周都〉 〈封泥印13〉		《說文》云：「都，有先君之舊宗廟曰都。从邑，者聲。《周禮》距國五百里為都。」〔註186〕此字前人說法尚未有定論，本義不明。「邑」字，裘錫圭云：「邑為人所居之處，所以在表示區域的口下加跪坐人形以示意。」〔註187〕上表示區域，下為人形。秦金文、秦印、封泥、小篆部件「邑」上下部分明顯分開。秦簡〈里耶8.66背〉則以簡略的二筆，取代「邑」的所有筆畫，已不見人形，作。漢簡作〈居延59.19〉部件「阝」同樣以二筆畫作為概括。
殷	 〈里耶8.539〉	 〈杜虎符·40〉 〈新郪虎符〉		《說文》云：「殷，擊中聲也。从殳，医聲。」〔註188〕表示撞擊的聲音。戴家祥云：「医本象形，从矢，所以蔽矢也。加旁从殳，言矢之賴以蔽之者手也。」〔註189〕為裝矢的容器，以手加以庇護。「殳」

〔註186〕漢·許慎撰，清·段玉裁注：《說文解字注》（臺北：藝文印書館，1992年），頁286。
〔註187〕裘錫圭：《文字學概要》（臺北：萬卷樓圖書有限公司，1994年3月），頁136。
〔註188〕漢·許慎撰，清·段玉裁注：《說文解字注》（臺北：藝文印書館，1992年），頁120。
〔註189〕戴家祥：《金文大字典》中冊（上海：學林出版社，1995年1月），頁2417。

		 〈平陽銅權・79〉		字，裘錫圭云：「手持可以用來敲擊的錘棒一類東西」〔註190〕與戰爭使用的武器應該有相關。秦金文部件「殳」的手與所持物之形清晰，秦簡〈里耶 8.539〉手與物形運用連筆技巧，作縱向的連接作，繼以斜撇「乀」標明手形。「殷」字漢簡作〈居延 15.8〉、〈居延238.24〉其部件「殳」同於秦簡，使用連筆達到加快書寫速度之目的。
者	 〈里耶 9.572〉	 〈始皇詔銅橢量・一・36〉 〈北私府銅橢量・36〉 〈二世元年詔版・十一・45〉 〈平陽銅權・36〉 〈秦印編67：駱者〉 〈封泥集152・3〉		《說文》云：「者，別事詞也。从白，聲。，古文旅。」〔註191〕、李孝定云：「『者』字所从，非旅非，莫可究詰，不知蓋闕可耳。」〔註192〕本形本義尚不明確。秦金文、秦印、秦封泥、小篆的部件「曰」，為三橫畫與二豎畫構成。秦簡〈里耶9.572〉於中間的二橫畫以一豎畫連筆方式取代，簡省書寫的時間。漢簡作〈銀雀山 682〉，重複的橫畫同樣連接為一豎畫，與所舉秦簡的字例極為近似。

〔註190〕裘錫圭：《文字學概要》（臺北：萬卷樓圖書有限公司，1994 年 3 月），頁 127。
〔註191〕漢・許慎撰，清・段玉裁注：《說文解字注》（臺北：藝文印書館，1992 年），頁 138。
〔註192〕李孝定：《讀說文記》（臺北：中央研究院歷史語言研究所，1992 年 1 月），頁 102。

死	 〈里耶 8.1490〉 〈嶽麓（叁）・魏盜 殺安、宜等案 151〉 〈睡虎地・日書乙 種 206〉 〈龍崗（木）13〉 〈嶽山 1〉	 〈會稽刻石・宋刻 本〉 〈泰山刻石・宋拓 本〉 〈集證 221.260 （陶文）〉		《說文》云：「死，澌也，人所離也。从歺、人。凡死之屬皆从死。族，古文死如此。」〔註193〕、李孝定云：「象人拜於朽骨之旁，以見死義。」〔註194〕皆有生命喪失的涵義。秦刻石、秦陶文、小篆的人與朽骨之形兩者分明。秦簡〈里耶 8.1490〉、〈嶽麓（叁）・魏盜殺安、宜等案 151〉、〈睡虎地・日書乙種 206〉、〈龍（木）・13〉、〈嶽山 1〉側面人形的手與朽骨形相連接，形成左右部件的橫向連接。漢簡作〈居延42.24〉、〈居延133.6A〉人與骨形左右相鄰的筆畫順向牽帶。
年	 〈里耶 8.39〉	 〈商鞅方升・左 壁・2〉 〈王六年上郡守 疾戈・摹・3〉 〈二十八年平安 君鼎・器一・3〉 〈三十三年平安 君鼎・蓋二・3〉		「年」字為穀類成熟之義，本形本義於前文討論過，請參考第四章第一節，不再贅述。秦金文、秦陶文、秦漆文、小篆的部件「禾」與「人」表義明瞭。〈秦印編 134：萬年〉橫向的曲筆，大抵拉直以橫畫呈現。秦簡〈里耶 8.39〉潦草化更為激烈，橫筆改為縱向的牽帶，明顯可見三層連續的半圓曲線。而此為急於書寫導致的曲線連筆，與小篆的嚴謹刻畫的作法不同，應有所區別。漢簡作〈羅布淖爾 2〉是以連續的斜筆上至下作為連接，可以感受到書寫速度較秦簡〈里耶 8.39〉更為迅疾。

〔註193〕漢・許慎撰，清・段玉裁注：《說文解字注》（臺北：藝文印書館，1992 年），頁 166。
〔註194〕李孝定：《讀說文記》（臺北：中央研究院歷史語言研究所，1992 年 1 月），頁 116。

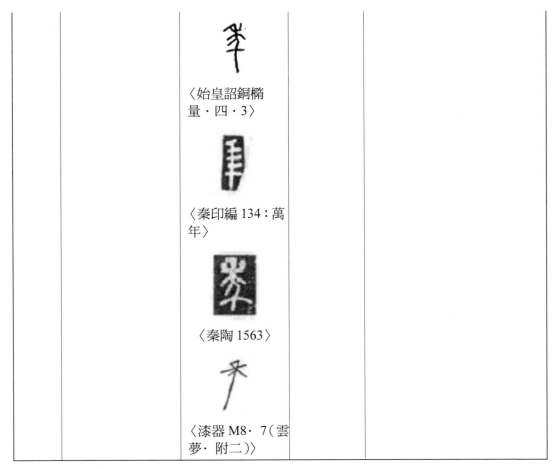

〈始皇詔銅橢
量‧四‧3〉

〈秦印編 134：萬
年〉

〈秦陶 1563〉

〈漆器 M8‧7（雲
夢‧附二）〉

以秦簡與時代接近的文字材料相比較，可以觀察到，草書大多出現於秦簡材料上，秦金文、秦印、秦封泥、秦漆文、秦刻石等則少見，楊宗兵云：

> 秦文字「草化」雖不是十分普遍的現象，但已在一定範圍和程度存
> 在：從文字著錄的載體形式看，秦文字「草化」現象主要集中出現
> 在毛筆書寫的簡牘、帛書材料中，但銅器銘文中也出現有個別的連
> 筆書寫、「草化」字形。〔註195〕

秦簡草化字佔大多數，因為以毛筆書寫，揮灑時具有足夠的靈活性。但是金文非使用毛筆，猶可見少數的連筆，可能與書寫時的輕忽心理有關。李蘇和說：

> 從書寫材料上看，秦文字草化現象主要見於簡牘文字，此與書寫材
> 料、載體有密切的關係。用毛筆書寫在簡牘上，書寫十分靈活，容
> 易草寫，自然書寫速度也會提高。〔註196〕

〔註195〕楊宗兵：〈秦文字「草化」研究〉，《秦文字「草化」研究》，（上海：上海書畫出版
　　　　社，2007年1月），頁11。

〔註196〕李蘇和：《秦文字構形研究》，（上海：復旦大學中國語文學系博士論文，2014年5

由於簡牘材料富有天然纖維，經過處理後表面細緻，利於吸收墨漬，加以毛筆質地柔順，運筆自然不費力，手腕可以盡情揮灑，容易達到快速書寫之目的。簡牘之中，又以里耶秦簡的 21 個字例佔大多數，其次是青川木牘、龍崗秦簡、嶽麓秦簡各為 2 字，顯示里耶秦簡草化的程度較之其他秦簡高。李氏又云：「目前出土的秦代簡文中里耶秦簡是最常見草化字形的，此關乎里耶秦簡的文件性質。」〔註 197〕草書與秦簡的內容、性質有密切關係，湖南省文物考古研究所提及：

> 里耶秦簡內容豐富，涵括戶口、土地開墾、物產、田租賦稅、勞役
> 徭役、倉儲錢糧、兵甲物資、道路里程、郵驛津渡管理、奴隸買賣、
> 刑徒管理、祭祀先農以及教育、醫藥等相關政令和文書，公文中的
> 朔日干支是研究秦漢時期曆法的重要依據，數量眾多、內容詳備的
> 公文形式，為研究秦漢公文制度打開了新的窗子。我們可以由里耶
> 簡瞭解遷陵，由遷陵窺知秦朝的基層社會結構和具體運作。〔註 198〕

里耶秦簡的性質，主要是關於秦代洞庭郡遷陵縣的公文書，內容涵括各式關於民生、商業、軍事、祭祀等制度，屬於社會基層運作的概況，透過朔日干支的記錄，時間推移更為清晰，所以里耶秦簡的謄寫是具有時效性，沒有必要刻意追求字跡的工整。裘錫圭云：

> 草書是輔助隸書的一種簡便字體，主要用於起草文稿和通信。在草
> 書形成的過程裡，官府佐、史一類人大概也起了很大作用。因為他
> 們經常需要起草文書，草書這樣的字體對他們最有用。〔註 199〕

里耶秦簡作為公文書，勢必需要透過傳遞，達到消息的流通，在事件尚未完結之時，文書流轉的過程，其實都可視為起草的文稿。於里耶秦簡中猶存在習字簡，顯示這部分簡是作為練習、學習階段使用，可體會簡牘並非是正式、莊重的書寫載體。里耶秦簡、青川木牘大部分為木牘，又本節所舉草書字例，一例

月），頁 58。

〔註 197〕李蘇和：《秦文字構形研究》，（上海：復旦大學中國語文學系博士論文，2014 年 5 月），頁 58。

〔註 198〕湖南省文物考古研究所：《里耶秦簡（壹）》（北京：文物出版社，2012 年 1 月），前言頁 6。

〔註 199〕裘錫圭：《文字學概要》（臺北：萬卷樓圖書有限公司，1994 年 3 月），頁 107。

為龍崗秦簡的木牘，木牘的面積較竹簡為寬敞，對於促進秦簡草化可能有所助益。因此，里耶秦簡草化的程度，從簡的材質、性質、內容多維角度分析，拓寬了眼界，頗有新的解讀。

　　上表所列，是擇取較為經典的字例作為探討，其實秦簡的草書尚處於萌芽階段，可發現停留在基礎部件或筆畫的草化，並未達到整個字草化的成熟階段。因此，從特定部件則可觀察出草書連筆的規律，統整如下表：

表 3-3-2　秦簡的草書連筆部件

部件	連筆	字　　　　例
工	㇈	空：〈里耶 9.520〉、〈里耶 9.1848〉
		江：〈嶽麓（伍）·秦律令（貳）118〉、〈周家臺 33〉
	㇏	佐：〈里耶 8.839〉
止	㇈	乏：〈里耶 9.721〉
		足：〈里耶 9.1121〉
		從：〈里耶 8.2209〉、〈里耶 8.1269〉、〈里耶 9.1171〉、〈放馬灘·日書乙種 321〉
		徙：〈里耶 9.1581〉
		疑：〈里耶 8.997〉
		歸：〈里耶 8.547〉
		定：〈里耶 8.1769〉

走	L	走：〈里耶 8.373〉
皿	囚	孟：〈里耶 8.1864〉
		盜：〈里耶 8.1252〉、〈放馬灘・日書甲種 32A＋30B〉
		蓋：〈周家臺 328〉
	乙	盡：〈里耶 8.78 背〉
及	乁	級：〈里耶 8.868〉、〈里耶 8.702 背〉
		汲：〈周家臺 340〉
禾	禾	租：〈龍崗 129〉
	禾	蘇：〈里耶 9.728〉
		秩：〈里耶 9.2679〉
辵	乚	過：〈里耶 9.1018〉、〈里耶 8.2046〉
		遣：〈里耶 8.278〉、〈里耶 9.607〉
		蓬：〈里耶 8.1558〉
		適：〈里耶 8.1223〉

阝	P	郵：	〈里耶 8.311〉
		鄉：　　　〈睡虎地・秦律十八種 21〉、　　　〈睡虎地・效律 28〉	
		郤：	〈里耶 8.157 背〉
殳	殳	般：	〈里耶 9.1127〉
直	直	置：	〈周家臺 342〉
		真：	〈里耶 8.190〉
日	凵	署：	〈里耶 8.64 背〉
		詣：	〈里耶 8.1626〉
月	〇	謂：	〈里耶 9.5 背〉
頁	頁	頡：	〈里耶 8.529 背〉

秦簡中常見的草化部件為「工」、「止」、「皿」、「辵」等，洪師燕梅《睡虎地秦簡文字研究》略加闡述草率筆法的形貌，部件「工」草化作乙，部件「止」草化作止、止，部件「皿」草化作，部件「辵」草化作。[註200]隨著出土文獻的陸續公布，我們目睹到更多的材料，而有新的發現，譬如上表的部件「工」、「止」、「皿」皆有連筆作乙的趨勢。部件「工」，如「空」、「江」字；部件「止」，如「乏」、「足」、「從」、「徙」、「疑」、「歸」、「定」字；部件「皿」，

〔註200〕洪燕梅：《睡虎地秦簡文字研究》（臺北：國立政治大學，中國文學系碩士論文，1993 年），頁 56～57。

如「盡」字，這些字的三個部件的本義分別為，繪直線或方形的工具、足趾之形、乘物之器，但是經過如此的草化，寫法變成大同小異。

再者，部件「工」草化作 ，如「佐」字；部件「辵」草化作 ，如「過」、「遣」、「蓬」、「適」字；部件「止」草化作 ，如「走」字。部件「止」、「辵」有行動、步行之義，與部件「工」的義涵不相通，同樣出現類似的連筆，說明草化的規律較為紛亂。

又部件「及」草化作 ，如「級」、「汲」字；部件「殳」作 ，如「般」字。部件「及」、「殳」的本義分別為手抓人或物，由於書寫過於簡率，草化後寫法相類似，容易產生形近的情況，但是本義其實相異，增加辨認的困難。部件「阝」，秦簡的隸書大多作 ，「郵」、「鄉」、「邰」字連筆草寫作 ，與部件「卩」隸書寫作 極為相似，形成部件「阝」、「卩」字形的相混淆。這種節奏迅捷的運筆方式，激烈變化的連筆，在無暇於工整的情況，字形容易相混，極有可能促使訛字的產生，裘錫圭云：

> 草書由於字形太簡單，彼此容易混淆，所以不能像隸書取代篆文那
> 樣，取代隸書而成為主要的字體。〔註201〕

其實，草字訛變於秦簡的部件即可發現端倪，秦簡的草書字例大多為漢簡所承襲，說明這些寫法並非偶然之作。但是這些秦、漢簡的草書與楷書有所差異，未見於現今楷書，應是過度簡化，造成流通的滯礙，達不到約定俗成的境地，自然沒有辦法取代隸書，並且傳承於後世，陸錫興云：

> 秦漢時代出現的草書是和譌變字共生的。……草書起於下層徒隸的
> 筆端，這些人字學本來就不通，加之急迫之間隨手省簡，出現的自
> 然不是規範正體，而是俗書。〔註202〕

草書的興起，源於一味求快的心理，或態度的輕忽等原因所導致，加以從事公文、書信抄寫的身分，主要為底層官吏，於公務繁瑣的壓迫下，自然無暇顧及字跡的工整，故草書產生猛烈變化，字形大多數不合於六書的規範。陸氏又說：

〔註201〕裘錫圭：《文字學概要》（臺北：萬卷樓圖書有限公司，1994 年 3 月），頁 109。
〔註202〕陸興錫：《漢代簡牘草字編》（上海：上海書畫出版社，1989 年 12 月），頁 19。

書寫草書原為求得捷速，可是草書的發展卻產生了相反的結果。草
書越發展，就與通用的楷體差異越大，人們學習草書，等於另外再
學一套文字。而且草書簡化程度越高，字與字之的差異就越小，草
法的規則也越多，使用的難度也隨之增大。……因此，大致在東漢
以後，草書就失去其實用價值，成為一種藝術性字體。〔註203〕

由秦簡的草書字例加以檢視，大部分是由於書手貪快的心理，導致字跡潦草。
基本上，這些草書寫法並未為後代楷書所承襲，因過度草化，造成許多部件
的本形模糊、不明顯，表義功能喪失，引起學字的困難。促使文字演變至後
代，又回歸於收斂，相對工整規矩的書體，才發展出行書、楷書的情況。在
進入楷書階段，字形達至穩定的面貌，不大有劇烈的變動，表明草書由盛轉
衰的歷程。

　　部件「禾」，秦簡的隸書一般寫作 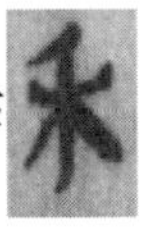 〈周家臺349〉、  〈嶽麓（貳）·
數9〉，其枝與根形為四撇畫組成，簡捷的寫法即作  、  ，如「租」、「蘇」、
「秩」三字。草書筆畫 乙 為一氣呵成，運筆節奏較 丫 更為迅捷，可見草書
趨於輕率的演變過程。另外，部件「直」草化作  ，如「置」、「真」字；部
件「日」草化作  ，如「署」、「詣」字；部件「月」草化作  ，如「謂」字；
部件「頁」草化作  ，如「頡」字。皆將重複並列的橫畫，改為豎畫或撇畫
輕率帶過，顯示部件「禾」與「直」、「日」、「月」、「頁」，主要是以位置鄰近，
並且相類的筆畫作為連筆的形式。

　　前人對於草書的起源，有起於秦代之說，基本上認定於秦代，草書已成為
一種相對於隸書的新書體。但是經過上文分析，發現秦簡的草書僅表現於某些
部件，鮮少全字運用草寫的筆勢，邢文說：

圖5A  所見「從」字，即為草草赴急之形。用筆疾速，筆畫牽
連，字取欹態，右下末筆實為波磔的省簡，為典型的隸草。圖5B 
所見「謁」字，「曷」部的右下亦草簡為一二連筆，末筆向左平掃出
鋒，是隸草所見左挑燕尾的形態。二字多取短促之筆，順勢出鋒，

〔註203〕陸興錫：《漢代簡牘草字編》（上海：上海書畫出版社，1989年12月），頁10。

啄磔之中筆意清晰，筆法兼隸、草。所以說，這種隸草的筆法並不
屬於「草法」，而是屬於「兼隸兼草法」。〔註204〕

除了上述二字例，秦簡中存在姿態相呼應的字例，如「是」字作 〈睡虎
地·秦律十八種 5〉、「足」字作 〈里耶 9.1121〉，其部件「止」皆散漫為
之，但末筆仍保留隸書的波磔筆勢。又如「步」字作 〈周家臺 343〉，其
下方的部件「止」，連筆作 乙，繼以向左下的斜撇出鋒，乙為草書的特徵，
結合隸書左挑的筆勢 丿，二種書體展現巧妙的融合。因此，秦簡的草率寫法
僅能視為廣義的草書，狹義的草書則待漢代才發展至巔峰，形成一股書寫的
風氣且受到重視。

二、小　結

　　本節以秦簡的草書文字，與秦金文、秦印、秦陶文、秦漆文等材料相比較，
發現以里耶秦簡草化的字例居首位，其他秦簡遠不如里耶秦簡草率，此與簡
的內容、性質關係密切。里耶秦簡主要是秦代洞庭郡遷陵縣的公文書，內容
反映社會基層的運作模式，是瞭解秦代人民生活概況，相當珍貴的材料。由
於，簡牘的性質屬於起草、通信的用途，自然文字趨於急就，又本身運用的
木牘載體，面積夠寬敞，可發揮隨意、靈動的技巧。

　　秦簡以部件「工」、「止」、「皿」、「辵」等，展現的草書筆勢特別明顯。部
件「工」、「止」、「皿」皆有草化作 乙 的趨勢。甚至於，部件「工」、「止」、「辵」
出現更為潦草的寫法作 乀。這些原本有明顯區別性的部件，經過激烈變化，字
形過度於簡單，於草書之中容易混同，甚至於與隸書相混淆。加深辨認的難度，
對於漢字的演變、交流造成阻礙，故草書於東漢以降，便偏向藝術化之路發展。
秦簡中的草書，多表現於特定部件上，全字草化的現象並不突出，仍主要以隸
書的筆勢較為彰顯，因此，秦簡可謂以隸書為主體，參雜部分小篆與草書的寫
法。

　　本節所列舉的字形於前人研究當中，鮮為被談及，這是在新材料發掘以後，

〔註204〕邢文：〈秦簡牘書法的筆法〉，《簡帛》第 8 輯（上海：上海古籍出版社，2013 年
　　　　10 月），頁 448。

才掀開秦簡文字草化的新面貌。草書起源的時代，可以更明確知道是萌芽秦代，至漢代草書才形成一種穩定、制約的書體。

第四節　小　結

　　第三章主要討論秦簡的書體，小篆承襲籀文形體而發展，《說文・敘》云：「皆取史籀大篆，或頗省改。」所以在戰國中期已可見到很成熟的小篆文物，但僅見於秦國；隸書雖亦承籀文而來，但變化較多，所以至戰國早中期才見隸書發展的雛形，且各國文字均有此「以趨約易」的現象，至戰國晚期，在考古出土的各國手書文物（如簡牘、布帛）上已多為隸書。

　　小篆精美規整，秦統一天下後以小篆為官方標準文字，此即「書同文」，但其實小篆僅使用於典重場合，如銅器、符節、碑刻等。出土的數批秦簡內容多為法律文書、公文、日書（類似今之農民曆），時代自戰國中晚期跨越至秦二世，其上使用文字已是隸書。隸書普遍見於戰國晚期各國文物，又盛行於秦統一天下後的社會各層面。秦統一天下後雖以小篆為標準字，但真正施行於天下為大眾（包含官吏、政府文書、百姓）所使用的實則為隸書，草書則正處於醞釀的階段。

第四章　秦簡訛變字校釋

　　古文字歷經甲骨文、金文、篆文的過程，中間可能發生簡化、繁化、異化、同化等有規律的字形演變，但是異化中的訛變，多屬於個別例子，不是慣見的書寫方式。李孝定〈中國文字的原始與演變〉一文云：「文字演變的情形，大體上還有規律可尋，而文字的訛變，則是個別的現象，每一個訛變的情形都可能不同。但其所以致訛之故，卻也有個共同之點，那便是由於形近而訛。凡甲骨文、金文、篆文之間形體訛變，大都不出這個範圍。降及隸楷，因為苟趨約易，或者力求整齊方正，以之與大小篆相比較，其訛變情形，往往匪夷所思。」〔註1〕說明訛變常見的情況，從甲骨文、金文到篆文，常因為字形相近，導致書寫上的錯誤。篆文演化至隸書、楷書，經過隸變的階段，為求簡便書寫得更加草率、隨便，造成訛變字更是沒有規律。其實古文字、今文字皆可見形近而訛、苟趨約易的演變，可將此二種訛變特色擴大至各時代檢視。除此之外，猶有音近而訛、義近而訛，因為語音、意義的相近，造成字體的訛變，這種訛變出現的機率不高，大抵還是以形近而訛的情況較為普遍。

　　秦統一天下，以戰國時期的秦國文字為基礎，剔除與秦不相合的文字，為解決各地域字形書寫的差異。高文英《古漢字形體訛變現象的考察與分析》一書云：「在小篆和早期隸書的形成過程之中，因要對秦國文字和六國文字進

〔註1〕李孝定：〈中國文字的原始與演變〉，《漢字的起源與演變論叢》（臺北：聯經出版公司，1992 年），頁 181。

行整齊劃一的統一規範，必然會對漢字的形體進行筆劃、部件或偏旁的改造，訛變也就在所難免。為了將一些字進行統一規範，便將一些相近的形體整齊劃一為一個統一的形體，變形就義及形近而訛，成了這一時期主要的訛變形式。」〔註2〕於文字統一的過程，對其筆畫、構件加以減省、改造，使整齊劃一並且符合規範，字形便愈趨近似，並且刺激訛變情況的產生。小篆發展至隸書，由古文字演進至今文字，經過隸變的階段，圓曲、婉卷線條轉為平直、方折，象形表義的功能削弱許多，取而代之的是抽象符號，訛變的現象更為突出。

　　戰國時期秦國以至秦朝，常見且實用的抄寫材料為簡帛，於秦簡中訛字出現的頻率卻相當高，形成的因素有幾種，劉玉環《秦漢簡帛訛字研究》云：「各種秦漢簡帛中，訛別字和訛錯字的出現頻率，受到多種因素的影響，除了前兩章闡述的導致訛別字和訛錯字出現的主、客觀原因；還包括文本產生時，大的社會背景和文化氛圍（比如政府對漢字規範的重視程度），文本的保存情況（包括文本的殘泐程度、清晰度等），考釋和收集者的水平、態度和方法，及能影響訛字收集的其他因素（比如書寫規範且內容連貫的文本，比較容易發現訛字等）。」〔註3〕秦簡中出現各式用字或抄寫上的錯誤，例如直接書寫為另一字，形成訛別字，或是臨時起意調整某個筆畫、部件，成為無法辨認的訛錯字。另外，文本受當時的環境背景影響，上位者對於國家文字的掌控度嚴厲與否，與文本殘缺漶漫的程度，多少都會導致考釋的結果。並且劉氏認為文學性質的典籍，內容前後具有連貫性，需要長篇鋪陳，書手的態度容易分神、渙散，抄寫過程產生訛字。以上三種關於秦簡帛本身的狀況，皆可能影響訛字形成的多寡。

　　古文字訛變的情形，秦簡文字主要以小篆與隸書書體記載，從李孝定與高文英的說法，可觀察出秦簡文字訛變的最大特色就是「形近而訛」以及「苟趨約易」二種，二位學者的觀點不謀而合。由於秦簡中仍存在一些訛變字，原釋字值得再商榷，本章即揀擇具有代表性、有問題的字提出來討論，以期釐清訛變字的演變歷程，以及於簡文的使用情形。

〔註2〕　高文英：《古漢字形體訛變現象的考察與分析》，（石家莊：河北大學，漢語言文字　　　　　學系碩士論文，2008 年 6 月）。
〔註3〕　劉玉環：《秦漢簡帛訛字研究》（北京：中國書籍出版社，2012 年），前言頁 1。

第一節　秦簡訛變字辨析

　　從古文字演變的軌跡，可以容易觀察到字形簡化、繁化對於漢字的影響重大，訛變的情形反而被忽視。何琳儀《戰國文字通論（訂補）》云：「異化，則是對文字的筆畫和偏旁有所變異。異化的結果，筆畫和偏旁的簡、繁程度並不顯著，而筆畫的組合、方向和偏旁的種類、位置則有較大的變化。……異化中涉及的訛變現象相當複雜。偶然性、漫無規律性的訛變，暫不擬討論。」〔註4〕指出異化是筆畫、部件的變異，簡化、繁化現象不明顯。異化是包涵訛變在內，訛變可以發現具有規律性、偶然性兩種差別，何氏書中僅針對規律性較強的訛變進行歸類、分析。

　　何琳儀將異化分為 1. 方位互作、2. 形符互作、3. 形近互作、4. 音符互作、5. 形音互作、6. 置換形符、7. 分割筆畫、8. 連接筆畫、9. 貫穿筆畫、10. 延伸筆畫、11. 收縮筆畫、12. 平直筆畫、13. 彎曲筆畫、14. 解散形體，共 14 類。林清源《楚國文字構形演變研究》依據何氏的分類作重新調整，第 3 類改名為「形近訛混」，第 4 類改名為「音近通用」，第 2 類拆為「義近替代」、「義異別構」。以及第 7～14 類合併為一類稱作「筆畫變形」。

　　其中「形近訛混」、「音近通用」、「義近替代」三類，屬於部件表示形、音、義的功能相接近，導致的訛混。但是「音近通用」其實就是「通假字」，由於語音相近而借用，「義近替代」類似「抽換詞面」的使用方式，以意義相似的字詞，取代原句中的某些詞面，故「音近通用」、「義近替代」二類本文並不放入訛變作討論。另外，其實變異的不僅是筆畫，猶涵蓋部件，本文認為「筆畫變形」應改稱「變形」較為適當。綜上所述，「形近訛混」主要為部件相近導致的訛混，「變形」為部件和筆畫整體的更異，破壞性極強，二類主要屬於訛變的方面。

　　偶然性程度高的訛變字，較不易有系統地歸納，常為學者所忽略或輕描淡寫的帶過。但是，並非表示規律性弱的訛變不重要，唐蘭《古文字學導論》云：「因為文字趨於簡單，簡單的形體有限，所以常有殽混。而文字的演變，又常會造成錯誤，有些殽混是由錯誤而來的，而殽混的結果，也會變為錯誤，這兩者狠難分別。……混殽和錯誤是例外的，但是我們不能因例外而忽置，

〔註4〕何琳儀：《戰國文字通論（訂補）》（南京：江蘇教育出版社，2003 年），頁 226。

不然在研究的進行裡，將時時會感到窒礙的。」〔註5〕字形過於簡單會造成混淆，於古文字的演變過程中，若對於原字義不理解，書寫時容易出現錯誤。反之，當字形誤寫造成原義喪失，亦使得人們產生理解困難、混淆。唐氏所言的混淆，為 A 字寫成 B 字的情況，此可以當作「寫錯字」，屬於「形近訛混」一類。

不是寫錯字的情形，卻亦造成理解上的難題，林澐《古文字學簡論》云：「在字形變異中，有一類特殊的現象—在對文字的原有結構和組成偏旁，缺乏正確理解的情況下，錯誤地破壞了原結構或改變了原偏旁。這類現象，習慣上稱之為『訛變』。」〔註6〕是誤解字形，破壞原有的結構，導致看不出造字的用意。此為 A 字寫成 A 字的情形，文字形體經過變異，但是仍辨認得出寫的是原字，可以歸類為「變形」。

孔仲溫《文字學》說明「訛變」即不理解字形或是追求簡便，錯誤破壞結構，產生與原造字不同的形體，並且分為一、「形體相近的訛變」：因形體相近而訛變，並且產生混淆。二、「苟趨省易的訛變」：誤解字形的結構，看不出原造字的用意，創造出不同的字，即「變形」。「形近而訛」其實就是「訛混」，所以「訛變」包含的範圍較大，「訛混」只是「訛變」的其中一項。至於「訛變」其實就是「訛誤」，「訛混」則是其中的一部分。

若針對這些部件、筆畫書寫不固定的字例進行梳理，應可以解決閱讀上的困擾。因此，本章以 1.「變形」、2.「形近訛混」二種分類，針對秦簡這些例外的訛變字進行探討。

一、變　形

訛變中的「變形」，學者的定義不一，何琳儀云：「解散形體，是對文字形體和偏旁的破壞。筆畫和偏旁一旦支離破碎，不但很難辨識，而且容易造成誤解。……解散形體的方式很複雜，且很少有規律。」〔註7〕大肆破壞文字的形體，筆畫和部件已經面目全非，中間演變的過程極為複雜，已非簡化、繁化可以概括。這類的訛變字，經過文字的演變發展，人們對於字形的原義

〔註5〕 唐蘭：《古文字學導論》（臺北：洪氏出版社，1978 年），頁 254。

〔註6〕 林澐：《古文字學簡論》（北京：中華書局，2012 年），頁 116～117。

〔註7〕 何琳儀：《戰國文字通論（訂補）》（南京：江蘇教育出版社，2003 年），頁 248。

產生誤解，容易不照規範字書寫，往往發生錯誤，但是僅止於部件、筆畫，並非整個字。此種訛變字與正體字是字形有所區別，字義亦有所區別，但其實為同一個字，可歸類為異體字。

1.「狐」字

「狐」字，《說文解字》云：「，祧獸也。鬼所乘之。有三德：其色中和，小前大後，死則丘首，謂之三德。从犬，瓜聲。」〔註8〕是一種野獸，為形聲字。李學勤云：「甲骨文字形為从犬、亡聲，後世改其聲符為『瓜』。」〔註9〕、郭沫若云：「亡音古讀無，與瓜音同在魚部。」〔註10〕甲骨文从「犬」、「亡」聲可能不是「狐」字，而應从「犬」，「瓜」為聲符。

小篆作，楚簡作〈曾侯乙 36〉、〈曾侯乙 23〉、〈曾侯乙 29〉，秦簡作〈放馬灘・日書乙種 208〉、〈龍崗 34A〉、〈嶽麓（壹）・占夢書 16〉、〈里耶 8.406〉。「瓜」字秦簡作〈睡虎地・日書乙種 65〉，楚簡、秦簡的字形右方的部件作「瓜」。其中秦簡〈里耶 6.4〉，部件「犬」、「瓜」上方的筆畫似乎連為一橫筆，「瓜」的藤蔓之形線條拉直，已難以看出其本形本義。

2.「是」字

「是」字，《說文解字》云：「，直也。从日、正。凡是之屬皆从是。，籀文是，从古文正。」〔註11〕指出為从日从正。李孝定云：「『是』之象形，只當作，其作者，从，乃『又』作『』之少變，所以持之者也。下復从『止』者，乃『是』之提，所以挂於鼎唇，免於下滑，亦猶人之有趾。」〔註12〕認為應是从「又」、「止」。

〔註8〕漢・許慎撰、清・段玉裁注：《說文解字注》（臺北：藝文印書館，1992 年），頁482。

〔註9〕李學勤：《字源》（天津：天津古籍出版社，2013 年 7 月），頁 883。

〔註10〕郭沫若：《郭沫若全集・卜辭通纂》考古編第 2 卷（北京：科學出版社，1982 年 6 月），頁 471。

〔註11〕漢・許慎撰、清・段玉裁注：《說文解字注》（臺北：藝文印書館，1992 年），頁482。

〔註12〕李孝定：《讀說文記》（臺北：臺灣商務印書館，1992 年），頁 42。

金文作 ![字]〈是要簋〉、![字]〈陳公子叔遜父甗〉、![字]〈中山王豐壺〉，楚簡作 ![字]〈楚帛書 3.30〉、![字]〈包山 2.4〉、![字]〈上博（二）·子羔·13〉、![字]〈上博（二）·民之父母·8〉、![字]〈新蔡·114〉，於金文、楚簡的部件「止」上方，寫作「又」，或為一橫畫。秦簡作 ![字]〈睡虎地·秦律十八種 5〉、![字]〈放馬灘·日書乙種 255〉、![字]〈周家臺 143〉、![字]〈里耶 8.25〉、![字]〈嶽麓（叁）·芮盜賣公列地案 80〉，「止」的上方則大多寫為一橫畫。其中秦簡的 ![字]〈里耶 8.675〉部件「止」下方的筆畫訛變成 ![字]，呈現波折的曲線，已不似人趾之形。並且「止」上方，甚至出現意義不明的筆畫 ![字]，要視為「又」的筆畫，表義功能卻不夠具體。

3.「令」字

「令」字，《說文解字》云：「![字]，發號也。从亼、卪。」〔註 13〕。第三章第一節討論過「令」字的本形本義，上方為倒口發號之形，下方為接收命令之人，此處不再贅述。

甲骨文作 ![字]〈合集 3289〉，金文作 ![字]〈作冊矢令簋〉、![字]〈小克鼎〉，其中 ![字]〈蔡侯紐鐘〉左方繁加二橫筆，《說文》小篆作 ![字]保留甲骨文、金文的書寫特點。楚簡作 ![字]〈包山 2.18〉、![字]〈郭店.緇衣.37〉、![字]〈曾侯乙 4〉、![字]〈包山 2.166〉，前二者承襲金文下方加二橫筆的形式，後二者則繁增部件「口」、「攵」，並且〈曾侯乙 4〉左方跪坐人形的手尚未與腳連接成一直線，為分開的筆畫。秦簡作 ![字]〈里耶 8.41〉、![字]〈嶽麓（肆）·秦律令（壹）22〉、![字]〈睡虎地·秦律十八種 32〉、![字]〈放馬灘·丹 3〉、![字]〈龍崗 53〉、![字]〈周家臺 246〉，下方人形的手、腳連成一線，與身體相連接。其中秦簡 ![字]〈里耶 8.140〉產生訛變，人形寫成二筆曲線，與甲骨文、金文、楚簡、其他秦簡字形截然不同，已看不出跪坐人行之姿。

〔註13〕漢·許慎撰、清·段玉裁注：《說文解字注》（臺北：藝文印書館，1992 年），頁 435。

4.「奴」字

「奴」字,《說文解字》云:「,奴、婢,皆古辠人也。《周禮》曰:『其奴,男子入于辠隸,女子入于舂槀。』从女、又。,古文奴。」〔註14〕、何琳儀云:「从又,从女,會以手擒女俘迫其為奴之意。」〔註15〕二位學者皆認為是从「又」、从「女」,有俘虜的意思。

甲骨文作 〈合集 8251 正〉,「手」旁的斜點應為飾筆。金文作 〈臥奴寶甗〉、〈農卣〉,〈農卣〉下方添加部件「十」。楚簡作 〈包山 2.20〉、〈郭店.老子甲.9〉、〈包山 2.122〉,〈郭店.老子甲.9〉「手」形移位至「女」下方,並且〈包山 2.122〉出現部件「又」訛成「人」的情形。秦簡作 〈里耶 8.1287〉、〈嶽麓(肆)·秦律令(壹)151〉、〈嶽麓(伍)·秦律令(貳)40〉、〈睡虎地·法律答問 20〉,類似於甲骨文於「手」形加飾筆的形式,基本上仍可辨識為手。另外,〈龍崗 62〉、〈嶽麓(壹)·為吏治官及黔首 12〉的「手」形產生訛變現象,下方出現類似的人形作 、。

以上所舉字例,形體產生多方面的變異,不能歸類為簡化、繁化,此種變異多屬偶然性,於其他古文字材料幾乎不見,由此造成辨認上的困難,但是基本上還是原來的那一個字,僅是形體上產生變異,與正字的寫法有所區別,並沒有與其他字混淆,造成寫錯字的情況。

二、形近訛混

秦簡中可以發現許多訛變字的使用,這類的訛變字往往對原字不理解,從而錯誤地破壞字的形構,造成形體上相似以及混同的現象,裘錫圭〈考古發現的秦漢文字資料對於校讀古籍的重要性〉云:「在秦漢文字資料表現出來的書寫習慣方面,要注意某兩個或幾個字的寫法特別容易相混的現象,例如前人所指出的『土、士、出』,『十、七』,『吉、告』,『脩、循』等等。這些在秦漢人筆下寫法非常相近的字,也就是古書裡互訛之例最多的字。」〔註16〕

〔註14〕漢·許慎撰、清·段玉裁注:《說文解字注》(臺北:藝文印書館,1992 年),頁622。
〔註15〕何琳儀:《戰國古文字典》(北京:中華書局,1998 年),頁 559。
〔註16〕裘錫圭:〈考古發現的秦漢文字資料對於校讀古籍的重要性〉,《古代文史研究新探》

於秦簡「土」字作 〈里耶 8.780〉、〈放馬灘·日書甲種 24〉,「士」字作 〈里耶 5.4〉、〈睡虎地·為吏之道 18〉,「出」字作 〈周家臺 350〉、〈放馬灘·日書甲種 16〉;「十」字作 〈里耶 6.1〉、〈嶽麓(叁)·尸等捕盜疑購案 33〉,「七」字作 〈放馬灘·日書乙種 56〉、〈周家臺 134〉;「吉」字作 〈睡虎地·日書乙種 17〉、〈周家臺 190〉,「告」字作 〈里耶 9.1408 背〉、〈周家臺 248〉;「脩」字作 〈睡虎地·日書乙種 187〉、〈周家臺 368〉,「循」字作 〈睡虎地·法律答問 187〉、〈周家臺 260〉,以上字形確實不容易區別清楚。出土文獻中形體相近的字,在後代傳鈔的過程中,容易將 A 寫成 B 二字相混,形成寫錯字的狀況。

寫錯字又有不同的情形,影響到是否能歸類為異體字的標準。林澐《古文字學簡論》云:「錯別字本來不能算異體字。但如果大多數人都寫錯了,將錯就錯,不但會變成公認的異體,甚至會取得正體的地位。」〔註 17〕書手個人偶爾書寫錯字是在所難免,但是當多數人都寫錯字,久而久之積非成是,錯字便逐漸成為正體字,此二種寫錯字,皆需要透過文例,以及當時的書寫習慣作為判斷。以下即針對 A 字寫成 B 的形近訛混的情形,造成整理者誤釋有待梳理的字例,提出「鄰」、「冗」、「予」三字進行討論。

第二節　秦簡「鄰」字辨析

秦簡中有「鄰」一字,但是原整理者考釋為「粼」、「鄰」、「粼」、「粦」、「粼」五字,見於睡虎地秦簡、里耶秦簡、嶽麓秦簡,〈里耶 8.260〉隸定作「粼」,〈睡虎地·秦律十八種 61〉、〈睡虎地·秦律十八種 10〉、〈嶽麓(肆)·秦律令(壹)177〉、〈嶽麓(肆)·秦律令(壹)357〉、〈嶽麓(伍)·秦律令(貳)309〉作「鄰」,〈里耶 8.1047〉、〈里耶 8.1262〉、〈里耶 9.2467〉作「粼」,〈里耶 9.2133〉作「粦」,〈里耶 9.2312〉作「粼」〔註 18〕。後來陳偉、何有

（南京：江蘇古籍出版社，1992 年），頁 38。

〔註 17〕林澐：《古文字學簡論》（北京：中華書局，2012 年 4 月），頁 117。

〔註 18〕「粼」字應是整理者錯誤的隸定，右方部件「凡」的中間豎畫並未向上延伸成為

祖、里耶秦簡牘校釋小組等人，又依據原考釋加以改釋，以及補充缺釋的部分。

除了「㶚」字，其他四個字皆未收入於《說文解字》一書中，於文例學者們大抵讀作「遴」或「鄰」字，所代表的意涵接近，字形卻有些微差異，此種書寫混亂現象的產生，以及考釋者對於字形的隸定準則，皆是值得討論的重點。

陳偉《里耶秦簡牘校釋（第一卷）》一書主要考釋《里耶秦簡（壹）》所收錄里耶秦簡第五、六、八層的字，〈里耶 8.260〉的「㶚」字、〈里耶 8.1262〉的「㶚」字以及〈里耶 8.1514〉的未釋字，並且重新釋為「㶚」字。《里耶秦簡牘校釋（第二卷）》一書則考釋《里耶秦簡（貳）》所收錄第九層的字，〈里耶 9.2469〉的「㶚」字、〈里耶 9.2133〉的「㶚」字、〈里耶 9.2312〉的「㶚」字，皆改釋為「㶚」字。陳氏將第八層多改釋為「㶚」字，第九層改釋為「㶚」字。

何有祖〈讀里耶秦簡札記（四）〉[註19]一文，主要考釋里耶秦簡第八層的字，〈里耶 8.2059〉云：「☒守丞酉☐」簡文中「酉」下一字未釋，何氏認為簡〈里耶 8.2059〉與〈里耶 8.260〉、〈里耶 8.1262〉、〈里耶 8.1514〉於陳偉《里耶秦簡牘校釋（第一卷）》釋為「㶚」字，皆應當改釋為「㶚」字，如《睡虎地秦簡》的〈秦律雜抄〉簡 10 一樣，讀為「遴」，有選擇的義涵。

里耶秦簡牘校釋小組〈《里耶秦簡（貳）》校讀（一）〉[註20]一文，是考釋里耶秦簡第九層的字，將原考釋的「㶚」《里 9.2133》、「㶚」〈里耶 9.2312〉二字，又皆改釋為「㶚」字，同於陳偉《里耶秦簡牘校釋（第二卷）》一書的改釋。

部分秦簡原考釋的「㶚」、「㶚」、「㶚」字，何有祖、里耶秦簡牘校釋小組大抵改釋為「㶚」字，〈里耶 8.260〉的「㶚」字、〈里耶 8.1262〉的「㶚」字陳偉則改釋為「㶚」。另外，〈里耶 8.1514〉簡文中的「丁」字後面渙漫不清、

「丸」，陳偉《里耶秦簡牘校釋（第二卷）》、里耶秦簡牘校釋小組〈《里耶秦簡（貳）》校讀（一）〉說明「原釋文作㶚。」應是注意到原整理者的疏失。下文連同附錄，即加以統一改釋為「㶚」字。

〔註19〕何有祖：〈讀里耶秦簡札記（四）〉，（武漢大學簡帛網發文，2015 年 7 月 8 日）。http://www.bsm.org.cn/show_article.php?id=2271

〔註20〕里耶秦簡牘校釋小組：〈《里耶秦簡（貳）》校讀（一）〉，（武漢大學簡帛網發文，2018 年 5 月 17 日）。http://www.bsm.org.cn/show_article.php?id=3105

殘缺的字，何有祖隸定為「𣲖」，陳偉則隸定為「𣲖」。何有祖、陳偉、里耶秦簡牘校釋小組將原整理者考釋的四個字，逐漸聚焦改釋為「𣲖」、「𣲖」二字。至於改釋後放入簡文中檢視，文意的通暢又是另外一個可以檢視問題。

楊寶忠〈釋「𣲖」及其變體〉一文，主要依據傳世文獻的字書，如：《說文解字》、《玉篇》、《類篇》，以及韻書《廣韻》、《集韻》等書，所收錄的「𣲖」字為材料。書中記載許多從部件「粦」的字，其中包含「𣲖」、「𣲖」等字，透過字義與字音的考證，楊氏認為皆是「𣲖」字的變體。並且，指出《周禮》中二個「瓶」字，段玉裁、王念孫、孫詒讓說明故書作「鄰」，卻不知是從「𣲖」字訛變而來。引發我們思考「𣲖」字的演變歷程，是否上有所承，所以造成文字的不斷分化。

「𣲖」、「𣲖」、「𣲖」、「𣲖」、此四字，究竟應當隸定為「𣲖」或「𣲖」字，甚至是「𣲖」、「𣲖」二字皆不是，而另有他字，有待更精確的釋讀，因此，即藉由出土文獻與傳世文獻的記載相互考證，分析秦簡中從「粦」的四個訛變字。下文分二節，一、秦簡「鄰」字的釋讀，主要統整從「粦」的原考釋字，經過學者改釋，最後隸定成「𣲖」、「𣲖」，筆者再加以討論字的意義，分析隸定成此二個字是否適切。二、秦簡「鄰」字的考釋，從相同的字義推測，從「粦」的字應為同一個字，繼而依據字形判斷應隸定為「鄰」字，並且討論釋讀為何字，於文例中會最通順。

一、秦簡「鄰」字釋讀

秦簡中的「鄰」字，原考釋為「𣲖」、「𣲖」、「𣲖」、「𣲖」四字，《說文解字》一書有收錄「𣲖」字，云：「𣲖，水生厓石閒也。從《《，粦聲。」〔註21〕形容水流清澈的樣子。後來陳偉將里耶秦簡第八層，由部件「粦」組成的這些字，改釋為「𣲖」字。又陳偉與里耶秦簡校釋小組，則將里耶秦簡第九層的字，改釋為「𣲖」字。何有祖針對陳偉改釋的「𣲖」字，又改釋為「𣲖」。可知從「粦」的字，由原考釋的四字，後來學者再加以精準釋讀，陳偉縮小範圍為「𣲖」與「𣲖」二字，何有祖認為此四個字，其實皆為「𣲖」一字而已。

因此，有必要了解從「粦」的字，於簡文當中的使用情形，本節即先統整

〔註21〕漢・許慎撰、清・段玉裁注：《說文解字注》（臺北：藝文印書館，1992 年），頁574。

前人的說法，再根據文例分析從「桀」字應讀為何字，以及其字義的解釋。並
且，歸納「鄰」字，經過那些學者改釋，以及改釋之後作何字。

（一）睡虎地秦簡的「鄰」字

睡虎地秦簡中的「鄰」字原考釋為「鄰」字，〈睡虎地·秦律十八種 61〉
作 、〈睡虎地·秦律雜抄 10〉作 ，文例如下：

> 隸臣欲以人丁鄰者二人贖，許之。其老當免老、小高五尺以下及隸
> 妾欲以丁鄰者一人贖，許之。贖……。（〈睡虎地·秦律十八種 61〉）

> 賦鵕馬，馬備，乃鄰從軍者，到軍課之，馬殿，令、丞二甲；司馬；
> 司馬貲二甲，灋（廢）吏自佐、史……。（〈睡虎地·秦律雜抄 10〉）

「鄰」字於〈睡虎地·秦律十八種 61〉，原考釋者云：「鄰，疑讀為齡。丁齡
即丁年。」〔註22〕，並且將二句簡文「隸臣欲以人丁鄰者二人贖」、「以丁鄰
者一人贖」分別語譯為「以壯年二人贖一個隸臣」、「以壯年一人贖」〔註23〕
認為「鄰」字應讀為「齡」，有歲數之義。方勇則云：「『人丁』應為一詞，『鄰
者』為一詞，簡文下文中的『丁鄰者一人贖』一句中是明顯省略了『人』字。……
『人丁』就是表示強壯的成年男子。另外，在睡虎地秦簡中表示男子強壯就
直接寫為『丁壯』一詞，而不是『丁鄰』或『丁年』。如《封診式·賊死》篇
中說：『不可智（知）賊迹。男子丁壯，析（晢）色。』……『鄰』應用為『鄰』，
二者均從『桀』得聲，並且古書中通假的例子常見。……『人丁鄰者』就應
該指的是同伍中其餘人家的丁壯男子。」〔註24〕不認為應讀為「齡」，提出與
原考釋者不同的說法。〈睡虎地·法律答問·簡99〉云：「四鄰即伍人謂殹（也）」
〔註25〕簡文說明以五家為一伍，同伍中的其餘四家即稱為「鄰」。據此，本文
認同方勇的說法，「鄰」字應讀為「鄰」，表示為古代的戶籍編制單位。

〔註22〕睡虎地秦墓竹簡整理小組：《睡虎地秦墓竹簡》（北京：文物出版社，1990年9月），
頁35。
〔註23〕睡虎地秦墓竹簡整理小組：《睡虎地秦墓竹簡》（北京：文物出版社，1990年9月），
頁35。
〔註24〕方勇：〈秦簡札記四則〉，《長春師範學院學報（人文社會科學版）》2009年5月第
28卷第3期，頁64。
〔註25〕睡虎地秦墓竹簡整理小組：《睡虎地秦墓竹簡》（北京：文物出版社，1990年9月），
頁117。

　　針對〈睡虎地・秦律雜抄 10〉簡文「乃粼從軍者」中的「粼」字，原考釋者云：「粼，應讀為遴，選擇。此句意思是在從軍者中選取騎士。」〔註26〕指出應讀為「遴」，有選擇之義。戴世君則云：「『乃粼從軍者』的意思相應地是從『騺馬』中挑選軍用馬匹，而不是『在從軍人員中選用騎士』。……『賦騺馬，馬備，乃粼從軍者』是說秦政府先徵取體高五尺八寸以上的乘騎馬匹，待馬數徵齊後，再在其中挑選要求更高的軍馬。《荀子・哀公》：『弓調而後求勁焉，馬服而後求良焉』……精神有相通之處。」〔註27〕認為並非是由從軍者中挑選騎士，而是從馬匹中挑選軍用的馬匹，「騺馬」並沒有軍馬的意涵。但是戴氏的釋讀，仍同於原考釋者具有選擇義的觀點，故「粼」字可讀為「遴」。

　　從文例進行分析，睡虎地秦簡的二個「粼」字，本節認為〈睡虎地・秦律十八種 61〉應讀為「鄰」，為戶籍的編制單位，〈睡虎地・秦律雜抄 10〉則讀為「遴」，有挑選之義，二處暫同隸定為「粼」字，但是所蘊涵的意義不同。

（二）里耶秦簡的「鄰」字

1. 第八層簡文

　　里耶秦簡的「鄰」字原考釋為「粼」、「鄰」二字，猶有未釋的二個字。「粼」字，〈里耶 8.260〉作 、「鄰」字，〈里耶 8.1262〉作 。未釋字，〈里耶 8.1514〉作 、〈里耶 8.2059〉作 ，文例如下：

　　發粼☒（〈里耶 8.260〉）

　　☒□鄰卒尉卒（〈里耶 8.1262〉）

　　廿九年四月甲子朔辛巳，庫守悍敢言之：御史令曰：各第官徒丁□☒

　　勮者為甲，次為乙，次為丙，各以其事勮易次之。‧令曰各以□☒

　　上。‧今牒書當令者三牒，署第上。敢言之。（正）

　　四月壬午水下二刻，佐圂以來。ノ槐手。（背）（〈里耶 8.1514〉）

　　☒守丞酉□（〈里耶 8.2059〉）

針對〈里耶 8.2059〉的未釋字，何有祖云：「『酉』下一字原釋文未釋，簡文

〔註26〕睡虎地秦墓竹簡整理小組：《睡虎地秦墓竹簡》（北京：文物出版社，1990 年 9 月），頁82。

〔註27〕戴世君：〈雲夢秦律新解（六則）〉，《江漢考古》2008 年 5 月第 4 期，頁99。

作：字從舜從几，即𣥎。……上揭里耶秦簡幾處『𣥎』也从舜从几，皆當改釋作𣥎。里耶秦簡所見諸𣥎字，以及睡虎地簡的『𣥎』實當如《秦律雜抄》9～10 號簡整理小組注釋讀為『遴』，選擇。里耶 8-1514『丁𣥎』之『𣥎』、《秦律十八種・倉律》61 號簡『丁𣥎』之『𣥎』也當讀作『遴』。『丁遴』指經過挑選的丁壯之人。」〔註28〕提及的幾處里耶秦簡，為簡 8.260、簡 8.1262、簡 8.1514，何氏認為《里 8.2059》應同上述三簡，依據〈睡虎地・秦律十八種 61〉、〈睡虎地・秦律雜抄 10〉的考釋，隸定為「𣥎」，讀為「遴」，有挑選之義。但是，〈睡虎地・秦律十八種 61〉的「丁𣥎」依據筆者上述的分析，應讀為「鄰」，解釋作戶籍編制單位較適切。所以〈里耶 8.1514〉未釋之字，同理亦應讀為「鄰」。

　　「𣥎」字，〈里耶 8.1047〉作，文例如下：

　　一人，令、丞各自為比有𣥎別及以平賈＝（〈里耶 8.1047〉）

陳偉云：「平賈，平價。《二年律令・田律》242 號簡云：『芻稾節（即）貴于律，以入芻稾時平價入錢。』」〔註29〕闡述「平賈」為平均價格的意思。溫樂平、程宇昌云：「從張家山漢簡得知，多處使用『平價』一詞……王莽仿古改制，將平價改為『市平』，但其意思未變，仍是指評定商品價格，均衡市場物價。」〔註30〕古代有穩定市場物價的機制，先經過判定、抉擇之後，再平均價格，其中「別」字有分辨、區分的意義。因此，本文認為〈里耶 8.1047〉簡文可解釋作「令、丞各自比較、選擇之後，再平均價格。」「𣥎」字可讀為「遴」，有選擇之義。

　　經過文例分析，本節認為〈里耶 8.260〉、〈里耶 8.1262〉、〈里耶 8.2059〉、〈里耶 8.1047〉從「舜」的四個字，應讀為「遴」，有「選擇」的意思。〈里耶 8.1514〉的未釋字，應從〈睡虎地・秦律十八種 61〉讀為「鄰」，有古代

〔註28〕何有祖：〈讀里耶秦簡札記（四）〉，（武漢大學簡帛網發文，2015 年 7 月 8 日）。http://www.bsm.org.cn/show_article.php?id=2271

〔註29〕陳偉：《里耶秦簡牘校釋（第一卷）》（武漢：武漢大學出版社，2012 年 1 月），頁 268。

〔註30〕溫樂平、程宇昌：〈從張家山漢簡看西漢初期平價制度〉，《江西師範大學學報（哲學社會科學版）》2003 年 11 月第 6 期，頁 74。

戶籍編制單位之義。

2. 第九層簡文

里耶秦簡的「鄰」字原考釋為「䣕」、「𨛜」二字。「䣕」字，〈里耶 9.2133〉作、「𨛜」字，〈里耶 9.2312〉作、〈里耶 9.2467〉作，三個字的隸定皆不盡相同。文例如下：

☑□□□□□䣕，卅九人不䣕。（〈里耶 9.2133〉）

都鄉月𨛜筒。（《里 9.2312》）

武□□□□□□□□令□舉𨛜遷（〈里耶 9.2467〉）

郭永秉討論張家山漢簡的「僯」字云：「將『遴』的『選取』之義放到《奏讞書》『僯視氏所言籍』一句中。似乎也可以講通。『遴（遴）視』就是挑選著看。」〔註31〕根據郭永秉的說法，里耶秦簡牘校釋小組針對〈里耶 9.2133〉的「䣕」字云：「𨛜，本簡二見，原釋文均作『䣕』。……把《奏讞書》『視』上一字讀作『遴』的意見可從。在隸定上，字右部所從爲表『俯之古文』的『几』。𨛜，可看作是『僯』的異體，這裏與『遴』通作，有挑選義。」〔註32〕說明張家山漢簡《奏讞書》的「僯」字可讀為「遴」，「僯」、「遴」二字為異體，皆有挑選的意思，故〈里耶 9.2133〉的「䣕」字可改釋為「𨛜」，讀為「遴」。據此，〈里耶 9.2133〉的「䣕」字，於文例中亦有挑選的涵義，所以〈里耶 9.2133〉的「不䣕」一詞解釋成「不挑選」，「䣕」字隸定作「𨛜」為可信。

〈里耶 9.2312〉的「𨛜」字，里耶秦簡牘校釋小組云：「𨛜，原釋文作『𨛜』。𨛜，讀爲遴，選擇。」〔註33〕指出「𨛜」字應隸定為「𨛜」，讀為「遴」。謝坤〈里耶秦簡中的「笥」〉一文云：「里耶秦簡中也有不少用『笥』儲藏簡牘的例證，……遷陵縣的課志、校券、計券、出入券、群往來書、金錢日治、己事文書等等，均能存放在笥中。……這些紀錄還說明，用笥盛放簡牘文書，

〔註31〕郭永秉：〈張家山漢簡《二年律令》和《奏讞書》釋文校讀記〉，《古文字與古文獻論集》（上海：上海古籍出版社，2011 年 6 月），頁 243。
〔註32〕里耶秦簡牘校釋小組：〈《里耶秦簡（貳）》校讀（一）〉，（武漢大學簡帛網發文，2018 年 5 月 17 日）。http://www.bsm.org.cn/show_article.php?id=3105
〔註33〕里耶秦簡牘校釋小組：〈《里耶秦簡（貳）》校讀（一）〉，（武漢大學簡帛網發文，2018 年 5 月 17 日）。http://www.bsm.org.cn/show_article.php?id=3105

（包含已處理、未處理）是秦代縣屬機構比較常見的存放方式。」〔註34〕顯示「笥」是秦代儲藏簡牘的器具。依此推測「鄰」應為動詞「挑選」的意思，「笥」為名詞，「鄰笥」一詞可解釋為「挑選儲放簡牘的器具」。

〈里耶 9.2467〉的「鄰」字，前人並未有過多的闡述，根據文意筆者認為讀作「鄰」，有相近的意涵，「鄰遷」一詞解釋為「往相近的住戶人家遷徙」，文義猶屬通暢。

「鄰」字〈里耶 9.2133〉、「鄰」字〈里耶 9.2312〉、〈里耶 9.2467〉三個字，透過文意的解讀，大抵上〈里耶 9.2133〉、〈里耶 9.2312〉皆可讀為「遴」，有挑選之義，〈里耶 9.2467〉則應讀為「鄰」，釋義為接近。

（三）嶽麓秦簡的「鄰」字

嶽麓秦簡的「鄰」字原考釋為「鄰」字，〈嶽麓（肆）·秦律令（壹）177〉作　、〈嶽麓（肆）·秦律令（壹）357〉作　、〈嶽麓（伍）·秦律令（貳）309〉作　。簡文如下：

奔敬（警）律曰：先鄰黔首當奔敬（警）者，為五寸符，右在【縣官】，左在黔首，黔首佩之節（即）奔敬（警）∟。諸挾符者皆奔敬（警）故……（〈嶽麓（肆）·秦律令（壹）177〉）

縣恒以十月鄰牒，書署當賣及就食狀，須卒史、屬冀兵，取省以令，令案視。當就食，其親、所智（知）……（〈嶽麓（肆）·秦律令（壹）357〉）

□□盜，為詐（詐）偽，辠完為城旦以上，已諭〈論〉輒盜戒（械），令鄰（遴）徒、毋害吏謹將傳輸巴縣鹽，唯勿失，其耐……（〈嶽麓（伍）·秦律令（貳）309〉）

「遴」字，段玉裁《說文解字注》云：「《漢書》『遴束布章』。遴簡謂難行封也，引伸爲遴選，選人必重難也。」〔註35〕，陳偉據段氏之說云：「簡文『鄰』字，似可讀爲『遴』。『遴』有簡選義。」〔註36〕於《漢書》中的「遴」字，

〔註34〕謝坤：〈里耶秦簡中的「笥」〉，（武漢大學簡帛網發文，2017 年 10 月 15 日）。
http://www.bsm.org.cn/show_article.php?id=2922#_ftn8
〔註35〕漢·許慎撰、清·段玉裁注：《說文解字注》（臺北：藝文印書館，1992 年），頁73。
〔註36〕陳偉：〈「奔警律」小考〉，（武漢大學簡帛網發文，2009 年 4 月 22 日）。http://www.

有選擇之義，〈嶽麓（肆）・秦律令（壹）177〉簡文的「粼」字亦可讀為「遴」。因此，陳氏解釋簡文為「這些奔警者，平日是民眾，而在軍情緊迫時，奔馳赴命。」〔註37〕奔警屬於機動進行任務，非常規性兵役，先簡選好，緊急時才能用。

〈嶽麓（肆）・秦律令（壹）357〉的「粼」字，陳松長云：「通『遴』，遴選也。」〔註38〕同樣讀為「遴」，釋義為選擇。簡文中有「牒」字，《說文解字》云：「牒，札也。从片，枼聲。」〔註39〕主要是古代作為書寫材料的竹簡、木片，「牒」字前加動詞，亦可見於嶽麓秦簡的幾處，〈嶽麓（伍）・秦律令（貳）325〉簡文云：「縣移其診牒及病有瘳，雨留日數，告其縣官，縣官以從事診之。」一句，李美娟解釋作「縣就將診斷的牒書和病好的日期及因爲水雨停留的天數，移交給縣官，縣官根據這個來辦事。」〔註40〕其中「牒」字前的動詞「診」，有診斷的意思。另外，〈嶽麓（伍）・秦律令（貳）320〉簡文云：「其得它縣官當封者，各告作所縣官，作所縣官□□□移封牒居室。・御史請：許泰倉徒及它官徒別離☑」整理者考釋「封牒」一詞為「記錄查封情況的牒書」〔註41〕，其中「封」字為動詞，有封查之義。因此，〈嶽麓（肆）・秦律令（壹）357〉簡文中的「粼牒」一詞可解釋為「挑選牒書」，「粼」字應是動詞，對牒書進行一些動作，故釋義為「挑選」。

〈嶽麓（伍）・秦律令（貳）309〉的「粼」字，原整理者讀為「遴」〔註42〕。張家山漢簡《奏讞書》簡152云：「僯視氏所言籍」作 ，郭永秉據《奏讞書》簡文云：「『僯』字表示的可能修飾『視』這個動作的詞。……據《說文》，『僯』就是『遴』的或體。（《二下・辵部》）……『僯（遴）視』就是挑選著看。從簡文上下文看 ，『氏』所說的名籍，數量大概很多且都放在一笥之中，只能選擇

bsm.org.cn/show_article.php?id=1036

〔註37〕陳偉：〈張家山奏讞書案例十八釋讀一則〉，（武漢大學簡帛網發文，2013 年 10 月 5 日）。http://www.bsm.org.cn/show_article.php?id=1922

〔註38〕陳松長：《嶽麓書院藏秦簡（肆）》（上海：上海辭書出版社，2015 年 12 月），頁 229。

〔註39〕漢・許慎撰、清・段玉裁注：《說文解字注》（臺北：藝文印書館，1992 年），頁 321。

〔註40〕李美娟：〈《嶽麓書院藏秦簡（伍）》札記〉，（武漢大學簡帛網發文，2018 年 5 月 19 日）。http://www.bsm.org.cn/show_article.php?id=3115

〔註41〕陳松長主編：《嶽麓書院藏秦簡（伍）》（上海：上海辭書出版社，2017 年 12 月），頁 215。

〔註42〕陳松長主編：《嶽麓書院藏秦簡（伍）》（上海：上海辭書出版社，2017 年 12 月），頁 201。

性地挑一些察看。」〔註43〕說明「僯」、「遴」二字其實就是異體字，字形相異但是音義相同。依據上述〈嶽麓（肆）・秦律令（壹）357〉的「粼牒」解釋為「挑選牒書」說法，以及《奏讞書》的「僯（遴）」字後面接典籍、書本，同樣理解為「挑選」。因此，〈嶽麓（伍）・秦律令（貳）309〉的「粼」字應該讀為「遴」，有「遴選」之義，或可聊備一說。

　　〈嶽麓（肆）・秦律令（壹）177〉、〈嶽麓（肆）・秦律令（壹）357〉、〈嶽麓（伍）・秦律令（貳）309〉的「粼」字，前二字學者的考釋大同小異，〈嶽麓（伍）・秦律令（貳）309〉的「粼」字何有祖則改釋為「𣲴」。〔註44〕同屬於嶽麓秦簡，三處簡文的「粼」字皆可讀為「遴」，有「挑選」的意涵，學者卻出現二種不同的隸定結果，令人匪夷所思。

　　從睡虎地、里耶、嶽麓三批秦簡可知，前人大抵隸定秦簡為「粼」或「𣲴」字。經過分析，主要可讀為「遴」有「選擇、挑選」的意思，讀為「鄰」有「古代戶籍編制單位」或「接近」之義。但是，同樣有「挑選」的意義，卻隸定成「粼」、「𣲴」二個不同的字，顯見前人的隸定依然不夠精準，故筆者於下文進行更深入的釋讀，釐清是否應釋成其他字。

二、秦簡「鄰」字考釋

　　从「粦」的字，里耶秦簡、嶽麓秦簡出現同一批秦簡，意義相同但是字形隸定不同的情形，經過陳偉、何有祖、里耶秦簡牘校釋小組考釋，縮小範圍作「粼」或「𣲴」二字。楊寶忠〈釋「粼」即其變體〉一文云：

> 隸變「粼」字右旁作一豎、一豎右鉤，故俗書「粼」或訛變作「粦八」。……又訛變作「𣲴」、「𣲴」。〔註45〕

「粼」字右方的部件「巛」，二筆豎畫彎曲方向轉換而象「八」，於是訛變成「粦八」字。部件「八」的二筆畫若寫得過於接近，可能相連接，又訛變成「𣲴」字，可知「粼」字訛變成「𣲴」的過程。另外，楊氏提及「鄰」、「粼」二字

〔註43〕郭永秉：〈張家山漢簡《二年律令》和《奏讞書》釋文校讀記〉，《古文字與古文獻論集》（上海：上海古籍出版社，2011 年 6 月），頁 243～244。

〔註44〕參看何有祖：〈《嶽麓書院藏秦簡（伍）》讀記（二）〉，（武漢大學簡帛網發文，2018 年 3 月 10 日）。http://www.bsm.org.cn/show_article.php?id=3005#_ftnref2

〔註45〕楊寶忠：〈釋「粼」即其變體〉，《中國文字研究》（上海：上海書店出版社，2005 年），頁 4。

應為異體字的關係，云：

> 「粼」字从「巜」，「巜」字篆書作「𢦏」，楷定或作「乙」。……《萬象名義‧〈部〉》：「〈」字作「乁」，可資比勘。「巜」俗作「乙」，故「粼」又變作「粦」（為使字形美觀，左右二乙調整作上下二乙）。「粦」進而變作「𪏁」。〔註46〕

部件「巜」又可寫作「乙」，為了美觀部件「乙」上下排列，則作「乂」。「粼」字的或體作「粦」，由於字形過於相近，後來則訛變作「𪏁」。部件「〈」有水流的意涵，《萬象名義》一書中則寫作「乁」〔註47〕，本文據此推斷，「粼」字可能省略一個部件「〈」，而剩下的部件「〈」訛變為「乁」，即成為「粦」字。以上是楊寶忠認為「粼」字，訛變作「𪏁」、「𪏁」、「粦」字的可能演化過程。楊氏又云：

> 《考工記‧鮑人》：「雖敝不瓶」。鄭注云：「瓶，故書或作鄰。」……是。段、王、孫皆不知「瓶」即「粼」字訛變。……蓋《周禮》兩「瓶」字，鄭玄注本作「粼」，而故書則作「鄰」，故鄭玄云：「粼（後訛變作瓶），故書或作鄰」〈輪人〉釋文「瓶本又作鄰」，作「鄰」者當是故書，而非鄭玄本。〔註48〕

說明鄭玄本作「粼」字，後代訛變作「瓶」，但是早於鄭玄的古書都寫作「鄰」，段玉裁等人了解「瓶」的古字作「鄰」，卻忽略中間其實還有「粼」字，所以演變過程應是從「鄰」、「粼」至「瓶」。顯示「鄰」字形成的時間較「粼」字早，「瓶」字則更晚了，所以「粼」字應是承襲於「鄰」字。據上分析可知，「𪏁」、「𪏁」、「粦」三字應是從「粼」字訛變而來。「粼」字，《說文解字》云：「粼，水生厓石閒粼粼也。从巜，㷠聲。」〔註49〕為水清澈之義。但是秦簡的「粼」字讀為「遴」或「鄰」，有選擇或、親近、戶籍單位的意涵，因此隸定為「粼」並不太適宜。

〔註46〕楊寶忠：〈釋「粼」即其變體〉，《中國文字研究》（上海：上海書店出版社，2005年），頁2～3。

〔註47〕（日）空海：《域外漢籍珍本文庫‧篆隸萬象名義》第5冊（重慶：西南大學出版社，2008年10月），頁48。

〔註48〕楊寶忠：〈釋「粼」即其變體〉，《中國文字研究》（上海：上海書店出版社，2005年），頁4。

〔註49〕漢‧許慎撰、清‧段玉裁注：《說文解字注》（臺北：藝文印書館，1992年），頁574。

「鄰」字,《說文解字》云:「,五家為鄰。从邑,聲。」〔註50〕小篆右方从部件邑,金文作（瀕史㝔,《集成》643）,秦簡作〈睡虎地·法律答問98〉、〈睡虎地·日書乙種21〉、〈嶽麓（壹）·為吏之道62〉,金文左方从「阜」,秦簡右方皆从「邑」,顯示古文字「阜」、「邑」二個部件,尚未有固定位置,置於左、右皆可,但是表義相同。《周禮·遂人》云:「五家為鄰,五鄰為里。」〔註51〕、《周禮·遂大夫》云:「鄰長,五家則一人。」〔註52〕、《睡·法99》簡文云:「可（何）謂『四鄰』?『四鄰』即伍人謂殹（也）。」從傳世文獻與出土文獻的內容來看,皆代表戶籍的單位。

「邑」字,《說文解字》云:「,國也。从口。先王之制,尊卑有大小,从卪。凡邑之屬皆从邑。」〔註53〕為國土、國家之義。裘錫圭《文字學概要》云:「為人所居之處,所以在表示區域的『』下加跪坐人形以示意。」〔註54〕象領土、國都之形,表示人聚居的範圍。

表 4-2-1　秦簡「鄰」字形表

A型							
	里耶 8.260	里耶 8.1262	嶽麓（肆）·秦律令（壹）177	睡虎地·秦雜 10	里耶 9.2312	里耶 9.2133	里耶 8.2059
B型							
	睡虎地·秦種 61	里耶 9.2467					

〔註50〕漢·許慎撰、清·段玉裁注:《說文解字注》（臺北:藝文印書館,1992 年）,頁286。

〔註51〕漢·鄭玄注,唐·賈公彥疏:《周禮·遂人》,十三經注疏阮元校勘本（臺北:藝文印書館,1989 年）,頁 232。

〔註52〕漢·鄭玄注,唐·賈公彥疏:《周禮·遂大夫》,十三經注疏阮元校勘本（臺北:藝文印書館,1989 年）,頁 236。

〔註53〕漢·許慎撰、清·段玉裁注:《說文解字注》（臺北:藝文印書館,1992 年）,頁574。

〔註54〕裘錫圭:《文字學概要》（臺北:萬卷樓圖書有限公司,1994 年 3 月）,頁 156。

C型	里耶 8.1047	嶽麓（肆） ·秦律令 （壹）357				
D型	里耶 8.1514	嶽麓（伍） ·秦律令 （貳）309				

「邑」字《說文解字》云：「國也。从口。先王之制，尊卑有大小，从卪。凡邑之屬皆从邑。」〔註55〕、「色」字《說文解字》云：「顏气也。从人、卪。凡色之屬皆从色。，古文。」〔註56〕、「令」字《說文解字》云：「發號也。从人、卪。」〔註57〕三字皆从卪。「邑」字秦簡作、〈里耶8.753〉，「色」字作〈里耶8.158〉、〈放馬灘·日書乙種199〉，「令」字作、〈里耶9.1248〉、〈里耶9.2287〉下方皆象人跪跽形。上表秦簡从「㣙」的字，右方象人跪作之姿則產生訛變，人的手形拉長筆畫，並且不一定與腿連接，〈里耶8.260〉作、〈嶽麓（肆）·秦律令（壹）177〉作、〈睡虎地·秦律雜抄10〉作、〈里耶8.1262〉作，此四字人側面軀體彎曲的線條較為明顯。〈嶽麓（肆）·秦律令（壹）357〉作、〈里耶8.1047〉作，此二字人的手形附近繁加一筆，又有繁化的現象。但是表中的十三個字，人形上方皆不見象領土

〔註55〕漢·許慎撰、清·段玉裁注：《說文解字注》（臺北：藝文印書館，1992年），頁285。

〔註56〕漢·許慎撰、清·段玉裁注：《說文解字注》（臺北：藝文印書館，1992年），頁436。

〔註57〕漢·許慎撰、清·段玉裁注：《說文解字注》（臺北：藝文印書館，1992年），頁436。

形的圓圈，隸定為「鄰」字其實是有問題，李蘇和《秦文字構形研究》云：

> 秦文字「辟」也繼承商周文字作 （秦懷后石磬）、（秦陶新 2722）、（會稽刻石）。不過秦簡文左旁中「卩」筆勢改造訛變成「阜」，如 （里 8-134 正四）、（周 309）、（睡·秦185）。這些訛變之形與從「阜」的秦文字 （陵，睡·日乙 134）、（阮，睡·語書 12）比對，可見「辟」的部分字形的確訛變作從「阜」。〔註 58〕

古文字，秦文字「辟」的部件「卩」，原寫作 〈秦懷后石磬〉、〈秦陶新2722〉、〈會稽刻石〉為人跪坐之形。後來部件訛變為「阝」（阜），作 〈里耶 8.134 正 4〉、〈周家臺 309〉、〈睡虎地·秦律十八種 185〉人形與上頭的城邑之形相結合，與其他從「阝」（邑）的秦簡文字混同。另外，秦簡亦可見「辟」字作 、〈龍崗（木）13〉，左方部件 、接近於〈會稽刻石〉的「卩」，未有過於劇烈的變化。又作 〈睡虎地·秦律雜抄 4〉，左方部件 似「邑」，顯示秦簡文字存在部件「卩」訛變為「阜」、「邑」的情形，並且「阜」、「邑」有混用的書寫習慣。劉玉環《秦漢簡帛訛字研究》針對尹灣漢墓簡牘編號〈YM6·D22 反〉的「叩」字作 云：

> 隸書中，「邑」作為合體字的構件寫作「阝」的情況尚不穩定，人們把「阝」和「卩」作為兩個構件在合體字中使用時，並不考慮他們的本義和字源，因為兩者在形體上只有細微的差別，所以常互混使用。……古人常常草寫、俗寫，當書寫者將「叩」字寫上木牘的時候，書寫者和看書人都不覺得「叩」字這麼寫不妥當，既然當時人不把它看作錯別字，我們也就不把它當做訛字處理。〔註 59〕

〔註 58〕李蘇和：《秦文字構形研究》（上海：復旦大學，中國語言文學系博士論文，2014年 5 月），頁 121。

〔註 59〕劉玉環：《秦漢簡帛訛字研究》（北京：中國書籍出版社，2012 年 12 月），頁 75。

在隸書的寫法當中，部件「阝」、「卩」因為字形過於近似，產生相互混用的情形，至漢簡「卲」字便常常寫成「邵」字。因此，「邵」、「卲」二字於文例使用方式接近，應是正、俗寫的關係，可以視為異體字。

　　「鄉」字亦從「阝」，《說文解字》云：「國離邑，民所封鄉也。嗇夫別治。從，皀聲。封圻之內六鄉，六鄉治之。」〔註60〕、羅振玉云：「象饗食時，賓主相嚮之狀，即饗字也。古公卿之卿，鄉黨之鄉，饗食之饗，皆為一字。」〔註61〕古文字「饗」、「鄉」、「卿」為一字，象二人相對食。張桂光《漢字學簡論》云：

「鄉村」的「鄉」，「宴饗」的「饗」，「卿士」的「卿」乃一字之分

化，但作「鄉邑」的「鄉」用時，便用鄉邑的意義相附會。〔註62〕

甲骨文作 〈合集 23378〉、 〈合集 28333〉，金文作 〈伯卿鼎〉、 〈趞鼎〉，楚簡作 〈信陽 1.032〉、 〈清華·筮法·簡 02-16〉，秦簡作 〈睡虎地·日書乙種 75〉、 〈睡虎地·日書甲種 140 背〉，小篆作 。甲骨文〈前 1.36.3〉的人張口形作 ，多見於甲骨文，至金文則少見。金文、楚簡人形上頭沒有筆畫，至秦簡才出現表示城邑的圓圈。皆可以觀察出部件「卩」、「阝」因為形體過於近似，以致產生訛混的現象，表義功能也產生歧異，由跪坐人形轉而有城邑的意涵。季素彩云：「秦篆寫作鄉，把兩個對面跪坐的人形，訛變為『邑』（地方）……秦實行郡縣制後，鄉便成了縣屬地方行政單位。『鄉』字的訛變過程，就是這種行政制度變革的反映。」〔註63〕「鄉」字的部件「卩」訛變為「阝」，可能與秦代實行郡縣制度有關係，並借以代表地方的行政單位，引申出與不同的新意義。並且〈睡虎地·為吏之道 8 伍〉云：「上冊間阹」，「阹」字作 。整理者注釋云：「阹，疑為卻字之誤。間卻，即間隙。此句意為居統治地位的人沒有漏洞。」〔註64〕亦可見部件「卩」、「阝」（阜）因訛變而混用的情形。

〔註60〕漢·許慎撰、清·段玉裁注：《說文解字注》（臺北：藝文印書館，1992 年），頁 574。

〔註61〕羅振玉：《增訂殷虛書契考釋三種·增訂殷虛書契考釋》（北京：中華書局，2012 年），頁 417。

〔註62〕張桂光：《漢字學簡論》（廣州：廣東高等教育出版社，2004 年 8 月），頁 130～131。

〔註63〕季素彩：〈漢字形體訛變說〉，《漢字文化》1994 年第 2 期，頁 41。

〔註64〕睡虎地秦墓竹簡整理小組：《睡虎地秦墓竹簡》同注 5，頁 174。

　　張家山漢簡《奏讞書》簡152的字，左方从「粦」，右方象人形，郭永秉考釋作「僯」云：

> 帛書《老子》的整理者釋字為「劖」（大概是把此字右半視為「訊」、「迅」所從的「卂」），《戰國縱橫家書》和睡虎地秦簡的整理者，主張此字「粦」。我們認為無論釋「劖」還是釋「粦」恐怕都不可信。《秦漢魏晉篆隸字形表》釋見於帛書的兩個字為「僯」，其說值得重視。由於「僯」字所從的「人」旁被寫在右邊，所以和一般的「人」旁不太一樣，……但是從《戰國縱橫家書》字的右旁看，「人」形的特徵還是比較明顯。……「遴」有「遴選」之義，從文獻的實際用例看，是相當晚的事情。秦漢時代的「遴（僯）」有沒有這個意思，還有待進一步研究。〔註65〕

指出釋為「劖」、「粦」二字皆不可信，因為右旁明顯為一人形，但是部件「人」又寫於「粦」的左方，與簡文的字方向左右顛倒，故認為應隸定為「僯」字。但是「遴」的「選擇、簡選」之義，出現時間比較晚，有待更多資料佐證。

　　從上述關於秦、漢文字中部件「卩」、「阝」訛變的例子，可以推測秦簡從「粦」的字，右方人跪坐之形為「卩」，應隸定成「䣂」。可讀為「鄰」，有「鄰近、接近」、「戶籍編制單位」二種之義。「遴」字，《說文解字》云：「，行難也。從辵，粦聲。《易》曰：『以往粦。』僯，或從人。」〔註66〕「僯」為「遴」字的或體。段玉裁注云：「《漢書》『遴柬布章』。遴簡謂難行封也，引申爲遴選，選人必重難也。」〔註67〕、《字彙·辵部》：「遴，謹選也。」〔註68〕本意為行路艱難，後來引申為挑選、揀擇。從卩、從人表義功能相近，故此字當隸定為「䣂」。

　　孔仲溫《文字學》一書提及「形體相近的訛變」云：「漢字流布，輾轉傳寫，有時不免會因形體相近，而發生訛變的情形，而且久而久之，便積非成

〔註65〕郭永秉：《古文字與古文獻論集》（上海：上海古籍出版社，2011 年 6 月），頁 243。
〔註66〕漢·許慎撰、清·段玉裁注：《說文解字注》（臺北：藝文印書館，1992 年），頁 73。
〔註67〕漢·許慎撰、清·段玉裁注：《說文解字注》（臺北：藝文印書館，1992 年），頁 73。
〔註68〕明·梅膺祚：《字彙》，《中華漢語工具書書庫》影本第 6 冊（合肥：安徽教育出版社，2002 年 1 月），頁 157。

是。」〔註69〕本文所舉從「㷱」的四字「㹞」、「㹦」、「㹦」、「㹦」大抵右方可見為跪坐人形，由於筆畫過於簡單，於文字演變的過程，便逐漸喪失其本形本義，產生釋讀的困難，其實應寫作「鄰」，與前面四字為正字與訛變字的關係。《干祿字書》云：「『鄰』、『隣』並上通下正」〔註70〕說明「鄰」為通俗字，「隣」為正字，「隣」、「僯」的部件「卩」、「亻」表義相同，與「鄰」的差別在於左右位置的對調，故「鄰」仍可視為正字。

「鄰」字釋讀為「鄰」，有「鄰近」以及「編戶」的義涵，「鄰」、「鄰」二字為假借的關係，並且因為形近而訛；但是釋讀成「僯」、「遴」，皆有「選擇、挑選」的意思。「鄰」與「僯」、「遴」二字有假借的關係，「僯」又由於部件「卩」、「人」表義功能接近，導致形近互換。

三、結　語

從秦簡的文例，分析「㹦」、「㹦」、「㹦」、「㹦」四字的使用情形，發現可以釋讀為「遴」，解釋為「挑選、揀擇」的意涵；另有讀為「鄰」，理解為「戶籍的編製單位」，以及「親近、接近」二個意思。

陳偉、何有祖、里耶秦簡牘校釋小組將所舉從「㷱」的四字考釋為「㹞」、「㹦」二字，但是置於簡文中則難以通讀，根據歷代的字書、韻書的記載，可發現大抵上應是從「鄰」字訛變而來。再者，觀察字形演變的過程，從秦、漢代的文字資料中，可見部件「卩」、「阝（邑、阜）」有訛變，產生相互通用的情形。因此，右方象人跪坐之形，不能隸定成「阝」，應為「卩」才是，並且「㹦」字改釋作「鄰」字較為適切。

本文所舉的幾支秦簡，應隸定「鄰」為正字，與「鄰」、「僯」、「遴」皆為聲音接近的假借字。並且「鄰」與「鄰」因為形近而產生訛變，「鄰」與「僯」則是部件「卩」、「人」表義功能接近，出現互換的情形。「鄰」字與「㹞」、「㹦」、「㹦」、「㹦」四個訛變字，經過文例的重整、分析，歸結出一個具有規律的釋讀方式，期以更貼近簡文實際的使用情形。

〔註69〕孔仲溫：《文字學》（臺北：國立空中大學，1995年11月），頁153。
〔註70〕唐‧顏元孫：《干祿字書》，叢書名百部叢書集成本（臺北：藝文印書館，1966年），平聲頁6。

表 4-2-2　秦簡的「郪」字

NO.	釋　文	書　籍	簡牘編號	圖版
1	隸臣欲以人丁郪者二人贖，許之。其老當免老、小高五尺以下及隸妾欲以丁郪者一人贖，許之。贖	睡虎地秦簡	秦律十八種61	
2	賦鷄馬，馬備，乃郪從軍者，到軍課之，馬殿，令、丞二甲；司馬；司馬貲二甲，瀘（廢）吏自佐、史……	睡虎地秦簡	秦律雜抄10	
3	發郪☐	里耶秦簡（壹）	8.260	
4	一人，令、丞各自為比有郪別及以平賈＝	里耶秦簡（壹）	8.1047	
5	☐□郪卒尉卒	里耶秦簡（壹）	8.1262	
6	廿九年四月甲子朔辛巳，庫守悍敢言之：御史令曰：各弟官徒丁□☐繇勮者為甲，次為乙，次為丙，各以其事勮易次之。‧令曰各以□☐上。‧今牒書當令者三牒，署弟上。敢言之。（正）四月壬午水下二刻，佐圂以來。丿槐手。（背）	里耶秦簡（壹）	8.1514	
7	☐守丞西□	里耶秦簡（壹）	8.2059	
8	武□□□□□□□□□令□舉郪遷	里耶秦簡（貳）	9.2467	

9	☑□□□□ 𦏥，卅九人不𦏥。	里耶秦簡（貳）	9.2133	
10	都鄉月𦏥筒。	里耶秦簡（貳）	9.2312	
11	奔敬（警）律曰：先𦏥黔首當奔敬（警）者，為五寸符，右在【縣官】，左在黔首，黔首佩之節（即）奔敬（警）匸。諸挾符者皆奔敬（警）故……	嶽麓秦簡（肆）	秦律令（壹）177	
12	縣恒以十月𦏥牒，書署當賣及就食狀，須卒史、屬糞兵，取省以令，令案視。當就食，其親、所智（知）……	嶽麓秦簡（肆）	秦律令（壹）357	
13	□□盜，為詐（詐）偽，皋完為城旦以上，已諭〈論〉輒盜戒（械），令𦏥（遴）徒、毋害吏謹將傳輸巴縣鹽，唯勿失，其耐	嶽麓秦簡（伍）	秦律令（貳）309	

第三節　秦簡訛變字「冗」辨析

　　秦簡中有「冗」字，里耶秦簡另有「宂」字，二字的字形相似，並且出現「冗募」與「宂募」、「冗佐」與「宂佐」、「冗作」與「宂作」、「史冗」與「史宂」等類似語詞的使用，故值得懷疑「冗」、「宂」二字其實就是同一個字。除此之外，「冗」、「內」、「穴」三字的字形亦非常相近，常造成書寫上的訛混，嶽麓秦簡可發現「冗」字寫成「內」、「穴」二字的情形。若簡文中大量的訛變字不加以梳理，容易造成閱讀與理解上的困難，因此有必要針對「冗」字的使用情形進行釐清。

　　齊繼偉〈秦簡「冗」、「內」、「穴」辨誤〉〔註71〕一文，提及於秦簡中「冗」、「內」、「穴」三字的寫法沒有明顯區別，所以在先秦的傳世文獻如《列子》、《荀子》、《韓非子》、《呂氏春秋》等古籍，多可發現與「冗」字形過於相似而誤寫的情況。齊氏認為可能與秦始皇實行「書同文」政策，但是文字並未

〔註71〕齊繼偉：〈秦簡「冗」、「內」、「穴」辨誤〉，《古漢語研究》2018 年第 3 期。

完全達到統一，仍可見未規範的文字有所關係。其文中即針對秦漢簡帛中「冗」、「內」、「穴」三字使用與誤釋的情形作辨析。主要分為一、「內」與「冗」的誤釋，二、「穴」與「內」，「穴」與「冗」的訛誤，三、從「冗」、「內」、「穴」看秦漢至漢初隸書的規範化問題，以上三小節進行討論。

　　劉傑、馬越〈讀嶽麓秦簡札記三則〉〔註72〕一文，從字形方面，對於《嶽麓秦簡（叁）》簡48整理者考釋的「內」字進行分析。此篇作者觀察「冗」、「內」二字區別在於下方的部件「人」、「入」，並且分析嶽麓秦簡的「人」、「入」之形的差異。認為《嶽三・猩48》原考釋的「冗」字，下方與部件「入」相似，故應改釋為「內」字。但是釋為「內」字，以「內募」一詞作使用，並不見於傳世文獻，又沒有適合的解釋，仍留存許多討論空間。

　　劉玉環《秦漢簡帛訛字研究》〔註73〕一書，從字形的角度切入，觀察秦漢簡帛中「人」、「入」二字之間的差異，又分析文意是否通暢。再依據部件「人」、「入」的字形，對睡虎地秦簡的「冗」、「內」二字作一區分。並且從「冠」、「寇」的使用，觀察出部件「宀」、「冖」由於構形相近，於睡虎地秦簡常出現混用的情形。

　　為了解秦簡中訛變字「冗」的使用情形，本文擬分為二個部分，一、首先根據「冗」、「穴」二字字形與文例進行分析，以尋求合適的隸定，並且判斷二字是否為訛變字的關係。二、秦簡中的「冗」與「內」、「穴」字形，由於過於近似造成訛混，部分的「冗」字整理者誤釋為「內」、「穴」字，因此針對誤釋的字，再進行更深入的探討。

一、秦簡「冗」字釋讀

　　秦簡中有關「冗」字的詞彙使用，多可見於睡虎地秦簡與嶽麓秦簡。里耶秦簡與上述睡虎地、嶽麓二批秦簡，相似的詞彙即有「史冗」、「冗募」、「冗作」、「冗佐」四種，里耶秦簡寫作「冗」字，睡虎地、嶽麓秦簡則是為「冗」字。因此，里耶秦簡的「冗」字與其他秦簡於文例中的解讀是否相同，值得

〔註72〕劉傑、馬越：〈讀嶽麓秦簡札記三則〉，（中國高校人文社會科學信息網發文，2019年4月26日）。https://sinoss.net/show.php?contentid=87292

〔註73〕劉玉環：《秦漢簡帛訛字研究》（北京：中國書籍出版社，2012年12月），頁59～60、68～68。

關注與討論。本文首先分析睡虎地秦簡、嶽麓秦簡關於「冗」字的詞彙運用，
睡虎地秦簡有「冗皂」、「冗居」、「總冗」、「史冗者」、「冗吏」、「冗隸妾」、「冗
邊」、「冗募」，簡文如下：

　　誶田嗇夫，罰冗皂者二月。其以牛田，牛減絜，治（笞）主者寸十。
　　有（又）里課之，最者，賜田典日旬；殿，治（笞）卅。　廄苑律。
　　（〈睡虎地・秦律十八種 14〉）

　　妾、舂作者，月禾一石二斗半斗；未能作者，月禾一石。嬰兒之毋
　　（無）母者各半石；雖有母而與其母冗居公者，亦稟之，禾（〈睡虎
　　地・秦律十八種 50〉）

　　更隸妾節（即）有急事，總冗，以律稟食；不急勿總。　倉。（〈睡
　　虎地・秦律十八種 54〉）

　　都官有秩吏及離官嗇夫，養各一人，其佐、史與共養；十人，車牛
　　一兩（輛），見牛者一人。都官之佐、史冗者，十人，養一人；……
　　（〈睡虎地・秦律十八種 72〉）

　　縣、都官坐效、計以負賞（償）者，已論，嗇夫即以其直（值）錢
　　分負其官長及冗吏，而人與參辨券，以效少內，少內以……（〈睡虎
　　地・秦律十八種 80〉）

　　冗隸妾二人當工一人，更隸妾四人當工【一】人，小隸臣妾可使者
　　五人當工一人。　工人程。（〈睡虎地・秦律十八種 109〉）

　　百姓有母及同牲（生）為隸妾，非適（謫）皋（罪）殹（也）而欲
　　為冗邊五歲，毋賞（償）興日，以免一人為庶人，許之。・或……
　　（〈睡虎地・秦律十八種 151〉）

　　冗募歸，辭曰日已備，致未來，不如辭，貲日四月居邊。・軍新論
　　攻城，城陷，尚有棲……（〈睡虎地・秦律雜抄 35〉）

「冗皂」一詞，於〈睡虎地・秦律十八種 14〉整理者云：「冗，散。冗皂者，
應包括上文牛長及為皂者。」〔註74〕、高敏云：「『皂者』，顯然是指飼養牲口

〔註74〕睡虎地秦墓竹簡整理小組：《睡虎地秦墓竹簡》（北京：文物出版社，1990 年 9 月），

的僕役。」〔註75〕、魏德勝云：「職事不定的皂吏。」〔註76〕、楊振紅云：「『冗』就應當指不更代、長期居官府供役的意思。」〔註77〕根據先秦文獻典籍以觀，「冗」字尚未出現長遠、永久之意，楊振紅的說法有待商榷，故此處的「冗」字應解釋為閒散、不定。

「冗居」一詞，於〈睡虎地・秦律十八種 50〉整理者云：「居即居作，罰服勞役。《周禮・掌戮》注引鄭眾對『完』的解釋說：『謂但居作三年，不虧體者也。』」〔註78〕，並且「冗居」整理者語譯作「零散服役」〔註79〕、張金光云：「居者皆非徒。……居是一種有償勞役，與刑徒的無償勞役不同。」〔註80〕上述「冗」字同樣有零散、不固定的意思。

「總冗」此詞，於〈睡虎地・秦律十八種 54〉整理者云：「把零散的聚集到一起，即集合。」〔註81〕、蘇誠鑑云：「『冗隸妾』是幹零散雜事的『隸妾』。」〔註82〕、孫言誠云：「總冗不是把分散的更隸妾集中起來，而是把每一個更隸妾的冗作期集中起來使用。」〔註83〕學者對「總冗」解釋出現分歧，但是基本上應是有「聚集零散」的義涵，「冗」解釋為零散。

「史冗」一詞，於〈睡虎地・秦律十八種 72〉，整理者云：「《正字通》：『猶多也。』」〔註84〕「冗」解釋為多餘。

頁 23。

〔註75〕高敏：《雲夢秦簡初探》（臺北：萬卷樓圖書出版，2000 年），頁 137。

〔註76〕魏德勝：《睡虎地秦墓竹簡語法研究》（北京：首都師範大學出版社，2000 年），頁 46。

〔註77〕楊振紅：〈秦漢簡中的「冗」、「更」與供役方式〉，《簡帛研究 2006》（桂林：廣西師範大學出版社，2008 年），頁 84～85。

〔註78〕睡虎地秦墓竹簡整理小組：《睡虎地秦墓竹簡》（北京：文物出版社，1990 年 9 月），頁 33。

〔註79〕睡虎地秦墓竹簡整理小組：《睡虎地秦墓竹簡》（北京：文物出版社，1990 年 9 月），頁 33。

〔註80〕張金光：〈論出土秦律中的「居貲贖債」制度〉，《中國歷史文獻研究》第 2 冊（武漢：華中師範大學出版社，1988 年 8 月），頁 154。

〔註81〕睡虎地秦墓竹簡整理小組：《睡虎地秦墓竹簡》（北京：文物出版社，1990 年 9 月），頁 33。

〔註82〕蘇誠鑑：〈秦「隸臣妾」為官奴隸說——兼論我國歷史上「歲刑」制的起源〉，《江淮論壇》1982 年第 1 期，頁 91。

〔註83〕孫言誠：〈簡牘中所見秦之邊防〉，《中國社會科學院研究生院碩士論文選》（北京：中國社會科學出版社，1985 年），頁 141。

〔註84〕睡虎地秦墓竹簡整理小組：《睡虎地秦墓竹簡》（北京：文物出版社，1990 年 9 月），頁 33。

　　「冗吏」此詞語，於〈睡虎地・秦律十八種 80〉整理者注釋云：「羣吏。亦曰散吏。」〔註85〕、孫言誠云：「《周禮・夏官》：『外內朝冗食者。』賈疏：『外內朝上直諸吏，謂之冗吏。亦曰散吏。』……《周禮正義》引孔廣森曰：『官無常員。』《說文繫傳》：『無所定執也。』就是說，非常設的、沒有固定執掌的官稱為散官。」〔註86〕「冗」字為非常設、不固定的意思。

　　「冗隸妾」此詞彙，於〈睡虎地・秦律十八種 109〉整理者云：「疑為做零散雜活的隸妾。」〔註87〕、高敏云：「有時還有無事可做或勞役不多的『隸妾』，被稱為『冗隸妾』或『冗居公者』。」〔註88〕、安忠義云：「為公家冗作的隸妾。從律文看，冗隸妾的服役期限比更隸妾長。」〔註89〕「冗」字有零散、零星之意。

　　「冗邊」一詞，於〈睡虎地・秦律十八種 151〉整理者云：「據簡文應為一種戍防邊境的人。」〔註90〕、孫言誠云：「就是到邊地去服勞役（冗作）。《司空律》規定冗邊不能抵充戍，說明冗邊的人所作的工作和戍邊的人一樣，不同的只是戍邊是正常的、人人要服的勞役，而冗邊卻是為贖罪或贖身而到邊地去服的額外勞役。」〔註91〕、魏德勝：「臨時去邊地服役而無一定差事。」〔註92〕「冗邊」是為贖罪或贖身而至邊防服勞役，「冗」字即解釋為「不一定、不固定」。

　　「冗募」一詞，〈睡虎地・秦律雜抄 35〉整理小組注釋云：「冗募，意為眾募，指募集的軍士。《漢書・趙充國傳》稱為『應募』」〔註93〕、孫言誠云：

〔註85〕睡虎地秦墓竹簡整理小組：《睡虎地秦墓竹簡》（北京：文物出版社，1990 年 9 月），頁 38。

〔註86〕孫言誠：〈簡牘中所見秦之邊防〉，《中國社會科學院研究生院碩士論文選》（北京：中國社會科學出版社，1985 年），頁 140。

〔註87〕睡虎地秦墓竹簡整理小組：《睡虎地秦墓竹簡》（北京：文物出版社，1990 年 9 月），頁 46。

〔註88〕高敏：《雲夢秦簡初探》（臺北：萬卷樓圖書出版，2000 年），頁 72。

〔註89〕安忠義：〈秦漢簡牘中的作刑〉，《魯東大學學報（哲學社會科學版）》2010 年第 6 期，頁 79。

〔註90〕睡虎地秦墓竹簡整理小組：《睡虎地秦墓竹簡》（北京：文物出版社，1990 年 9 月），頁 54。

〔註91〕孫言誠：〈簡牘中所見秦之邊防〉，《中國社會科學院研究生院碩士論文選》（北京：中國社會科學出版社，1985 年），頁 141。

〔註92〕魏德勝：《睡虎地秦墓竹簡語法研究》（北京：首都師範大學出版社，2000 年），頁 46。

〔註93〕睡虎地秦墓竹簡整理小組：《睡虎地秦墓竹簡》（北京：文物出版社，1990 年 9

「冗指冗邊者，就是為贖罪或贖身，而到邊地去服額外的勞役（冗作）。」、陳偉云：「秦漢時期的戍卒來源，於按制度徵發的內地丁壯，與自願應募的募兵制有別。簡文的『募』有徵召之意，……與按制度徵發的戍卒，有固定服役期限不同。」〔註94〕「冗」字有「服勞役」之意。

　　另外，嶽麓秦簡亦有「冗」的記載，簡文如下：

　　之醴陽，與去疾買銅錫冗募樂一男子所，載欲買（賣）。得。它如窨……（〈嶽麓（叁）·猩、敞知盜分贓案48〉）

　　殹（也），及八更，其睆老而皆不直（值）更者，皆為之，冗宦及冗官者，勿與。除郵道、橋、駞〈馳〉道，行外者，令從戶……（〈嶽麓（肆）·秦律令（壹）152〉）

　　而膚（畢）到其官，官相近者，盡九月而告其計所官，計之其作年。黔首為隸臣、城旦、城旦司寇、鬼新（薪）妻而冗作……（〈嶽麓（肆）·秦律令（壹）266〉）

「冗募」一詞，於《嶽三·猩48》整理者云：「冗募，身分。《秦律雜抄》簡35『冗募歸』，整理小組註：『意即眾募，指募集的軍士。《漢書·趙充國傳》稱為「應募」。』」〔註95〕「冗」字表示「戍卒」。

　　「冗宦」、「冗官」此二詞彙，於〈嶽麓（肆）·秦律令（壹）152〉整理者云：「冗宦：冗，散；宦，宦皇帝。」〔註96〕、「冗官：散吏。」〔註97〕「冗」皆有「散」之意。

　　「冗作」一詞，於〈嶽麓（肆）·秦律令（壹）266〉整理者作「內」字，又加以注釋云「『內』當為『冗』之訛，『冗作』指為官府零散服役。《漢書·食貨志》：『其不能出布者，冗作，縣官衣食之。』」〔註98〕「內」為「冗」的

月），頁88。

〔註94〕陳偉：《秦簡牘合集（壹）》（武漢：武漢大學出版社，2014年12月），頁186。

〔註95〕朱漢民、陳松長主編：《嶽麓書院藏秦簡（叁）》（上海：上海辭書出版社，2013年6月），頁126。

〔註96〕陳松長主編：《嶽麓書院藏秦簡（肆）》（上海：上海辭書出版社，2015年12月），頁167。

〔註97〕陳松長主編：《嶽麓書院藏秦簡（肆）》（上海：上海辭書出版社，2015年12月），頁167。

〔註98〕陳松長主編：《嶽麓書院藏秦簡（肆）》（上海：上海辭書出版社，2015年12月），

訛變字,「冗」字可解釋作「零散」。

從上述睡虎地秦簡、嶽麓秦簡的文例,可以觀察出「冗」字大抵包含「戍卒;服勞役」、「多餘」、「零散;不固定」三種意涵,其中以零散的義涵占多數。

繼而,里耶秦簡的「冗」字,可以從文例觀察使用的情況,簡文如下:

☑冗募群戍卒百三人

☑廿六人‧死一人

☑六百廿六人而死者一人(第一欄)

尉守☑

十一月☑(第二欄)(〈里耶 8.132〉)

☑敢言之冗戍士五□☑

☑謁遣吏傳謁報☑(正)

☑武☑(背)(〈里耶 8.666〉)

冗病已如故治病毋時慾治藥足治病藥已治裹□繪」

臧治梜暴若有所燥冶(〈里耶 8.1243〉)

☑□出稟冗作大女子鐵十月十一月十二月食

☑　感手(〈里耶 8.1334〉)

卅二年七月乙亥朔戊子☑

日司空茲言冗佐上造臨☑

……☑(正)

司空主以律令從事□□☑

□月癸丑□酉陽佐渙(背)(〈里耶 9.590〉)

「冗募」一詞,於〈里耶 8.132〉,陳偉同樣引用〈睡虎地‧秦律雜抄 35〉整理者的注釋,並且加以說明「冗募是一事抑或二事,尚待考。冗募者為「戍卒」,則通過本簡可知。」〔註99〕可見里耶秦簡的「冗募」與睡虎地秦簡的「冗募」應同表示一個詞彙,表義是相同。

頁 175。

〔註99〕陳偉:《里耶秦簡牘校釋(第一卷)》(武漢:武漢大學出版社,2012 年 1 月),頁 70。

　　「宂戍」一詞於〈里耶 8.666〉，陳偉云：「參看 8.132＋8334『宂募群戍卒』注釋。」〔註100〕則是同上「宂募」所言。

　　「宂病」詞彙，於〈里耶 8.1243〉，本方見於《五十二病方》25～29 其云：「毋近內，病已如故。」，陳偉云：「兩相對讀，可知「內」前有「毋近」一類文字。」〔註101〕、帛書整理小組注釋云：「近內，房事。」〔註102〕馬王堆帛書為「內」字，但是里耶秦簡為「宂」字，不應相提並論，「宂病」的意義則暫且略過不討論。

　　「宂作」詞語，於〈里耶 8.1334〉，陳偉云：「《漢書・食貨志》：『又以周官稅民：凡田不耕為不殖，出三夫之稅；城郭中宅不樹藝者為不毛，出三夫之布；民浮游無事，出夫布一匹。其不能出布者，宂作，縣官衣食之。』顏師古注曰：『宂，散也。』《二年律令・金布律》418 號簡有為『諸宂作縣官及徒隸』稟衣的規定。」〔註103〕「宂」有閒散的意思。

　　「宂佐」一詞，於〈里耶 9.590〉陳偉云：「宂佐，蓋即『佐、史宂者』之類，參看簡 8-60＋8-656＋8-665＋8-748 注釋 3」〔註104〕亦引用〈睡虎地・秦律十八種 72〉的簡文，羅列學者的說法，顯示〈里耶 9.590〉的「宂」字解釋應同於〈睡虎地・秦律十八種 72〉的「宂」字。

表4-3-1　秦簡「宂」字形表

睡虎地・秦律十八種 14（宂皂）	睡虎地・秦律十八種 50（宂居）	睡虎地・秦律十八種 54（總宂）	睡虎地・秦律十八種 72（史宂）	睡虎地・秦律十八種 80（宂吏）	睡虎地・秦律十八種 109（宂隸妾）

〔註100〕陳偉：《里耶秦簡牘校釋（第一卷）》（武漢：武漢大學出版社，2012 年 1 月），頁 198。
〔註101〕陳偉：《里耶秦簡牘校釋（第一卷）》（武漢：武漢大學出版社，2012 年 1 月），頁 299。
〔註102〕馬王堆漢墓帛書整理小組：《馬王堆漢墓帛書（肆）》（北京：文物出版社，1985 年 3 月），頁 30。
〔註103〕陳偉：《里耶秦簡牘校釋（第一卷）》（武漢：武漢大學出版社，2012 年 1 月），頁 297～298。
〔註104〕陳偉：《里耶秦簡牘校釋（第二卷）》（武漢：武漢大學出版社，2018 年 12 月），頁 160。

睡虎地・秦律十八種 151（冗邊）	睡虎地・秦律十八種 165（冗吏）				
嶽麓（叁）・猩、敞知盜分贓案 48（冗募）	嶽麓（叁）・猩、敞知盜分贓案 52（冗募）	嶽麓（叁）・猩、敞知盜分贓案 55（冗募）	嶽麓（肆）・秦律令（壹）152（冗宦、冗官）	嶽麓（肆）・秦律令（壹）266（冗作）	嶽麓（伍）・秦律令（貳）285（冗募）
里耶 8.132（冗募）	里耶 8.666（冗戍）	里耶 8.1243（冗病）	里耶 8.1334（冗作）	里耶 9.590（冗佐）	

「冗」字，《說文解字》云：「散也。从宀、儿，人在屋下，無田事。《周書》曰：『宮中之冗食。』」〔註105〕為閒散的意義。甲骨文作 〈合集 32730〉、小篆作 ，可見下方為側面人形，上方象房屋之形。單曉偉云：「秦竹簡文字作 秦律 14、 效 2，從宀從人，人亦聲。」〔註106〕可知部件「人」除了表形亦表聲，單氏又將「冗」、「冗」二字列為同字。王輝《古文字通假字典》云：

> 《說文》冗作 ，睡虎地秦簡作 ，漢印作 ，故字宜隸作冗。……
> 《字彙》：「冗，俗冗字。」今以冗為規範字。〔註107〕

王輝依據小篆、秦簡、漢簡的字形，認為應該隸定為「冗」字，又清・梅膺祚《字彙》一書指出當時的「冗」為「冗」的俗字，但是現今的正字則為「冗」。若觀察古文字的演變歷程，其實應該隸定成「冗」，是較符合此字表義的功能。另外，清・邢澍《金石文字辨異》一書云：「冗，俗作冗。」〔註108〕顯示於當

〔註105〕漢・許慎撰、清・段玉裁注：《說文解字注》（臺北：藝文印書館，1992 年），頁 343。

〔註106〕單曉偉：《秦文字疏證》（合肥：安徽大學碩士論文，2010 年 5 月），頁 324。

〔註107〕王輝：《古文字通假字典》（北京：中華書局，2008 年 2 月），頁 485。

〔註108〕清・邢澍：《金石文字辨異》，叢書集成續編第 5 冊（臺北：藝文印書館，1970 年），上聲頁 3。

時「冗」為「宂」的俗字。可知清代當時「宂」的俗字作「冗」、「宂」，並且三字應為同一字。

從上表以觀，秦簡的「冗」字除了〈嶽麓（肆）·秦律令（壹）152〉作、，以及〈里耶9.590〉作「」，下方部件「几」的筆畫超出於「宀」許多，較為不同，其他「冗」字大抵沒有多大差異。所以，睡虎地秦簡、嶽麓秦簡的「冗」字，與里耶秦簡的「宂」字應可視為同一字。

秦簡中的「冗」、「宂」二字大抵皆當作「閒散、不固定」解釋，並且睡虎地、嶽麓秦簡的「冗募」與里耶秦簡的「宂募」皆表示戍卒，嶽麓秦簡的「冗作」與里耶秦簡「宂作」解釋為零散的雜役。並且秦簡「冗」的字形，基本上大同小異，又里耶秦簡的「宂」字與睡虎地、嶽麓秦簡的「冗」字表義相近，應視為同一字。只是現在頒布的正字為「冗」，但是考釋成「宂」較符合古文字的本形本義，因此，秦簡統一考釋作「宂」應較為完善。

二、秦簡的「冗」、「內」、「穴」字

秦簡中其實可以發現「冗」、「內」二字，因為字形過於近似，而產生訛混的情形。「冗」下方為人形，「內」則從「入」。「內」字，《說文解字》云：「內，入也。从冂、入，自外而入也。」[註109]中間為部件「入」，表示從外進入的義涵，何琳儀認為「會入室之意」[註110]說明由外進入室內空間，甲骨文作 𝌆〈合集1663〉、𝌆〈合集12971〉，金文作 𝌆〈豆閉簋〉、𝌆〈禹鼎〉，下方皆象「入」。「冗」字下方則是從「人」，與「內」字表形表義皆不相同，秦簡中卻出現訛混的情況。其實「人」、「入」二字在古文字的階段，並沒有區分得非常清楚，劉玉環云：

「卜」、「人」、「入」自古以來就是形近字，但它們在各個時期都是不同的字，他們的形體本身具有各自的區別特徵，若抄寫者沒有特別留意形近字之間的差別，因不留神而寫得不夠標準，就產生了過渡字形。……幾個字形之間存在區別特徵，但區別甚微，容易相混，

〔註109〕漢·許慎撰、清·段玉裁注：《說文解字注》（臺北：藝文印書館，1992 年），頁226。

〔註110〕何琳儀：《戰國古文字典》（北京：中華書局，1998 年），頁1258。

中間有似 A 又似 B 難以分辨的過渡字形。對於中間區別性特徵模糊的字形，不能利用筆程追溯法做出判斷的，依據辭例和語境做出考釋，也是一種不得已而為之的行之有效的方法。〔註111〕

「人」、「入」二字由於字形過於相近，若書手沒有留意，很容易喪失區別的特徵，導致相混的情況。因此，當無法辨認字形之時，可藉由上下文例進行判斷，考釋文字能夠更加精準。

嶽麓秦簡中存在「內」、「冗」二字因相混，而誤釋的情況，根據材料可見於〈嶽麓（叁）‧猩、敝知盜分贓案 48、52、55〉、〈嶽麓（肆）‧秦律令（壹）17、152、213、266、278〉、〈嶽麓（伍）‧秦律令（貳）267、285〉，此 10 處。劉傑、馬越提及云：

> 48 號簡中的「∧」形構件的起筆在字形的中心線上，而 55 號簡中的「∧」形構件的起筆在字形中心線偏左的位置；而且，55 號簡中的「∧」構件左畫短而右畫長，與「$\bigwedge$」類似，當為「人」字形；而 48 號簡中的「∧」形構件與嶽麓秦簡四種 257 號簡中的「$\bigwedge$（人）」字形較為相似，疑為「入」字……嶽麓秦簡（叁）中 48 號簡的字形當為『內』字，與後文連讀為『內募』而非『冗募』。『內募』一詞暫未見於傳世文獻，而『冗募』一詞也僅見於睡虎地秦簡，不見於傳世文獻。〔註112〕

「冗」字簡 48 作 ，簡 55 作 ，劉氏認為「∧」形的起筆，簡 48 位於中心線，筆畫左短右長應為「入」字，簡 55 中心偏左則當為「人」字，而將簡 48 考釋為「內」字，但是「內募」一詞至於簡文中釋讀並不通順。劉氏又指出「冗募」一詞不見於出土文獻，其實在〈里耶 8.132〉、〈里耶 9.1247〉中也可見「冗募」一詞，故劉氏此說並不值得確信。

另外，〈嶽麓（伍）‧秦律令（貳）267〉簡文云：「□者以失期不從其事論之 ￢，均□教獄史、內〈冗〉佐居新地者，皆令□□□新地日，其繇（徭）使及病，若有它……」整理者於凡例說明，若為訛錯字旁邊會再括注正字，

〔註111〕劉玉環：《秦漢簡帛訛字研究》（北京：中國書籍出版社，2012 年 12 月），頁 68。
〔註112〕劉傑、馬越：〈讀嶽麓秦簡札記三則〉，中國高校人文社會科學信息網，2019 年 4 月 26 日。https://sinoss.net/show.php?contentid=87292

可知整理者依據字形原隸定為「內」，之後可能為文例釋讀順暢，認為「內」為訛變字，應改讀為「冗」。「冗佐」一詞亦可見於里耶秦簡的8層簡63、879、1089、1450、1555、2106，以及第9層的簡127、590、1396、1557、2230、2724，共12處，因此〈嶽麓（伍）・秦律令（貳）267〉釋為「冗」字具有說服力。

「冗」字，〈嶽麓（肆）・秦律令（壹）152〉作 、，以及〈里耶9.590〉作「」，分別作「冗官」、「冗宦」、「冗佐」使用，字形各不相同。齊繼偉分析秦簡「內」字的字形差異云：

> 秦簡中的「內」與「冗」的書寫可能就是上述兩種寫法。也就是說，除「內」作「內」，「」作「冗」外，「」既可作「內」，也可作「冗」，且時代越前，「冗」與「內」的「」形寫法越普遍。〔註113〕

「冗」字大抵可寫作二種字形，為「」、「」，「內」字的字形則較統一作「」，可見「冗」、「內」二字的字形基本上沒有多大的差別，由下表可觀察出。

表4-3-2　秦簡的「內」字

 睡虎地・秦律十八種87（內史）	 睡虎地・秦律十八種93（大內）	 睡虎地・秦律十八種190（內史）	 睡虎地・法律答問65（內人）	 睡虎地・法律答問140（內史）
 睡虎地・封診式39（少內）	 睡虎地・封診式74（房內）	 睡虎地・日書甲種150背（內）		
 嶽麓（壹）・為吏治官及黔首75（窨內）	 嶽麓（壹）・占夢書11（內資）	 嶽麓（叁）・學為偽書案227（少內）	 嶽麓（肆）・秦律令（壹）300（內史）	 嶽麓（肆）・秦律令（壹）327（內史）

〔註113〕齊繼偉：〈秦簡「冗」「內」「穴」辨誤〉，《古漢語研究》2018年第3期，頁77。

里耶 8.64 （少內）	里耶 8.105 （內史）	里耶 8.561 （內史）	里耶 8.633 （內史）	里耶 8.1783 （內史）
里耶 9.27 （少內）	里耶 9.239 （少內）			
青川 16 （笥內）	放馬灘・日書甲 種 34 （內史）			

簡中除了「冗」與「內」字，「冗」亦與「穴」字相訛混，齊繼偉云：

> 先秦及秦代的典籍文獻中「穴」與「冗」的訛寫同樣存在。……「冗」字在秦簡中的「」形寫法與「內」字相同，故「冗」與「穴」的訛寫一定程度上與「內」與「穴」的誤作相同。〔註114〕

「冗」與「內」字於先秦傳世文獻存在訛寫的例子，「冗」與「穴」字亦出現同樣的情形，齊氏推論於秦簡中「冗」、「穴」訛混的程度應與「冗」、「內」大同小異。又針對〈嶽麓（伍）・秦律令（貳）322〉的簡文云：

> 「司寇以下冗作官者」之「冗」，圖版作「」，明顯是將「冗」誤寫為「穴」。嶽麓秦簡中「冗」字寫作「」（嶽麓肆 1981：司寇冗作），或寫作「」（嶽麓參 1218：冗募），其中第二種寫法與上述「」字的區別即在於「宀」下「儿」與「人」的不同。……其與睡虎地簡、里耶簡中的「冗」字相同，可直接隸定為「冗作者」。〔註115〕

〈嶽麓（伍）・秦律令（貳）322〉簡文云：「封，其非遣獄史往捕殹（也）∟。當封者，司寇以下穴〈冗〉作官者，今其官遣令史若官嗇夫吏毋害者☑……」「穴」為「冗」字的訛寫，整理者原考釋為「穴」字。「穴」字，《說文解字》

〔註114〕齊繼偉：〈秦簡「冗」、「內」、「穴」辨誤〉，《古漢語研究》2018 年第 3 期，頁 81。
〔註115〕齊繼偉：〈秦簡「冗」、「內」、「穴」辨誤〉，《古漢語研究》2018 年第 3 期，頁 82。

云：「，土室也。从宀，八聲。凡穴之屬皆从穴。」〔註116〕為洞穴的意思。

楚簡作〈新蔡 3.83〉、〈上博（二）‧容成氏‧10〉，可見「穴」字下方部件「八」，筆畫並沒有連接一起，表示分開之義。可知「穴」字有表示挖開土堆之義，與「冗」字下方从「儿」，「內」字下方从「人」，表義不同。因此，考釋為「穴」字，於〈嶽麓（伍）‧秦律令（貳）322〉的文義並不通順。

從下表三可以觀察到，秦簡中的「穴」字，有「倉鼠穴」、「穴盜」、「塞穴」、「穴中」等詞彙，主要當作洞穴的解釋。〈嶽麓（伍）‧秦律令（貳）322〉作，字形與「穴」近似，但是「穴作」一詞，並未見於出土文獻和傳世文獻。若考釋為「冗作」一詞，文義則會通暢許多，並且「冗作」一詞，可見於〈嶽麓（肆）‧秦律令（壹）17〉、〈里耶 8.1334〉。因此，從嶽麓秦簡可發現「穴」、「冗」二字訛混的情形，並且其中〈嶽麓（伍）‧秦律令（貳）322〉的「穴」字，應當作「冗」的訛變字。

表 4-3-2　秦簡的「穴」字

睡虎地‧法律答問 152 （倉鼠穴）	睡虎地‧封診式 74 （穴盜）			
放馬灘‧日書甲種 71 （寶穴）	放馬灘‧日書甲種 73 （塞穴）	放馬灘‧日書乙種 65 （塞穴）	放馬灘‧日書乙種 66 （臧穴中）	放馬灘‧丹 3 （白狐穴）
周家臺 371 （坙穴）				

〔註116〕漢‧許慎撰、清‧段玉裁注：《說文解字注》（臺北：藝文印書館，1992 年），頁 347。

嶽麓（伍）·秦律令（貳）322（穴〈冗〉作）				

三、結　語

　　睡虎地秦簡、嶽麓秦簡的「冗」字，有作「冗皂」、「冗居」、「總冗」、「史冗」、「冗吏」、「冗隸妾」、「冗邊」、「冗募」、「冗作」、「冗宦」「冗官」、「冗佐」的詞彙使用。里耶秦簡的「宂」字，則有「宂戍」、「宂病」、「宂日」、「貸宂」的運用。里耶秦簡與睡虎地、嶽麓秦簡相類似的詞彙猶有「史宂」、「宂募」、「宂作」、「宂佐」。從中可以發現「冗」、「宂」二字大抵當作閒散、不固定解釋，並且可以視為同一字，由於「宂」字與秦簡的字形最為接近，因此應考釋作「宂」較為適宜。

　　秦簡中「冗」、「內」、「穴」三個字，字形過於相近，常出現訛混的情形。在嶽麓秦簡出現訛變字的情形異常嚴重，導致整理者誤釋的狀況亦較頻仍。嶽麓秦簡的「冗」字大抵作「冗」，另外有〈嶽麓（叄）·猩、敞知盜分贓案48、52〉、〈嶽麓（肆）·秦律令（壹）260、266〉、〈嶽麓（伍）·秦律令（貳）267〉作「內」。但是「內」字於文例中通讀並不順暢，書手寫作「內」，應是對於「冗」、「內」二字沒有明顯的辨別，從而造成整理者的誤釋。另外，〈嶽麓（伍）·秦律令322〉的「穴」字，為「冗」字的訛寫，二字義涵也有所差異，故考釋為「冗」字較符合文例的解釋。

表 4-3-3　秦簡的「冗」字

NO.	釋　文	簡牘編號	圖版
1	評田嗇夫，罰冗皂者二月。其以牛田，牛減絜，治（笞）主者寸十。有（又）里課之，最者，賜田典日旬；殿，治（笞）卅。　廄苑律	睡虎地·秦律十八種14	
2	妾、舂作者，月禾一石二斗半斗；未能作者，月禾一石。嬰兒之毋（無）母者各半石；雖有母而與其母冗居公者，亦稟之，禾	睡虎地·秦律十八種50	
3	更隸妾節（即）有急事，總冗，以律稟食；不急勿總。　倉	睡虎地·秦律十八種54	

4	都官有秩吏及離官嗇夫，養各一人，其佐、史與共養；十人，車牛一兩（輛），見牛者一人。都官之佐、史冗者，十人，養一人；	睡虎地・秦律十八種 72	
5	縣、都官坐效、計以負賞（償）者，已論，嗇夫即以其直（值）錢分負其官長及冗吏，而人與參辨券，以效少內，少內以	睡虎地・秦律十八種 80	
6	冗隸妾二人當工一人，更隸妾四人當工【一】人，小隸臣妾可使者五人當工一人。　工人程	睡虎地・秦律十八種 109	
7	百姓有母及同牲（生）為隸妾，非適（謫）皋（罪）殹（也）而欲為冗邊五歲，毋賞（償）興日，以免一人為庶人，許之。・或	睡虎地・秦律十八種 151	
8	一甲；過千石以上，貲官嗇夫二甲；令官嗇夫、冗吏共賞（償）敗禾粟。禾粟雖敗而尚可食殹（也），程之，以其秏（耗）石數論	睡虎地・秦律十八種 165	
9	官嗇夫、冗吏皆共賞（償）不備之貨而入贏。	睡虎地・效律 2	
10	百石以到千石，貲官嗇夫一甲；過千石以上，貲官嗇夫二甲；令官嗇夫、冗	睡虎地・效律 23	
11	如官嗇夫。其它冗吏、令史掾計者，及都倉、庫、田、亭嗇夫坐其離官	睡虎地・效律 52	
12	冗募歸，辭曰日已備，致未來，不如辭，貲日四月居邊。・軍新論攻城，城陷，尚有樓	睡虎地・秦律雜抄 35	
13	之醴陽，與去疾買銅錫冗募樂一男子所，載欲買（賣）。得。它如窣	嶽麓（叄）・猩、敞知盜分贓案 48（1218）	
14	冗募上造祿等從達等漁，謂達∟，祿等亡居黃（夷）道界中，有廬舍∟，欲毆（驅）從祿∟。達	嶽麓（叄）・猩、敞知盜分贓案 52（1341）	
15	猩∟，達獨私分猩＝。猩為樂等庸（傭），取銅草中。它如達及前。・醴陽丞悝曰：冗募上造敞	嶽麓（叄）・猩、敞知盜分贓案 55（1480）	
16	及諸當隸臣妾者亡，以日六錢計之，及司寇冗作及當踐更者亡，皆以其當冗作及當踐	嶽麓（肆）・秦律令（壹）17（1981）	

17	殹（也），及八更，其院老而皆不直（值）更者，皆為之，冗宦及冗官者，勿與。除郵道、橋、駝〈馳〉道，行外者，令從戶	嶽麓（肆）・秦律令（壹）152（1371）	
18	●傅律曰：隸臣以庶人為妻，若羣司寇、隸臣妻懷子，其夫免若冗以免、已拜免，子乃產，皆如其已	嶽麓（肆）・秦律令（壹）160（1256）	
19	計籍。其有除以為冗佐、佐吏、縣匠、牢監、牡馬、簪裊者，毋許，及不得為租。君子、虜、收人、人奴、羣耐子、免者、	嶽麓（肆）・秦律令（壹）213（1389）	
20	食（？）居作（？）為它縣吏及冗募羣戍卒有貲贖責（債）為吏縣及署所者，以令及責（債）券日問其入，能入者，	嶽麓（肆）・秦律令（壹）260（795）	
21	而臑（畢）到其官，官相近者，盡九月而告其計所官，計之其作年。黔首為隸臣、城旦、城旦司寇、鬼新（薪）妻而冗作	嶽麓（肆）・秦律令（壹）266（1362）	
22	・□律曰：冗募羣戍卒及居貲贖責（債）戍者及冗佐史、均人史，皆二歲壹歸，取衣用，居家卅日，其□□□	嶽麓（肆）・秦律令（壹）278（914）	
23	□者以失期不從其事論之乚，均□教獄史、内〈冗〉佐居新地者，皆令□□□新地日，其繇（徭）使及病，若有它	嶽麓（伍）・秦律令（貳）267（1149＋C4-3-7）	
24	・令曰：吏及宦者、羣官官屬、冗募羣戍卒及黔首繇（徭）使、有縣官事，未得歸，其父母、泰父母不死而	嶽麓（伍）・秦律令（貳）285（1668）	
25	廿六年三月壬午朔癸卯左公田丁敢言之佐州里煩故為公田吏徙屬事荅不備分」 負各十五石少半斗直錢三百一十四煩冗佐署遷陵「今上責校券二謁告遷陵」 令官計者定以錢三百一十四受旬陽左公田錢計問可計付署計年為報敢言之」 三月辛亥旬陽丞潃敢告遷陵丞主寫移＝券可為報敢告主丿兼手 廿七年十月庚子遷陵守丞敬告司空主以律令從事言丿懷手即走申行司空（正） 十月辛卯旦胸忍索秦士五狀以來丿慶手兵手（背）	里耶 8.63	

26	☑冘募群戍卒百卅三人 ☑廿六人‧死一人 ☑六百廿六人而死者一人（第一欄） 尉守☑ 十一月☑（第二欄）	里耶 8.132	
27	☑敢言之冘戍士五□☑ ☑謁遣吏傳謁報☑（正） ☑武☑（背）	里耶 8.666	
28	冘佐上造芒安□□	里耶 8.879	
29	冘佐上造武陵當利敬　⎮	里耶 8.1089	
30	臧治核暴若有所燥冶	里耶 8.1243	
31	史冘公士旬陽陷陵竭　⎮	里耶 8.1275	
32	冘佐上造旬陽平陽操	里耶 8.1306	
33	☑□出稟冘作大女子鐵十月十一月十二月食 ☑　　感手	里耶 8.1334	
34	冘佐八歲上造陽陵西就曰駱廿五年二月辛巳初視 事上衍 病署所二日 ‧凡盡九月不視事二日‧巳視事二百一十一日（正） 廿九年後九月辛未 □計即有論上衍卅年 □不視事未來（背）	里耶 8.1450	
35	冘佐上造臨漢都里曰援庫佐冘佐年卅七歲 為無陽眾陽鄉佐三日十二日　族王氏 凡為官佐三月十二日（第一欄） 為縣買工用端月行（第二欄）（正） 庫六人（背）	里耶 8.1555	
36	☑□□□郵行　冘冘冘（正） ☑□□□□（背）	里耶 8.1994	

37	☑□遷陵□□☑ ☑遷陵有以令除宂佐日備者為 ☑□謁為史以衛不當補有秩當	里耶 8.2106	
38	廿五年八月甲子貳春鄉□☑ 宂佐□百九十……☑	里耶 9.127	
39	某年□月某日尉某爰書某☑ 備宂日不食☑	里耶 9.270	
40	卅二年七月乙亥朔戊子☑ 日司空茲言宂佐上造臨☑ ……☑（正） 司空主以律令從事□□☑ □月癸丑□酉陽佐澳（背）	里耶 9.590	
41	斬佐止為城旦舂宂☑	里耶 9.910	
42	卅三年遷陵宂募戍卒當田者二百☑ 衛之人四畝　　☑	里耶 9.1247	
43	宂佐上造旬陽辨陽□□☑	里耶 9.1396	
44	☑宂佐上造夏陽南垣中都☑	里耶 9.1557	
45	☑□二錢以貸宂 ☑倉貣計為（正） ☑手 ☑律令從事報 忠手（背）	里耶 9.1849	
46	宂佐上造旬陽乘田赾　八月癸丑□□□☑	里耶 9.2230	
47	宂佐一人☑	里耶 9.2724	

第四節　秦簡訛變字「予」辨析

　　秦簡處於小篆演變至隸書的過渡階段，在演變過程常出現訛變字，如「予」、「矛」二字因為字形極近似，不容易辨認。里耶秦簡的〈簡 9.1447 背〉云：「矛端三百卌錢」，「矛」字為原整理者的考釋，而後里耶秦簡牘校釋小組〈《里耶秦簡（貳）》校讀（一）〉一文將「矛」字改釋為「予」。其實古文字

中「矛」、「予」二字形體本過於相似，容易產生訛混的情況。當「矛」、「予」作為部件使用時，亦出現辨識上的困難，以及造成釋讀的錯誤，從「楙」、「埜」二字即可窺豹一斑，因此有必要對於「矛」、「予」二字進行釐清，加以解決閱讀上的問題。

楊先雲〈里耶秦簡識字三則〉〔註117〕一文提及，〈里耶 8.1437〉的「楙」字，《里耶秦簡牘校釋（第一卷）》改釋為「埜」，楊氏是認同原整理者的說法。並且分析部件「林」中間的形體應為「矛」，所以隸定為「楙」。

陳侃理〈里耶秦方與「書同文字」〉〔註118〕一文，提及里耶秦簡有一木方，抄錄關於異體字與規範字的規定，其中記載「以此為野」一句，規範其他屬於「野」的異體字應統一寫為「野」。在里耶秦簡可見「埜」、「埜」、「野」三字並存，依據整理者的隸定「埜」出現於〈里耶 9.1644〉，「楙」在〈里耶 8.176〉、〈里 8.1437〉，「野」於〈里耶 8.1437〉。從《說文解字》等傳世文獻認為「埜」、「埜」為「野」的古文，古文多見於楚簡，「野」字則是秦系文字的習慣書寫方式。陳氏認為〈里耶 8.1437〉應隸定為「埜」，有別於里耶秦簡的原整理者。

姚洁〈釋析「楙」字之訛〉〔註119〕一文，主要討論「楙」字，先分析「野」、「予」、「矛」的本形、本義，發現古文字中「予」、「矛」二字常出現互訛的例子。於傳世文獻亦可見從「予」、「矛」的字，出現相混淆的書寫情形，如「豫」、「序」、「預」、「舒」、「柔」、「矜」、「茅」、「懋」、「譎」、「霧」、「遙」、「瞀」、「務」等字。姚氏認為「野」的古字為「埜」，秦文字再加上聲符「予」，但是現在可見「楙」字，從「矛」應是與「予」相訛混，由於「矛」、「予」二字的差別不大，才容易出現誤判

「矛」、「予」二字常出現訛混的情況，難以單藉由字形去考釋簡文。因此，先理解「矛」、「予」的本義，以及使用方式，即可依據〈里耶 9.1447 背〉的文例，分析應考釋為「矛」或「予」字。

前人對於「埜」、「楙」、「埜」、「野」四字的演變歷程並未充分瞭解，並且

〔註117〕楊先雲：〈里耶秦簡識字三則〉，（武漢大學簡帛網發文，2014 年 2 月 27 日）。
　　　　 http://www.bsm.org.cn/show_article.php?id=1993
〔註118〕陳侃理：〈里耶秦方與「書同文字」〉，《文物》2014 年第 9 期。
〔註119〕姚洁：〈釋析「楙」字之訛〉，《安陽工學院報》2011 年 5 月第 3 期。

「壄」、「壄」二字根據不同批秦簡，有從「矛」、「予」二者的差異，睡虎地秦簡整理者隸定為「壄」，從「予」，嶽麓秦簡、里耶秦簡隸定為「壄」，從「矛」。究竟從「矛」或「予」，可以觀察與「壄」、「壄」二字有無音韻上的關聯，即可判斷應隸定為何字。

一、秦簡「予」字釋讀

於秦簡中可見「矛」、「予」二字訛混，首先必須針對二字的本形本義進行了解，才能理解書手是處於何種狀態下，出現寫錯字的情形。「矛」字，《說文解字》云：「，酋矛也。建於兵車，長二丈。象形。凡矛之屬皆從矛。，古文矛，從戈。」〔註120〕為兵器。何琳儀云：「矛鋒、矛骹。」〔註121〕描述為矛之形。金文作〈戜簋〉、〈越王州句矛〉，楚簡作〈秦家嘴1.5〉、〈郭店‧五行‧41〉、〈上博（二）‧從政（甲篇）‧10〉皆象兵器之形。秦簡作〈睡虎地‧法律答問85〉、「金矛」作〈里耶9.285〉、「金矛刃」作〈里耶9.1351〉，文例如：

> 鈹、戟、矛有室者，拔以鬭，未有傷毆（也），論比劍。（〈睡虎地‧法律答問85〉）
>
> 金矛二百六十四有矜　☒〈里耶9.285〉）
>
> 金矛刃一百六十五　□☒〈里耶9.1351〉）

秦簡中「矛」字的使用，大多與兵器有關聯，如「鈹、戟、矛」、「金矛」、「金矛刃」。但是，〈里耶9.1447〉此簡出現「矛端三百卅錢」一句，令人匪夷所思，「矛」字從形體的角度，難以分辨應考釋為何字。

「予」字，《說文解字》云：「，推予也。象相予之形。凡予之屬皆從予。」〔註122〕為推予之義。李孝定云：「相予之形，殊難取象。相予之義，

〔註120〕漢‧許慎撰、清‧段玉裁注：《說文解字注》（臺北：藝文印書館，1992年），頁726。

〔註121〕何琳儀：《戰國古文字典》（北京：中華書局，1998年），頁256。

〔註122〕漢‧許慎撰、清‧段玉裁注：《說文解字注》（臺北：藝文印書館，1992年），頁

當以『與』正字，其古文當作『』。」〔註123〕象相互給與之形。金文作〈作予叔嬴鬲〉、〈六年格氏令戈〉、〈繳怎君扁壺〉，八為分化符號，於〈作予叔嬴鬲〉作為人名使用，楚簡作承襲金文字形而來。單育辰〈談晉系用爲「舍」之字〉云：

> 古文字「野」均作「埜」，秦漢以後才出現「壄」，但並不從「里」。如「」（《秦陶》三三五）、「」（《相馬經》三一下）、「」（漢詩經《詩・東山》）。至於「野」的異體「」（《睡虎》六・四五）、「」（《隸辨》三・五二），則與《說文》古文吻合。值得注意的是，這些「野」字所從「予」作「」、「」、「」等形，與「」（予）形體有別。在早期古文字中並未發現有「予」字，戰國秦文字才出現「」形（石鼓文｜迀），六國文字「予」尚作「」形（《璽彙》三四五七「㝊」）。凡此可證，「予」本作「」形。〔註124〕

「野」字古文字從「予」，象二個三角形或圓圈垂直排列，但是下方多出一筆的字形，如〈里耶 8.461〉的右上方之形作，應是後代演變出來，為秦文字的特色，所以「予」字的初文應如金文、楚簡之形。

可見字形方面，「矛」、「予」二字在金文、楚簡的階段，字義相去甚遠，前者指「兵器」為象形，後者指「相予之形」為指事。在字音方面，「矛」字為明紐幽部，「予」字為定紐魚部，聲、韻皆不相近，因此「矛」、「予」二字不太可能因為聲韻相近而通假。

（一）「予」字當動詞

從秦簡的上下文，可以觀察到「予」字，後面接人名，或接物名，主要記載關於物品交換的事情，見於里耶秦簡與嶽麓秦簡，如：

> 卅二年六月乙巳朔壬申，都鄉守武爰書：高里士五（伍）武自言以

161。

〔註123〕李孝定：《讀說文記》（臺北：中央研究院歷史語言研究所，1992 年），頁 112。

〔註124〕單育辰：〈談晉系用爲「舍」之字〉，（武漢大學簡帛網發文，2008 年 5 月 3 日）。
　　　http://www.bsm.org.cn/show_article.php?id=824

大奴幸、甘多，大婢言、言子益等，牝馬一匹予子小男子產。典私

占。初手。

六月壬申，都鄉守武敢言：上。敢言之。／初手。

六月壬申日，佐初以來。／欣發。初手。（〈里耶 8.1455＋8.1443〉）

徼外盜徼所，合符焉，以讓（選）伍之。黔首老弱及痤（瘺）病，

不可令奔敬（警）者，牒書署其故，勿予符。其故徼縣道……（〈嶽

麓（肆）・秦律令（壹）178〉）

〈里耶 8.1455＋ 8.1443〉二支簡可以綴合一起檢視，大抵上的內容，張朝陽
解釋說：「都鄉下轄高里有一位名叫武（與鄉守同名）的士伍，為了將若干財
產轉移給自己未成年兒子（小男子），主動謁見了（自言）鄉官，表達了自己
的意願。」〔註125〕其中的「牝馬一匹予子小男子產」一句的「予」字即當作
「給予」意思，「子小男子產」的第一個「子」指自己，「小男子」表示兒子，
「產」為人名，屬於「物名」＋「予」字＋「人名」的句式。〈嶽麓（肆）・
秦律令（壹）178〉的「勿予符」一句，曹旅寧云：「秦『奔警律』所謂『為
五寸符，人一，右在口，左在黔首，黔首佩之』當指顯示身份、充作通行證
的符節。秦有發兵之符，也有所調集軍隊用作通行證的符節。」〔註126〕關於
奔警律的內容提及的「符」，指的是「符節」，〈嶽麓（肆）・秦律令（壹）178〉
此簡內容亦與奔警律相關，所以此處的「奔敬（警）者……勿予符」一句可
以解釋為「奔敬（警）者……不要給予符節」，「予」作動詞有「給予」之意，
後接物名「符節」，此簡主要為「人名」＋「予」字＋「物名」的形式。由以
上〈里耶 8.1455＋8.1443〉、〈嶽麓（肆）・秦律令（壹）178〉二支簡，可以
發現「予」字大抵當作「相予」的意義使用，後接「物名」或「人名」。另外，
「予」字亦有接「地名」的例子，如：

・遷陵餘完可用當予洞庭縣不當輸內史者（〈里耶 9.42〉）

☐餘完可用當予洞庭縣、不當輸內史者：☐

〔註125〕張朝陽：〈里耶秦簡所見中國最早民間遺囑考略〉，（武漢大學簡帛網發文，2012
年 6 月 1 日）。http://www.bsm.org.cn/show_article.php?id=1707

〔註126〕曹旅寧：〈嶽麓秦簡「奔警律」補考〉，（武漢大學簡帛網發文，2009 年 4 月 25 日）。
http://www.bsm.org.cn/show_article.php?id=1038

☑五其六毋矜。（〈里耶 9.724＋9.1465〉）

〈里耶 9.724＋9.1465〉的「予」字後接地名洞庭縣，陳偉注釋云：「餘，剩餘。完，完好。……本簡所指也當是兵器。」〔註127〕其中「予」字前面應是省略「兵器」一詞，所以簡文可解釋為「兵器有剩餘完好可使用者，應當給予洞庭縣。」〈里耶 9.42〉為相似的簡文，但是更完整，顯示給予兵器的單位應是遷陵縣，為「地名」＋「予」字＋「地名」的句式。

上述「予」字後面為接人名、物名、地名的形式，另有後面不接字詞，以及後面加代名詞「之」字的形式，如：

> ・制詔丞相御史：兵事畢矣└，諸當得購賞貰責（債）者，令縣皆亟予之。令到縣，縣各盡以見（現）錢，不禁……〈嶽麓（肆）・秦律令（壹）308〉

> 貲各二甲，沒入馬縣官。有能捕告者，以馬予之。鄉亭嗇夫吏弗得，貲各一甲；丞、令、令史貲……（〈嶽麓（肆）・秦律令（壹）129〉）

> 所執濾，執濾調均；不足，乃請御史，請以禁錢貸之，以所貸多少為償，久易（易）期，有錢弗予，過一金，……（〈嶽麓（肆）・秦律令（壹）310〉）

〈嶽麓（肆）・秦律令（壹）308〉的「令縣皆亟予之」一句的「亟」字，陳迎娣云：「作為時間副詞，用於謂語動詞前，表示動作行為的迅速。可譯為『立刻』、『馬上』等。」〔註128〕認為「亟」為修飾動詞「予」的時間副詞。因此，可以解釋為「令縣馬上給予他」，「予」有「給予」之義。〈嶽麓（肆）・秦律令（壹）129〉的「有能捕告者，以馬予之。」一句，推測文意大致說明「能夠逮捕告發者，以馬給予他。」其中「予」字當作「給予」的意思，對象不明因此未寫出人名，而以「之」作為替代。〈嶽麓（肆）・秦律令（壹）310〉的「有錢弗予」一句，可解釋為「有錢不給予」，「予」字同樣為「給予」，後面應接有一對象但是省略掉。

〔註127〕陳偉：《里耶秦簡牘校釋（第二卷）》（武漢：武漢大學出版社，2018 年 12 月），頁 50。

〔註128〕陳迎娣：〈《嶽麓書院藏秦簡（壹）》虛詞整理〉，（武漢大學簡帛網發文，2013 年 3 月 18 日）。http://www.bsm.org.cn/show_article.php?id=1838

　　經過分析可以理解「予」字當作動詞時，主要作「給予」的意思。使用情形可分成「予」字後加「物名」、「人名」、「地名」，為「物名」＋「予」＋「人名」、「人名」＋「予」＋「物名」、「地名」＋「予」＋「地名」三。以及「予」字後接代名詞「之」，或不接其他字詞，以上共五種形式。

（二）「予」字當形容詞

　　「予」字秦簡中多數當作動詞使用，表示「給予」的意涵，另有當作形容詞的情形，但是字義出現轉變，如：

> ・材官、趨發、發弩、善士敢有相責（債）入舍錢酉（酒）肉及予者，捕者盡如此令，士吏坐之，如鄉嗇夫。貲丞、令……（〈嶽麓（肆）・秦律令（壹）381〉）

> 【其】賈（價），已受之而得，予者毋辠。有獄者、有獄者親所智（知）以財酒肉食遺治獄者、治獄者親所智（知）└，弗受而告吏，以盜……（〈嶽麓（伍）・秦律令（貳）249〉）

〈嶽麓（肆）・秦律令（壹）381〉簡文可以解釋作「材官、趨發、發弩、善士，這些擔任軍吏一類職官者，若有索取酒肉錢財的行為，包含給予錢財者，皆會遭到逮補。……」此處的「予者」為「給予錢財者」，引申指「行賄人」，「予」字當作形容詞使用，修飾後面的「者」字。〈嶽麓（伍）・秦律令（貳）249〉的「已受之而得，予者毋辠。」一句，文意大致上是說「收賄者確實有拿到賄賂物，則行賄者將不處以罪罰。」整理者注釋：「予者，指行賄者。」〔註129〕在此「予」字有行賄的意思。

　　依據秦簡的文例觀察，「予」字後頭接「者」字時，當作形容詞使用，由字的本義「給予」，引申有「行賄」的意涵，此情形是隨著上下文，造成字義與詞性的轉變。

（三）「予」字當名詞

　　「予」字除了當作動詞、形容詞使用之外，亦出現搭配其他字，當作人名用，如下：

〔註129〕陳松長：《嶽麓書院藏秦簡（肆）》（上海：上海辭書出版社，2015 年 12 月），頁162。

校長予言敢大心多問□☑

得毋為事繺虜毋以☑

之ノ前所謁者柏＝幸☑（正）

下之為柏寄食一石☑（背）（〈里耶 8.1997〉）

……庫武二甲。

庫佐駕二甲。

田官佐賀二甲。

髳長忌再□圏。

校長予言貲二甲。

發弩□二甲。

倉佐平七盾。（第一欄）……（以下省略）（〈里耶 8.149＋8.489〉）

根據（〈里耶 8.1997〉）的簡文，陳偉說明「予言，人名」〔註130〕「予言」為校長的名字。「予言」此人名亦見於其他簡，〈里 8.149＋8.489〉二簡綴合後，其中有「髳長忌再□圏。校長予言貲二甲。發弩□二甲。」一句，胡平生指出：「『髳長』、『校長』、『發弩』次第排列與《秩律》大致相同。」、魯家亮又根據張家山漢簡《奏讞書》簡 81 內容分析：「不難看出發弩也承擔和校長一樣管理治安的職責，參與追捕罪犯。」〔註131〕可知「校長」這種身分的人，應是擔任追捕犯人的職位，負責社會上的治安。「予」搭配「言」字，在〈里耶 8.1997〉、〈里耶 8.149＋8.489〉二處皆當作人名使用，表示校長的名字「予言」。

　　以上主要是「予」字於秦簡中的使用情形，由於「矛」、「予」二字形體過於相近，難以辨別，因此可以從文例方面切入探討。「矛」字作 ，文例

如下：

〔註130〕陳偉：《里耶秦簡牘校釋（第一卷）》（武漢：武漢大學出版社，2012 年 1 月），頁 233。

〔註131〕胡平生：〈里耶擁戈泛吳楚，吊古感懷漫悲歌——讀《里耶秦簡》與《里耶秦簡校釋》〉，（武漢大學簡帛網發文，2012 年 8 月 12 日）。http://www.bsm.org.cn/show_article.php?id=1727

出廿七買履一兩◻

出十令長◻

出廿買◻在史信所◻

◻□魚在史信所◻（正）

◻三百卅一　　◻

狐錢千一百五十二◻

矛端三百卅錢　　◻（背）（〈里耶 9.1447 背〉）

整理者隸定為「矛」字，若「端」指的是「矛」的末梢、頂部，後頭又接「三百卅錢」解釋並不通，並且於秦簡的其他文例不見此種用法。陳偉云：「予，原釋文作『矛』。端，人名。」〔註132〕將原隸定的「矛」字改釋為「予」，後面的「端」為人名。里耶秦簡中確實可以見到「端」此人，如「端發」〈里耶8.173〉、「令史端」〈里耶 8.1066〉、「端手」〈里耶 8.1415〉等。因此，〈里耶9.1447 背〉的「矛端三百卅錢」一句可以解釋作「給予端此人，三百卅錢」，從陳偉的說法「矛」應改釋為「予」，當作動詞「給予」的意義，接近上述「予」字＋「人名」的形式，只是省略了前面的主詞。

二、秦簡「野」字考釋

　　秦簡中可見「埜」、「壄」、「壄」、「壄」、「野」並存。「矛」、「予」二字形近，導致「壄」、「壄」二字整理者於考釋時，容易混淆，楊先雲云：

里耶 8-1437 號簡是習字簡，有一字作 ，整理者釋為「壄」，《里耶秦簡牘校釋》將其改釋為「埜」。我們認為，整理者意見可從。

仔細觀察 ，字中間應為兩口，即「矛」字，準確隸定應為「壄」字。睡虎地秦簡「壄」字字形如下： 〈睡日乙簡178〉、 〈睡為簡281〉、 〈睡答簡101〉、 〈睡編簡451〉。里耶該字與

〔註132〕陳偉：《里耶秦簡牘校釋（第二卷）》（武漢：武漢大學出版社，2018 年），頁 312。

睡虎地秦簡「壄」字形一致，該字釋爲「壄」應是正確的。〔註133〕

「壄」字為「埜」的訛變字，並且「野」、「予」二字皆為定紐魚部，聲音接近，「矛」字為明紐幽部，聲音相隔較遠。姚洁云：「現『野』之作『壄』者，當為『壄』之訛，即『矛』為『予』之訛。」〔註134〕簡文〈里耶 8.1437〉應隸定為從「予」的「壄」，而非從「矛」的「壄」。並且字形中有部件「予」，亦不應釋為「埜」字，里耶秦簡另一支習字簡作 [圖] 〈里耶 8.176〉字形相似，二字若皆要釋為「埜」不切合字形，中間的「予」並未考釋出來，應釋為「壄」字較為適切。[圖] 〈里耶 9.1644〉整理者隸定為「埜」則屬合理，因為「林」、「土」中間沒有多餘的部件。

「野」字，《說文解字》云：「[圖]，郊外也。從里，予聲。[圖]，古文野，從里省，從林。」〔註135〕段注「[圖]亦作埜」〔註136〕郊外之意。中骨文作 [圖]〈合集 22027〉，金文作 [圖]〈大克鼎〉、[圖]〈楚王酓忎鼎〉，楚簡作 [圖]〈包山 2.173〉、[圖]〈上博（二）·容成氏·28〉，秦簡字形如下表：

表 4-4-1「野」字的異體字

異體字	秦　簡　字　形		
「埜」字	[圖] 〈里耶 9.1644〉 「☐屈埜受令」		

〔註133〕楊先雲：〈里耶秦簡識字三則〉，（武漢大學簡帛網發文，2014 年 2 月 27 日）。http://www.bsm.org.cn/show_article.php?id=1993
　　　　此段引文的簡號出現出入，〈睡爲簡 281〉應為〈睡爲簡 28〉，〈睡編簡 451〉應為〈睡編簡 45〉。
〔註134〕姚洁：〈釋析「壄」字之訛〉，《安陽工學院報》2011 年 5 月第 3 期，頁 31。
〔註135〕漢·許慎撰、清·段玉裁注：《說文解字注》（臺北：藝文印書館，1992 年），頁 701。
〔註136〕漢·許慎撰、清·段玉裁注：《說文解字注》（臺北：藝文印書館，1992 年），頁 701。

「壄」字				
	〈睡虎地·法律答問 101〉「百步中比壄（野）」	〈睡虎地·日書甲種 144〉〔註137〕「好田野、邑屋。」	〈睡虎地·日書甲種 114 背〉「裹以白茅，貍（埋）野」	〈睡虎地·日書甲種 115 背〉「野獸若六畜逢人而言」
	〈睡虎地·日書甲種 132 背〉「是野火偽為虫」	〈睡虎地·日書乙種 20〉「利以祭、之四旁（方）野外，熱▨」	〈睡虎地·日書乙種 178〉「高王父為姓（眚），野立為▨」	〈睡虎地·為吏之道 17〉「民或棄邑居壄（野）」
	〈睡虎地·為吏之道 28〉「原壄（野）如廷。」	〈睡虎地·葉書 45〉「攻大壄（野）王。」		
「壄」字				
	〈嶽麓（叁）·罄 167〉「一人殺三人田壄（野）」	〈嶽麓（叁）·學 220〉「新壄（野），新壄（野）丞主幸叚（假）癸錢、食一歲。」	〈嶽麓（叁）·學 223〉「居新壄（野）」	〈嶽麓（叁）·學 229〉「新壄（野）丞主巳（己）」
	〈里耶 8.176〉「壄鄲」	〈里耶 8.1437〉「壄枳枳里野枳野」		

〔註137〕〈睡·日甲 144〉、〈睡·日甲 114 背〉、〈睡·日甲 115 背〉、〈睡·日甲 132 背〉、〈睡·日乙 20〉、〈睡·日乙 178〉6 支簡，整理者原隸定為「野」字，陳偉《秦簡牘合集》一書改釋為「壄」。

「野」字				
	〈里耶 8.461〉「以此為野」	〈里耶 9.2076〉「宛、新野、比陽、陽成、雉各，言書到。」	〈里耶 9.2282〉「辛未野亭」	〈嶽麓（壹）・二十七年質日 9〉「癸未野之醜夫所」
	〈放馬灘・日書甲種 33〉「臧（藏）野林草莽中」	〈放馬灘・日書乙種 69〉「臧（藏）野林草莽中」	〈放馬灘・日書乙種 334〉「女子如野鳴【狐】」	〈放馬灘・日書乙種 354〉「【羽】之音如野鳴馬」
	〈睡虎地・日書甲種 8〉「利以達野外」〔註138〕	〈睡虎地・日書甲種 9〉「之四方野外」	〈睡虎地・日書甲種 10〉「不可以之野外」	〈睡虎地・日書甲種 12〉「利以登高、飲食、邋（獵）四方野外。」
「壄」字				
	〈睡虎地・日書甲種 32〉「利壄戰」〔註139〕			

關於上述「野」的異體字，裘錫圭《文字學概要》云：「『野』的初文作『埜』，從『土』從『林』會意。《說文》『野』字古文作『壄』，『予』是加注的音符。睡虎地秦簡『野』字也多如此作。傳世古書多作『壄』，『矛』是『予』的訛形。篆文作（見嶧山刻石等），從『田』，從『土』，『予』聲。後來『田』和『土』併成了『里』字。（《說文》篆形已如此）。」〔註 140〕觀察甲骨文、

〔註138〕〈睡・日甲 8〉、〈睡・日甲 9〉、〈睡・日甲 10〉、〈睡・日甲 12〉4 支簡，整理者、陳偉《秦簡牘合集（一）》隸定為「野」字，但是觀察字形，本文認為應隸定為「壄」字。

〔註139〕〈睡・日甲 32〉此簡，整理者、陳偉《秦簡牘合集（一）》隸定為「野」字，但是字形中並沒有部件「田」、「林」，故本文認為應隸定為「壄」。

〔註140〕裘錫圭：《文字學概要》（臺北：萬卷樓圖書有限公司，1995 年），頁 172。

金文、楚簡僅从「土」、「林」為會意字，《說文》的小篆與秦簡加上聲符「予」，傳世文獻將「予」寫成「矛」，由於字形極相似造成訛混。後來已不从「林」改从「田」，「林」、「田」二者皆與生長植物的土地相關，因此形符替換可以理解，「田」與「土」寫得靠近，後來相連就變成「里」。

「野」字於秦文字發展出一套風格，何琳儀《戰國古文字典》云：「六國文字承襲金文，秦國文字疊加予聲，或省林旁，或加田旁，反不及六國文字簡易合理。」〔註141〕秦簡文字多數繁增「予」旁，如〈里耶 8.461〉作、〈嶽麓（壹）·二十七年質日 9〉作，這些字又省略「林」再加「田」旁，成為「野」字。〈睡虎地·日書甲種 32〉作，則簡省「林」、「田」旁，即為「圣」字。可知「野」字演變的歷程大致上是，從「埜」→「壄（壄）」、「圣」→「野」的先後順序排列，「壄」為「埜」的訛變字，「壄」、「圣」幾乎是同時期。

秦簡中，「埜」、「壄」、「壄」、「圣」、「野」五個字並存，可透過文例分析各字形所表之義，以檢視前人的考釋是否可從。「埜」字，里耶秦簡作，如：

南里不不更屈埜受令（〈里耶 9.1644＋9.3389〉）

胡騰允〈《里耶秦簡（貳）》所見人名統計表〉一文，提及關於里耶秦簡中，人名的身分問題，包涵籍貫、爵位、職事、刑名、性別等，以表格的形式整理分類，身分信息較多者以斜線「╱」作出區隔。〔註142〕「屈埜」的身分主要為「貳春鄉南里╱不更」，陳偉云：「二『不』字，應有一字為衍文。屈埜，人名。」〔註143〕由此看來，「不更」應為「屈埜」的身分，「埜」字在此用作人名。

〈睡虎地·日書甲種 144〉有「田野」一詞，其中整理者原隸定的「野」字，陳偉改釋為「壄」作。〈嶽嶽麓（叁）·麛盜殺安、宜等案 167〉亦可見「田壄」一詞，「壄」字作，「壄」、「壄」二字是否為相同意思，可以透

〔註141〕何琳儀：《戰國古文字典》（北京：中華書局，1998 年），頁 530。

〔註142〕參見胡騰允〈《里耶秦簡（貳）》所見人名統計表〉，（武漢大學簡帛網發文，2019 年 9 月 4 日）。http://www.bsm.org.cn/show_article.php?id=3413

〔註143〕陳偉：《里耶秦簡牘校釋（第二卷）》（武漢：武漢大學出版社，2018 年 12 月），頁 342。

過文例加以分析：

> 戊戌生子，好田壄（野）邑屋。（〈睡虎地・日書甲種 144〉）

> 得。一人殺三人田壄（野），去居邑中市客舍，甚悍，非恆人殹（也）。
> 有（又）買大刀，欲復（？）盜殺人，以亡之巍（魏）。民大害殹
> （也）。甚微難得。（〈嶽麓（叁）・巍盜殺安、宜等案 167〉）

〈睡虎地・日書甲種 144〉陳偉《秦簡牘合集》云：「壄，整理者逕作『野』。」
〔註144〕認為應隸定為「壄」，讀為「野」。李學勤〈睡虎地秦簡《日書》與楚、
秦社會〉云：「田野邑屋也就是田宅。」〔註145〕「田野」基本上指的是田，「邑
屋」則是房舍。〈嶽麓（叁）・巍盜殺安、宜等案 167〉整理者注釋：「去，離
開田野。邑中，與田野相對，擁有城牆的城鎮、村落。」〔註146〕顯示「田壄」
為田野的意思，屬於植被豐富的土地，相對於「邑中」，建築物開發較發達的
地方而言。因此，「田野」、「田壄」二詞的意義大抵皆是與「田地」相關，「野」、
「壄」二字應該為同義。

　　〈睡虎地・日書甲種 32〉整理者、陳偉隸定的「野」字作 ，但是從字
形以觀，沒有「田」、「林」的部件，故本文改釋為「壬」，文例如：

> 秀，是胃（謂）重光，利野戰，必得侯王。以生子，既美且長，
> 有賢等。利見人及畜畜生。可取婦、家（嫁）女、剬（製）衣常（裳）。
> 利祠、飲食、歌樂，臨官立正（政）相宜也。〈睡虎地・日書甲種
> 32〉

魏德勝《〈睡虎地秦墓竹簡〉詞彙研究》一書中云：「野戰，交戰於曠野。」
〔註147〕所以「利野戰，必得侯王。」一句，可解釋成「於曠野交戰，則有望
成為戰國時諸國的王。」「野」字有廣闊之地的意涵。

　　「野」字，〈里耶 8.461〉作 ，為一木方簡文有「以此為野」一句，

〔註144〕陳偉：《秦簡牘合集（壹）》（武漢：武漢大學出版社，2014 年 12 月），頁 422。

〔註145〕李學勤：〈睡虎地秦簡《日書》與楚、秦社會〉，《江漢考古》1985 年第 4 期，頁
64。

〔註146〕朱漢民、陳松長主編：《嶽麓書院藏秦簡（叁）》（上海：上海辭書出版社，2013
年 6 月），頁 194。

〔註147〕魏德勝：《〈睡虎地秦墓竹簡〉詞彙研究》（北京：華夏出版社，2002 年），頁 116。

陳侃理〈里耶秦方與「書同文字」〉一文針對此簡云：「除了分散多義字職能，里耶木方中還抄錄有歸并異體字、規範字形的規定。XV 行『以此為野』句，就是意在將異體字歸并為通用字。……從目前所見戰國的用字情況來看，『埜』、『壄』兩形多見於楚文字，『野』則是秦系文字的固有寫法。木方此句的意思是，將過去習用的幾種『野』字歸并起來，統一作此從『田』的字形。」〔註148〕陳氏隸定為「壄」字，其實「埜」、「壄」二字同為「野」字的異體字，「壄」為「埜」訛變字，應同隸定為從「予」的「壄」字。從字形顯示從「田」的「野」字少見於楚簡，有可能是「野」字主要為秦統一文字後的規範字，楚簡時代較早，因此異體字的寫法「埜」、「壄」較頻繁。

　　異體字隨著秦簡的時代先後，亦可觀察到習慣用字的差異，從「田」的「野」字主要記載於里耶秦簡、放馬灘秦簡、嶽麓秦簡。里耶秦簡時代較晚，大抵在秦二世二年（西元前 208 年），已經是秦統一文字之後。至於放馬灘秦簡的時代一般認為是戰國晚期，但是海老根量介云：「討論了放馬灘秦簡中的『罪』和『辠』、『黔首』、『殹』和『也』的問題。根據『罪』字的使用情況，我們可以確定放馬灘秦簡是秦統一以後鈔寫的。」〔註149〕、田煒云：「對照同文字方的記載，放馬灘秦簡用『野』字表示｛野｝而不用『壄』字……凡此皆可證明放馬灘秦簡的抄寫時間必定在秦統一全國之後。」〔註150〕從放馬灘秦簡主要用「野」字但不是「壄」，顯示很有可能是秦代的簡，而非戰國秦時所抄錄。又關於嶽麓秦簡的「野」字，田煒〈論秦始皇「書同文字」政策的內涵及影響〉一文云：「《嶽麓書院藏秦簡（壹）·質日》秦始皇二十七年部分記有『野之醜夫所』，『野』和『醜夫』都是人名，『野』字不見於統一前的秦文字資料，應該是統一後把『壄』字所從之『林』改爲『田』而形成的新字，『野』這個人名在統一前應該寫作『壄』或『𡐨』，意味著連私名也會跟隨『書同文字』的規定改寫。」〔註151〕說明統一文字前應多寫作「壄」、「𡐨」

〔註148〕陳侃理：〈里耶秦方與「書同文字」〉，《文物》2014 年第 9 期，頁 79～80。

〔註149〕〔日〕海老根量介：〈放馬灘秦簡鈔寫年代蠡測〉，《簡帛》第 7 輯（上海：上海古籍出版社，2012 年），頁 169。

〔註150〕田煒：〈論秦始皇「書同文字」政策的內涵及影響〉，（武漢大學簡帛網發文，2018 年 12 月 10 日）。http://www.bsm.org.cn/show_article.php?id=3266

〔註151〕田煒：〈論秦始皇「書同文字」政策的內涵及影響〉，（武漢大學簡帛網發文，2018 年 12 月 10 日）。http://www.bsm.org.cn/show_article.php?id=3266

字，嶽麓秦簡時代大抵在秦始皇三十五年（西元前 212 年），於秦統一天下之後，因此可以看到寫作「野」字。

依據上述分析，「埜」、「壄」、「𡐨」、「壬」四字都可以讀為「野」，屬於「野」的異體字。其中部件「予」、「矛」形體過於近似，連帶影響「壄」、「𡐨」二字，造成訛混的現象，理解到「𡐨」為「壄」的訛變字，故「𡐨」應改釋為從「予」的「壄」字。「埜」於簡文當作人名使用，「壄」、「壬」、「野」字，大抵皆解釋作田野、郊外的意義。因此，〈睡虎地・日書甲種 8、9、10、12、32〉五支簡，整理者和陳偉隸定為「野」，但是前四簡的字形從「林」、「予」、「土」，本文認為應改釋為「壄」，〈睡虎地・日書甲種 32〉從「予」、「土」，則應隸定為「壬」。

三、結　語

本節討論秦簡中的「予」字，發現當作動詞時，大多解釋為「給予」的義涵；用為形容詞，引申為「收賄」義，修飾後方的「者」字，表示收受賄絡的人；作為名詞，則當作人名來使用。「矛」、「予」二字於秦簡寫法過於接近，造成考釋上的困難，了解到秦簡的「予」字的使用情形，因此〈里耶 9.1447 背〉的「矛端三百冊錢」一句，「矛」字應改釋為「予」，作為動詞「給予」之義，後方的「端」為接收者。

「埜」、「壄」、「𡐨」、「壬」皆是「野」的異體字，於秦始皇統一文字後，統一寫作「野」。「埜」為「野」的初文，於金文、楚簡常見此種寫法，可讀為「野」。依據秦簡的文例，「埜」為人名，「壄」、「𡐨」、「壬」三字皆大抵有「田野、郊外」的涵義。其實「𡐨」為「壄」的訛變字，在於部件「予」、「矛」不分造成考釋的錯亂不統一，所以睡虎地秦簡整理者隸定的「𡐨」字，改釋為「壄」較為適宜。並且〈睡虎地・日書甲種 32〉此簡整理者與陳偉同隸定為「野」，但是此字缺少部件「田」、「林」，應改釋為「壬」，讀為「野」。

從以上四節的分析，可見到秦簡中關於文字「變形」、「形近訛混」的現象，「變形」一類討論到「狐」、「是」、「令」、「奴」等字，「形近訛混」一類提及「鄉」、「冘」、「予」等字，顯示秦始皇統一文字後，仍可觀察到沒有固定演變規律的變異字，普遍使用於秦簡中。

表 4-4-2 秦簡的「矛」字

NO.	釋　　文	簡牘編號	圖版
1	鈹、戟、矛有室者，拔以鬭，未有傷殹（也），論比劍。	睡虎地·法律答問 85	
2	金矛二百六十四有矜　　☑	里耶 9.285	
3	金矛刃一百六十五　　□☑	里耶 9.1351	
4	出廿七買履一兩☑ 出十令長☑ 出廿買□在史信所☑ ☑□魚在史信所☑（正） ☑三百卌一　　☑ 狐錢千一百五十二☑ 矛端三百卌錢　　☑（背）	里耶 9.1447	

表 4-4-3　秦簡的「予」字

NO.	釋　　文	簡牘編號	圖版
1	敢言之前日言當為徒隸買衣及予吏益僕	里耶 6.7	
2	顓予使者　　☑	里耶 8.36	
3	☑牢佐駕二甲｜ ☑田佐賀二甲｜ ☑長忌再□罨｜ ☑予言貣二甲｜ ☑□二甲｜ ☑□（第一欄） 令佐圂一盾｜ 令佐取七甲｜ 令佐迬二甲已利 □廿錢 更戍畫二甲 更戍五二甲	里耶 8.149	

	更戌☐登☐二甲（第二欄） 更戌嬰二甲 更戌☐二甲 更戌裞贖耐二 更戌得贖耐 更戌堂贖耐 更戌齒贖耐 更戌暴贖耐（第三欄）		
4	☑☐ ☑☐ ☑假☐ ☑☐☐☐ ☐如故更☐☐ ☐如故☐☐☐ ☐如故更事 ☐如故更☐ ☐☐如故更☐☐ ☐如故更☐ ☐如故更☐ ☐如故更廢官 ☐如故更予☐ 更訑曰謾 以此為野 歸戶更曰乙戶 諸官為秦盡更 故皇今更如此皇 故旦今更如此旦 曰產曰疾 曰𨑴曰荊 毋敢曰王父曰泰父 毋敢謂巫帝曰巫 毋敢曰豬曰彘 王馬曰乘輿馬（第一欄） 泰上觀獻曰皇帝 天帝觀獻曰皇帝 帝子游曰皇帝 王節弋曰皇帝 王譴曰制譴 以王令曰☐以☐皇帝詔 承令曰承制 王室曰縣官	里耶 8.461	

	公室曰縣官 內侯為輪侯 徹侯為列侯 以命為皇帝 □命曰制 □命曰制 為謂□詔 莊王為泰上皇 邊塞曰故塞 毋塞者曰故徼 王宮曰□□□ 王游曰皇帝游 王獵曰皇帝獵 王犬曰皇帝犬 以大車為牛車 騎邦尉為騎□尉 郡邦尉為郡尉 邦司馬為郡司馬 乘傳客為都吏 大府為守□公 毋曰邦門曰都門 毋曰公□曰□□ 毋曰客舍曰賓飤 舍（第二欄）（正） 敢言之 ・九十八（背）		
5	☒入給予☒	里耶 8.583	
6	耐為司寇有書＝壬手令曰吏僕養走工組」織守 府門勮匠及它急事不可令田六人予田徒	里耶 8.756	
	四人徒少及毋徒薄移治虜御＝史＝以均予今遷 陵」廿五年為縣廿九年田廿六年盡廿八年當田 司空厭等	里耶 8.757	
7	☒予吏當受錢者謁報＝署主錢☒	里耶 8.965	

8	□□金予為□洞發□發（正） 繆糸 糸 繆意有一酉意意意四阝 陽（背）	里耶 8.1446	
9	卅二年六月乙巳朔壬申都鄉守武爰☑ 等牝馬一匹予子小男子產☑（正） 六月壬申都鄉守武敢言上□☑ 六月壬申日佐初以來丿欣發　☑（背）	里耶 8.1455	
10	卅五年七月戊子朔己酉都鄉守沈爰書高里士五 廣自言謁以大奴良└完└小奴疇└饒大婢闌└ 願└多└└└禾稼衣器錢六萬盡以予子大女子 陽里胡凡十一物同券齒 典弘占（正） 七月戊子朔己酉都鄉守沈敢言之上敢言之丿沈 手 七月己酉日入沈以來丿□手　沈手（背）	里耶 8.1554	
11	廿八月七月戊戌朔乙巳啓陵鄉趙敢言之令＝啓 陵捕獻鳥明渠└ 雌一以鳥及書屬尉史文令輸文 不肎受即發鳥送書削去└ 其名以予小史適＝弗 敢受即嘼適└已有道船中出操枏以走□□□謁 └ 嘼趙謁上獄治當論＝敢言之令史上見其嘼趙 （正） 七月乙巳啓陵鄉趙敢言之恐前書不到寫上敢言 之丿具手 七月己未水下八刻□□□以來丿敬手具手（背）	里耶 8.1562	
12	校長予言敢大心多問□☑ 得毋為事戀虖毋以☑ 之丿前所謁者柏＝幸☑（正） 下之為柏寄食一石☑（背）	里耶 8.1997	
13	入米二石 入米一石 丞食一石七升 疾已食一石三斗（第一欄） 出米二石予疾已室 入即米二石 入㳄米二石　·凡食米三石 入道米八斗七升└不僕一斗二參行食一斗（第 二欄） ·凡入四石九斗（第三欄） 鬻米半䊏	里耶 9.19 背	

	疾已食丞主米		
	䰞米半䭀（第四欄）		
	一參米耗半升		
	䰞米半䭀		
	䰞米半四（第五欄）		
	䰞米半四		
	辛酉疾已去		
	䰞米半四（第六欄）（正）		
14	☑‧出米五斗予疾已室 入米三石　出米一石予疾已室 丞主下行鄉食米三升（第一欄） 丞主食一石五斗二馴 疾已食一石一斗二馴（第二欄） 出半斗為醬 ‧正月餘米八斗一馴（第三欄）（正）	里耶 9.20	
15	‧遷陵餘完可用當予洞庭縣不當輸內史者	里耶 9.42	
16	以予僕	里耶 9.319	
17	☑□完可用當予洞庭縣不☑ ☑五其六毌衿　　☑	里耶 9.724	
18	卅年九月丙辰朔己巳田官守敬敢言之廷曰令居 貲目取船弗予譽曰亡＝不定言論及┘譽問不亡 定譽者訾遣詣廷┕問之船亡審┕漚枭洒甲寅夜 水多漚包船＝繫┘絕亡求未得此以未定史逐將 作者池中┕具志已前上遣佐壬操副詣廷┘敢言 之（正） 九月庚午旦佐壬以來丿扁發　壬手（背）	里耶 9.982	
	☑□□□問令曰郡有故徼□□故徼☑ ☑□□□□以令予□陵卒屬卒長□☑	里耶 9.1771	
19	☑予手	里耶 9.1790	

20	卅四年八月□亥朔己未遷陵守瞗謂覆獄＝史㯋令史」唐與□者守府毋徒其以更戍卒城父士五樂里順予」令史唐□□□它如律令（正）八月丙申旦令史唐行讎手（背）	里耶 9.2203	
21	·田律曰：有辠，田宇已入縣官，若已行，以賞予人而有勿（物）故，復（覆）治，田宇不當入縣官，復畀之其故田宇。	嶽麓（肆）·秦令律（壹）114	
22	貲各二甲，沒入馬縣官。有能捕告者，以馬予之。鄉亭嗇夫吏弗得，貲各一甲；丞、令、令史貲	嶽麓（肆）·秦令律（壹）129	
23	·尉卒律曰：里自卅戶以上置典、老各一人，不盈卅戶以下，便利，令與其旁里共典、老，其不便者，予之典	嶽麓（肆）·秦令律（壹）142	
24	而勿予老。公大夫以上擅啟門者附其旁里，旁里典、老坐之。└置典、老，必里相誰（推），以其里公卒、士五（伍）年長而毋（無）害	嶽麓（肆）·秦令律（壹）143	
25	徼外盜徹所，合符焉，以譔（選）伍之。黔首老弱及瘁（癃）病，不可令奔敬（警）者，牒書署其故，勿予符。其故徼縣道	嶽麓（肆）·秦令律（壹）178	
26	者，以平賈（價）買之，輒予其主錢。而令虛質、毋出錢、過旬不質，貲吏主者一甲，而以不質律論└。黔首自	嶽麓（肆）·秦令律（壹）202	
27	·制詔丞相禦史：兵事畢矣└，諸當得購賞貰責（債）者，令縣皆亟予之。令到縣，縣各盡以見（現）錢，不禁	嶽麓（肆）·秦令律（壹）308	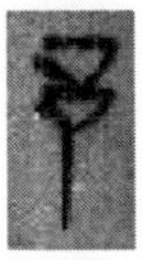
28	者，勿令巨辠。令縣皆亟予之。▬丞相禦史請：令到縣，縣各盡以見（現）錢不禁者亟予之，不足，各請其屬	嶽麓（肆）·秦令律（壹）309	
29	所執灋，執灋調均；不足，乃請禦史，請以禁錢貸之，以所貸多少為償，久易（易）期，有錢弗予，過一金，……	嶽麓（肆）·秦令律（壹）310	
30	·里人令軍人得爵受賜者出錢酒肉歓（飲）食之，及予錢酒肉者，皆貲戍各一歲。其先自告，貲〔典〕、〔老〕⧄	嶽麓（肆）·秦令律（壹）379	

31	·材官、趨發、發弩、善士敢有相責（債）入舍錢西（酒）肉及予者，捕者盡如此令，士吏坐之，如鄉嗇夫。貲丞、令	嶽麓（肆）·秦令律（壹）381	
32	毋得相為夫妻，相為夫妻及相與奸者，皆黥為城旦舂。有子者，毋得以其前夫、前夫子之財嫁及人姨夫及予	嶽麓（伍）·秦律令（貳）2	
33	後夫、後夫子及予所與奸者，犯令及受者，皆與盜同灋。母更嫁，子敢以其財予母之後夫、後夫子者，棄	嶽麓（伍）·秦律令（貳）3	
34	市，其受者，與盜同灋。前令予及以嫁入姨夫而今有見存者環（還）之，及相與同居共作務錢財者亟相	嶽麓（伍）·秦律令（貳）4	
35	與會計分異相去·令到盈六月而弗環（還）及不分異相去者，皆與盜同灋└。雖不身相予而以它巧詐（詐）	嶽麓（伍）·秦律令（貳）5	
36	相予者，以相受予論之。有後夫者不得告皋其前夫子└。能捕耐皋一人購錢二千，完城旦舂皋	嶽麓（伍）·秦律令（貳）6	
37	〖鬼薪白粲皋一人若䙴（遷）耐皋二人〗，購錢二千五百└。捕䙴（遷）耐皋一人，購錢千二百。皆先予，毋以次。·從人	嶽麓（伍）·秦律令（貳）26	
38	·御史言：予徒隸園有令，今或盜牧馬、牛、羊徒隸園中，盡躁其嫁（稼）。請：自今以來盜牧馬、牛、羊	嶽麓（伍）·秦律令（貳）35	
39	及它物盈三月以上而弗予錢者坐所貰賈〈買〉錢數，亦與盜同灋。學書吏所年未盈十五歲者	嶽麓（伍）·秦律令（貳）41	

40	不為舍人。有能捕犯令者城旦舂一人，購金四兩。捕耐舂一人，購金一兩。新黔首已遺予之而能	嶽麓（伍）‧秦律令（貳）42	
41	受爵者毋過大夫 ﹂，所□雖多□□□□□□□□□□及不欲受爵，予購級萬錢，當賜者，有（又）行	嶽麓（伍）‧秦律令（貳）174	
42	【其】賈（價），已受之而得，予者毋舂。有獄者、有獄者親所智（知）以財酒肉食遺治獄者、治獄者親所智（知）﹂，弗受而告吏，以盜	嶽麓（伍）‧秦律令（貳）249	
43	【律】論遺者，以臧（贓）賜告者。臧（贓）過四千錢者，購錢四千，勿予臧（贓）人縣官。予人者，即能捕所予及它人或能捕之，	嶽麓（伍）‧秦律令（貳）250	
44	寫律予租	龍崗 177	
45	布，祝曰：「嘑（呼）！垣止（址），笱（苟）令某麟已，予若叔（菽）子。」而數之七，麟已，即以所操瓦而蓋□。	周家臺 330	

第五章　秦簡重文例釋牘

　　秦簡主要為墨書文字寫於簡牘上，出現於簡牘文句中的符號，關係著簡文內容的理解，有值得探討的空間。標點主要是用於文句中，當作語義停頓、結束等功能，是除了文字以外，對於文義傳達、理解有增進效果的符號。

　　標點符號於殷商時期的甲骨卜辭已出現，當時符號為「＝」，主要當合文與重文的功能使用。殷商時期甲骨文可見重文符號的使用，卜辭《屯南》2641記載有「王受圣」，郭沫若認為「『圣』乃又有重文，讀為『有祐』……侯家莊龜甲第一版則竟作『又又』。」〔註1〕即以「又」字下方的「＝」為重文符，而非為一字，讀作「王受有祐」，表示王受到保祐之義。卜辭《屯南》673有「十牛，王受又＝大雨。」、「弜（勿），王受又大雨」，前辭裘錫圭認為應讀為「十牛，王受又（祐），又（有）大雨。」〔註2〕為「又」字的重複書寫，分別讀作「祐」、「有」二字，釋為王受到保祐，並且會下大雨。後辭的「又」字下未加重文符，但是從文義推斷，仍應仿照前辭讀為「又（祐）又（有）」。另外，《屯南》2651有「戊辰〔卜〕：戌執正妟方＝不生（往）。」裘錫圭認為

〔註1〕　郭沫若：〈殷契粹編考釋〉，《郭沫若全集》考古編第3冊（北京：科學出版社，1965年5月），頁429。

〔註2〕　裘錫圭：〈再談甲骨文中重文的省略〉，《古文字論集》（北京：中華書局，1992年8月），頁147。

應讀為「成執正數方，方不往。」〔註3〕重文符加於「方」字之下，故「方」字需重讀。甲骨文出現重文符的使用，但是例子不多，簡省重文符基本上佔大部分，可見甲骨文的標點符號猶處於萌芽階段。

西周至戰國金文承襲於甲骨文，可能因多數內容篇幅短小，尚不需標點符號加以輔助，故未有太大變化，最常見的是重文符號「＝」，作為重複字或詞句的功能使用，如「子＝孫＝」讀為「子子孫孫」，「子」與「孫」字皆重讀一次。戰國時期簡帛上的符號蓬勃發展，簡帛內容多記載文獻、律令、遣冊等，需要標點符號做章節分段，語氣的停頓、轉變，以及作為項目題示使用。戰國的楚簡多為文獻、遣冊、卜筮祭禱類，秦簡主要為日書、律令、書信類，內容記載不盡相類，標點符號種類亦略有不同。秦簡的標點符號依表達功能不同，可大略分為兼具重文與合文功能的符號「＝」、句讀符號「Ｌ」、題示符號「‧」與「＝」、界隔符號「丿」、不明符號「……」，楚簡另有題示符號「Ｘ」、「■」。藉由同時代簡牘的對照，可顯出秦簡標點符號的發展特色。

關於簡牘符號前人的研究有陳槃〈漢晉遺簡偶述〉〔註4〕、〈漢晉遺簡偶述之續〉〔註5〕，與陳夢家《漢簡綴述》〔註6〕、李均明《簡牘文書學》〔註7〕、高大倫〈釋簡牘文字中的幾種符號〉〔註8〕、馬先醒〈簡牘文書之版式與標點符號〉〔註9〕等，基本上針對《睡虎地秦簡》與《居延漢簡》、《敦煌漢簡》、《武威漢簡》、《尹灣漢簡》的標點符號作比較，因為限於6、70年代簡牘出土不多，能作為秦簡對照的材料以漢簡為合適，隨著近年楚簡的發掘與收藏，能夠觀察到更多同於戰國時期的簡牘符號，得以作為補充。因此本節主要依據秦簡材料，輔之以楚簡、漢簡等材料，以及傳世文獻，分析秦簡的標點符號，

〔註3〕 裘錫圭：〈再談甲骨文中重文的省略〉，《古文字論集》（北京：中華書局，1992年8月），頁147。

〔註4〕 陳槃：〈漢晉遺簡偶述〉，《中央研究院歷史語言研究所集刊》（臺北：中央研究院歷史語言研究所，1947年1月）。

〔註5〕 陳槃：〈漢晉遺簡偶述之續〉，《中央研究院歷史語言研究所集刊》（臺北：中央研究院歷史語言研究所，1952年7月）。

〔註6〕 陳夢家：《漢簡綴述》（北京：中華書局，1980年12月）。

〔註7〕 李均明：《簡牘文書學》（南寧：廣西教育出版社，1999年6月）。

〔註8〕 高大倫：〈釋簡牘文字中的幾種符號〉，《簡牘學報》1981年第10期。

〔註9〕 馬先醒：〈簡牘文書之版式與標點符號〉，《簡牘學報》1980年第7期。

於文句中的安排特徵，釐清出一脈絡，以傳達書手的理緒、思想。

第一節 嶽麓秦簡「君子＝」釋義

《嶽麓書院藏秦簡（叄）》所收簡牘主要為秦王政時期的司法文書，其中〈學為偽書案〉簡 210 云：「廿二年八月癸卯朔辛亥，胡陽丞唐敢讞之，四月乙丑，丞矰曰：君子＝癸詣私」、簡 223 云：「□召舍人興來智：曰君子＝，定名學，居新壄。非五大夫馮將軍毋擇子。」此篇內容整理者認定是名為「學」與「癸」的二人，冒充「馮將軍毋擇」兒子的名義，針對胡陽少內「矰」遞寄偽造書信，企圖詐取錢糧，「矰」識破伎倆並未因此得逞，他們二人遂被「矰」移送至官府請求治罪。簡文中提及「學」與「癸」的身分，皆有「君子子」一詞，但是此詞不見於傳世文獻，前人的解釋亦不盡相同。原整理者認為「君子」為秦代身分的標誌，「君子子」應是指出身良家的子女，相近於漢代「良家子」的身分。〔註10〕釋重文「子」字為兒子、女兒，良家應屬貴族的門第。

陳松長〈嶽麓秦簡「為偽私書」案例及相關問題〉〔註11〕認為其實「學」即是「癸」，為同一人，「學」假冒「癸」之名，為了奪得錢糧，自稱為「君子子」，並借用將軍馮毋擇的頭銜來招搖撞騙，馮毋擇的兒子很有可能就是「癸」，「學」為了以假亂真，乾脆將自己的名字改為「癸」。因此，陳氏以「君子」表示為馮毋擇的身分，「子」指代馮毋擇的兒子。

陳玥凝〈秦簡「君子子」含義初探〉〔註12〕觀察到嶽麓秦簡與里耶秦簡皆出現「君子子」一詞，可能代表一種法律身分的用語，這群人具有特殊的身分，能夠減免徭役、減輕刑罰。並由里耶秦簡內文判斷，「君子」應是縣內吏員，「君子子」亦同樣有相應的特權。又從《儀禮》的「君子子」蘊涵嫡子之義，推測秦簡文中的「君子子」可能指某人之孩子，若與爵位相關的話，則指代繼承爵位的孩子。

〔註10〕參閱朱漢民、陳松長：《嶽麓書院藏秦簡（叄）》（上海：上海辭書出版社，2013 年 6 月），頁 232。

〔註11〕陳松長：〈嶽麓秦簡〈為偽私書〉案例及相關問題〉，《文物》2013 年第 5 期，頁 84～89。

〔註12〕陳玥凝：〈秦簡「君子子」含義初探〉，《魯東大學學報》2016 年 5 月第 33 卷第 3 期，頁 59～64。

劉信芳〈嶽麓書院藏簡《奏讞書》釋讀的幾個問題〉〔註13〕一文認為「子癸」應為人名，而非「癸」，又發現《張家山・奏讞書28》云：「胡丞熹敢讞之，十二月壬申，大夫芹詣女子符，告亡。」「大夫芹」與「子癸」身份相當，判斷「子癸」可能為告發者，而非被告。並且依據《張家山・奏讞書1》云：「六月戊子發弩九詣男子毋憂。」文中的「發弩」是職官名，「九」為人名，是押送被告往官府的身分，以此與嶽麓秦簡相對應，可知「君子」表示身分，「子癸」則為人名。

黃傑〈嶽麓秦簡「爲偽私書」簡文補釋〉〔註14〕依據原簡文斷句為「君子子，定名學」，判斷應改讀為「君子子定，名學」，如此即可與「君子子癸」相參照，將「學」、「癸」當作人名。

前人的研究之中，原整理者、陳松長、陳玥凝三人說法，以為「君子」表秦代一種特殊身分用語，重文「子」字作兒子解釋，「君子子」一詞基本上當作馮毋擇的兒子來看。劉信芳則認為「君子」為一職官的身分，重文「子」字下讀為「子癸」當作人名。黃傑則未對「君子子」多做說明，但是將「學」、「癸」二字視為人名。

如果「君子子」連讀，當作君子的兒子，但是下文又緊接著「馮將軍毋擇子」，出現重複強調是某人兒子的情況，導致文義不流暢。又重文「子」字下讀為「君子，子癸」，從嶽麓秦簡內容中，並未提到有關「子癸」的人，「癸」此人名反而出現多次，所以「君子子」連讀，或將「子」字下讀目前學者都尚未有合理的詮釋，本節擬奠基於前人的研究成果，先分析秦簡中「君子」意涵，繼而針對秦簡「君子子」進行釋義的工作，以釐清重文符號「＝」的使用情況。

一、秦簡的「君子」

「君子」一詞多見於秦簡中，睡虎地、放馬灘、周家臺、里耶、嶽麓、北大秦簡皆有記載，傳世文獻與楚簡亦有「君子」一詞，可先考察「君子」於秦簡作何解釋，再輔以傳世文獻與楚簡一同對照，以了解「君子」於先秦文獻的普遍意涵。

〔註13〕劉信芳：〈嶽麓書院藏簡〈奏讞書〉釋讀的幾個問題〉，《考古與文物》2016年第3期，頁110～111。

〔註14〕黃傑：〈嶽麓秦簡〈爲偽私書〉簡文補釋〉，（武漢大學簡帛網發文，2013 年 6 月 10 日）。http://www.bsm.org.cn/show_article.php?id=1858

「君」字，《說文解字》曰：「尊也。从尹、口。口以發號。﹝圖﹞，古文，象君坐形。」〔註15〕有尊敬之意。甲骨文作﹝圖﹞〈合24132〉、﹝圖﹞〈合41067〉，金文作﹝圖﹞〈小子省卣〉、﹝圖﹞〈智君子鑑〉、﹝圖﹞〈番君召鼎〉，唐蘭認為若君臣之對稱，殆別有所起，〈虞夏書〉及〈商書〉俱未見君字，而〈周書〉頗習見，如邦君、冢君，君子之屬是。〈康誥〉曰「亦惟君惟長」，〈顧命〉曰「昔君文王武王」，似為元首之通稱，或周民族之故言與？〔註16〕認為「君」是相對於「臣」而言，可能是周王室的元首，類似於邦君、冢君、君子之類的身分，所以「君」字本身即可作國君解釋。張崵言：

> 在春秋時期，「君子」的在位者義就有諸多變異；其後從在位者的舊
> 義中發展出來時，不只是指稱有德者，有時還指稱有才能者。在指
> 稱有德者時，有的是與「小人」相對的泛稱，有的則是道德修養遜
> 於「聖人」、「仁人」的尚有個人生活理性考慮的特稱。到了戰國後
> 期，荀子又有把「君子」的道德義和才能義結合起來的認識。〔註17〕

「君子」本義為國君，其後意義產生轉換，發展出特指有才能者，以及有德性者。有德性者是相對於「小人」而言，或是謂道德修養接近於「聖人」、「仁人」，但是尚未到達人性完美的境界。至戰國時期，道德與才能相結合，可能二者本身即具有相輔相成特質，所以可簡稱為具有才德之人。有才能與德性者的分別，能從傳世文獻窺豹一斑，《周易・乾・九三・文言傳》云：

> 九三曰：「君子終日乾乾，夕惕若，厲無咎。」何謂也？子曰：「君
> 子進德修業，忠信，所以進德也。……」〔註18〕

爻辭的意思是，君子整天勤勉不息，晚上依舊保持警惕，即使有危險也不致造成災害。君子修養道德，樹立功業，達成忠誠與信實，可顯見君子增進道德的表現，《左傳・宣公十二年》云：

〔註15〕漢・許慎撰、清・段玉裁注：《說文解字注》（臺北：藝文印書館，1992 年），頁 57。

〔註16〕唐蘭：〈智君子鑑考〉，《唐蘭全集》第 2 冊（上海：上海古籍出版社，2015 年 11 月），頁 588～589。

〔註17〕張崵：〈先秦「君子」意義的流變〉，《哲學與文化》2017 年 2 月第 44 卷第 2 期，頁 87～88。

〔註18〕魏・王弼注、晉・韓康伯注、唐・孔穎達疏：《周易・乾》，十三經注疏阮元校勘本（臺北：藝文印書館，1989 年 1 月），頁 14。

樂伯左射馬而右射人，角不能進，矢一而已。麋興於前，射麋，麗
龜。晉鮑癸當其後，使攝叔奉麋獻焉，曰：「以歲之非時，獻禽之未
至，敢膳諸從者。」鮑癸止之，曰：「其左善射，其右有辭，君子也。」
既免。〔註19〕

闡釋樂伯善於射箭，攝叔長於辭令，二者皆可稱之為君子，這是就君子展現的
才能而言，荀子《勸學》云：

君子博學而日參省乎己，則知明而行無過矣。〔註20〕

君子廣泛學習，並且每天反省自己的言行，則能明辨事理，而無過失，顯示君
子的才能與德性兼具。傳世文獻反映「君子」一詞，由國君的本義，逐漸衍生
出指代具有才德之人。至於秦簡「君子」顯示的意涵，如下文進一步的分析：

「君子」有指稱國君之義，如《禮記・檀弓下》曰：「古之君子，進人以
禮，退人以禮，故有舊君反服之禮也。」〔註21〕陳述古代國君任用人是依循
禮，辭退人時依舊按照禮，君臣上下以禮相待，因此形成臣子為舊君服喪的
禮節。《詩經・大雅・假樂》云：「假樂君子，顯顯令德。宜民宜人，受祿于
天。」〔註22〕嘉美喜樂的周王，擁有顯著美德，順應於人民與群臣，福祿從
上天獲得。秦簡中的「君子」亦有作國君，當一國首領解釋，如下：

‧執日不可行＝速必執而于公　　‧東門是＝邦君子門賤人　　‧申不
可為西門徹門數實數＝并黔首家。（〈放馬灘・日書乙種 18 〉）

垣東方高西方之垣，君子不得志。（〈睡虎地・日書甲種 23 背貳〉）

〈放馬灘・日書乙種 18〉有「邦君子」，「邦君」見於《尚書・伊訓》曰：「卿
士有一於身，家必喪。邦君有一於身，國必亡。」〔註23〕、《後漢書・陰識傳》
曰：「自是已後，暴至巨富，田有七百餘頃，輿馬僕隸，比於邦君。」〔註24〕，

〔註19〕晉・杜預注，唐・孔穎達疏：《左傳・宣公十二年》，十三經注疏阮元校勘本（臺
　　　北：藝文印書館，1989 年 1 月），頁 394～395。
〔註20〕清・王先謙：《荀子集解・勸學》（臺北：藝文印書館，1988 年 6 月），頁 394～395。
〔註21〕漢・鄭玄注，唐・孔穎達疏：《禮記・檀弓下》，十三經注疏阮元校勘本（臺北：
　　　藝文印書館，1989 年），頁 173。
〔註22〕漢・毛亨傳，漢・鄭玄箋，唐・孔穎達疏：《詩經・大雅・假樂》，十三經注疏阮
　　　元校勘本（臺北：藝文印書館，1989 年），頁 615。
〔註23〕漢・孔安國傳，唐・陸德明音義：《尚書・伊訓》，十三經注疏阮元校勘本（臺北：
　　　藝文印書館，1989 年），頁 115。
〔註24〕南朝宋・范曄撰，唐・李賢等注，清・王先謙集解：《後漢書集解・陰識傳》（臺

《秦簡牘合集》考釋邦君為「諸侯國之君主。」〔註 25〕作統治者解釋。方勇則指出「子」字可能是衍文，〔註 26〕從〈睡虎地·日書甲種 119〉云：「是謂邦君門。」此處「邦君」並未加「子」字，符合方勇的說法。《禮記·曾子問》曰：「君子不奪人之親，亦不可奪親也。」〔註 27〕唐·孔穎達正義曰：「君子謂人君也。」〔註 28〕傳世文獻有記載「邦君」、「君子」，卻不見「邦君子」一詞，因此〈放馬灘·日書乙種 18〉「邦君子」的「子」字可能如方勇所言為衍文。

〈睡虎地·日書甲種 23 背貳〉有「君子不得志」，「不得志」一詞見於《戰國策·趙策》曰：「臣又願足下有地效於襄安君以資臣也。……若足下不得志於宋，與國何敢望也。」〔註 29〕、《國語·吳語》曰：「王若不得志于齊，而以覺寤王心，而吳國猶世。」〔註 30〕不得志所指稱的對象包含「足下」、「王」，「足下」有下對上或同輩之間的敬稱，於《戰國策》「足下」是相對於臣所言，可與《國語》的「王」同作國君解釋，因此〈睡虎地·日書甲種 23 背貳〉的「君子」應指國君。

傳世文獻的「君子」有從品德闡釋，如《詩經·小雅·鼓鐘》曰：「淑人君子，其德不回。」〔註 31〕、《周易》曰：「地勢坤，君子以厚德載物。」〔註 32〕說明君子重視道德的修養，而不邪僻。秦簡「君子」顯出具有德性的君子之意涵，如：

> 女子而夢以其幕被邦門及游渡江河，其占大貴人。夢見棗，得君子好言。(〈嶽麓（壹）·占夢書 34〉)

　　　　北：中華書局，1984 年 2 月），頁 400。

〔註 25〕陳偉主編：《秦簡牘合集（肆）》（武漢：武漢大學出版社，2014 年 12 月），頁 44。

〔註 26〕方勇：〈讀秦簡札記（三）〉，（武漢大學簡帛網發文，2015 年 9 月 03 日）。http://www.bsm.org.cn/show_article.php?id=2299

〔註 27〕漢·鄭玄注，唐·孔穎達疏：《禮記·曾子問》，十三經注疏阮元校勘本（臺北：藝文印書館，1989 年），頁 385。

〔註 28〕漢·鄭玄注，唐·孔穎達疏：《禮記·曾子問》，十三經注疏阮元校勘本（臺北：藝文印書館，1989 年），頁 386。

〔註 29〕漢·劉向撰，戰國·高誘注：《戰國策·趙策三》（臺北：藝文印書館，1974 年 3 月），頁 416。

〔註 30〕吳·韋昭注：《國語·吳語》（北京：中華書局，1985 年），頁 431。

〔註 31〕漢·毛亨傳，漢·鄭玄箋，唐·孔穎達疏，《詩經·小雅·鼓鐘》，十三經注疏阮元校勘本（臺北：藝文印書館，1989 年），頁 452。

〔註 32〕魏·王弼注、晉·韓康伯注、唐·孔穎達疏：《周易·乾》，十三經注疏阮元校勘本（臺北：藝文印書館，1989 年 1 月），頁 19。

吉‧一占曰：諉（餧）者良貞，在漢之陽。餞者君子，奪亓衣常（裳）。

君子吉，小人臧。司命、司……（〈北大秦簡‧禹九策 27〉）

《嶽麓書院藏秦簡（壹）‧占夢書》一篇內容大抵為作者針對夢者身分，預設不同的夢境，夢者的需求包含祈求財富、職務、美言，以及免除災難。透露出古人對於願望的追求，是藉由這類富含巫術文化的占夢活動，以指引方向，或取得心靈慰藉。因此，〈嶽麓（壹）‧占夢書 34〉云：「夢見棗，得君子好言」龐壯城釋為「夢見棗或棗樹，將會得到有德者的美言。」〔註 34〕有德者所指為君子。

〈北大秦簡‧禹九策 27〉簡文內容大抵是關於諉者與餞者互動，子居云：「『奪』當讀為『脫』，此句指以衣裳相贈，傳世文獻多言解衣，如《史記‧淮陰侯列傳》：『漢王授我上將軍印，予我數萬眾，解衣衣我，推食食我。』」〔註 34〕、王寧云：「『其』是指餞者，謂餞者脫了自己的衣裳送給委者。」〔註 35〕諉者為小人，餞者為君子，小人性情良善，君子為小人送別時，脫下衣裳贈送之。君子贈衣的舉動，展現其為人的道德修養，由此以觀，秦簡的「君子」多從道德方面而言，可見與傳世文獻兼強調君子才能方面的差異。

「君子」於傳世文獻與秦簡皆有從本義釋作國君，或引申有德之人之義。秦簡另有當神祇解釋，如下所舉：

已齲方：見東陳垣，禹步三步曰：「皐！敢告東陳垣君子，某病齲齒，笥（苟）令某齲已，請……（〈周家臺‧病方 326〉）

禹步三，到門困（閫），曰：「門左、門右、中央君子，某父某母令某，如鳥視其……（〈北大秦簡‧雜祝方 M-007〉）

《周家臺‧病方》一篇內容主要為醫藥病方，以及擇吉避凶的占卜相關情事。簡 326 一段文例，王貴元指出「東陳垣，東邊的舊牆。齲齒而求助東陳垣，可能是因為牙齒排列，其形如牆。」〔註 36〕可以理解為某人拜見陳垣君子，請求

〔註 34〕龐壯城：《嶽麓書院藏秦簡（壹）‧占夢書》（臺南：成功大學中國文學系碩士論文，2013 年），頁 143。

〔註 34〕子居（吳立昊）：〈北大簡〈禹九策〉試析〉，中國先秦史網站 2017 年 8 月 26 日。http://www.xianqin.tk/2017/08/26/389/

〔註 35〕王寧：〈北大秦簡《禹九策》補箋〉，（復旦大學大學出土文獻與古文字研究中心網發文，2017 年 9 月 27 日）。http://www.gwz.fudan.edu.cn/Web/Show/3113

〔註 36〕王貴元：〈周家台秦墓簡牘釋讀補正〉，（武漢大學簡帛網發文，2006 年 2 月 14 日）。

治癒齲齒的疾病，因為城牆以磚瓦齊整堆疊，像牙齒的排列。在簡中將東城垣
神格化稱為「君子」，因此意思指向神祇。

〈北大秦簡・雜祝方 M-007〉此段簡文與〈印臺漢簡 3〉文例相似，如下：

即行，之邦門之囷（閫），禹步三，言曰：門左、門右、中央君子，

某有行，擇道。气，樂……

北大秦簡與印臺漢簡皆提到「禹步三」、「門囷（閫）」、「門左、門右、中央君
子」三條類似的字詞。「囷」字，《晏子春秋・內篇・雜上》曰：「和氏之璧，
井裡之囷也，良工修之，則為存國之寶。」〔註37〕、《墨子・備城門》曰：「試
藉車之力，而為之囷。」〔註38〕有門檻的意涵。「禹步」於《睡虎地秦簡》及
《天水放馬灘秦簡》皆有相關記載，張佩慧云：「可知當時的禹步都是人走出
邦門時所施行的動作，同時還配合咒語，這種動作加咒語的作法，正是古代
巫師的慣用伎倆。」〔註39〕可見「禹步」為人跨越邦門門檻時，施行的一種
儀式，於秦代的宗教巫術造成重要影響。

劉樂賢指出《印臺漢簡 3》的簡文「與睡虎地秦簡〈日書〉講『出邦門』
的簡文相似。」〔註40〕，田天認為「印臺漢簡本條，應與出行有關，求禱目
的似與北大秦簡不同。但北大秦簡的祝禱，也是先至邦門，並求禱於門左、
門右、中央君子，與印臺漢簡完全相同。所謂『門左、門右、中央君子』，也
許指居於邦門的神祇。」〔註41〕無論《北大秦簡・雜祝方 M-007》所言是否
為出行，但是都可觀察出「中央君子」應為居於邦門中央的神祇，賦予「君
子」一詞神化概念。

傳世文獻有作貴族解釋，如《論語・先進》云：「先進於禮樂，野人也；後
進於禮樂，君子也。」〔註42〕描述前輩人先學禮樂後任官，像鄉野的平民，後

http://www.bsm.org.cn/show_article.php?id=564

〔註37〕清・孫星衍、黃以周校：《晏子春秋・內篇・雜上》（上海：上海古籍出版社，1989
年 9 月），頁 39。

〔註38〕清・孫詒讓撰、李笠校補：《墨子閒詁・備城門》（臺北：藝文印書館印行，1989
年 9 月），頁 961。

〔註39〕張佩慧：《周家臺三〇號秦簡論考》（臺北：政治大學，中國文學系碩士論文，2006
年 1 月），頁 73。

〔註40〕劉樂賢：〈印台漢簡〈日書〉初探〉，《文物》2009 年第 10 期，頁 95。

〔註41〕田天：〈北大秦簡〈雜祝方〉簡介〉，《出土文獻研究》第 14 輯（上海：中西書局，
2015 年 12 月），頁 19。

〔註42〕魏・何晏集解，宋・邢昺疏：《論語・先進》，十三經注疏阮元校勘本（臺北：藝

輩則是先當官後習禮樂，若士大夫階級的人，所以野人與君子有階級爵祿的差
異。又《詩經·小雅·采菽》云：「君子來朝，何錫予之。」〔註43〕君子所指應
為諸侯，諸侯有職責入宮觀見君主，先秦時的貴族階級包含天子、諸侯、大夫、
士，庶人則為平民階級，所以君子屬於貴族階級。楚簡亦有關君子的記載：

> 鄯（陰）人舒㮰命詿（證）鄯（陰）人御君子墜（陳）旦、墜（陳）
> 龍、墜（陳）無正、墜（陳）奠、與其戰客百宜君、大臭（史）連中、
> 左闈（關）尹黃惕、酖差（佐）鄰（蔡）惑、坪弢（射）公鄰（蔡）
> 冒、大親尹連戲（《包山138》）

君子包含墜旦、墜龍、墜無正、墜奠等人，《包山楚簡》一書的考釋云：「《左
傳·宣公十二年》：『君子、小人，物有服章，貴有常尊，賤有等威，禮不逆
矣。』君子指貴族。」〔註44〕君子與小人穿著的服飾與使用器物有尊卑標誌，
貴人始終受人尊敬，小人則有等差的待遇，如此禮則沒有不順。考釋者認為
此處所言君子，是相對於小人而言，具有階級等差的分別，因此屬於貴族地
位。又從秦簡的〈日書〉可以觀察，使用對象的社會階級，如：

> 嬴陽之日，利以見人、祭、作大事、取妻，吉。裘（製）寇〈冠〉
> 帶，君子益事。（〈睡虎地·日書乙種15〉）

> 失火，必有鬼。戊失火，亡貨。辰失火，去不恙（祥）也。己失火，
> 有瘠（癃）子。巳失火，有死子。庚失火，君子兵死。（〈睡虎地·
> 日書乙種250〉）

> 垣東方高西方之垣，君子不得志。（〈睡虎地·日書甲種23背貳〉）

> 除日：逃亡不得，癉疾死，可以治嗇夫，可以徹言君子、除罪。（〈放
> 馬灘·日書甲種14〉）

> 吏亡。君子往役，來歸為喪，殹支唐＝，哭靈問，夫妻皆憂，若朝
> 霧霜。有疾不死，轉如……（〈放馬灘·日書乙種294〉）

文印書館，1989年），頁96。

〔註43〕漢·毛亨傳，漢·鄭玄箋，唐·孔穎達疏：《詩經·小雅·采菽》，十三經注疏阮
　　　　元校勘本（臺北：藝文印書館，1989年），頁500。

〔註44〕湖北省荊沙鐵路考古隊：《包山楚簡》（北京：文物出版社，1991年10月），頁49。

不死，厚而寬，主呂有遷殿，後皆其請，有令旦至，晨自雞鳴。直

此卦者有君子之貞。(〈放馬灘・日書乙種 356〉)

〈睡虎地・日書乙種 15〉的「君子益事」象徵君子未來預見的事，趙岩云：「從楚莊王誅殺里史這件事看到了政治信號，即可能有機會出山從政了，所以才「制冠浣衣」。從孫叔敖的行為可以看到『冠』與『衣』對於從政者的重要，所以所謂「君子益事」我們懷疑可能是「君子加事」義，即君子從政或升職之義。」〔註 45〕顯示君子可能無官職後來決定出仕，或是尋求更高職位。君子即指孫叔敖，其身分背景見於《淮南子・人閒訓》曰：「楚國之俗，功臣二世而爵祿，惟孫叔敖獨存。」〔註 46〕依照楚國風尚習慣，功臣的爵位與俸祿傳至第二代就要收回，但是孫叔敖一家人仍保留下來，顯示孫叔敖維持著貴族地位。

　　〈日書〉是推算時日吉凶的書籍，富有濃厚迷信色彩，〈日書〉研讀班云：「〈日書〉反映的多為中下層人民的生活。……人們對其子女的希望不是很大的，最高不過是大夫而已，而大量的卻是為吏、為邑桀、有爵、肉食、必駕（坐車）等，甚至還有為人臣妾的，可見這些人的地位是不高的。」〔註 47〕為人父母的希望孩子未來可以當官吏，更高期許是作為大夫，大夫為貴族階級，顯示人民地位是有機會上升。又云：「喜最大的官職是『令史』。令史為縣令屬下，地位比較低。〈日書〉既為隨葬品，當是喜生前常用之物。喜這樣一個小吏有〈日書〉，和我們上述推斷，即〈日書〉是流行於秦國中下層社會的書籍正相吻合。」〔註 48〕秦國官職中「令史」地位並不高，但是至少過著穩定生活，猶有一定的收入，不必顛沛流離，所以〈睡虎地・日書乙種 14 正貳〉才會說「可以入人」適合買進奴隸。並且，擁有〈日書〉應是識字階層的人，古代能夠讀書寫字，通常於社會的地位也不會太低賤。因此，睡虎地秦簡、放馬灘秦簡〈日書〉所言的「君子兵死」、「徹言君子」、「君子往役」、「有君子之貞」，君子指稱對象，應包含大夫或士之類的貴族階級。

　　傳世文獻「君子」表示為官吏的例子不多，如《尚書・周官》：「嗚呼！凡

〔註 45〕趙岩：〈《睡虎地秦墓竹簡・日書乙種》箚記（四則）〉，（武漢大學簡帛網發文，2009年 4 月 14 日）。http://www.bsm.org.cn/show_article.php?id=1024

〔註 46〕漢・劉安：《淮南子・人閒訓》（上海：上海古籍出版社，1993 年 11 月），頁 193。

〔註 47〕〈日書〉研讀班：〈日書：秦國社會的一面鏡子〉，《文博》1986 年第 5 期，頁 10。

〔註 48〕〈日書〉研讀班：〈日書：秦國社會的一面鏡子〉，《文博》1986 年第 5 期，頁 11。

我有官君子。」〔註49〕是謂君子有當官者，而秦簡中「君子」常可見作為地方官吏使用，如下：

> 興徒以為邑中之紅（功）者，令結（緯）堵卒歲。未卒堵壞，司空將紅（功）及君子主堵者有罪，令其徒復垣之。（〈睡虎地・徭律 116〉）

> 徒卒不上宿，署君子、敦（屯）長、僕射不告，貲各一盾。宿者已上守除，擅下，人貲二甲。（〈睡虎地・秦律雜鈔 34〉）

> 官嗇夫節（即）不存，令君子毋（無）害者若令史守官，毋令官佐、史守。置吏律。（〈睡虎地・置吏律 161〉）

整理者指出「當時守城，分段防守，稱為署，據簡文署的負責人稱署君子。」〔註50〕並且魏德勝認為「『君子』就是指官員的意思，『君子主堵者』，就是負責城牆建設的官員，『署君子』是某個崗位的官員，『君子無害者』是沒有過失的官員。建築城牆、宿衛、守城、留守，《睡簡》中負責這些工作的有時沒有固定的官職，是按照需要臨時指派，所以在秦律中明確他們的職責時，就用一個較籠統的詞『君子』來指稱。」〔註51〕〈徭律〉、〈秦律雜鈔〉、〈置吏律〉內容主要記載秦代的律令，牽涉到官吏職責問題，所以此處「君子」即為官吏的代稱。

　　除了上舉睡虎地秦簡提及官吏的職責事項之外，秦簡內容猶有共通性，如睡虎地、嶽麓秦簡皆有描述，身為一名官吏應遵守的規則，睡虎地秦簡篇題〈為吏之道〉是整理者依據簡文內容擬定，嶽麓秦簡篇題〈為吏治官及黔首〉是簡背上原有標題，涉及「君子」的簡文如下：

> 君子不病殹（也）。（〈睡虎地・為吏之道 44 壹〉）

> 君子敬如始。（〈睡虎地・為吏之道 47 肆〉）

> 亡器齊（齎）賞（償），草田不舉，臧（藏）盍（蓋）必法，故君子日有茲＝（茲茲—孜孜）之志。（〈嶽麓（壹）・為吏治官及黔首 83〉）

〈睡虎地・為吏之道 44〉提及「不病」，《老子》曰：「聖人不病，以其病病，

〔註49〕漢・孔安國傳，唐・陸德明音義：《尚書・周官》，十三經注疏阮元校勘本（臺北：藝文印書館，1989 年），頁 271。

〔註50〕睡虎地秦墓竹簡整理小組：《睡虎地秦墓竹簡》（北京：文物出版社，1990 年 9 月），頁 48。

〔註51〕魏德勝：〈雲夢秦簡中的官職名〉，《中國文化研究》2005 年第 2 期，頁 33。

是以不病。」〔註52〕陳述聖人沒有缺失，是因為擔憂犯錯，所以會加以改正，才能沒有缺失，所以「不病」當作無缺失。簡文所記為「君子」，表達的思想可理解為，官吏同樣應遵循聖人的處事風格，唯恐出現缺失的行為，時時警惕自己避免犯錯，如此才能成為好官員。〈睡虎地・為吏之道 47 肆〉的「敬如始」是說官員必須懷有尊敬的心，並且始終如一，不可喪失初心。〈嶽麓（壹）・為吏治官及黔首 83〉有「茲」字，《說文解字》云：「茲，艸木多益。从艸，絲省聲。」〔註53〕表示草木滋生，甲骨文作 𢆶〈鐵 694〉、𢆶〈合 32303〉，金文作 𢆶〈商尊〉、𢆶〈萬諆觶〉，象絲繩纏繞之形，後代引申有增益、繁加之意。「君子日有茲茲之志」如同為官者，每天都必須保持有所長進的意志，因此秦簡關於作為官吏的教材篇章，其中所言的「君子」，應指吏員本身。《嶽麓書院藏秦簡（肆）》內容主要為秦代律令，亦提及關於君子的情事：

> 計籍。其有除以為冗佐、佐吏、縣匠、牢監、牡馬、簪裹者，毋許，及不得為租。君子、虜、收人、人奴、羣耐子、免者……（〈嶽麓（肆）・秦律令（壹）213〉）

> 戍律曰：戍者月更。君子守官四旬以上為除戍一更。遣戍，同居毋並行，不從律，貲二甲。戍在署，父母、妻死……（〈嶽麓（肆）・秦律令（壹）184〉）

〈嶽麓（肆）・秦律令（壹）213〉簡文出現「君子」與「虜、收人、人奴、羣耐子、免者」等人並列，似當作同類看待，但是〈嶽麓（肆）・秦律令（壹）212〉曰：「有罪以遷者及贖耐以上居官有罪以廢者，虜、收人、人奴、群耐子、免者、贖子」，「虜」、「收人」等人幾乎都是有罪的一類，與上文所言君子的正面形象有些偏離。陶磊指出：

> 作為法律條文，這裡如果是指有罪君子，那麼應該講完整，否則君子跟後面的虜及收人等，不能相提並論。這裡恐怕還是標點有問題，即「不得為租君子」當作一句讀，即便想用這些人，也不能用這些人向君子收租。君子，睡虎地秦簡〈置吏律〉〈徭律〉及〈秦律雜抄〉

〔註52〕魏・王弼注：《老子註》（臺北：藝文印書館，1975 年 9 月），頁 144。

〔註53〕漢・許慎撰、清・段玉裁注：《說文解字注》（臺北：藝文印書館，1992 年），頁 39。

中均有出現，應該是身份名稱，〈置吏律〉「官嗇夫即不存，令君子
毋害者若令史守官，毋令官佐、史守」。……顯然，君子是有一些特
別的權利的。〔註54〕

「君子」與「虜」、「收人」等罪人不為同類，應該上讀作「不得為租君子」，
釋為不得向君子收租。並且認為睡虎地秦簡〈置吏律〉、〈徭律〉、〈秦律雜抄〉
三篇中的「君子」與〈嶽麓（肆）·秦律令（壹）213〉簡文所言，為類似具
有特別權利的身分，由此可知，嶽麓秦簡此處「君子」應為具有官職身分之
人。

至於睡虎地秦簡「君子」的特權身分者，如〈置吏律〉簡 161 云：「官嗇
夫節（即）不存，令君子毋（無）害者若令史守官，無領官佐、史守。」孫
聞博認為「對於官嗇夫的規定更為具體。……據稍晚之尹灣漢簡，郡所轄都
官系統內的令史與官嗇夫地位接近，而高於官佐。這顯示臨時不在署時安排
的守官仍多由秩次接近的官吏來擔任。」〔註 55〕毋害者即沒有過失的君子，
就如同令史、守官一類人，可知君子為官吏，又朱德貴指出：

> 法律又規定了「君子守官四旬以上」亦可免除相當於「一更」的役
> 期，亦即一月之戍役。享受這種待遇者必須同時滿足以下三個條件：
> 「君子」、「守官」以及「四旬以上」。何謂「君子」根據簡文意思，
> 此「君子」指的是地位或品行較高且擔任一定行政職務的人，如雲
> 夢秦簡中出現的「署君子」就是指「防守崗位的負責人」。這類人既
> 然社會地位頗高，其極有可能擁有一定的爵位。〔註56〕

「君子」、「守官」享有待遇，是可免除一個月的戍役，顯示上述〈嶽麓（肆）·
秦律令（壹）184〉簡文記載的「君子」社會地位高，擔任行政職務，應為地
方官吏一類之人。從《論語·先進》可知君子是有當官的選擇，有先後的差
別，可能並非每人皆任官。《尚書·周官》：「嗚呼！凡我有官君子。」〔註57〕

〔註54〕陶磊：〈讀岳麓書院藏秦簡（四）箚記〉，（武漢大學簡帛網發文，2017 年 1 月 9 日）。
http://www.bsm.org.cn/show_article.php?id=2698
〔註55〕孫聞博：〈里耶秦簡「守」、「守丞」新考——兼談秦漢的守官制度〉，（武漢大學簡
帛網發文，2014 年 5 月 20 日）。http://www.bsm.org.cn/show_article.php?id=2022
〔註56〕朱德貴：〈嶽麓秦簡所見〈戍律〉初探〉，《社會科學》2017 年第 10 期，頁 139。
〔註57〕漢·孔安國傳，唐·陸德明音義：《尚書·周官》，十三經注疏阮元校勘本（臺北：
藝文印書館，1989 年），頁 271。

鄭玄注云：「有官君子，大夫以上」〔註58〕可知「君子」為大夫以上階級，本身為貴族，若君子選擇任官，則被賦予另一種身分，具有爵與官的雙重地位。《禮記‧曲禮》云：「禮不下庶人，刑不上大夫。刑人不在君側。」〔註59〕顯示禮不適用於庶人，刑罰不施加於貴族，貴族與庶人地位有等差彼此不得僭越。受刑者基本上是庶人一類階級，不若貴族具有崇高地位，可以隨侍於君主身旁，因此可說具官職者通常是貴族階級，但是貴族並非皆有任官。「君子」於秦簡釋作國君、有德者、神祇、貴族，以及地方官吏，其中以作為官吏使用最為常見，可能是秦簡主要為行政文書，所記內容關係到律令施行，與官吏職責問題，由此「君子」通常涉及官吏的身分描述。

二、秦簡的「君子＝」

　　從秦簡的「君子」分析可知，所指稱對象大抵包含國君、貴族、官吏、神祇、有德者，傳世文獻中的「君子」也不外乎以上這些語義用法，僅神祇較為少見，其中貴族與官吏身分息息相關，應有重疊的面向。

　　「君子＝」一詞為在「子」字後加上符號「＝」，此種書寫方式可見於秦簡與楚簡。楚簡的「君子＝」，作 〈上博（三）‧中弓20〉、〈上博（五）‧季庚子問於孔子7〉、〈上博（六）‧慎子曰恭儉6〉等，「君」、「子」上下二字筆畫緊緊相貼，〈上博（六）‧慎子曰恭儉6〉的「君」、「子」二字甚至共用「口」形，形成明顯合文的結構。從文例以觀，如：

> 兀咎。」中（仲）弓曰：「含（今）之羣＝（君子）孚怎（過）找析，戁（難）㠯內（納）諫。孔＝（孔子）曰：「含（今）之君子所漅（竭）兀青（情）、愻（盡）兀斳（慎）者；三害近與矣。」（〈上博（三）‧中弓20〉）

> 夫時（詩）也者，㠯（以）等（誌）羣＝（君子）悥＝（之志）。夫義者，㠯（以）斤（謹）羣＝（君子）之行也。羣涉之，火＝䕺之，羣＝

〔註58〕漢‧孔安國傳，唐‧陸德明音義：《尚書‧周官》，十三經注疏阮元校勘本（臺北：藝文印書館，1989年），頁272。

〔註59〕漢‧鄭玄注，唐‧孔穎達疏：《禮記‧曲禮》，十三經注疏阮元校勘本（臺北：藝文印書館，1989年），頁55。

敬城（成）亓（其）惪（德），尖（小人）＝毋𤲃（寐）……（〈上博
（五）・季庚子問於孔子7〉）

遂。為民之古（故），息（仁）之至，氏（是）㠯（以）孚＝（君子）𦣞
（向）方，智（知）道不可㠯（以）悬（疑），臨……（〈上博（六）・
慎子曰恭儉6〉）

〈上博（三）・中弓20〉有「含（今）之孚＝（君子）孚怎（過）戔析」，〈上
博（五）・季庚子問於孔子7〉有「㠯（以）𦣞（誌）孚＝（君子）𢖶＝（之
志）」、「㠯（以）斤（謹）孚（君子）之行也」、「孚＝涉之」、「孚＝敬城（成）
亓（其）惪（德）」，〈上博（六）・慎子曰恭儉6〉有「氏（是）㠯（以）孚＝
（君子）𦣞（向）方」，以合文方式釋讀為「君子」，皆屬語意完整的句子，
所以楚簡符號「＝」在此不應當作重文符使用。

「君子＝」亦可見於里耶秦簡與嶽麓秦簡，作〈里耶8.178〉、〈里
耶8.1198〉、〈嶽麓（叁）・學為偽書案210〉、〈嶽麓（叁）・學為偽書
案223〉、〈嶽麓（肆）・秦律令（壹）210〉，「君」、「子」二字中間留有空
間，原整理者與其他學者陳松長、劉信芳、陳玥凝、黃傑等，依據文例分析皆
認為「＝」應當作重文符，至於重疊的「子」字應上讀或下讀，又作何解釋，
成為討論重點。「君子＝」里耶秦簡記載有二例，如下：

☒☒卒☐☒陽☐☒☒君子＝廢☐

☒☒時☐☒☒署☒☐欣＝卅四

☐署遷陵☐☐已上☐☐☒今末

☐府下☒籍遷陵報署☒以郵行（正）

☐欣手（背）（〈里耶8.178〉）

☐守起書言傳律曰☒

☐☐為君子＝有故不☐☒（〈里耶8.1198〉）

〈里耶 8.178〉的「廢」字作，下字殘缺作，整理者並未釋出。而〈里耶 8.1459〉的「履戍」二字作、，陳偉云：「廢，先前釋爲『履』。把此字與里耶秦簡 8.178、8.461 中的『廢』字比較，可知亦當釋爲『廢』。8.178『廢戍』連言，從辭例角度對改釋提供了支持。」〔註60〕認爲〈里耶 8.1459〉的「履」當釋爲「廢」字，對應於〈里耶 8.178〉，以推測殘缺字當釋爲「戍」。陳氏又言「里耶簡中的『廢戍』所指，大概正是〈秦律雜抄〉簡 11-14、嶽麓秦簡〈癸、瑣相移謀購〉中所述吏在犯下某種罪行後廢職戍邊者。」〔註61〕可見里耶秦簡與睡虎地、嶽麓秦簡皆有關於「廢戍」的記載，如：

> 史以上負從馬、守書私卒，令市取錢焉，皆巷（遷）。不當稟軍中而稟者，皆貲二甲，灋（廢）……（〈睡虎地·秦律雜抄 11〉）

> 非吏殹（也），戍二歲；徒食、敦（屯）長、僕射弗告，貲戍一歲；令、尉、士吏弗得，貲一甲。·軍人買（賣）稟橐……（〈睡虎地·秦律雜抄 12〉）

> 五月甲辰，州陵守綰、丞越、史獲論令癸、瑣等各贖黥癸、行戍衡山郡各三歲，以當灋（法）；先備（〈嶽麓（叁）·癸、瑣相移謀購案 13〉）

> 贖。不論沛等。監御史康劾以爲不當，錢不處，當更論，更論及論失者言夬（決）●綰等曰：治等發，與吏……（〈嶽麓（叁）·癸、瑣相移謀購案 14〉）

> 徒追。癸等弗身捕，瑣等捕，弗能告。請相移，紿以求購＝未致，得。綰等以盜未有取吏貲灋（法）戍律……（〈嶽麓（叁）·癸、瑣相移謀購案 15〉）

〈睡虎地·秦律雜抄 11〉說明官吏不應自軍中領取糧，卻領取者，罰二甲，並

〔註60〕陳偉：〈「廢戍」與「女陰」〉，（武漢大學簡帛網發文，2015 年 5 月 30 日）。http://www.bsm.org.cn/show_article.php?id=2242

〔註61〕陳偉：〈「廢戍」與「女陰」〉，（武漢大學簡帛網發文，2015 年 5 月 30 日）。http://www.bsm.org.cn/show_article.php?id=2242

且廢除職位，若非為官吏，則是罰戍邊二年。〈嶽麓（叁）·癸、瑣相移謀購案13～14〉記載州陵守綰、丞越、史獲做出判決，癸、瑣等人因為預謀騙取獎賞，癸、行二人必須在衡山郡守邊三年，以抵法定的贖額。監御史康加以舉劾，認為官員綰等人判決不當，而決定上報。綰則加以澄清說，有將癸、瑣等人依照盜賊未有拿取差役的賞金，加以抵充法令，判處他們「灋（法）戍」，即戍守邊郡的意思。先秦的出土文獻金文、楚簡、秦簡皆有將「法」、「灋」字通假為「廢」字之例證，三字同為幫母聲相近，所以〈嶽麓（叁）·癸、瑣相移謀購案15〉的「灋戍」一詞，「灋」字可通假作「廢」字，釋為罷黜官職並且戍邊。

已知〈里耶 8.178〉的「廢□」，殘缺字隸定作「戍」可從。又陳偉認為「君子」前一字，疑為「以」字，所以改釋過後較完整句子作「以君子＝廢戍」，「君子」應是官吏一類人，才有可能被免除職位。所以重文的「子」字應該下讀，作為代名詞，指前面的「君子」使用。

〈里耶 8.1198〉「有故」一詞有多種解釋，〈睡虎地·法律答問 154〉云：「吏有故當止食，弗止，盡稟出之，論可（何）殹（也）？當坐所贏出為盜。」理解為官吏遇到意外之事時，應停止發放糧食，若仍然發放糧食，則以盜竊罪論處。〈睡虎地·封診式 72〉云：「□死難審殹（也）。節（即）死久，口鼻或不能渭（喟）然者。自殺者必先有故，問其同居，以合（答）其故。」大抵當在檢驗屍體死狀，若是死去經過很久，口鼻像無法嘆氣樣子，可能事先遭受到意外而死去，所以需詢問同居人，使之回答事情原由。由上述分析，「有故」於秦簡應大多當作意外、不好的事情。從〈里耶 8.1198〉可釋文字「為君子＝有故不」判斷，「有故」前方應有一對象，可能為人、物或地方。因此，重文的「子」字應下讀，作為「有故」的主詞，於文意較為通順。

嶽麓秦簡另有一支簡，同時出現二個「＝」符號，整理者依據上下文推測認為在「君子＝」此應當作重文符，「大夫＝子」則為合文符，文例如下：

> 置吏律曰：縣除小佐毋（無）秩者，各除其縣中，皆擇除不更以下
> 到士五（伍）史者為佐，不足，益除君子＝、大夫＝子、小爵……
> （〈嶽麓（肆）·秦律令（壹）210〉）

> 及公卒、士五（伍）子年十八歲以上備員，其新黔首勿強，年過六
> 十者勿以為佐。」人屬弟、人復子欲為佐……（〈嶽麓（肆）·秦律

令（壹）211〉〉

整理者指出「『子，兒子。』此處『君子』、『大夫』分別為高級爵位與中級爵位的擁有者，『公卒士五（伍）』無爵。」〔註62〕可知〈嶽麓（肆）‧秦律令（壹）210〉「君子＝」讀為「君子子」，「＝」為重文符以重疊「子」字理解文義，表示為君子的兒子。「大夫＝子」讀為「大夫子」，「＝」為合文符，象徵「大夫」二字的合寫，指大夫的兒子。又下文接著提到「小爵、公卒、士五（伍）子」，顯示為士大夫階級的兒子，所以人物主要是依照先秦時代貴族階級，君子、大夫、小爵、公卒、士的順序，從高至低排列。《儀禮‧喪服》有相似於「某某子」的記載：

> 小功布衰裳，牡麻絰，即葛，五月者。從祖祖父母，從祖父母，報；從祖昆弟，從父姊妹、孫適人者，為人後者為其姊妹適人者，為外祖父母；從母，丈夫婦人報；夫之姑、姊妹，娣、姒婦，報；大夫、大夫之子、公之昆弟為從父昆弟，庶孫，姑、姊妹、女子子適士者；大夫之妾為庶子適人者；庶婦；君之父母、從母；君子子為庶母慈己者。〔註63〕

與嶽麓秦簡、里耶秦簡同樣提到「君子子」，鄭玄注云：「君子子者，大夫及公子之適妻子。」〔註64〕是指大夫及公子嫡妻的兒子，也就是嫡子的意思，「君子」是大夫一類身分，重疊的「子」字是兒子代稱。由此可知〈嶽麓（肆）‧秦律令（壹）210〉的「君子＝」，應類似於《儀禮‧喪服》所言，「君子」為大夫階級以上的身分，「子」為兒子，釋作大夫一類人的嫡子。

　　《嶽麓秦簡（叁）‧學為偽書案》一篇，整理者描述內容是關於「癸」與「學」二人冒充為馮毋擇將軍的兒子，偽造私人書信予胡陽少內丞繒，欲詐取錢款。但是，陳松長認為「一位叫『癸』和叫『學』的人說法不準確，案例中『癸』和『學』應是一個人，『癸』只是『學』所假冒的名字。」〔註65〕

〔註62〕陳松長：《嶽麓書院藏秦簡（肆）》（上海：上海辭書出版社，2015 年 12 月），頁171。

〔註63〕漢‧鄭玄注、唐‧賈公彥疏：《儀禮‧喪服》，十三經注疏阮元校勘本（臺北：藝文印書館，1989 年），頁 386～387。

〔註64〕漢‧鄭玄注、唐‧賈公彥疏：《儀禮‧喪服》，十三經注疏阮元校勘本（臺北：藝文印書館，1989 年），頁 387。

〔註65〕陳松長：〈嶽麓秦簡〈為偽私書〉案例及相關問題〉，《文物》2013 年第 5 期，頁84。

從簡文最後「癸」改口承認自己名為「學」，而非馮毋擇將軍的兒子，以及法律審判結果，是論處「學」而非「癸」，可知真正偽造書信的人僅有「學」一人。從〈學為偽書案〉的二支簡以觀：

> 廿二年八月癸卯朔辛亥，胡陽丞唐敢讞之，四月乙丑，丞繒曰：君子＝癸詣私……（〈嶽麓（叁）·學為偽書案 210〉）

> □召舍人與來智（？）▨曰君子＝定名學居新野非五夫＝馮將軍毋擇子。（〈嶽麓（叁）·學為偽書案 223〉）

提到「君子＝癸詣私」、「君子＝定名學」，由於此篇提到的人物主要圍繞著「癸」與「學」，「癸」、「學」大抵指的是人名，所以劉信芳將重文的「子」字下讀，認為「『子癸』為人名，而不是『癸』為人名」，〔註66〕此說法的合理性，存有疑慮。至於重文「子」字應上讀或下讀，學者有不同看法，陳松長云：「『癸』也許真是五大夫馮毋擇的兒子或假子，所以他試圖冒名頂替進行詐騙。正因為要冒名頂替，所以連帶一起假稱自己是『君子子』，冒充五大夫馮毋擇將軍的兒子。」〔註67〕認為重文的「子」字應上讀，當作兒子解釋，「君子」是指馮毋擇將軍，其身分是五大夫。《墨子·號令》曰：「輔將如令賜上卿，丞及吏比於丞者，賜爵五大夫。」〔註68〕、《戰國策·趙策》曰：「秦使人來仕，仆官之丞相，爵五大夫。」〔註69〕顯示五大夫擁有爵位，屬於貴族階級，因此〈學為偽書案〉的「君子子癸」陳松長認為是「癸」自稱為貴族門第的兒子，「君子」指擁有爵位的馮毋擇將軍。

依據陳松長的說法，「君子子」應解釋做馮毋擇將軍的兒子。但是「學」冒充「癸」的身分被揭穿，便言自己是「君子子定名學……非五夫馮將軍毋擇子」坦承自己不是馮毋擇將軍的兒子，前後情事略有出入，所以「君子」所指應該是另有其人。李玥凝云：「『君子子』與五大夫馮毋擇將軍之子，有

〔註66〕劉信芳：〈嶽麓書院藏簡〈奏讞書〉釋讀的幾個問題〉，《考古與文物》2016 年第 3 期，頁 110。

〔註67〕陳松長：〈嶽麓秦簡〈為偽私書〉案例及相關問題〉，《文物》2013 年第 5 期，頁 88。

〔註68〕清·孫詒讓撰、李笠校補：《墨子閒詁·號令》（臺北：藝文印書館印行，1989 年 9 月），頁 1089。

〔註69〕漢·劉向撰，戰國·高誘注：《戰國策·趙策》（臺北：藝文印書館，1974 年 3 月），頁 408。

明顯的區別，『君子子』具有特定意義。……學的父親作為『君子』，犯罪居貲而被吏員笞打，可知其地位不高。如與《秦律十八種》所示相同，是縣內少吏的身分，則低於五大夫馮毋擇，被吏員笞打都是合理的。」〔註70〕認為「君子子」應非指馮毋擇將軍的兒子，而是「秦」的兒子，「秦」事實上為學的父親。秦的職位是少吏地位不高，故犯罪被吏員處罰，是可以理解。

　　「君子子癸」一詞陳松長依據「癸」的身分，認為「君子」應為馮毋擇將軍，而李玥凝從「學」的自白「君子子定名學」，他承認實非馮毋擇將軍的兒子，推測「君子」應指「學」的父親「秦」。二位學者皆將重文「子」字下讀，作兒子解釋，只是「君子」的身分前者認為是指馮毋擇，後者認為是「秦」，說法產生出入的情況。從文義判斷，若「君子子」特指某人的兒子，則「君子」應為同一人才是，但是「學」先說自己為馮毋擇的兒子，後又否認改口說不是。據此推測「君子子」有二種可能，一為「君子」表示不同身分者，實為相異二人，二為「君子子」不應解釋為某人的兒子，也就是重文的「子」字不該上讀。

　　若「君子」表示不同人，則「君子子癸」可以理解為馮毋擇將軍的兒子癸，「君子子定名學」解釋為「秦」的兒子名為學。但是馮毋擇屬於五大夫的貴族階級，「秦」則為少吏，還曾因犯罪被吏員笞打，二者身分地位略有差距，皆統稱為「君子」似乎不太合理。並且，從上文秦簡中的「君子」討論，《尚書·周官》提及的「官君子」鄭玄注說明，屬於大夫以上的爵位。了解到「君子」通常是大夫以上的階級，恰好符合馮毋擇身分，對應於「秦」反而不適合。

　　「君子子」可能不宜針對某人兒子而言，由〈里耶8.178〉的「君子子廢戍」、〈里耶8.1198〉的「君子子有故」可知，其中「君子」皆有官吏的含義，重文的「子」字為男子的美稱，指代「君子」自己，可以讀作「君子，子」以「官吏，他……」理解，下文緊接著說明官吏的情事。因此，〈嶽麓（叄）·學為偽書案〉的「君子＝癸詣私」、「君子＝定名學」文句結構，可以據此相互參照，讀作「君子，子癸詣私」、「君子，子定名學」。又簡文中記載云：

　　　陽公共復毋擇為報，敢以聞。寄封廷史利。有曰：馮將軍子臣癸……

　　（〈嶽麓（叄）·學為偽書案218〉）

〔註70〕李玥凝：〈秦簡「君子子」含義初探〉，《魯東大學學報》2016年5月第33卷第3期，頁63。

「癸」寫書信說自己為「馮將軍子臣癸」,「癸」於名字前加上「臣」字,可見「癸」應是有官職。由於前句為少內「繒」說明收到書信的情況,「子」應為男子的美稱,可以理解為「臣下,癸他寄送私人書信……」,後一句為學供訴之詞,所以應該釋為「臣下,我的名字為學……」,二句的臣都是指「學」,以及他所假冒的人「癸」。而「學」的真實身分為何,簡文中略有提及,〈嶽麓(叁)・學為偽書案224〉曰:「學學史,有私章。」學是學習過文書寫字,擁有私人的印章,所以是有學問的人,能夠當官也不意外。

三、小 結

里耶秦簡與嶽麓秦簡中皆有「君子=」一詞,其中嶽麓秦簡〈學為偽書案〉一篇有簡210「君子=癸詣私」、簡223「君子=定名學」,重文的「子」字應上讀或下讀學者尚未有定論,所以具有重要的討論空間。本節分析秦簡中「君子」的意涵包括國君、有德者、貴族、官吏、神祇之意等,與傳世文獻大抵相應。秦簡內容大部分為文書類,如〈為吏之道〉的篇章,主要陳述身為官吏需注意的處事行為,以及具備的修養,所說的「君子」多指稱官吏,而能夠當官者,通常身分是貴族階級,士大夫之類的人。

嶽麓秦簡〈學為偽書案〉簡210的「君子=癸詣私」、簡223「君子=定名學」,從簡文內容可知主角為「癸」,因此重文的「子」字不太可能下讀,將「子癸」視為人名,作「君子,子癸詣私」。如果「子」字上讀,「君子子」要解釋成馮毋擇將軍的兒子,則「君子」所指應同屬一位,但是「學」事後承認冒充「癸」的名字,並非馮毋擇將軍的兒子,如此的解釋便不太合理。因此,筆者認為「子」字應下讀,作「君子,子癸詣私」、「君子,子定名學」,「君子」皆指「學」本人,他的身分為貴族並有官職,「子」則為男子的美稱。

表 5-1-1 秦簡的「君子」

NO.	釋　　文	書　籍	簡牘編號
1	興徒以為邑中之紅(功)者,令結(嫭)堵卒歲。未卒堵壞,司空將紅(功)及君子主堵者有罪,令其徒復垣之,	睡虎地秦簡	徭律 116
2	嬴陽之日,利以見人、祭、作大事、取妻,吉。裚(製)寇〈冠〉帶,君子益事。	睡虎地秦簡	日書乙種 15

3	失火，必有鬼。戌失火，亡貨。辰失火，去不恙（祥）也。己失火，有瘒（癃）子。巳失火，有死子。庚失火，君子兵死。	睡虎地秦簡	日書乙種250
4	垣東方高西方之垣，君子不得志。	睡虎地秦簡	日書甲種 23 背貳
5	君子不病殹（也）	睡虎地秦簡	為吏之道 44 壹
6	君子敬如始。	睡虎地秦簡	為吏之道 47 肆
7	徒卒不上宿，署君子、敦（屯）長、僕射不告，貲各一盾。宿者已上守除，擅下，人貲二甲	睡虎地秦簡	秦律雜鈔 34
8	戍者城及補城，令姑（嬏）堵一歲，所城有壞者，縣司空署君子將者，貲各一甲；縣司空	睡虎地秦簡	秦律雜鈔 40
9	官嗇夫節（即）不存，令君子毋（無）害者若令史守官，毋令官佐、史守。　置吏律	睡虎地秦簡	置吏律 161
10	除日：逃亡不得，瘇疾死，可以治嗇夫，可以徹言君子、除罪。	放馬灘秦簡	日書甲種 14
11	・除日：逃亡不得，瘇疾死，可以治嗇夫，可以徹言君子、除罪。顧門，是＝之甚多，毋與居，三歲而更。	放馬灘秦簡	日書乙種 15
12	・執日：不可行＝速，必執而于公・東門是＝邦君子門賤人・申不可為西門，徵門，數實數＝，并黔首家。	放馬灘秦簡	日書乙種 18
13	吏亡。君子往役，來歸為喪，殹支唐＝，哭靈問，夫妻皆憂，若朝霧霜。有疾不死，轉如	放馬灘秦簡	日書乙種294
14	不死，厚而寬，主呂有遷殹，後皆其請，有令旦至，晨自雞鳴。直此卦者有君子之貞。	放馬灘秦簡	日書乙種356
15	已齲方：見東陳垣，禹步三步曰：「皋！敢告東陳垣君子，某病齲齒，笱（苟）令某齲已，請	周家臺秦簡	病方 326
16	亡器齊（齎）賞（償），草田不舉，臧（藏）盍（蓋）必法，故君子日有茲＝（茲茲─孜孜）之志。	嶽麓秦簡（壹）	為吏治官及黔首83
17	女子而夢以其帬被邦門及游渡江河，其占大貴人。夢見棗，得君子好言。	嶽麓秦簡（壹）	占夢書34
18	廿二年八月癸卯朔辛亥，胡陽丞唐敢讞之，四月乙丑，丞譄曰：君子＝癸詣私	嶽麓秦簡（叁）	學為偽書案 210
19	□召舍人興來智（？）☑曰君子＝定名學居新壄非五夫＝馮將軍毋擇子。	嶽麓秦簡（叁）	學為偽書案 223

20	置吏律曰：縣除小佐毋（無）秩者，各除其縣中，皆擇除不更以下到士五（伍）史者為佐，不足，益除君子＝、大夫＝子、小爵	嶽麓秦簡（肆）	秦律令（壹）210
21	計籍。其有除以為冗佐、佐吏、縣匠、牢監、牡馬、簪褭者，毋許，及不得為租。君子、虜、收人、人奴、羣耐子、免者、	嶽麓秦簡（肆）	秦律令（壹）213
22	戍律曰：戍者月更。君子守官四旬以上為除戍一更。遣戍，同居毋並行，不從律，貲二甲。戍在署，父母、妻死，	嶽麓秦簡（肆）	秦律令（壹）184
23	☐☒卒□☒陽□☒□君子＝廢□ ☐☒時□☒□署☒□欣＝卅四 ☐署遷陵□□已上□□☒今末 ☐府下☒籍遷陵報署☒以郵行（正） ☐欣手（背）	里耶秦簡（壹）	8.178
24	☐守起書言傳律曰☐ ☐□為君子＝有故不□☐	里耶秦簡（壹）	8.1198
25	禹步三，到門困（闔），曰：「門左、門右、中央君子，某父某母令某，如鳥視其	北大秦簡	雜祝方 M-007
26	壹曰：右目日光，乘吾兩黃。周㓒（流）四旁（方），莫我敢當。亓祠日及虛明，祟，君子吉。∟一占曰：	北大秦簡	禹九策 3
27	如池。亓樂如可（何），尊俎莪＝（峨峨）。毄（繫）賛（累）弟兄，嬈＝（譊譊）芺（笑）訣（殃）。人囚繹（釋），疾死。・君子者＝（者，諸）父也。	北大秦簡	禹九策 5
28	天風寍（霜）。中心神＝（顛顛），不可告人。君子泥下如雨，肖（小）人不見父姐（祖）。肖（小）人失色，君子異國。・女	北大秦簡	禹九策 9
29	街鬼及行。・一占曰：右畀（鼻），尊沮（俎）之室＝（秩秩），鐘鼓具在，君子大喜，亓祟五祀、大神，祭	北大秦簡	禹九策 20
30	吉・一占曰：諉（餧）者良貞，在漢之陽。餞者君子，奪亓衣常（裳）。君子吉，小人臧。司命、司	北大秦簡	禹九策 27
31	八曰：大結，此可（何）甚也，此可（何）蟬（憚）也。君子失棫（國），肖（小）人失色，凶。・一占曰：憂心之卲＝（忉忉），弇（揜）口爲芺（笑）。親神	北大秦簡	禹九策 32
32	曰：君子沂下如雨，肖（小）人不見母父。卜不死腸（傷）而荼（荼）苦。・一占曰：頭之夫＝（頢頢），首之頡＝（頡頡），目之窅＝（窅窅），來	北大秦簡	禹九策 34

第二節　里耶秦簡「當論＝」釋義

秦簡中有「當論」一詞，常作為法律的用語，睡虎地秦簡〈法律問答〉一章多次使用「當論」，以問答的方式針對律文進行補充，解釋法令的相關問題。而《里耶秦簡(壹)》一書內容大抵是官府文書往來的紀錄，其中簡 8.665、8.859、8.1405、8.1562 出現重文「當論＝」的形式，讀作「當論論」，簡 8.665、8.1562 下接「敢言之」，簡 8.859、8.1405 下接「言夬」的字詞。「當論論」一詞並未見於傳世文獻與其他秦簡、楚簡等，前人也尚未有確切定說，所以猶存有值得探討的空間。

陳偉《里耶秦簡牘校釋(第一卷)》〔註71〕、王偉〈里耶秦簡「付計」文書義解〉〔註72〕、胡平生〈里耶擁戈泛吳楚，吊古感懷漫悲歌──讀《里耶秦簡》與《里耶秦簡校釋》〉〔註73〕、單育辰〈談談里耶秦公文書的流轉〉〔註74〕四篇，當里耶秦簡文例下接「敢言之」時，皆將重文「論」字上讀，讀作「當論論。敢言之。」或「當論，論。敢言之。」

另外，陳偉《里耶秦簡牘校釋(第一卷)》〔註75〕和〈里耶秦簡中的「夬」〉〔註76〕、何有祖〈里耶秦簡牘綴合(七則)〉〔註77〕三篇，當下文接「言夬」時，則將「論」字下讀，作「當論，論言夬」或不加逗點連讀作「當論論言夬」。因此，重文「論」字應上讀或下讀，猶需從上下文例以推敲判斷。

上述之中，何有祖〈里耶秦簡牘綴合(七則)〉一篇，認為簡 8.1405 與簡 8.1060 皆有「敢言之」，為里耶秦簡常見的文例「敢言之……敢言之」，所以二簡可以做綴合，使簡文文意更加清楚。陳偉〈里耶秦簡中的「夬」〉一篇，主要

〔註71〕陳偉：《里耶秦簡牘校釋(第一卷)》(武漢：武漢大學出版社，2012 年 1 月)，頁 45。

〔註72〕王偉：〈里耶秦簡「付計」文書義解〉，(武漢大學簡帛網發文，2016 年 5 月 13 日)。http://www.bsm.org.cn/show_article.php?id=2554

〔註73〕胡平生：〈里耶擁戈泛吳楚，吊古感懷漫悲歌──讀《里耶秦簡》與《里耶秦簡校釋》〉，(武漢大學簡帛網發文，2012 年 8 月 12 日)。http://www.bsm.org.cn/show_article.php?id=1727

〔註74〕單育辰：〈談談里耶秦公文書的流轉〉，(武漢大學簡帛網發文，2012 年 5 月 25 日)。http://www.bsm.org.cn/show_article.php?id=1703

〔註75〕陳偉：《里耶秦簡牘校釋(第一卷)》(武漢：武漢大學出版社，2012 年 1 月)，頁 321。

〔註76〕陳偉：〈里耶秦簡中的「夬」〉，(武漢大學簡帛網發文，2013 年 9 月 26 日)。http://www.bsm.org.cn/show_article.php?id=1916

〔註77〕何有祖：〈里耶秦簡牘綴合(七則)〉，(武漢大學簡帛網發文，2013 年 9 月 26 日)。http://www.bsm.org.cn/show_articlc.php?id=1679

分析里耶秦簡中，整理者所釋之「史」字，陳氏考釋為「夬」字，皆加以改正，並認為應讀為「決」。二篇對於本文分析「當論＝」皆具有相當的參考價值。

因此，本文擬先分析「當論」一詞於秦簡中的使用情況，並參酌傳世文獻與出土文獻考察「論」字的解釋，以了解先秦時代「論」字帶有之意義。再探討「敢言之」、「言夬」於秦簡文書中的使用情形，最後理解簡 8.665、8.859、8.1405、8.1562 的文意，並考釋簡文存疑之字，以便依據里耶秦簡的上下文例，釐清「當論＝」的釋讀問題。

一、秦簡的「當論」

「當」字，《說文解字》云：「當，田相值也。从田，尚聲。」〔註 78〕段玉裁注：「值者，持也。田與田相持也。引申之，凡相持相抵皆曰當。」〔註 79〕有同值、對等之義。

> 子為隸臣妻，有子焉，今隸臣死，女子北其子，以為非隸臣子殹
> （也），問女子論可（何）殹（也）？或黥顏頯為隸妾，或曰完，
> 完之當殹（也）。（〈睡虎地・法律答問 174〉）

〈睡虎地・法律答問 174〉的「當」字整理者考釋為「妥當，指與律意相合。」〔註 80〕末句「完之當殹」解釋為「處完刑與律令是相合」，所以於秦簡中「當」字是針對事情同值、對等的關係使用。

「論」字，《說文解字》云：「論，議也。从言，侖聲。」〔註 81〕為討論、研議的意思，秦簡中的使用如下：

> 人臣甲謀遣人妾乙盜主牛，買（賣），把錢偕邦亡，出徼，得，論各
> 可（何）殹（也）？當城旦黥之，各畀主。（〈睡虎地・法律答問 5〉）

> 冗募歸，辭曰日已備，致未來，不如辭，貲日四月居邊。・軍新論

〔註78〕漢・許慎撰、清・段玉裁注：《說文解字注》（臺北：藝文印書館，1992 年），頁703～704。

〔註79〕漢・許慎撰、清・段玉裁注：《說文解字注》（臺北：藝文印書館，1992 年），頁704。

〔註80〕睡虎地秦墓竹簡整理小組：《睡虎地秦墓竹簡》（北京：文物出版社，1990 年 9 月），頁134。

〔註81〕漢・許慎撰、清・段玉裁注：《說文解字注》（臺北：藝文印書館，1992 年），頁92。

攻城，城陷，尚有棲（〈睡虎地・秦律雜鈔 35〉）

益輕，吏前治者皆當以縱，不直論。今甾等當贖（〈里耶 8.1133〉）

耐是即敬等縱弗論殹何故不以縱論（正）

贖（背）（〈里耶 8.1132〉）

田不從令者，論之如律。☑（〈龍崗 117〉）

「論」字，〈睡虎地・法律答問 5〉整理者云：「論，論處、定罪。《漢書・平帝紀》有『天下女徒已論』，注引如淳云：『已論者，罪已定也。』」〔註82〕認為「論」字應釋作論處、定罪。〈睡虎地・秦律雜鈔 35〉整理者指出「論」字是「論賞」〔註83〕，就軍人的功績來作賞賜。〈里耶 8.1132〉何有祖認為「『敬等縱弗論』的『論』後省賓語『甾等』。這裡是說甾等人原本應該論以『贖耐』，但是因『敬』等人『縱』而沒有被論罪。」〔註84〕此簡所言的「論」字，作論罪。〈龍崗 117〉整理者解釋「論之如律」一句為「法律用語，依法論處」〔註85〕其中「論」字釋為論處。可知依據上下文義，秦簡中的「論」字大多作論處、定罪，但是〈睡虎地・秦律雜鈔 35〉則釋作論賞。

另外，秦簡中有關於「當論」一詞的使用，其中《睡虎地・法律答問》一主要為，官吏對於相關法令問題的解釋，出現許多問答的形式。如：

賊入甲室，賊傷甲＝號寇，其四鄰、典、老皆出不存，不聞號寇，問當論不當？審不存，不當論；典老雖不存，當論。（〈睡虎地・法律答問 98〉）

「棄妻不書，貲二甲。」其棄妻亦當論不當？貲二甲。（〈睡虎地・法律答問 169〉）

甲殺人，不覺，今甲病死已葬，人乃後告甲＝殺人審，問甲當論及

<hr />

〔註82〕睡虎地秦墓竹簡整理小組：《睡虎地秦墓竹簡》（北京：文物出版社，1990 年 9 月），頁 94。

〔註83〕睡虎地秦墓竹簡整理小組：《睡虎地秦墓竹簡》（北京：文物出版社，1990 年 9 月），頁 88。

〔註84〕何有祖：〈里耶秦簡牘綴合（八則）〉，（武漢大學簡帛網發文，2013 年 5 月 17 日）。http://www.bsm.org.cn/show_article.php?id=1852

〔註85〕中國文物研究所、湖北省文物考古研究所：《龍崗秦簡》（北京：中華書局，2001 年 8 月），頁 88。

收不當？告不聽。(〈睡虎地‧法律答問 68〉)

論獄【何謂】「不直」？可（何）謂「縱囚」？罪當重而端輕之，當
輕而端重之，是謂「不直」。當論而端弗論，及傷其獄，端令不致，
論出之，是謂「縱囚」。(〈睡虎地‧法律答問 93〉)

〈睡虎地‧法律答問 98〉的「當論」後加「不當」一詞，戴世君云：「發生賊
入室傷人的案件，在追究相關人員法律責任的時候，同是不在現場，伍人（四
鄰）不負連帶責任，不受處罰；而里典、伍老作為基層組織的負責人則仍需負
連帶責任，仍受處罰。」〔註 86〕其中「當論不當」表示「應該受到處罰或是不
應該」，所以「當論」可理解為「應該受到處罰」。

〈睡虎地‧法律答問 169〉的「當論」後加「不當」，賈麗英云：「即男
子『棄妻』，如果不上報官府登記，應該被『貲二甲』。『棄妻』是不是也應
當被論罪？也應『貲二甲』。」〔註 87〕主要是在討論男子棄妻這件事情，男子
除了被貲二甲，是不是也應該被論罪，所以「當論」一詞在此作「應該論罪」。
〈睡虎地‧法律答問 98〉、〈睡虎地‧法律答問 169〉的「當論」，前者釋為
定罪，後者為處罰，皆是依據訴訟案件進行詳細了解、解說後，作出一合適
的處理。

〈睡虎地‧法律答問 68〉的「當論」下接「及」字，整理者云：「甲殺
人，未被察覺，現甲因病死亡，已經埋葬，事後才有人對甲控告，甲殺人係
事實，問應否對甲論罪，並沒收其家屬？對控告不予受理。」〔註 88〕其中「當
論」釋為「應當論罪」，下接「及」字具有接續的動作，表示「和、與」的
意思。

〈睡虎地‧法律答問 93〉的「當論」後接「而」字，戴世君云：「應當
論罪而故意不論罪，以及減輕案情，故意使犯人夠不上判罪標準，於是判他
無罪，稱為『縱囚』。」〔註 89〕「當論」同樣作「應當論罪」解釋，下接「而」

〔註 86〕戴世君：〈雲夢秦律注譯商兌（五則）〉，（武漢大學簡帛網發文，2008 年 2 月 16 日）。
http://www.bsm.org.cn/show_article.php?id=791

〔註 87〕賈麗英：〈簡牘所見「棄妻」「去夫亡」「妻棄」考〉，（武漢大學簡帛網發文，2008
年 8 月 30 日）。http://www.bsm.org.cn/show_article.php?id=869

〔註 88〕睡虎地秦墓竹簡整理小組：《睡虎地秦墓竹簡》（北京：文物出版社，1990 年 9 月），
頁 109。

〔註 89〕戴世君：〈「自尚」、「篡遂」義解〉，（武漢大學簡帛網發文，2008 年 3 月 22 日）。

字有轉折的語氣，表示「但是、卻」的意思，整句話大抵是說應該論罪，卻沒有論罪，這樣處理法律案件，恐有故意通融的嫌疑，並非公正、合理的判決。

因此，從上述分析可知，依據《說文解字》「當論」一詞，本義解釋作「同值的討論」。而秦簡中「當論」一詞下不接字，或是接「不當」於句子具有疑問的語氣；下接「而」字是轉折語氣，表示「但是」的意思；接「及」字則為接續動作，有「和、與」之意，但是「當論」大抵是作「應該論罪」解釋。

二、秦簡的「當論＝敢言之」

《里耶秦簡（壹）》一書中簡 8.665、8.859、8.1405、8.1562 的「當論＝」一詞下接「言夬」、「敢言之」，可以從「論」字接「言夬」、「敢言之」的句式，探討此時重文的「論」應作何解釋。當下接「敢言之」時，單育辰、王偉、胡平生、陳偉認為簡 8.665、8.1562，重文的「論」字應該上讀，作「當論論。敢言之。」或「當論，論。敢言之。」此二種釋讀方式精準與否，由下文詳加分析。

〈里耶 9.3〉的「司空騰敢言之」一句，晏昌貴、鐘煒解釋為「陽陵司空騰報告說」[註90]當前方加人名時，「敢言之」本身即有報告的意涵。里耶秦簡中「敢言之」一詞，主要使用於上行文書，前頭通常加上「傳」、「上」、「牒」、「發」、「追」等文書用語，大抵有「送出、遞交」之意。其中「上」字又寫成「寫上」、「牒上」，陳偉考釋云：「寫上，謄錄呈上，文書用語。」[註91]可知「寫」為謄錄，「上」指呈上，所指為不同二件事，「上」字主要顯示傳遞的意思。

睡虎地秦簡亦有文書的專用語，馬怡云：「『敢告主』，公文用語，意謂『謹告主管人』。睡虎地秦簡《封診式・有鞫》：『當騰，騰，皆為報，敢告主。』

---

http://www.bsm.org.cn/show_article.php?id=807

〔註90〕晏昌貴、鐘煒：〈里耶秦簡牘所見陽陵考〉，（武漢大學簡帛網發文，2005 年 11 月 03 日）。http://www.bsm.org.cn/show_article.php?id=37&fbclid=IwAR0AQDYFIm5_ dEVREht-OsyTggaoLpgmK3eAZo96C8_9-_eATuktQE0RuQc

〔註91〕陳偉：《里耶秦簡牘校釋（第一卷）》（武漢：武漢大學出版社，2012 年 1 月），頁 55。

『敢告』在文書中用來表示其內容主體的起訖，與『敢言之』的作用類似。《初讀》說，遷陵守丞色與酉陽丞為同級，故稱『敢告』；而在本部分 J1（8）152 中，少內守是向上級報告，故稱『敢言之』。」〔註92〕睡虎地秦簡的「敢告主」為平行文書用語，里耶秦簡「敢言之」則為上行文書用語，此種用語於文書中，經常前後重複出現，作「敢言之……敢言之」為內容起訖的標誌，二個「敢言之」之中為報告的事項。睡虎地秦簡《封診式·有鞫》的「當騰，騰，皆爲報，敢告主。」一句，整理者解釋為「確實寫錄，將所錄全部回報，謹告負責人。」〔註93〕「敢告主」為恭敬告訴負責人，「報」為回報，里耶秦簡的「敢言之」亦為類似的用語。了解到「敢言之」於秦簡中前面所接之語，可見「上」字有傳遞，「報」為回報之意，與文書的傳遞制度相關。

另外，秦簡中「敢言之」前加上「論」字，有如下文例：

> 覆問。以甲獻典乙相診，今令乙將之詣論，敢言之。（〈睡虎地·封診式98正〉）

〈睡虎地·封診式98正〉整理者解釋為「將甲送交里典乙驗視，現命乙將甲押送論處，謹告。」〔註94〕其中「論」字是「加以討論處分」，「敢言之」是「恭敬報告」的意思。所以，無論「敢言之」前方加「寫上」、「傳」等解釋作傳送，或「論」表示論處。「敢言之」一詞置於文書的末尾，大抵當作內容的結束，作為報告的專用語。

單育辰、王偉、胡平生、陳偉這些學者，大抵將簡 8.60、8.656、8.665、8.748 相綴合，此 4 支簡基本上可拼湊成一完整的行政文書，如下圖：

〔註92〕馬怡：〈里耶秦簡選校（連載二）〉，（武漢大學簡帛網發文，2005 年 11 月 18 日）。http://www.bsm.org.cn/show_article.php?id=95

〔註93〕睡虎地秦墓竹簡整理小組：《睡虎地秦墓竹簡》（北京：文物出版社，1990 年 9 月），頁 149。

〔註94〕睡虎地秦墓竹簡整理小組：《睡虎地秦墓竹簡》（北京：文物出版社，1990 年 9 月），頁 164。

圖 5-2-1　里耶秦簡 簡 8.60、8.656、8.665、8.748 綴合

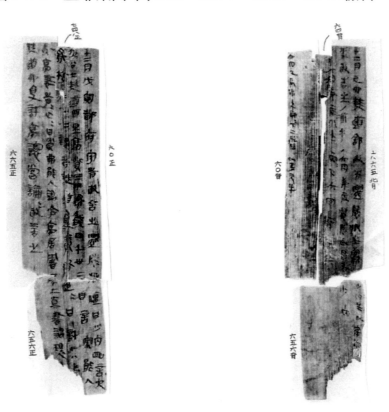

十二月戊寅，都府守胥敢言之：遷陵丞膻曰：少內㽙言冗

佐公士燊道西里亭貲三甲，為錢四千卅二。自言家能入。

為校□□□謁告燊道受責，有追＝曰計廿八年□

責亭妻胥＝亡＝日貧，弗能入。謁令亭居署所，上真書謁環□□。

燊道弗受計。亭讁當論＝敢言之□（正）（〈里耶 8.60＋8.656＋8.665
＋8.748〉）

十二月己卯，燊道鄗敢告遷陵丞主，寫▨

事敢告主ノ冰手ノ六月庚辰，遷陵丞昌告少內主，以律令□▨

手ノ六月庚辰水十一刻＝下六守府快行少內

六月乙亥水十一刻＝下二，佐同以來ノ元半（〈里耶 8.60 背＋8.656
背＋8.665 背＋8.748 背〉）

〈里耶 8.665〉的「冗」字原整理者隸定為「免」字，陳偉指出：「《秦律十八種‧
金布律》72～73 號簡云：『都官有秩吏及離官嗇夫，養各一人，其佐、史與共

養；十人，車牛一兩（輛），見牛者一人。都官之佐、史冗者，十人，養一人；十五人，車牛一兩（輛），見牛者一人；不盈十人者，各與其官長共養、車牛。』『冗佐』蓋即『佐、史冗者』之類。」〔註95〕認為睡虎地秦簡有「佐、史冗者」，故〈里耶8.656〉的 應為「冗」字。

里耶秦簡的「冗」字作 〈簡8.656〉，「免」字作 〈里耶8.777〉、 〈里耶8.896〉、 〈里耶8.2006〉，二字的差異在於，「冗」字只有一點作 ，「免」字上頭則為二筆畫作 、 、 。簡8.60、8.656、8.665、8.748綴合過後，可知下接「佐」字，「冗佐」一詞多見於里耶秦簡，如 〈里耶8.2106〉、 〈里耶8.63〉、 〈里耶9.590〉、 〈里耶9.2724〉，因此陳偉釋為「冗」字可從。由此可知，簡文主要是陳述，十二月戊寅樊道都府守胥，發文向樊道縣庭，報告說遷陵丞膻、遷陵少內㕚說住在樊道西里的冗佐亭，欠債四千卅二錢，亭說家裡能夠支付。樊道都府便前往亭家討債，亭妻子胥亡說家裡貧窮無法支付這筆貲費，所以樊道都府告知遷陵沒有追討成功。

〈里耶8.665〉的「譿」字，可見於《張家山漢簡·奏讞書》的簡112、119，「 」字《二年律令與奏讞書》一書考釋云：「從『言』，當釋為『譿』，可能是『謾』字之訛，也可能讀為『諼』，詐欺義。」〔註96〕認為「譿」字可能為「謾」字的訛字。陳偉言：「此字可能從言從慢省，為『謾』字異構，欺瞞的意思。」〔註97〕則認為「譿」字是「謾」字的異體字，有詐欺之意。從里耶秦簡「譿」、「謾」二字作比較（見表一），字形基本上相似，僅「譿」字右下方從部件「心」，「謾」字則從部件「寸」，有可能是抄寫錯誤的情況，陳偉考證 〈里耶8.665〉應釋為「謾」字是可信，因此，「亭譿」可解釋為「亭欺瞞」。

〔註95〕陳偉：《里耶秦簡牘校釋（第一卷）》（武漢：武漢大學出版社，2012年1月），頁43。

〔註96〕彭浩、陳偉：《二年律令與奏讞書：張家山二四七號漢墓出土法律文獻釋讀》（上海：上海古籍出版社，2007年8月），頁363。

〔註97〕陳偉：《里耶秦簡牘校釋（第一卷）》（武漢：武漢大學出版社，2012年1月），頁45。

表 5-2-1　里耶秦簡的「謾」、「讄」字

讄	謾			
里耶 8.665	里耶 8.15	里耶 8.503	里耶 9.982	里耶 9.2557

〈里耶 8.665〉的「論」字，睡虎地秦簡整理者釋為「定罪、論處」，陳偉《里耶秦簡牘校釋（第一卷）》釋為「定罪」，〔註98〕二者說法相接近。張世超、張玉春〈釋「坐」、「論」──秦簡整理札記之三〉針對睡虎地秦簡云：「『論』指衡量其罪，而不是『論處』或『定罪』。」〔註99〕認為應是猶處於議論、衡量的階段，尚未進入最終的判決。

從〈里耶 8.60＋8.656＋8.665＋8.748〉綴合的背面簡文以觀，記載隔天十二月己卯，樊道的令長郜發文予遷陵丞主，六月時文書先傳送至遷陵丞昌再轉予遷陵少內。可知文書從發文，至送達目的地，經歷一些時日，但是對於亭無法償還貸費，以及欺瞞官員的罪名，未有明確的結果，表示簡文僅處於討論罪行的階段，尚未進入最終的審判，故本文認為「論」字應為「論衡罪行」之意。簡文正面首尾皆有「敢言之」為上行的文書格式，標示報告內容的起迄。因此，「當論＝敢言之」可讀作「當論，論。敢言之」，重文的「論」字上讀，解釋作「應當衡量其罪，就衡量。報告如上。」

里耶秦簡另有記載「當論＝」一詞，如下：

廿八年七月戊戌朔乙巳，啟陵鄉趙敢言之：令＝啟陵捕獻鳥，明渠雌一。以鳥及書屬尉史圉，令輸。圉不肎受，即發鳥送書，削去其名，以予小史適＝弗敢受，即署適。乚已有道船中出操枻以走□□□謁署趙。謁上獄治，當論＝敢言之。令史上見其署趙。（正）

<hr>

〔註98〕陳偉：《里耶秦簡牘校釋（第一卷）》（武漢：武漢大學出版社，2012 年 1 月），頁 45。

〔註99〕張世超、張玉春：〈釋「坐」、「論」──秦簡整理札記之三〉，《古籍整理研究學刊》第 3 期（長春：東北師範大學古籍整理研究所，1988 年），頁 33。

七月乙巳啟陵鄉趙敢言之：恐前書不到，寫上，敢言之。ノ貝手七

月己未水下八刻，□□□以來。ノ敬手貝手（背）（〈里耶 8.1562〉）

〈里耶 8.1562〉簡文正面主要描述，七月戊戌啟陵鄉的「趙」報告說，啟陵依據命令，捕抓要貢獻的鳥，將鳥與文書屬名為「文」所有，「文」不接受，便削去其名改為小史「適」，「適」同樣不接受，結果「適」和「趙」都被責罵。簡文背面說明七月乙巳「趙」擔心之前的文書未傳到，所以加以謄錄呈送。簡文正面出現二個「敢言之」，作為報告的文書語，故末句「當論＝敢言之」可解釋為，針對此事件「應當論衡，就論衡。報告如上。」重文的「論」字應上讀。

三、秦簡的「當論＝言夬」

「當論＝」一詞目前可見於里耶秦簡的第 8 層簡牘，何有祖、陳偉認為簡 8.859、8.1405 重文的「論」字應該下讀，作「當論，論言夬。」或「當論論言夬」。「言夬」一詞普遍見於嶽麓秦簡與里耶秦簡，前有加「論」字，如里耶秦簡：

☑□敢告洞庭守主郵人可令縣□☑

☑不疑手・以江州印行事

☑[富]遷陵亞論言夬[富]中曹□它（正）

☑來ノ欣發☑ （背）（〈里耶 8.2012〉）

廿六年十二月癸丑朔庚申，遷陵守祿敢言之：沮守瘳言：課廿四年畜

息子得錢殿。沮守周主。為新地吏，令縣論言夬。・問之周不在

遷陵。敢言之。

・以荊山道丞印行□（正）

丙寅水下三刻，啟陵乘城卒秭歸□里士五順行□旁。壬手（背）（〈里耶 8.1516〉）

陳偉《里耶秦簡牘校釋（第一卷）》云：「史（原釋文作「夬」），讀為『事』。《漢書・于定國傳》：『然上始即位，關東連年被災害，民流入關，言事者歸

咎於大臣』顏注：『言事者謂上書陳事也。』這裡似應是指所言之事。』」〔註100〕認為「言夬」解釋作「所說的事」。但是後來陳偉〈里耶秦簡中的「夬」〉一文比對《嶽麓（叁）・癸、瑣相移謀購案》同一支簡 14「夬」與「史」的字形，並且參考嶽麓秦簡整理者的考釋云：「言決，上報判決的內容。」〔註101〕，將里耶秦簡簡 8.2012、8.1516 誤釋的「史」字改為「夬」，讀作「決」。秦簡中「夬」、「史」二字的字形如下：

表 5-2-2　里耶秦簡的「夬」、「史」字

「夬」字					
里耶 8.144	嶽麓（壹）・為吏治官及黔首 42	嶽麓（叁）・癸、瑣相移謀購案 14	嶽麓（叁）・田與市和奸案 199	睡虎地・秦律雜抄 27	睡虎地・為吏之道 44 參
「史」字					
里耶 8.105	里耶 8.911	嶽麓（壹）・三十四年質日 10	嶽麓（叁）・癸、瑣相移謀購案 14	睡虎地・秦律十八種 172	睡虎地・秦律雜抄 10

從字形表可以觀察到，「史」字上部大多象屮形，接近小篆寫法，左右二側豎畫較為向上突出，「夬」字則象屮形，左右二側豎畫沒有明顯突出，觀察到秦簡「史」、「夬」二字的字形有些微差異。因此，〈里耶 8.1516〉、〈里耶 8.2012〉二字應釋為「夬」，「言夬」可解釋作「上報判決的內容」。

　　〈里耶 8.1516〉有「令縣」一詞，亦見於〈睡虎地・司空 131〉：「令縣及都官取柳及木楑（柔）可用書者，方之以書；毋（無）方者乃用版。其縣山之多，以纏書；毋（無）者以蒲、藺以枲。」整理者翻譯為「令縣和都官用柳木或其他質柔可以書寫的木材，削成木方以供書寫。……」〔註102〕令縣與都官職

〔註100〕陳偉：《里耶秦簡牘校釋（第一卷）》（武漢：武漢大學出版社，2012 年 1 月），頁 47。

〔註101〕朱漢民、陳松長：《嶽麓書院藏秦簡（叁）》（上海：上海辭書出版社，2013 年 6 月），頁 109。

〔註102〕睡虎地秦墓竹簡整理小組：《睡虎地秦墓竹簡》（北京：文物出版社，1990 年 9 月），頁 51。

位相近，應為官府人員。所以〈里耶 8.1516〉的「令縣論言夬」應解釋為「令縣論衡，並報告判決的內容」，「論」字為動詞，與「言夬」可說是一連貫性的文書用語，討論內容最後需經過往上報告的程序，具有先後次序。

又嶽麓秦簡可見「言夬」一詞，前加「論」字，如：

> 五月甲辰，州陵守綰、丞越、史獲論令癸、瑣等各贖黥。癸、行戍衡山郡各三歲，以當灋（法）；先備（〈嶽麓（叁）‧癸、瑣相移謀購 13〉）

> 贖。不論沛等。」監御史康劾以為：不當，錢不處，當更＝論＝及論失者言夬。●綰等曰：治等發，與史（〈嶽麓（叁）‧癸、瑣相移謀購案 14〉）

依據整理者的考釋，簡文主要說明五月甲辰州陵守綰、丞越、史獲命令癸、瑣等贖黥罪。癸、行戍守衡山郡各三年，作為贖法定罪的方式。瑣等先贖罪完畢，沒有論處沛等。監御史康加以舉劾，認為判處不合律令，錢未處置，應該重新論處，重新論處判決失誤的官員，並將判決內容，往上報告。陳偉云：「五月甲辰州陵守綰等所論只是初步判決，且需要上報審核，故有『監御史康劾』云云。」〔註103〕顯示州陵守綰等並非是最終的論處，才有監御史康加以舉劾，提出應該重新討論罪情的說法。本文認為〈嶽麓（叁）‧癸、瑣相移謀購案 14〉的「論」字應解釋作「研議、論衡其罪行」，而非「定罪」。「言夬」一詞整理者注云：「上報判決的內容」〔註 104〕，「言」字是報告，「夬」字是判決內容，讀作「決」。因此，嶽麓秦簡的「論言夬」可理解為「論衡其罪行，並上報判決內容」。

里耶秦簡「當論＝言夬」一詞前有加「問」字，或「故」字，於簡文中可能出現不同的意思，需要深入分析：

> ⊘□遷陵故當論＝言夬⊘（〈里耶 8.859〉）

> ⊘□問當論＝言夬

〔註103〕陳偉：〈「盜未有取吏賷灋戍律令」試解〉，（武漢大學簡帛網發文，2013 年 9 月 9 日）。http://www.bsm.org.cn/show_article.php?id=1892

〔註104〕朱漢民、陳松長：《嶽麓書院藏秦簡（叁）》（上海：上海辭書出版社，2013 年 6 月），頁 109。

☑敢言之ノ歇☑（〈里耶 8.1405〉）

〈里耶 8.182〉云：「遷陵故令人，行洞庭急。」、〈里耶 8.249〉云：「☑□陵故令人☑，☑洞庭☑」，「故」字陳偉皆考釋為人名，[註105]顯示「故」應為遷陵官員的名字。所以，〈里耶 8.859〉的「故」可能是遷陵的官員，他是處理訴訟案件的人，「當論＝言夬」可解釋為「所以應當論衡，論衡完即上報判處的內容。」重文「論」字應下讀，作「遷陵故當論，論言夬。」陳偉於《里耶秦簡牘校釋（第一卷）》、〈里耶秦簡中的「夬」〉皆標點為「遷陵故當論論言夬。」本文認為於「當論」後加上逗點，文意會更清晰。

〈睡虎地・法律答問 158〉云：「甲小未盈六尺，有馬一匹自牧之，今馬為人敗，食人稼一石，問當論不＝當＝論及賞（償）稼。」說明甲年紀小，養一匹馬受到驚嚇，吃了別人的禾稼，問應否論處？不當論處以及賠償禾稼。此簡的「問」是提問的意思，「當論」是應當論處，審理的結果是不應論處。

又〈睡虎地・法律答問 98〉云：「賊入甲室，賊傷甲，甲號寇，其四鄰、典、老皆出不存，不聞號寇，問當論不當？審不存，不當論；典老雖不存，當論。」有盜賊闖入甲的房屋，傷害甲，甲呼喊，但是四鄰、典、老皆不在家，沒聽見呼喊聲，問是否應當論處？四鄰不在，不應當論處，里典、伍老雖然不在，仍應當論處。「當論」整理者釋為「應當論處」[註106]。由於睡虎地秦簡的〈法律答問〉主要是關於秦律判處的問答，對於律文有具體解釋，以及肯定的判處辦法，作為官員審判案件參考，但是里耶秦簡是官文書，案件尚於處理的階段，未有明確評定結果，不宜使用「定罪」的說法。

因此，〈里耶 8.1405〉的「問當論＝言夬」一句，「問」是提問，「當論＝言夬」釋作「應當論衡，就論衡，並上報判決內容。」所以，重文的「論」字下讀，作「問當論，論言夬。」陳偉與何有祖的釋讀可從。

〈里耶 8.859、8.1405〉的簡文皆殘缺不全，僅能從睡虎地等其他秦簡，推測簡文的大意。基本上「當論＝言夬」，重文的「論」字應下讀，作「當論，論言夬」，二個「論」字皆有「論衡」之意。

[註105] 陳偉：《里耶秦簡牘校釋（第一卷）》（武漢：武漢大學出版社，2012 年 1 月），頁106、122。

[註106] 睡虎地秦墓竹簡整理小組：《睡虎地秦墓竹簡》（北京：文物出版社，1990 年 9 月），頁116。

四、結　語

　　本文首探討秦簡中的「論」字，大抵當作論罪、定罪解釋，〈睡虎地·秦律雜抄 35〉則另有論賞的意思。「當論」一詞，依據《說文解字》本義為「同值、對等的討論」，秦簡基本上釋作「應當論罪」。

　　再者，《里耶秦簡（壹）》的簡 8.665、8.1562，「當論＝」下接「敢言之」，二簡皆有「敢言之……敢言之」的文書用語，作為報告內容起迄的形式。故二簡的「當論＝敢言之」皆可作「當論，論。敢言之」，重文的「論」字上讀，解釋作「應當論衡其罪，就衡量。報告如上。」

　　簡 8.859、8.1405，「當論＝」下接「言夬」，「夬」字原整理者考釋為「史」，觀察秦簡「夬」、「史」二字，字型有些微差異，經過分析判斷，從何有祖、陳偉的說法，改釋為「夬」，讀為「決」。二簡的「當論＝言夬」皆可作「當論，論言夬。」重文「論」字應下讀，解釋為「應當論衡，論衡完即上報判處的內容。」簡 8.859 陳偉句讀為「遷陵故當論論言夬」，本文認為於「當論」後加上逗點，區隔「當論」、「論言夬」二詞，文義能更彰顯。

表 5-2-3　秦簡的「當論」

NO.	釋　　文	書　籍	簡牘編號
1	甲告乙盜直（值）□□，問乙盜卅，甲誣駕（加）乙五十，其卅不審，問甲當論不當？廷行事貲二甲。	睡虎地秦簡	法律答問 42
2	甲告乙盜牛，今乙賊傷人，非盜牛殹（也），問甲當論不＝當＝論，亦不當購；或曰為告不審。	睡虎地秦簡	法律答問 44
3	甲殺人，不覺，今甲病死已葬，人乃後告甲＝殺人審，問甲當論及收不當？告不聽。	睡虎地秦簡	法律答問 68
4	論獄【何謂】「不直」？可（何）謂「縱囚」？罪當重而端輕之，當輕而端重之，是謂「不直」。當論而端弗論，及傷其獄，端令不致，論出之，是謂「縱囚」。	睡虎地秦簡	法律答問 93
5	賊入甲室，賊傷甲＝號寇，其四鄰、典、老皆出不存，不聞號寇，問當論不當？審不存，不當論；典老雖不存，當論。	睡虎地秦簡	法律答問 98
6	完城旦，以黥城旦誣人。可（何）論？當黥。甲賊傷人，吏論以為鬥傷人，吏當論不當＝誶。	睡虎地秦簡	法律答問 119

7	倉鼠穴幾可（何）而當論及誶？廷行事鼠穴三以上貲一盾，二以下誶。鼷穴三當一鼠穴。	睡虎地秦簡	法律答問 152
8	部佐匿者（諸）民田，者（諸）民弗智（知），當論不當？部佐為匿田，且可（何）為？已租者（諸）民，弗言，為匿田；未租，不論○○為匿田。	睡虎地秦簡	法律答問 157
9	甲小未盈六尺，有馬一匹自牧之，今馬為人敗，食人稼一石，問當論不＝當＝論及賞（償）稼。	睡虎地秦簡	法律答問 158
10	女子甲為人妻，去亡，得及自出，小未盈六尺，當論不當？已官，當論；未官，不當論。	睡虎地秦簡	法律答問 166
11	「棄妻不書，貲二甲。」其棄妻亦當論不當？貲二甲。	睡虎地秦簡	法律答問 169
12	甲誣乙通一錢黥城旦罪，問甲同居、典、老當論不＝當＝。	睡虎地秦簡	法律答問 183
13	●吏議曰：癸、瑣等論當殿（也）；沛、綰等不當論。或曰：癸、瑣等當耐為侯（候）令瑣等環（還）癸等錢；綰等	嶽麓秦簡（叁）	癸、瑣相移謀購案 24
14	●治皋及諸有告劾而不當論者，皆具傳告劾辟論夬（決），上屬所執瀗，與計偕·執瀗案掾其論	嶽麓秦簡（伍）	秦律令（貳）335
15	……□□□□告樊道受責□☑ 責亭妻胥＝亡＝曰貧弗能入謁令亭居署□☑ 樊道弗受計亭讅當論＝敢言之☑（正） 十二月己卯樊道郤敢告遷陵丞主寫☑ 事敢告主丿冰手丿六月庚辰遷陵丞昌告☑ □□□月庚辰水十一刻＝下六守府快行☑ （背）	里耶秦簡（壹）	8.665
16	☑□遷陵故當論＝言夬☑	里耶秦簡（壹）	8.859
17	☑☑□問當論＝言夬 ☑敢言之丿歇☑	里耶秦簡（壹）	8.1405
18	廿八月七月戊戌朔乙巳啟陵鄉趙敢言之令＝啟陵捕獻鳥明渠 雌一以鳥及書屬尉史𫝆令輸𫝆不育受即發鳥送書削去 其名以予小史適＝弗敢受即罰適└已有道船中出操栖以走□□□謁 罰趙謁上獄治當論＝敢言之令史上見其罰趙（正） 七月乙巳啟陵鄉趙敢言之恐前書不到寫上敢言之丿貝手	里耶秦簡（壹）	8.1562

	七月己未水下八刻□□□以來丿敬手貝手（背）		
19	□□入錢校券一告臨漢受責計為報有追日已出計 卅一年今問前書券不到追書卅二年三月戊子到後 計今臨漢計卅二年謁告遷陵以從事而自辟留亡書者當論敢言之丿七月乙未臨漢守丞都移（正） 遷陵丿朧手□月乙巳臨漢丞禮敢告遷陵丞主重敢告 主丿差手丿卅三年十月甲辰朔癸亥遷陵守丞都告（背）	里耶秦簡（貳）	9.21
20	☑曰移獄問當論	里耶秦簡（貳）	9.218
21	奏遷陵守丞銜前移□當論	里耶秦簡（貳）	9.336
22	☑□當論貲羨☑	里耶秦簡（貳）	9.1757

第六章 結 論

　　本文的研究重點在於討論秦簡文字演變的歷程，由於秦簡文字主要以隸書書寫，關於隸書的起源、命名與發展，有必要先進行釐清。秦簡的書體其實不僅隸書而已，亦包含小篆、草書，藉由分析此三種書體的書寫特徵，可以更了解秦簡文字的書寫差異，以及文字異形的情形。

　　其中，秦簡文字是朝著簡便書寫的方向發展，當出現過於簡化的筆畫，則容易發生部件表義功能的不足，從而造成訛混的現象。尤其，秦簡文字歷經隸變的階段，訛變字更是繁多。由於訛混情形嚴重，很有可能增加整理者考釋的困難，甚至於出現誤釋的狀況。因此，未免造成閱讀上的困擾，針對這些訛變字加以梳理，分別從文義與字形兩個角度切入探討。

　　另外，秦簡不僅是在文字上，有誤釋的問題，於標點符號亦有因為學者解讀的差異，而產生不同的文義。重文符號又是有更多可以解讀的空間，本文即例舉前人研究未詳盡的部分，作一重新解讀、增補，期對於秦簡的文字考釋能有所助益。

第一節　研究成果

一、隸書的發展與應用

　　秦始皇統一文字，一般認知小篆是秦代官方頒定的文字，小篆多可見於重

要的禮器上，以及使用於正式、莊嚴的場合。另外，在方便取得的簡牘材質上，則出現許多草率書寫的字，有別於小篆。依據《說文解字・敘》的說法，秦代官獄的職務，愈增繁冗，秦始皇便命令程邈創造隸書此種簡易的書體，加以應付、處理行政的文書，似乎可以推論隸書應是起源秦代。

但是，春秋時期的侯馬盟書文字，已可觀察出草率的書寫趨向，這些東方六國文字，已逐漸喪失西周金文規整的風格。顯示六國文字較之秦國文字變動劇烈，可視為隸書的萌芽之時，因此可將隸書的起源再往上追溯至春秋時期。

隸書的名稱，始見於漢代的傳世文獻《漢書・藝文志》、《說文解字》等，多次提及隸書興起的原因。「隸」字根據《說文解字》的說法，本身就有「附著」的義涵，吳白匋認為隸書是為輔佐小篆而產生，是一種附著的概念。《漢書・藝文志》云：「是時始造隸書矣，起於官獄多事，苟趨省易，施之於徒隸也。」，「徒隸」一詞，於秦簡有相關的記載，《里耶秦簡》提及「徒隸」實包含隸臣妾、城旦舂、鬼薪白粲，可知「徒隸」應為一種罪隸泛稱。「施之於徒隸」表示隸書的命名可能與這些罪隸相關，奴隸依附於官府實行勞役，依此表示書體名稱，則有附屬、輔佐的意思，由於隸書有別於小篆，多為方便使用於官獄的雜事，以補小篆之不逮。因此，隸書是與小篆並存於秦代之時，不能夠說隸書是演變自小篆，隸書的起源應與「徒隸」無關，但是至漢代定名之時，才與「徒隸」產生聯繫，並且與小篆之間是從屬的關係。

隸書又有「左書」、「佐書」、「史書」、「八分」的名稱，隸書從春秋晚期至西漢初期仍屬於過渡發展的階段，文字風格偏向扁平、方整，稱之為秦隸、古隸。真正達到興盛應屬西漢的中晚期，風格出現明顯的波磔，有漢隸、八分、今隸之稱。

隸書「左書」一詞出自於《說文解字・敘》，「左」同於「佐」字，皆有輔佐的義涵。由此，可以說隸書是以輔佐小篆為目的，而創造的書體。「史書」一詞出自《漢書》等典籍，主要是古代官吏，需具備一定的識字能力，符合選材的標準，如此才能擔任史官一類的職務。西漢晚期，時人為了與舊隸書有所區別，因此針對當時的書體特色，命名為「八分」。

清華簡〈保訓〉一篇內，文字富涵科斗文的風格，類似於孔壁中書，推測應屬於魯國的文字，由此得以一窺東土六國古文的面貌，發現於戰國時期已出

現草率書寫的特徵。至秦始皇焚書坑儒，有關先秦的六藝經籍與諸子百家之語皆被焚毀殆盡，保留下來的主要為與秦相關的歷史、醫藥、農藝、卜筮、小學典籍等，導致漢代難以見識到六國古文的遺存，漢文字也多承襲於秦代。秦金文、秦陶文、秦印文逐漸退卻篆文象形的意味，符號化的筆觸運用更為鮮活，由秦簡至漢簡，可觀察出明顯從古隸轉變為漢隸的過程。

二、秦簡文字書體風格探析

關於秦簡的書體，前人多關注在隸書，鮮少提及小篆的運用，因為小篆多見於秦國的青銅器上。但是，其實秦簡中有隸書，不乏可見小篆的書寫，是值得研究的方向。

觀察小篆的筆勢，可從直畫、橫畫、圓弧形、曲線，此四種筆畫加以分析，本節透過秦簡富有小篆風格的字例，與秦金文、《說文》小篆一同比較。從中發現秦簡蘊涵小篆的風格，主要表現於部件「人」的字例上，可能與人形體詰曲的線條，不容易為平直的筆畫所取代的關係。又可以發現秦簡的小篆，接近於《說文》的小篆書寫，反不似於秦金文，秦金文朝著簡省約易的方向演變，書體自然染上草率的寫法，形成篆隸參雜的面貌，篆書的意味削弱許多，與秦簡小篆形成區別。

另外，根據統計，秦簡中又以里耶秦簡渲染小篆色彩的字例最多，尤以形制「楬」、「檢」對於小篆的書寫最為講究，可能是這類的簡具有表識的作用，為了區別於其他文字，書寫者會特別展現正式之感，因此大部分選擇使用小篆。

隸書演變至戰國秦國和秦代，仍處於醞釀發展的階段，屬於古隸、秦隸，秦簡上多使用這類的書體。前人針對秦簡的隸書有所論述，但是隨著新出土的秦簡材料，如里耶秦簡、嶽麓秦簡等，我們能觀察到更多不如以往的隸書面貌，對於隸書演進的歷程，亦有更充分了解。

從秦簡的隸書字例與秦金文、秦陶文、秦印相互比較，可以發現青川木牘仍保留較為濃厚的篆書意味，其他大多數的秦簡已表現出隸書簡約的風格。其中尤以嶽麓秦簡渲染隸書的色彩最為豐富。不同批秦簡展現出來的隸書意味，不拘一格，可能由諸多因素所影響，包含時代的先後、書手的書寫習慣等等，不太可能為某一因素所單獨構成。

　　秦簡的隸書筆勢透過統整，於工具類的部件上最明顯，顯而易見的變化莫過於拉直原始篆書的圓曲線條，以及線條的符號化、抽象化，皆是相應搭配著的演化過程。

　　隸書有「蠶頭雁尾」的筆勢，於漢簡表現得淋漓盡致，但是其實於秦簡已可見一斑。睡虎地秦簡，有「蠶頭」或是「雁尾」字例，皆充分展現隸書萌芽的跡象。

　　前人對於草書的起源，有秦代說、漢代說二種但是尚未有所定論，本文根據秦簡具有草書的字例，與秦金文、秦陶文、秦印等材料進行分析。可發現同為秦文字，簡牘較之金文、陶文、印文等，文字草化程度更高，簡牘材料中，里耶秦簡表現的草率風格更是躍然紙上。可能與里耶簡牘的性質，主要是遷陵縣官府的行政文書，記載戶籍、勞役、土地租稅、奴隸買賣、教育等，涉及政府與基層社會公共事務相關的活動。

　　可以觀察出，其實於秦簡草書的筆勢並未擴及全字的書寫，僅有部分筆畫呈顯草率的風格。因此，秦簡草書僅能說是草率、赴急的一種書寫，並未達到約定成俗，成為一種獨立書體，真正草書的起源應在漢代會較為適切。

　　隨著新材料的出土，秦簡可見更草化的書寫方式，如部件「工」、「止」於睡虎地秦簡皆草寫作「乙」，但是新材料里耶秦簡、嶽麓秦簡的公布，發現更為草化的筆畫作「乀」，又如「過」字的部件「辵」睡虎地秦簡作「辵」，但是里耶秦簡更加簡化作「乀」，部件「皿」作「囚」更草化作「乙」。因此，對於秦簡的草書書體認識，展開更觀廣的視野。

　　秦統一天下以小篆作為官方規定的正體字，但是從秦簡這類的手書文字上，觀察到更多隸書的寫法，小篆只占少部分，草書則正處於醞釀階段，尚在發展當中。因此，真正施行於天下，並且普遍為大眾各階層所使用的應該是隸書，小篆僅為特定隆重、正式的場合所見。

三、秦簡訛變字校釋

　　第四章討論到「變形」、「形近訛混」二種，「形近訛混」針對三組字進行討論。其中探討秦簡中「鄰」字的使用情形，分析此字於文例的解釋，並且補苴前人未釋的部分，就歸納出來的文意加以梳理，統整出一適宜的考釋，以釐清「鄰」字產生訛變的過程與緣由。於秦簡可觀察到訛變字使用頻率之高，其中

「鄉」字可見於多批秦簡中，但是原整理者考釋成「䢅」、「鄰」、「鄉」、「𨍏」、「鄺」五字。發現同一字形於嶽麓秦簡之中，學者考釋成「䢅」、「鄰」二字，造成閱讀理解上的困難。

根據傳世文獻與出土文獻材料，首先針對「鄉」字於文例中的意義加以解釋，統整出大抵上釋讀為「選」字，有「挑選、揀擇」之義，讀為「鄰」，則有「戶籍的編製單位」，以及「親近、接近」之義。再者，在字形方面，參考秦漢簡關於部件「卪」、「阝」的寫法，發現二部件有混用的情形，「鄉」字的右方部件象人跪坐之姿，但是與「阝」的差別在於缺少人形上方的圓圈「ㅇ」，故存疑的此字，右方部件考釋為「卪」最能體現原字形的表義。

書手可能由於「卪」的人形的義涵理解不充分，又或是人形的筆畫過於簡單，形體書寫逐漸分化，造成秦簡原整理者誤釋為「䢅」、「鄰」、「鄉」、「𨍏」、「鄺」五字。筆者站在前人研究的基礎上，進行重新分析、考釋的工作，將上述五個訛變字考釋為「鄉」，以期能更接近簡文的實際使用情況。

第二組討論「宂」字，睡虎地秦簡、嶽麓秦簡有「宂」字，里耶秦簡有「宄」字，字形有些微的差異，但是此三批簡皆有類似的詞彙使用，譬如「宂募」與「宄募」、「宂佐」與「宄佐」、「宂作」與「宄作」、「史宂」與「史宄」等。依據文例分析，「宂」、「宄」二字大抵上皆有「閒散」、「不固定」的意涵，因此，應可視為一字。現今，教育部頒定的正字為「宂」，依據古文字的形體以及意義分析，簡文考釋為「宄」較切合文例。

秦簡記載的「宂」、「內」、「穴」三字，由於字形過於相似，容易產生訛混的情況。「內」字於秦簡中字形大抵相類似作▲，「宂」於睡虎地秦簡與「內」字形差異不大，但是於嶽麓秦簡、里耶秦簡「宂」字多作▲，人形偏於下方。其中《嶽三·猩 48、52》、《嶽四·律壹 260、266》、《嶽五·律貳 267》五支簡字形象▲，經過文例的分析應為「宂」字，可能是整理者誤釋的狀況。

至於，「穴」字下方從「八」，《嶽五·律貳 322》中有「穴作」一詞，「穴」字作▲，於文獻不見「穴作」，經文義判斷應為「宂作」，由於「穴」、「宂」二字字形過於相似而訛混。

第三組討論「予」字，秦簡的「予」、「矛」二字，常出現訛混的情形，造

成整理者考釋誤判，亦影響讀者理解上的困擾，導致後世傳抄的變異。里耶秦簡的〈簡 9.1447 背〉云：「矛端三百卌錢」，原整理者隸定為「矛」字，其後里耶秦簡牘校釋小組改釋為「予」。其實於古文字的階段，「予」、「矛」二字的形體不容易做出區別，更在無法確知字義的情況下，寫錯字頻率逐漸累增，故有必要進行釐清。

此節先理解「予」、「矛」二字於古文中的本形本義，再透過秦簡中文例，統整出大致上的三種解釋，「予」字當作動詞時，有「給予」的意涵。作形容詞使用時，修飾後方的「者」字，引申有「收賄者」的意思。最後作為名詞，則解釋作「人名」。

「予」字當作部件使用時，亦同樣出現訛混狀況。以「野」字為例，「埜」、「壄」、「壄」、「圣」四個字，都是秦統一文字前的寫法，屬於「野」的異體字，從秦簡中可以明顯判斷，統一文字後寫作「野」。其中「壄」、「壄」中間的部件「予」、「矛」出現訛混，應寫作「予」才是。因此，本文針對簡文誤釋之字，加以統一改釋，又〈睡・日甲 32〉的「野」字，從字形判斷為從「予」、「土」，並不從「田」，所以又重新進行隸定。

古文字的變異從殷商卜辭即可見，「變異」大抵分為具有「規律性」與「無規律」二種，至秦簡可能受到「苟趨約易」影響，不規則變化更為明顯。這種偶然性的變異，本文分為「變形」、「形近訛混」二類討論，發現訛變現象是相當複雜，若僅從字形去作理解，容易出現誤釋的情形。「變形」多是屬於某幾個筆畫的變化，不致產生多大閱讀困難，「形近訛混」則是將 A 字寫成 B 字，在當時書手可能不覺得寫錯字，經過秦統一文字後，一些相較合理的錯字則傳抄至今。因此，秦簡這種手書文字，受書手「赴急」心理影響深遠，在校釋時更應留意漢字流變的軌跡，才不致產生誤解。

四、秦簡重文例釋讀

第五章討論二組重文例，第一為「君子＝」。《嶽麓書院藏秦簡（叁）》中的其中一篇〈學為偽書案〉，為秦代的一份司法文書，內容關於「學」冒充馮毋擇將軍兒子「癸」的身分，偽造文書寄予當時的胡陽少內「贈」，目的在於詐騙錢財，最後「學」的伎倆被拆穿，被移送官府治罪。文中提及「君子＝」，「君子」一詞下接重文符號，有簡 210「君子＝癸詣私」、簡 223「君子＝定名學」二句，

學者對此的解釋不盡相同。

本文首先透過考察傳世文獻與出土文獻關於「君子」一詞的使用，統整出大抵可當作國君、有德者、神祇、貴族、地方官吏等義涵，其中作為官吏使用是最普遍的方式。

繼而，分析秦簡中記載「君子＝」的文例，於《里（壹）‧8.178》的「君子＝廢戍」一句，「君子」在此作官吏解釋，重文的子字，應為代名詞解釋作男子的謙稱。《嶽（肆）‧律（壹）‧210》的「君子＝、大夫＝子」一句中的「君子」具有爵位，二處的「君子」皆作官吏解釋。因此，「君子＝癸詣私」、「君子＝定名學」的「君子」應為官吏之義，重文的「子」字則是下讀，解釋為男子。

第二為「當論＝」。《里耶秦簡（壹）》一書收錄的簡文，主要為官府的法律文書，其中。簡 8.665、8.859、8.1405、8.1562 出現「當論＝」的形式，「當論」一詞下為重文符號「＝」，並且簡 8.665、8.1562 下接「敢言之」，簡 8.859、8.1405 下接「言夬」。重文的「論」字應該上讀或下讀，學者有不同的解釋，都值得注意並且探討。

秦簡中的「當論」一詞，依據《說文解字》解釋作「同值的討論」，秦簡「當論」下隨著所接續之字而義涵不同。下接「不當」一詞或不接字，皆具有疑問的語氣，下接「而」字則為轉折的語氣，若接「及」字為連接詞的使用方式。因此，基本上「當論」可以解釋作「應當論處」。

秦簡中的「論敢言之」，「敢言之」一詞主要為文書的用語，若置於文末可當作結束語氣使用。故「當論＝」下接「敢言之」可讀作「當論，論。敢言之」，解釋為「應當衡量其罪，就衡量。報告如上。」

「論言夬」於秦簡中可以解釋為「論衡，並上報判決的內容」，據此《里（壹）‧8.182》、《里（壹）‧8.1405》的「當論＝言夬」，重文的「論」字應當下讀，理解為「應當論處，並上報判處內容。」

第二節 未來展望

秦簡字數繁多，光是材料的收集、整理可謂曠日廢時，更要在眾多資料中，剔除前人已有共識的舊說，提出具有創見論點，實屬不易。礙於學力有限，無法針對每個字詳細分析，僅擇取筆跡清晰字進行討論，以及援引其他

出土文獻之字作為參照對象，盡量做到面面俱到的研究工夫。部份字筆跡清晰，但是由於缺乏足夠資料做為比對，為避免過度的揣測，所以都暫略不論。一些課題尚待未來探討、改進，如下所列：

一、字形表的分項

附錄的秦簡字形表，蒐集、統整目前公布的秦簡材料，若要更清楚文字共時的發展，可再加入書寫於不同材質的秦文字。至於，文字歷時的發展，加入甲骨文、金文、楚簡文字等，更能了解文字的演變歷程。字形表的隸定，主要是根據原整理的考證，少部分字例經過後人改釋，擅加查找可以補缺前人之缺漏。目前字形表按照筆畫多寡順序排列，考量到依照《說文》540 個部首排序的話，能觀察字例之間關係，更是便利於檢索。

二、秦簡的用字

本文以文字的書體、形體作為研究主軸，在秦簡的用字，主要論及「訛變」當中的「鄉」、「冗」、「予」三組字，以及「重文字」中的「君子＝」、「當論＝」二組字。其實秦簡用字的釋讀，猶存在許多爭論有待解決，本文先提出五組字討論。另外，對於秦簡的「異體字」、「通假字」、「同形字」、「同源字」等，其實可以再著墨更多，目前僅先聚焦於一部分，若於用字方面據文例分析研判，進行更深入的論說，則能使簡文的文意梳理更為透徹。

三、材料的先後時序

秦簡文字演變依循著時間的規律，具有早晚的順序，在援引材料進行論證時，多加考慮到秦簡的時代性，按照時代先後排列鋪陳分析，可以更提高本文的參考價值。在討論同時代的材料，往往以楚簡作為旁證，楚簡畢竟時代多處在戰國中、晚期，與戰國的秦國一同比較，可彰顯同時代不同地域的書寫特色，若與秦代的文字並列討論，則需留意到時間的先後順序，以做到扎實的材料運用。

四、引前人論說

於字的本形、本義方面分析，以及文例的考釋，本文引用到一些學者的說

法，已經是過時的舊說，隨著新材料的公布，出現逐漸被取而代之的說法。因此，在掌握現有材料的同時，更應與時俱進，持續增補、吸收新出的材料、資料，故文中多有疏漏之處而未察，是筆者力有未逮也，待往後修正達成。

秦簡的材料仍持續的公布，其中《嶽麓書院藏秦簡（陸）》的出版正值本論文完成之際，可能有作為佐證的資料，但是迫於時間有限，未能及時收入，亦非目前能力所及，有待日後進一步考察。本文為筆者求學階段的作品，必有許多疏漏不確之處，尚祈大雅方家海涵與斧正。

參考書目

1. 漢・毛亨傳、漢・鄭玄箋、唐・孔穎達疏：《詩經》，十三經注疏阮元校勘本（臺北：藝文印書館，1989 年）。

2. 漢・劉安：《淮南子》（上海：上海古籍出版社，1993 年）。

3. 漢・孔安國傳、唐・孔穎達等正義：《尚書》，十三經注疏阮元校勘本（臺北：藝文印書館，1989 年）。

4. 漢・孔安國傳、唐・陸德明音義：《尚書》，十三經注疏阮元校勘本（臺北：藝文印書館，1989 年）。

5. 漢・司馬遷撰、宋・斐駰：《史記》（臺北：藝文印書館，2011 年）。

6. 漢・劉向撰、戰國・高誘注：《戰國策》（臺北：藝文印書館，1974 年）。

7. 漢・劉向撰、程榮校：《說苑》（臺北：世界書局，1970 年）。

8. 漢・班固撰、唐・顏師古注：《漢書補注》，王先謙補注本（北京：中華書局，1983 年）。

9. 漢・劉歆撰、晉・葛洪輯：《西京雜記》（臺北：廣文書局，1981 年）。

10. 漢・許慎撰、清・段玉裁注：《說文解字注》（臺北：藝文印書館，1992 年）。

11. 漢・許慎撰、南唐・徐鉉校訂：《說文解字》（北京：中華書局，1978 年）。

12. 漢・鄭玄注、唐・賈公彥疏：《儀禮》，十三經注疏阮元校勘本（臺北：藝文印書館，1989 年）。

13. 漢・鄭玄注、唐・賈公彥疏：《周禮》，十三經注疏阮元校勘本（臺北：藝文印書館，1989 年）。

14. 漢・鄭玄注、唐・孔穎達疏：《禮記》，十三經注疏阮元校勘本（臺北：藝文印書館，1989 年）。

15. 魏・何晏集解、宋・邢昺疏：《論語》，十三經注疏阮元校勘本（臺北：藝文印書館，1989 年）。

16. 吳・韋昭注：《國語・吳語》（北京：中華書局，1985 年）。

17. 晉・杜預注、唐・孔穎達疏：《左傳》，十三經注疏阮元校勘本（臺北：藝文印書館，1989 年）。

18. 魏・王弼注、晉・韓康伯注、唐・孔穎達疏：《周易》，十三經注疏阮元校勘本（臺北：藝文印書館，1989 年）。

19. 魏・王弼注：《老子註》（臺北：藝文印書館，1975 年）。

20. 南朝宋・范曄撰、唐・李賢等注，清・王先謙集解：《後漢書集解》，王先謙集解本（北京：中華書局，1984 年）。

21. 北魏・酈道元：《水經注》（臺北：世界書局，1956 年）。

22. 唐・張懷瓘：《欽定四庫全書・書斷》（北京：商務印書館，2005 年）。

23. 唐・釋玄應：《叢書集成初編・一切經音義》（上海：商務印書館，1936 年）。

24. 唐・顏元孫：《干祿字書》，叢書名百部叢書集成本（臺北：藝文印書館，1966 年）。

25. 唐・張參撰：《叢書集成初編・五經文字》（臺北：商務印書館，1967 年）。

26. 唐・唐玄度：《叢書集成初編・新加九經字樣》（上海：商務印書館，1936 年）。

27. 宋・郭忠恕：《叢書集成初編・佩觿》（上海：商務印書館，1936 年）。

28. 明・王世貞：《古今法書苑》，《中國書畫全集》第 7 冊（上海：上海書畫出版社，2009 年）。

29. 明・張自烈：《續修四庫全書・正字通》（上海：上海古籍出版社，2002 年）。

30. 明・梅膺祚：《字彙》，《中華漢語工具書書庫》影本第 6 冊（合肥：安徽教育出版社，2002 年）。

31. 清・孫星衍、黃以周校：《晏子春秋》（上海：上海古籍出版社，1989 年）。

32. 清・邢澍：《金石文字辨異》，叢書集成續編第 5 冊（臺北：藝文印書館，1970 年）。

33. 清・王先謙：《荀子集解》（臺北：藝文印書館，1988 年）。

34. 清・孫詒讓撰、李笠校補：《墨子閒詁》（臺北：藝文印書館印行，1989 年）。

35. 清・吳士鑑、劉承幹：《晉書斠注・衛恆傳・四體書勢》，《二十五史》，據清乾隆武英殿刊本影印（臺北：藝文印書館，1972 年）。

二、專　書（依作者姓名筆畫遞增排序）

1. 工藤元男著，廣瀨薰雄、曹峰譯：《睡虎地秦簡所見秦代國家與社會》（上海：上海古籍出版社，2010 年）。

2. 于省吾：《于省吾著作集・雙劍誃殷栔駢枝》（北京：中華書局，2009 年 4 月）。

3. 中國文物研究所、湖北省文物考古研究所編：《龍崗秦簡》（北京：中華書局，2001 年）。

4. 中國社會科學院考古研究所：《里耶古城・秦簡與秦文化研究：中國里耶古城・秦簡與秦文化國際學術研討會論文集》（北京：科學出版社，2009 年）。

5. 中華書局編輯部：《雲夢秦簡研究》（北京：中華書局，1981 年）。

6. 中國藝術研究院中國書法院：《秦漢篆隸研究》（北京：榮寶齋出版社，2013 年 12 月）。

7. 孔仲溫：《文字學》（臺北：國立空中大學，1995 年 11 月）。

8. 王輝：《古文字通假字典》（北京：中華書局，2008 年 2 月）。

9. 王國維作，胡平生、馬月華校注：《簡牘檢署考校注》（上海：上海古籍出版社，2009 年）。

10. 王國維講述、劉盼遂記：《觀堂授書記・說文練習筆記》（臺北：藝文印書館，1975 年）。

11. 王國維：《觀堂集林》（石家莊：河北教育出版社，2001 年）。

12. 王煥林：《里耶秦簡校詁》（北京：中國文聯出版社，2007 年）。

13. 王子今：《睡虎地秦簡《日書》甲種疏證》（武漢：湖北教育出版社，2003 年）。

14. 王士菁：《中國字體變遷史簡編》（北京：新華書店，2006 年）。

15. 王曉光：《秦簡牘書法研究》（北京：榮寶齋出版社，2010 年 1 月）。

16. 王曉光：《秦漢簡牘具名與書手研究》（北京：榮寶齋出版社，2016 年 4 月）。

17. 方勇：《秦簡牘文字編》（福州：福建人民出版社，2012 年）。

18. 甘肅省文物考古研究所編：《天水放馬灘秦簡》（北京：中華書局，2009 年）。

19. 北京大學出土文獻研究所：《北京大學藏秦代簡牘書迹選粹》（北京：人民美術出版社，2013 年）。

20. 朱歧祥：《甲骨學論叢》（臺北：學生書局，1992 年）。

21. 朱湘蓉：《秦簡詞彙初探》（北京：中國社會科學出版社，2012 年）。

22. 朱鳳瀚：《古代中國青銅器》（北京：文物出版社，2012 年）。

23. 李零：《簡帛古書與學術源流》（北京：生活・讀書・新知三聯書店，2004）。

24. 李均明：《秦漢簡牘文書分類輯解》（北京：文物出版社，2009 年）。

25. 李均明、劉軍：《簡牘文書學》（南寧：廣西教育出版社，1999 年）。

26. 李均明：《簡牘文書學》（南寧：廣西教育出版社，1999 年 6 月）。

27. 李孝定：《甲骨文字集釋》第 8 冊（臺北：中央研究院歷史語言研究所，1991 年）。

28. 李孝定：《金文詁林讀後記》（臺北：臺灣商務印書館，1992 年 12 月）。

29. 李孝定：《讀說文記》（臺北：中央研究院歷史語言研究所，1992 年 1 月）。

30. 李孝定：《漢字的起源與演變論叢》（臺北：聯經出版公司，1992 年）。

31. 李學勤：《古文字學初階》（北京：中華書局，2006 年 1 月）。

32. 李學勤：《字源》（天津：天津古籍出版社，2013 年 7 月）。

33. 李學勤：《東周與秦代文明》（上海：上海人民出版社，2014 年）。

34. 何琳儀：《戰國古文字典》（北京：中華書局，1998 年）。

35. 里耶秦簡博物館：《里耶秦簡博物館藏秦簡》（上海：中西書局，2016 年）。

36. 何琳儀：《戰國文字通論（訂補）》（南京：江蘇教育出版社，2003 年）。

37. 何琳儀：《戰國古文字字典》（北京：中華書局，1998 年）。

38. 沈頌金：《二十世紀簡帛學研究》（北京：學苑出版社，2003 年）。

39. 林劍鳴：《簡牘概述》（西安：陝西人民出版社，1984 年）。

40. 林義光：《文源》（上海：上海古籍出版社，2017 年）。

41. 林澐：《古文字學簡論》（臺北：中華書局，2012 年）。

42. （日）空海：《域外漢籍珍本文庫‧篆隸萬象名義》第 5 冊（重慶：西南大學出版社，2008 年 10 月）。

43. 季旭昇：《說文新證》（臺北：藝文印書館，2014 年 9 月）。

44. 思諾源：《秦簡》（北京：朝華出版社，2009 年）。

45. 袁仲一：《秦文字類編》（西安：陝西人民教育出版社，1993 年）。

46. 袁仲一：《秦代陶文》（西安：三秦出版社，1987 年）。

47. 袁瑩：《戰國文字形體混同現象研究》（上海：中西書局，2019 年 11 月）。

48. 馬王堆漢墓帛書整理小組：《馬王堆漢墓帛書（肆）》（北京：文物出版社，1985 年 3 月）。

49. 馬敘倫：《說文解字六書疏證》（臺北：鼎文書局，1975 年）。

50. 唐蘭：《唐蘭全集‧中國文字學》（上海：上海古籍出版社，2015 年 11 月）。

51. 唐蘭：《古文字學導論（增訂本）》（濟南：齊魯書社，1981 年）。

52. 徐中舒：《甲骨文字典》（成都：四川辭書出版社，1990 年 9 月）。

53. 高敏：《睡虎地秦簡初探》（臺北：萬卷樓圖書有限公司，2000 年）。

54. 高明：《中國古文字學通論》（北京：北京大學出版社，1996 年）。

55. 高鴻縉：《中國字例》（臺北：三民書局，1984 年 8 月）。

56. 高敏：《雲夢秦簡初探》（臺北：萬卷樓圖書出版，2000 年）。

57. 郝茂：《秦簡文字系統之研究》（烏魯木齊：新疆大學出版社，2001 年）。

58. 孫鶴：《秦簡牘書研究》（北京：北京大學出版社，2009 年）。

59. 孫占宇：《天水放馬灘秦簡集釋》（蘭州：甘肅文化出版社，2013 年）。

60. （德）陶安：《嶽麓秦簡復原研究》（上海：上海古籍出版社，2016 年）。

61. 崔陟：《書法》（臺北：城邦文化出版社，2001 年）。

62. 陳偉：《秦簡牘合集（壹）》（武漢：武漢大學出版社，2014 年 12 月）。

63. 陳偉：《秦簡牘合集（貳）》（武漢：武漢大學出版社，2014 年 12 月）。

64. 陳偉：《秦簡牘合集（叁）》（武漢：武漢大學出版社，2014 年 12 月）。

65. 陳偉：《秦簡牘合集（肆）》（武漢：武漢大學出版社，2014 年 12 月）。

66. 陳偉：《里耶秦簡牘校釋（第一卷）》（武漢：武漢大學出版社，2012 年 1 月）。

67. 陳偉：《里耶秦簡牘校釋（第二卷）》（武漢：武漢大學出版社，2018 年 12 月）。

68. 陳偉：《秦簡牘合集‧釋文注釋修訂本》（壹）～（肆）（武漢：武漢大學出版社，2016 年 3 月）。

69. 陳夢家：《漢簡綴述》（北京：中華書局，1980 年 12 月）。

70. 陳昭容：《秦系文字研究──從漢字史的角度考察》（臺北：中央研究院歷史語言研究所，2003 年）。

71. 陳松長：《嶽麓書院藏秦簡的整理與研究》（上海：中西書局，2014 年）。

72. 陳松長、朱漢民主編：《嶽麓書院藏秦簡（壹）》（上海：上海辭書出版社，2010 年）。

73. 陳松長、朱漢民主編：《嶽麓書院藏秦簡（貳）》（上海：上海辭書出版社，2011

年）。

74. 陳松長、朱漢民主編：《嶽麓書院藏秦簡（叁）》（上海：上海辭書出版社，2013年 6 月）。

75. 陳松長主編：《嶽麓書院藏秦簡（肆）》（上海：上海辭書出版社，2015 年 12 月）。

76. 陳松長主編：《嶽麓書院藏秦簡（伍）》（上海：上海辭書出版社，2017 年 12 月）。

77. 陳松長主編：《嶽麓書院藏秦簡（陸）》（上海：上海辭書出版社，2020 年 3 月）。

78. 陳松長、李洪財、劉欣欣：《《嶽麓書院藏秦簡》（壹～叁）文字編》（上海：上海辭書出版社，2017 年 6 月）。

79. 陳松長：《《嶽麓書院藏秦簡》（壹～叁）釋文修訂本》（上海：上海辭書出版社，2018 年 6 月）。

80. 陳松長：《中國簡帛書法藝術編年與研究》（上海：上海書畫出版社，2015 年 7 月）。

81. 陳松長：《秦代官制考論》（上海：中西書局，2018 年 11 月）。

82. 陳長琦：《戰國秦漢六朝史研究》（廣州：廣東人民出版社，1997 年）。

83. 陸興錫：《漢代簡牘草字編》（上海：上海書畫出版社，1989 年 12 月）。

84. 商承祚：《甲骨文字研究》（天津：天津古籍出版社，2008 年 4 月）。

85. 商承祚：《殷契佚存》（南京：金陵大學中國文化研究所叢刊甲種，1933 年）。

86. 商承祚：《說文中之古文考》（上海：上海古籍出版社，1983 年 3 月）。

87. 郭沫若：《郭沫若全集·金文續考》考古編第 5 冊（北京：人民出版社，1954 年）。

88. 郭沫若：《郭沫若全集》考古編第 1 卷（北京：科學出版社，1982 年 9 月）。

89. 郭沫若：《郭沫若全集》考古編第 2 卷（北京：科學出版社，1982 年 6 月）。

90. 郭永秉：《古文字與古文獻論集》（上海：上海古籍出版社，2011 年 6 月）。

91. 啟功：《古代字體論稿》（北京：文物出版社，1964 年 7 月）。

92. 張守中：《睡虎地秦簡文字編》（北京：文物出版社，1994 年）。

93. 張金光：《秦制研究》（上海：上海古籍出版社，2004 年）。

94. 張世超：《金文形義通解》（京都：中文出版社，1992 年）。

95. 張桂光：《漢字學簡論》（廣州：廣東高等教育出版社，2004 年 8 月）。

96. 張顯成：《秦簡逐字索引·附原文及釋文》（成都：四川大學出版社，2010 年 12 月）。

97. 張家山二四七號漢墓竹簡整理小組：《張家山漢墓竹簡二四七號墓》（北京：文物出版社，2001 年）。

98. 張家山二四七號漢墓竹簡整理小組：《張家山漢墓竹簡釋文修訂本》（北京：文物出版社，2006 年）。

99. 湖南省文物考古研究所：《里耶秦簡（壹）》（北京：文物出版社，2012 年 1 月）。

100. 湖南省文物考古研究所：《里耶秦簡（貳）》（北京：文物出版社，2017 年）。

101. 湖南省文物考古研究所：《里耶發掘報告》（長沙：岳麓書社，2006 年）。

102. 湖北省荆州市周梁玉橋遺址博物館：《關沮秦漢墓簡牘》（北京：中華書局，2001 年 8 月）。

103. 湖北省荆沙鐵路考古隊：《包山楚簡》（北京：文物出版社，1991 年 10 月）。

104. 《雲夢睡虎地秦墓》編寫組：《雲夢睡虎地秦墓》（北京：文物出版社，1981 年）。

105. 彭浩、陳偉：《二年律令與奏讞書：張家山二四七號漢墓出土法律文獻釋讀》（上海：上海古籍出版社，2007 年 8 月）。

106. 黃文杰：《秦至漢初簡帛文字研究》（北京：商務印書館，2008 年）。

107. 楊振紅：《出土簡牘與秦漢社會》（桂林：廣西師範大學出版社，2009 年）。

108. 雍際春：《天水放馬灘木板地圖研究》（蘭州：甘肅人民出版社，2002 年）。

109. 葉玉森：《殷虛書契前編集釋》（臺北：藝文印書館，1966 年）。

110. 裘錫圭：《文字學概要》（臺北：萬卷樓圖書股份有限公司，2010 年）。

111. 裘錫圭：《文字學概要（修訂本）》（北京：商務印書館，2013 年）。

112. 裘錫圭：《裘錫圭學術文集》第 3 卷（上海：復旦大學出版社，2012 年）。

113. 睡虎地秦墓竹簡整理小組：《睡虎地秦墓竹簡》（北京：文物出版社，1978 年）。

114. 趙學清：《戰國東方五國文字構形系統研究》（上海：上海教育出版社，2005 年）。

115. 趙平安：《訛字研究論集》（上海：中西書局，2019 年 11 月）。

116. 趙平安：《《說文》小篆研究》（南寧：廣西教育出版社，1999 年 8 月）。

117. 蔣偉男：《里耶秦簡文字編》第 1－3 冊（北京：學苑出版社，2018 年 10 月）。

118. 劉信芳，梁柱：《雲夢龍崗秦簡》（北京：科學出版社，1997 年）。

119. 劉釗：《古文字構形學》（福州：福建人民出版社，2006 年）。

120. 劉樂賢：《睡虎地秦簡日書研究》（臺北：文津出版社，1994 年）。

121. 蔡樞衡：《中國刑法史》（北京：中國法制出版社，2005 年 2 月）。

122. 鄭有國：《簡牘學綜論》（上海：華東師範大學出版社，2008 年）。

123. 鄭邦宏：《出土文獻與古書形近訛誤字校訂》（上海：中西書局，2019 年 11 月）。

124. 蔣善國：《漢字形體學》（北京：文字改革出版社，1959 年 9 月）。

125. 駢宇騫：《簡帛文獻概述》（臺北：萬卷樓出版社，2005 年）。

126. 龍宇純：《中國文字學》（臺北：五四書店有限公司，2001 年）。

127. 戴家祥：《金文大字典》（上海：學林出版社，1995 年 1 月）。

128. 魏德勝：《睡虎地秦墓竹簡語法研究》（北京：首都師範大學出版社，2000 年）。

129. 魏德勝：《《睡虎地秦墓竹簡》詞彙研究》（北京：華夏出版社，2002 年）。

130. 叢文俊：《中國書法史‧秦代卷》（南京：江蘇教育出版社，2002 年 5 月）。

131. 譚興萍：《中國書法用筆與篆隸研究》（臺北：文哲史出版社，1990 年 8 月）。

132. 羅振玉：《殷虛書契考釋三種》（北京：中華書局，2006 年 1 月）。

133. 饒宗頤、曾憲通：《雲夢秦簡日書研究》（香港：香港大學出版社，1982 年）。

三、學位論文（依作者姓名筆畫遞增排序）

1. 王露：《龍崗秦簡字形研究》（吉首：吉首大學碩士論文，2011 年）。

2. 方勇：《秦簡牘文字彙編》（吉林：吉林大學博士學位論文，2010 年）。

3. 代寧：《睡虎地秦簡文字構形系統統研究》（石家莊：河北師範大學碩士論文，2010 年）。

4. 申景亮：〈天水放馬灘秦簡乙種《舊書》釋文研究〉（河南：鄭州大學碩士論文，

2011 年）。

5. 朱曼宁：《嶽麓書院藏秦簡（叁）文字編》（彰化：彰化師範大學，國文系碩士論文，2014 年）。

6. 李晶：《睡虎地秦簡字體風格研究》（石家莊：河北師範大學碩士論文，2010 年）。

7. 李菁葉：〈睡虎地與放馬灘秦簡《日書》生死問題研究〉（重慶：西南大學碩士論文，2012 年）。

8. 李佳信：《《說文》小篆字根研究》（臺北：國立臺灣師範大學國文系碩士論文，1999 年）。

9. 李蘇和：《秦文字構形研究》，（上海：復旦大學中國語文學系博士論文，2014 年 5 月）。

10. 杜忠誥：《說文篆文訛形研究》（臺北：國立臺灣師範大學國文系碩士論文，2000 年）。

11. 吳振紅：《《嶽麓書院藏秦簡》（壹）書體研究》（長沙：湖南大學碩士論文，2011 年）。

12. 林素清：《戰國文字研究》（臺北：國立臺灣大學中國文學系博士論文，1984 年）。

13. 林雅芳：〈《天水放馬灘秦簡》、《周家台秦簡》及《里耶秦簡》詞語通釋〉（甘肅：西北師範大學碩士論文，2009 年）。

14. 洪燕梅：《睡虎地秦簡文字研究》（臺北：國立政治大學中國文學系碩士論文，1993 年）。

15. 姜玉梅：《秦簡文字形體研究》（南昌：南昌大學碩士論文，2008 年）。

16. 徐筱婷：《秦系文字構形研究》（彰化：國立彰化師範大學國文學系碩士論文，2001 年）。

17. 徐富昌：《睡虎地秦簡研究》（臺北：國立臺灣大學，中國文學系博士論文，1992 年）。又，（臺北：文史哲出版社，1993 年）出版專書。

18. 高文英：《古漢字形體訛變現象的考察與分析》，（石家莊：河北大學，漢語言文字學系碩士論文，2008 年 6 月）。

19. 孫占宇：〈放馬灘秦簡日書整理與研究〉（甘肅：西北師範大學博士論文，2008 年）。

20. 陳立：《戰國文字構形研究》（臺北：國立臺灣大學中國文學系博士論文，2003 年）。

21. 陳振華：《嶽麓書院藏秦簡（壹）字形與書法研究》（吉首：吉首大學碩士論文，2012 年）。

22. 陳婉君：《《說文》小篆異化現象研究》（臺中：逢甲大學中國文學系碩士論文，2013 年）。

23. 陳姿貝：《秦頌功刻石篆文與書風之研究》（臺北：臺灣藝術大學書畫藝術學系碩士論文，2017 年）。

24. 連蔚勤：《常用合體字小篆結構研究》（臺北：東吳大學中國文學系碩士論文，2003 年）。

25. 張佩慧：《周家臺三〇號秦簡論考》（臺北：國立政治大學中國文學系碩士論文，2005 年 1 月）。

26. 張佼：〈秦簡所見徒隸問題研究〉（長春：吉林大學碩士論文，2016 年）。

27. 黃靜吟師：《秦簡隸變研究》（嘉義：國立中正大學中國文學文系碩士論文，1993 年）。

28. 單曉偉：《秦文字疏證》（合肥：安徽大學碩士論文，2010 年 5 月）。

29. 賀曉朦：《嶽麓書院藏秦簡（貳）文字編》（長沙：湖南大學，文物與博物館系碩士論文，2013 年）。

30. 程少軒：《放馬灘簡式占古佚書研究》（上海：復旦大學碩士論文，2011 年）。

31. 楊繼文：《周家臺秦簡文字字形研究》（重慶：西南大學碩士論文，2009 年）。

32. 楊鑫：《秦簡所載家庭及相關問題研究》（長春：吉林大學碩士論文，2016 年）。

33. 楊艷：《隸書的產生及其審美價值研究》（山東：曲阜師範大學碩士論文，2010 年）。

34. 溫俊萍：《里耶秦簡（壹）的書體研究》（長沙：湖南大學，文物與博物館系碩士論文，2015 年）。

35. 溫俊萍：《《里耶秦簡（壹）》的書體研究》（長沙：湖南大學碩士論文，2015 年）。

36. 鄒幫平：《秦系正體文字發展性研究》（重慶：西南大學碩士論文，2012 年）。

37. 劉玨：《嶽麓書院藏秦簡（壹）文字研究與文字編》（長沙：湖南大學碩士論文，2013 年）。

38. 劉孝霞：《秦文字編》（上海：華東師範大學博士論文，2013 年）。

39. 劉雨林：《嶽麓書院藏秦簡（壹～叁）通假字研究》（長沙：湖南大學，中國語言文學系碩士論文，2016 年）。

40. 劉名哲：《文字圖像性之探討－篆刻創作研究》（臺北：國立臺灣藝術大學書畫藝術學系碩士論文，2011 年）。

41. 劉玉環：《秦漢簡帛訛字研究》（北京：中國書籍出版社，2012 年）。

42. 樓蘭：《睡虎地秦墓竹簡字形系統定量研究》（上海：華東師範大學碩士論文，2006 年）。

43. 鄭禮勳：《楚帛書文字研究》（嘉義：國立中正大學中國文學系碩士論文，2007 年）。

44. 謝明園：《基於里耶秦簡的秦代公文檔案制度研究》（濟南：山東大學碩士論文，2014 年）。

45. 韓厚明：《張家山漢簡字詞集釋》（長春：吉林大學博士論文，2018 年）。

46. 魏曉艷：《簡帛早期隸書字體研究》（石家莊：河北師範大學博士論文，2011 年）。

47. 蕭欣浩：《戰國文字構形特徵研究》（廣州：嶺南大學哲學系博士論文，2013 年）。

48. 龐壯城：〈《嶽麓書院藏秦簡（壹）·占夢書》研究〉（臺南：成功大學中國文學系碩士論文，2013 年）。

49. 蘇英田：《商周秦漢篆隸書法風格之演變》（臺北：明道大學國學研究所碩士論文，2008 年）。

四、單篇論文（依作者姓名筆畫遞增排序）

1. 丁山：〈數名古誼〉，《中央研究院歷史語言研究所集刊》1967 年第 1 本，頁 89
～94。

2. 于省吾：〈釋古文字中附劃因聲指事字的一例〉，《甲骨文字釋林》（北京：中華
書局，1979 年 6 月），頁 445～462。

3. 于省吾：〈釋从天从大从人的一些古文字〉，《古文字研究》第 15 輯（北京：中
華書局，1986 年 6 月），頁 185～～187。

4. 王宇楓、周景環：〈秦至漢初的簡帛文字與隸變〉，《群文天地》2011 年第 11 期，
頁 210～212。

5. 王曉光：〈里耶秦牘書法藝術簡析〉，《青少年書法》2010 年第 1 期，頁 13～19。

6. 王彥輝：〈《里耶秦簡》（壹）所見秦代縣鄉機構設置問題蠡測〉，《古代文明》
2012 年第 6 卷第 4 期，頁 46～57。

7. 方勇：〈秦簡札記四則〉，《長春師範學院學報（人文社會科學版）》2009 年 5 月
第 28 卷第 3 期，頁 63～65。

8. 〈日書〉研讀班：〈日書：秦國社會的一面鏡子〉，《文博》1986 年第 5 期，頁 8
～17。

9. 四川省博物館、青川縣文物館：〈青川縣出土秦更修田律木牘—四川青川縣戰
國墓發掘報告〉，《文物》1982 年第 1 期，頁 1～21。

10. 四川省文物考古研究院、青川縣文物管理所：〈四川青川縣郝家坪戰國墓群 M50
發掘簡報〉，《四川文物》2014 年第 3 期，頁 13～19。

11. 田天：〈北大藏秦簡《祠祝之道》初探〉，《北京大學學報：哲學社會科學版》第 2
期，2015 年，頁 37～42。

12. 田天：〈北大秦簡〈雜祝方〉簡介〉，《出土文獻研究》第 14 輯（上海：中西書局，
2015 年 12 月），頁 15～22。

13. 田建、何雙全：〈甘肅天水放馬灘戰國秦漢墓群的發掘〉，《文物》1989 年第 2 期，
頁 1～11。

14. 田煒：〈談談北京大學藏秦簡《魯久次問數於陳起》的一些抄寫特點〉，《中山大
學學報（社會科學版）》2016 年第 5 期，頁 45～51。

15. 北京大學出土文獻研究所：〈北京大學藏秦簡牘概述〉，《文物》2012 年第 6 期，
頁 65～73。

16. 朱鳳瀚：〈北大秦簡《公子從軍》的編連與初讀〉，《簡帛》，2013 年，頁 1～10。

17. 朱鳳瀚：〈北大藏秦簡《從政之經》述要〉，《文物》2012 年第 6 期，頁 74～80。

18. 朱德貴：〈嶽麓秦簡所見〈戍律〉初探〉，《社會科學》2017 年第 10 期，頁 133～
144。

19. 任步雲：〈放馬灘出土竹簡日書芻議〉，《西北史地》1989 年第 3 期，頁 82～88。

20. 安忠義：〈秦漢簡牘中的作刑〉，《魯東大學學報（哲學社會科學版）》2010 年第 6
期，頁 78～82。

21. 辛德勇：〈北大藏秦水陸里程簡冊與戰國以迄秦末的陽暨陽城問題〉，《北京大學
學報：哲學社會科學版》第 2 期，2015 年，頁 21～28。

22. 李零：〈北大秦牘《泰原有死者》簡介〉，《文物》2012 年第 6 期，頁 81～84。

23. 李零：〈北大藏秦簡《酒令》〉，《北京大學學報：哲學社會科學版》2015 年第 2 期，頁 16～20。

24. 李學勤：〈放馬灘簡中的志怪故事〉，《文物》1990 年第 4 期，頁 43～47。

25. 李學勤：〈初讀里耶秦簡〉，《文物》2003 年 1 期，頁 73～81。

26. 李學勤：〈睡虎地秦簡《日書》與楚、秦社會〉，《江漢考古》1985 年第 4 期，頁 60～64。

27. 李孝定：〈中國文字的原始與演變〉，《中央研究院歷史語言所集刊》1974 年第 45 本第 2 分，頁 343～395。

28. 李松儒：〈益陽兔子山九號井簡牘中楚秦過渡字體探析〉，《中國書法》2019 年第 3 期，頁 54～56。

29. 何雙全：〈天水放馬灘秦簡綜述〉，《文物》1989 年第 2 期，頁 23～31。

30. 邢義田：〈湖南龍山里耶 J1（8）157 和 J1（9）1～12 號秦牘的文書構成、筆跡和原檔存放形式〉，《簡帛》第 1 輯（上海：上海古籍出版社，2006 年），頁 275～296。

31. 邢文：〈秦簡牘書法的筆法——秦簡牘書寫技術真實性復原〉，《簡帛》第 8 輯（上海：上海古籍出版社，2013 年 10 月），頁 439～450。

32. 吳白匋：〈從出土秦簡帛書看秦漢早期隸書〉，《文物》1978 年 2 期，頁 48～54。

33. 吳榮曾：〈秦的官府手工業〉，《雲夢秦簡研究》（北京：中華書局，1981 年 7 月），頁 45～62。

34. 吳榮政：〈里耶秦簡文書檔案初探〉，《湘潭大學學報（哲學社會科學版）》2013 年第 37 卷第 6 期，頁 141～146。

35. 林進忠：〈里耶秦簡「貲贖文書」的書手探析〉，《湖南大學學報（社會科學版）》2010 年第 4 期，頁 28～35。

36. 林進忠：〈《說文解字》與六國古文書迹〉，《藝術學報》1998 年 12 月，頁 45～67。

37. 林素清：〈郭店、上博《緇衣》簡之比較—兼論戰國文字的國別問題〉，《出土文獻與古代文明研究》（上海：上海大學出版社，2004 年 12 月），頁 83～96。

38. 季素彩：〈漢字形體訛變說〉，《漢字文化》1994 年第 2 期，頁 37～42。

39. 孟宇：〈里耶秦簡小篆初探〉，《中國書法》2017 年第 14 期，頁 80～86。

40. 周海鋒：〈從嶽麓書院藏《司空律》看秦律文本的編纂與流變情況〉，《出土文獻》2017 年第 10 輯，頁 149～155。

41. 周鳳五：〈郭店竹簡的形式特徵及其分類意義〉，《郭店楚簡國際學術研討會論文集》（武漢：湖北人民出版社，2000 年 5 月），頁 53～63。

42. 洪燕梅：〈秦金文《說文》小篆書體之比較〉，《政大中文學報》2006 年第 5 期，頁 1～32。

43. 姚洁：〈釋析「壄」字之訛〉，《安陽工學院報》2011 年 5 月第 3 期，頁 31～32。

44. 侯學書：〈秦權量詔版文字結體筆畫方折成因考〉，《徐州師範大學學報（哲學社會科學版）》2004 年第 30 卷第 5 期，頁 57～60。

45. 馬怡：〈里耶秦簡選校〉，《中國社會科學院歷史研究所學刊》第 4 集（上海：商

務印書館，2007 年），頁 133～186。

46. 馬先醒：〈簡牘文書之版式與標點符號〉，《簡牘學報》1980 年第 7 期，頁 119～124。

47. 〔日〕海老根量介：〈放馬灘秦簡鈔寫年代蠡測〉，《簡帛》第 7 輯（上海：上海古籍出版社，2012 年），頁 159～170。

48. 孫沛陽：〈簡冊劃綫初探〉，《出土文獻與古文字研究》2011 年第 4 輯，頁 449～462。

49. 晏昌貴：〈天水放馬灘木板地圖新探〉，《考古學報》2016 年第 3 期，頁 365～384。

50. 郝茂：〈秦國簡牘文字的出土與纂研〉，《新疆師範大學學報（哲學社會科學版）》1999 年第 04 期，頁 61～66。

51. 唐蘭：〈智君子鑑考〉，《唐蘭全集》第 2 冊（上海：上海古籍出版社，2015 年 11 月），頁 584～592。

52. 高榮：〈秦代的公文紀錄〉，《魯東大學學報（哲學社會科學版）》2006 年第 23 卷第 3 期，頁 42～46。

53. 高一致：〈北大藏秦簡《教女》獻疑六則〉，《簡帛》（上海：上海古籍出版社，2016 年 5 月），頁 101～104。

54. 高大倫：〈釋簡牘文字中的幾種符號〉，《秦漢簡牘論文集》（蘭州：甘肅人民出版社，1989 年 12 月），頁 291～301。

55. 孫鶴：〈試論秦簡牘書與秦小篆的關係〉，《湖北大學學報（哲學社會科學版）》2004 年第 31 卷第 4 期，頁 412～425。

56. 孫鶴：〈里耶秦簡書法探微〉，《書法世界》2004 年第 8 期，頁 19～23。

57. 孫家洲：〈兔子山遺址出土《秦二世元年文書》與《史記》紀事抵牾釋解〉，《湖南大學學報：社會科學版》第 3 期，2015 年，頁 17～20。

58. 荊州地區博物館：〈江陵王家臺 15 號秦墓〉，《文物》1995 年第 1 期，頁 37～43。

59. 孫萍：〈里耶秦簡古隸與《說文解字》小篆比較研究〉，《北方文學（下旬刊）》2016 年第 5 期，頁 227～228。

60. 孫言誠：〈簡牘中所見秦之邊防〉，《中國社會科學院研究生院碩士論文選》（北京：中國社會科學出版社，1985 年），頁 126～168。

61. 秦濤：〈秦律中的「官」釋義——兼論里耶秦簡「守」的問題〉，《西南政法大學學報》第 16 卷第 2 期，2014 年，頁 17～24。

62. 秦其文：〈里耶秦簡行政文書研究述評〉，《貴陽學院學報（社會科學版）》2014 年第 1 期，頁 109～112。

63. 秦其文、姚茂香：〈十一年來里耶秦簡行政文書研究述評〉，《昆明學院學報》2014 年第 1 期，頁 59～68。

64. 郭濤：〈周家臺 30 號秦墓竹簡「秦始皇三十四年質日」釋地〉，《歷史地理》（上海：上海人民出版社，2012 年），頁 242～248。

65. 陳槃：〈漢晉遺簡偶述〉，《中央研究院歷史語言研究所集刊》（臺北：中央研究院歷史語言研究所，1947 年 1 月），頁 310～341。

66. 陳偉：〈《秦二世元年十月甲午詔書》通釋〉，《江漢考古》2017 年第 1 期，頁 124

～126。

67. 陳劍：〈說「規」等字並論一些特別的形聲字意符〉，《源遠流長：漢字國際學術研討會暨 AEARU 第三屆漢字文化研討會論文集》（北京：北京大學，2015 年 4 月），頁 1～25。

68. 陳侃理：〈秦簡牘復生故事與移風易俗〉，《簡帛》，2013 年，頁 69～82。

69. 陳侃理：〈里耶秦方與「書同文字」〉，《文物》2014 年第 9 期，頁 76～81。

70. 陳侃理：〈北大秦簡中的方術書〉，《文物》2012 年第 6 期，頁 90～94。

71. 陳侃理〈睡虎地秦簡「為吏之道」應更名「語書」〉，《出土文獻》第 6 輯（上海：中西書局，2015 年），頁 246～258。

72. 陳玉璟：〈秦簡詞語札記〉，《安徽師大學報（哲學社會科學版）》1985 年第 1 期，頁 75。

73. 陳玉璟：〈秦漢「徒」為奴隸說質疑〉，《安徽師大學報（哲學社會科學版）》1979 年第 2 期，頁 89～100。

74. 陳治國：〈從里耶秦簡看秦的公文制度〉，《中國歷史文物》2007 年第 1 期，頁 61～69。

75. 陳信良：〈秦漢墨跡文字演變的考察研究〉，《書畫藝術學刊》2012 年第 12 期，頁 205～278。

76. 陳重亨：〈秦印文字隸化現象析探及字形體勢的變異考察〉，《書畫藝術學刊》2007 年第 2 期，頁 299～325。

77. 陳松長：〈嶽麓秦簡〈為偽私書〉案例及相關問題〉，《文物》2013 年第 5 期，頁 84～89。

78. 陳玥凝：〈秦簡「君子子」含義初探〉，《魯東大學學報》2016 年 5 月第 33 卷第 3 期，頁 59～64。

79. 張春龍：〈里耶一號井的封檢和束〉，《湖南考古輯刊》第 8 集（長沙：嶽麓書社，2009 年），頁 65～70。

80. 張春龍、張興國：〈湖南益陽兔子山遺址九號井出土簡牘概述〉，《國學學刊》2015 年第 4 期，頁 5～7。

81. 張金光：〈論出土秦律中的「居貲贖債」制度〉，《中國歷史文獻研究》第 2 冊（武漢：華中師範大學出版社，1988 年 8 月），頁 149～156。

82. 張崑：〈先秦「君子」意義的流變〉，《哲學與文化》2017 年 2 月第 44 卷第 2 期，頁 87～101。

83. 張世超、張玉春：〈釋「坐」、「論」——秦簡整理札記之三〉，《古籍整理研究學刊》第 3 期（長春：東北師範大學古籍整理研究所，1988 年），頁 33～35。

84. 張修桂：〈天水《放馬灘地圖》的繪製年代〉，《復旦學報》1991 年第 1 期，頁 44～48。

85. 郭沫若：〈壹卣釋文〉，《郭沫若全集·金文叢考》（北京：人民出版社，1965 年 6 月），頁 310～316。

86. 郭沫若：〈釋支干〉，《郭沫若全集》考古編第 1 卷（北京：科學出版社，1982 年 9 月），頁 155～340。

87. 郭沫若:〈釋臣宰〉,《郭沫若全集》考古編第 1 卷（北京：科學出版社，1982 年 9 月），頁 65～78。

88. 湖南省文物考古研究所、湘西土家族苗族自治州文物處、龍山縣文物管理所:〈湖南龍山里耶戰國——秦代古城一號井發掘簡報〉,《文物》2003 年第 1 期，頁 4～35。

89. 湖南省考古研究所:〈湖南益陽兔子山遺址九號井發掘簡報〉,《文物》2016 年第 5 期，頁 32～48。

90. 湖南省考古研究所:〈湖南益陽兔子山遺址九號井發掘報告〉,《湖南考古輯刊》第 12 集，頁 129～184。

91. 湖北省江陵縣文物局、荊州地區博物館:〈江陵嶽山秦漢墓〉,《考古學報》2000 年第 4 期，頁 537～584。

92. 湖北省荊州地區博物館:〈江陵揚家山 135 號秦墓發掘簡報〉,《文物》1993 年第 8 期，頁 1～11。

93. 單育辰:〈「蝌蚪文」譚〉,《出土文獻研究》13 輯（上海：中西書局，2014 年 12 月），頁 90～96。

94. 黃文杰:〈睡虎地秦簡文字形體的特點〉,《中山大學學報（社會科學版）》1994 年第 2 期，頁 123～131。

95. 黃海烈:〈里耶秦簡與秦地方官署檔案管理〉,《黑龍江史志》2006 年第 1 期，頁 12～13。

96. 黃海烈:〈里耶秦簡與秦地方官制〉,《北方論叢》2005 年第 6 期，頁 6～10。

97. 勞榦:〈古文字試釋〉,《中央研究院歷史語言研究所集刊》第 40 本上冊，1968 年 10 月，頁 37～52。

98. 雍淑鳳:〈北大藏秦牘《泰原有死者》斷句、語譯、闡釋商榷〉,《古籍研究》2017 年第 1 期，頁 196～201。

99. 溫樂平、程宇昌:〈從張家山漢簡看西漢初期平價制度〉,《江西師範大學學報（哲學社會科學版）》2003 年 11 月第 6 期，頁 457～470。

100. 裘錫圭:〈考古發現的秦漢文字資料對於校讀古籍的重要性〉,《古代文史研究新探》（南京：江蘇古籍出版社，1992 年），頁 1～44。

101. 裘錫圭:〈再談甲骨文中重文的省略〉,《古文字論集》（北京：中華書局，1992 年 8 月），頁 147～150。

102. 董作賓:〈卜辭中所見之殷曆〉,《安陽發掘報告》第 3 冊（北京：中央研究院歷史語言研究所，1929 年），頁 481～522。

103. 楊振紅、單印飛:〈里耶秦簡 J1（16）5、J1（16）6 的釋讀與文書的制作、傳遞〉,《浙江學刊》2014 年第 3 期，頁 16～24。

104. 楊振紅、單印飛:〈里耶秦簡縣「守」、「丞」、「守丞」同義說〉,《北方論叢》2004 年第 6 期，頁 11～14。

105. 楊振紅:〈秦漢簡中的「冗」、「更」與供役方式〉,《簡帛研究 2006》（桂林：廣西師範大學出版社，2008 年），頁 81～89。

106. 楊樹達:〈釋平〉,《積微居小學述林》（臺北：大通書局，1971 年），頁 85。

107. 楊樹達：〈釋先〉，《積微居小學述林》，（臺北：大通書局，1971 年），頁 85。

108. 楊宗兵：〈秦文字「草化」研究〉，《秦文字「草化」研究》（上海：上海書畫出版社，2007 年 1 月），頁 1～12。

109. 楊寶忠：〈釋「鄰」即其變體〉，《中國文字研究》（上海：上海書店出版社，2005 年），頁 17～22。

110. 鄒水傑：〈里耶簡牘所見秦代縣廷官吏設置〉，《咸陽師範學院學報》第 22 卷第 3 期，2007 年，頁 8～11。

111. 趙岩：〈秦令佐考〉，《魯東大學學報（哲學社會科學版）》第 31 卷第 1 期，2014 年，頁 66～70。

112. 趙壹：〈非草書〉，《玉函山房輯佚書續編三種》（上海：上海古籍出版社，1989 年 9 月），頁 99～100。

113. 齊繼偉：〈秦簡「冗」、「內」、「穴」辨誤〉，《古漢語研究》2018 年第 3 期，頁 76～86。

114. 樓蘭：〈睡虎地秦簡文字異構關係探析〉，《廣西社會科學》2008 年第 9 期，頁 158～160。

115. 樓蘭：〈睡虎地秦簡文字中的形體混同現象調查〉，《中國文字研究》2007 年第 2 期，頁 160～164。

116. 劉麗：〈北大藏秦簡《製衣》簡介〉，《北京大學學報：哲學社會科學版》2015 年第 2 期，頁 43～48。

117. 劉信芳：〈《天水放馬灘秦簡綜述》質疑〉，《文物》1990 年第 9 期，頁 85～87。

118. 劉信芳：〈嶽麓書院藏簡〈秦讞書〉釋讀的幾個問題〉，《考古與文物》2016 年第 3 期，頁 110～111。

119. 劉樂賢：〈印台漢簡〈日書〉初探〉，《文物》2009 年第 10 期，頁 92～96。

120. 蕭欣浩：〈略論戰國文字類化構形特徵〉，《第十六屆中區文字學學術研討會論文集》（臺南：嘉南藥理大學，2014 年），頁 1～44。

121. 蕭順杰：〈《清華大學藏戰國竹簡（壹）》書手試探與書法賞析〉，《造形藝術學刊》2016 年 12 月，頁 145～172。

122. 韓厚明：〈張家山漢簡《二年律令》編聯小議〉，《簡帛研究》，2016 年，頁 180～187。

123. 韓巍：〈北大秦簡《算書》土地面積類算題初識〉，《簡帛》，2013 年，頁 29～42。

124. 韓巍：〈北大秦簡中的數學文獻〉，《文物》，2012 年第 6 期，頁 85～89。

125. 韓巍：〈北大藏秦簡《魯久次問數於陳起》初讀〉，《北京大學學報：哲學社會科學版》2015 年第 2 期，頁 29～36。

126. 戴世君：〈雲夢秦律新解（六則）〉，《江漢考古》2008 年 5 月第 4 期，頁 97～101。

127. 魏曉豔，鄭振鋒：〈睡虎地秦簡字體風格論析〉，《河北大學學報（哲學社會科學版）》第 34 卷第 4 期，2011 年，頁 105～110。

128. 魏德勝：〈雲夢秦簡中的官職名〉，《中國文化研究》2005 年第 2 期，頁 31～36。

129. 蘇誠鑑：〈秦「隸臣妾」為官奴隸說——兼論我國歷史上「歲刑」制的起源〉，《江淮論壇》1982 年第 1 期，頁 90～95。

五、網路資源（依作者姓名及資料庫名稱筆畫遞增排序）

1. 子居（吳立昊）：〈北大簡〈禹九策〉試析〉，中國先秦史網站 2017 年 8 月 26 日。
   http://www.xianqin.tk/2017/08/26/389/

2. 方勇：〈讀秦簡札記（三）〉，（武漢大學簡帛網發文，2015 年 9 月 3 日）。
   http://www.bsm.org.cn/show_article.php?id=2299

3. 王寧：〈北大秦簡《隱書》讀札〉，（武漢大學簡帛網發文，2017 年 11 月 17 日）。
   http://www.bsm.org.cn/show_article.php?id=2957

4. 王寧：〈北大秦簡《禹九策》的占法臆測〉（武漢大學簡帛網發文，2017 年 9 月 21 日）。
   http://www.bsm.org.cn/show_article.php?id=2888

5. 王寧：〈北大秦簡《禹九策》補箋〉，（復旦大學出土文獻與古文字研究中心網發文，2017 年 9 月 27 日）。
   http://www.gwz.fudan.edu.cn/Web/Show/3113

6. 王偉：〈里耶秦簡「付計」文書義解〉，（武漢大學簡帛網發文，2016 年 5 月 13 日）。
   http://www.bsm.org.cn/show_article.php?id=2554

7. 王貴元：〈周家台秦墓簡牘釋讀補正〉，（武漢大學簡帛網發文，2006 年 2 月 14 日）。
   http://www.bsm.org.cn/show_article.php?id=564

8. 支強：〈秦簡中所見的「別書」──讀里耶秦簡箚記〉，（武漢大學簡帛網發文，2012 年 9 月 10 日）。
   http://www.bsm.org.cn/show_article.php?id=1733

9. 田煒：〈論秦始皇「書同文字」政策的內涵及影響〉，（武漢大學簡帛網發文，2018 年 12 月 10 日）。
   http://www.bsm.org.cn/show_article.php?id=3266

10. 邢義田：〈「手、半」、「曰垣曰荊」與「遷陵公」〉，（武漢大學簡帛網發文，2012 年 5 月 7 日）。
    http://www.bsm.org.cn/show_article.php?id=1685

11. 李超：〈由里耶幾條秦簡看秦代的法律文書程式〉，（武漢大學簡帛網發文，2008 年 11 月 29 日）。
    http://www.bsm.org.cn/show_article.php?id=903

12. 李美娟：〈《嶽麓書院藏秦簡（伍）》札記〉，（武漢大學簡帛網發文，2018 年 5 月 19 日）。
    http://www.bsm.org.cn/show_article.php?id=3115

13. 何有祖：〈《秦二世元年十月甲午詔書》補釋〉，（武漢大學簡帛網發文，2015 年 11 月 24 日）。
    http://www.bsm.org.cn/show_article.php?id=2373

14. 何有祖：〈讀里耶秦簡札記（四）〉，（武漢大學簡帛網發文，2015 年 7 月 8 日）。
    http://www.bsm.org.cn/show_article.php?id=2271

15. 何有祖：〈《嶽麓書院藏秦簡（伍）》讀記（二）〉，（武漢大學簡帛網發文，2018 年 3 月 10 日）。

http://www.bsm.org.cn/show_article.php?id=3005#_ftnref2

16. 何有祖：〈里耶秦簡牘綴合（七則）〉，（武漢大學簡帛網發文，2013 年 9 月 26 日）。

http://www.bsm.org.cn/show_article.php?id=1679

17. 何有祖：〈里耶秦簡牘綴合（八則）〉，（武漢大學簡帛網發文，2013 年 5 月 17 日）。

http://www.bsm.org.cn/show_article.php?id=1852

18. 里耶秦簡牘校釋小組：〈《里耶秦簡（貳）》校讀（一）〉，（武漢大學簡帛網發文，2018 年 5 月 17 日）。

http://www.bsm.org.cn/show_article.php?id=3105

19. 呂靜：〈秦代行政文書管理形態之考察——以里耶秦牘性質的討論為中心〉，（武漢大學簡帛網發文，2010 年 2 月 22 日）。

http://www.bsm.org.cn/show_article.php?id=1225

19. 宋華強：〈北大秦簡《雜祝方》札記〉，（武漢大學簡帛網發文，2017 年 12 月 27 日）。

http://www.bsm.org.cn/show_article.php?id=2957

20. 宋華強：〈放馬灘秦簡《志怪故事》札記〉，（武漢大學簡帛網發文，2010 年 3 月 5 日）。

http://www.bsm.org.cn/show_article.php?id=1229

21. 胡平生：〈里耶擁戈泛吳楚，吊古感懷漫悲歌——讀《里耶秦簡》與《里耶秦簡校釋》〉，（武漢大學簡帛網發文，2012 年 8 月 12 日）。

http://www.bsm.org.cn/show_article.php?id=1727

22. 胡騰允〈《里耶秦簡（貳）》所見人名統計表〉，（武漢大學簡帛網發文，2019 年 9 月 4 日）。

http://www.bsm.org.cn/show_article.php?id=3413

23. 徐暢：〈簡牘所見刑徒之行書工作——兼論里耶簡中的女行書人〉，（武漢大學簡帛網發文，2010 年 12 月 10 日）。

http://www.bsm.org.cn/show_article.php?id=1346

24. 高一致：〈初讀北大藏秦簡《教女》〉，（武漢大學簡帛網發文，2015 年 8 月 13 日）。

http://www.bsm.org.cn/show_article.php?id=2285

25. 馬怡：〈里耶秦簡選校（連載二）〉，（武漢大學簡帛網發文，2005 年 11 月 18 日）。

http://www.bsm.org.cn/show_article.php?id=95

26. 晏昌貴、鐘煒：〈里耶秦簡牘所見陽陵考〉，（武漢大學簡帛網發文，2005 年 11 月 3 日）。

http://www.bsm.org.cn/show_article.php?id=37&fbclid=IwAR0-AQDYFIm5_dEVREhtOsyTggaoLpgmK3eAZo96C8_9-_eATuktQE0RuQc

27. 孫聞博：〈里耶秦簡「守」、「守丞」新考——兼談秦漢的守官制度〉，（武漢大學簡帛網發文，2014 年 5 月 20 日）。

http://www.bsm.org.cn/show_article.php?id=2022

28. 張樂：〈里耶簡牘「某手」考——從告地策入手考察〉，（武漢大學簡帛網發文，

2011 年 4 月 18 日）。

http://www.bsm.org.cn/show_article.php?id=1461

29. 張今：〈里耶秦簡中的楬〉，（武漢大學簡帛網發文，2016 年 8 月 21 日）。
http://www.bsm.org.cn/show_article.php?id=2609

30. 張朝陽：〈里耶秦簡所見中國最早民間遺囑考略〉，（武漢大學簡帛網發文，2012
年 6 月 1 日）。
http://www.bsm.org.cn/show_article.php?id=1707

31. 陳偉：〈里耶秦簡中的「夬」〉，（武漢大學簡帛網發文，2013 年 9 月 26 日）。
http://www.bsm.org.cn/show_article.php?id=1916

32. 陳偉：〈里耶秦簡中公文傳遞記錄的初步分析〉，（武漢大學簡帛網發文，2008 年
5 月 20 日）。

33. 陳偉：〈「奔警律」小考〉，（武漢大學簡帛網發文，2009 年 4 月 22 日）。
http://www.bsm.org.cn/show_article.php?id=1036

34. 陳偉：〈「廢成」與「女陰」〉，（武漢大學簡帛網發文，2015 年 5 月 30 日）。
http://www.bsm.org.cn/show_article.php?id=2242

35. 陳偉：〈張家山秦讞書案例十八釋讀一則〉，（武漢大學簡帛網發文，2013 年 10 月
5 日）。
http://www.bsm.org.cn/show_article.php?id=1922

36. 陳偉：〈「盜未有取吏貲灋成律令」試解〉，（武漢大學簡帛網發文，2013 年 9 月 9
日）。
http://www.bsm.org.cn/show_article.php?id=1892

37. 陳劍：〈讀秦漢簡札記三篇〉，（上海：復旦大學出土文獻學古文字研究中心，2011
年 6 月 4 日）。
http://www.gwz.fudan.edu.cn/SrcShow.asp?Src_ID=1518

38. 陳迎娣：〈《嶽麓書院藏秦簡（壹）》虛詞整理〉，（武漢大學簡帛網發文，2013 年
3 月 18 日）。
http://www.bsm.org.cn/show_article.php?id=1838

39. 陶磊：〈讀岳麓書院藏秦簡（四）箚記〉，（武漢大學簡帛網發文，2017 年 1 月 9 日）。
http://www.bsm.org.cn/show_article.php?id=2698

40. 曹旅寧：〈湖南益陽兔子山九號井秦簡所見一條秦代「棄市」資料〉，（武漢大學
簡帛網發文，2016 年 10 月 29 日）。
http://www.bsm.org.cn/show_article.php?id=2655

41. 曹旅寧：〈嶽麓秦簡（四）所見秦功令考〉，（武漢大學簡帛網發文，2017 年 9 月
27 日）。
http://www.bsm.org.cn/show_article.php?id=2895

42. 曹旅寧：〈嶽麓秦簡（四）中所見秦郡尉與秦縣尉〉，（武漢大學簡帛網發文，2015
年 1 月 26 日）。
http://www.bsm.org.cn/show_article.php?id=2145

43. 曹旅寧：〈嶽麓秦簡「奔警律」補考〉，（武漢大學簡帛網發文，2009 年 4 月 25 日）。
http://www.bsm.org.cn/show_article.php?id=1038

44. 復旦大學出土文獻與古文字研究中心

http://www.gwz.fudan.edu.cn/list.asp?src_childid=22&src_Typeid=13

45. 黃傑：〈嶽麓秦簡〈為偽私書〉簡文補釋〉，（武漢大學簡帛網發文，2013 年 6 月 10 日）。

http://www.bsm.org.cn/show_article.php?id=1858

46. 單育辰：〈談談里耶秦公文書的流轉〉（武漢大學簡帛網發文，2012 年 5 月 25 日）。

http://www.bsm.org.cn/show_article.php?id=1703

47. 單育辰：〈談晉系用為「舍」之字〉，（武漢大學簡帛網發文，2008 年 5 月 3 日）。

http://www.bsm.org.cn/show_article.php?id=824

48. 楊先雲：〈里耶秦簡識字三則〉，（武漢大學簡帛網發文，2014 年 2 月 27 日）。

http://www.bsm.org.cn/show_article.php?id=1993

49. 賈麗英：〈簡牘所見「棄妻」「去夫亡」「妻棄」考〉，（武漢大學簡帛網發文，2008 年 8 月 30 日）。

http://www.bsm.org.cn/show_article.php?id=869

50. 趙岩：〈《睡虎地秦墓竹簡‧日書乙種》劄記（四則）〉，（武漢大學簡帛網發文，2009 年 4 月 14 日）。

http://www.bsm.org.cn/show_article.php?id=1024

51. 劉傑、馬越：〈讀嶽麓秦簡札記三則〉，（中國高校人文社會科學信息網發文，2019 年 4 月 26 日）。

https://sinoss.net/show.php?contentid=87292

52. 謝坤：〈里耶秦簡中的「筥」〉，（武漢大學簡帛網發文，2017 年 10 月 15 日）。

http://www.bsm.org.cn/show_article.php?id=2922#_ftn8

53. 蘇俊林：〈嶽麓秦簡《為獄等狀四種》命名問題探討〉，（武漢大學簡帛網發文，2013 年 8 月 10 日）。

http://www.bsm.org.cn/show_article.php?id=1878

54. 戴世君：〈雲夢秦律注譯商兌（五則）〉，（武漢大學簡帛網發文，2008 年 2 月 16 日）。

http://www.bsm.org.cn/show_article.php?id=791

55. 戴世君：〈「自尚」、「纂遂」義解〉，（武漢大學簡帛網發文，2008 年 3 月 22 日）。

http://www.bsm.org.cn/show_article.php?id=807

56. 譚競男：〈北京大學藏秦簡《算書》甲種「徑田術」小議〉，（武漢大學簡帛網發文，2014 年 7 月 10 日）。

http://www.bsm.org.cn/show_article.php?id=2048

57. 臺灣博碩士論文知識加值系統網

http://ndltd.ncl.edu.tw/cgi-bin/gs32/gsweb.cgi/ccd=52gr9W/search#result